마지막

거짓말

마지막 거짓말

초판 1쇄 인쇄일 2023년 10월 17일 | 초판 1쇄 발행일 2023년 10월 30일
지은이 라일리 세이거 | 옮긴이 남명성 | 펴낸이 김석원 | 펴낸곳 도서출판 밝은세상
출판등록 1990. 10. 5 (제 10 - 427호) | 주 소 (10881) 경기도 파주시 문발로 119, 202호
전 화 031-955-8101 | 팩 스 031-955-8110 | 메일 wsesanghanmail.net
블로그 blog.naver.com/balgunsesang8101 | 인스타그램 www.instagram.com/wsesang
ISBN 978-89-8437-469-0 (03840) | 값 17,500원 | 잘못된 책은 구입한 곳에서 교환해 드립니다.

일러두기 각주는 모두 옮긴이 주입니다.

THE LAST TIME I LIED

마지막 거짓말

RILEY SAGER

| 라일리 세이거 장편소설 |
남명성 옮김

밝은세상

늘 고마운 마이크에게

시작은 이렇다.

당신은 햇빛이 나무들 사이로 스며들며 속삭이는 소리에 잠에서
깬다. 아주 희미한 회색 햇빛이다. 새벽이 밤의 살갗을 벗겨내는 중이
다. 새벽 어스름의 희미한 빛이지만 침대에서 몸을 굴려 벽에 얼굴을
처박을 정도로 환하다. 매트리스가 삐걱대는 소리를 낸다. 몸을 굴리
면서도 당신은 순간적으로 지금 자신이 어디에 있는지 알 수가 없다.
꿈도 꾸지 않고 깊은 잠을 자고 나면 가끔 일시적인 기억상실증에 걸
릴 때가 있다. 벽을 장식한 소나무 널빤지의 거친 무늬가 보이고, 머
리칼에서는 캠프파이어장에서 묻혀온 장작 타는 냄새가 난다. 그제
야 당신은 지금 어디에 있는지 정확하게 가늠한다.

나이팅게일 캠프다.

당신은 눈을 감고 밖에서 들려오는 자연의 소리를 떨쳐버리고 잠
을 청하려고 애쓴다. 야행성 동물들이 주로 낮에 활동하는 동물들과
임무 교대하는 소리, 곤충들이 내는 다양한 소리, 새들이 지저귀는 소

리, 커다란 새 한 마리가 호수 위를 미끄러지듯 날아가며 우짖는 소리가 들린다. 창밖의 소란은 실내의 고요를 일시적으로 망각하게 한다. 하지만 딱따구리가 나무를 쪼아대는 소리가 메아리만 남고 잦아든 순간 당신은 주위가 지나치게 조용하다는 사실을 깨닫는다. 당신의 숨소리만이 들려올 뿐이다.

귀를 쫑긋 세워봤지만 오두막 안에서는 아무런 소리도 들리지 않는다. 딱따구리가 다시 나무를 쪼아대기 시작한다. 당신은 벽에서 얼굴을 돌려 오두막 내부를 둘러본다. 이층 침대 두 개, 랜턴을 올려둔 머리맡 테이블 하나, 소지품을 넣어두는 나무 트렁크 네 개가 전부인 공간이다.

당신의 눈길은 재빨리 맞은편 이층 침대로 옮겨간다. 위층은 깔끔하게 정돈되어 있고, 시트가 팽팽한 상태로 덮여 있다. 반대로 아래층은 뭉쳐둔 담요 아래에 뭔지 몰라도 물건이 깔려 있다.

당신은 희붐한 빛 속에서 시간을 확인한다. 새벽 5시를 조금 지나고 있다. 나이팅게일 캠프에 기상 음악이 울려 퍼지려면 아직 한 시간을 기다려야 한다. 시간을 확인하고 나자 머리가 쭈뼛해지며 두려움이 다가선다.

다른 학생들이 급히 떠나느라 당신을 굳이 깨우지 않았을 수도 있다. 당신을 깨웠지만 기억하지 못하거나.

당신은 네 개의 트렁크 뚜껑을 모두 열어본다. 각각의 트렁크에는 학생들의 이름이 새겨져 있고, 새틴 안감을 댄 안쪽에는 옷가지와 간단한 캠핑 도구들이 가득 들어 있다. 두 개의 트렁크에는 전원이 꺼진 휴대폰도 들어 있다.

세 사람 가운데 한 사람만 휴대폰을 가져갔다. 다 같이 야외 화장실에 갔을 수도 있다. 야외 화장실은 숲이 시작되는 어귀에 삼나무로 지은 사각형 건물이다. 한 학생이 야외 화장실에 가야 하는 상황이 되자 나머지 학생들도 덩달아 따라갔을 수도 있다. 당신도 전에 비슷한 상황을 겪은 적이 있다. 하지만 완벽하게 정리해둔 침대를 보면 미리 계획하고 사라진 게 틀림없다.

당신은 오두막 문을 열고 밖으로 나선다. 새벽의 쌀쌀한 날씨가 저절로 팔짱을 끼게 만든다. 야외 화장실에 들어선 당신은 칸막이 안쪽을 모두 들여다보고 나서 마지막으로 샤워장을 확인한다. 하나같이 텅 비어 있다. 샤워장 벽도 전혀 젖지 않았다. 세면대도 마찬가지다.

당신은 야외 화장실과 오두막 사이에 서서 온갖 벌레 소리와 새소리 그리고 50미터쯤 떨어진 미드나이트 호수의 물이 철썩거리는 소리 중에 혹시 사라진 여자아이들의 목소리가 섞여 있지는 않은지 귀를 쫑긋 세우고 경청한다.

아무런 소리도 들리지 않는다.

캠프는 완벽하게 고요하다.

같은 오두막을 사용하는 학생들이 모두 사라진 상황이다. 당신은 다른 오두막들 사이를 돌며 무슨 소리가 들리지는 않는지 귀를 기울여본다. 나이팅게일 캠프에는 스무 개의 오두막이 격자 모양으로 늘어서 있다. 오두막 사이를 둘러보는 당신은 지금 탱크톱에 짧은 반바지 차림이다. 마른 소나무잎과 길에 깔아둔 톱밥이 당신의 맨발을 찌른다.

오두막에는 각각 고유의 이름이 있다. 당신이 머무는 오두막은 '층층나무'다. 바로 옆 오두막은 단풍나무. 당신은 다른 오두막에 혹시 사라진 학생들이 들어가 있지는 않은지 찾아보려고 애쓴다. 어젯밤 다른 오두막에 가서 놀다가 잠들었을 수도 있으니까. 당신은 오두막 창문 사이로 안을 들여다보거나 잠기지 않은 문을 살짝 열어보며 혹시 다른 학생이 더 있는지 살펴본다. 당신 때문에 가문비나무 오두막의 여학생 하나가 잠에서 깬다. 아래층 침대에서 벌떡 일어난 그 학생은 깜짝 놀라 눈을 크게 떴지만 차마 비명을 지르지는 않는다.

"미안해." 당신은 속삭이듯 말하고 나서 문을 닫는다.

당신은 캠프 반대편으로 향한다. 보통 해가 뜰 때부터 해가 질 때까지 다양한 활동으로 북적대는 곳이다. 아직 해가 떠오르기 전이고, 지평선 위로 희붐한 분홍빛이 물들어 있다. 한 시간이 지나면 식당에서 아이들이 시끌벅적하게 떠드는 소리, 널리 퍼져가는 커피 향, 베이컨을 굽는 냄새가 솔솔 흘러나오겠지만 지금은 그저 고요할 뿐이다.

식당 문을 열어본다. 잠겨 있다. 창문에 얼굴을 대고 안을 들여다보니 줄지어 놓은 테이블 위에 의자들이 올려진 상태다.

식당 옆 미술공예관 건물도 잠겨 있다. 창문으로 안을 들여다봤더니 어제 수업 시간에 절반쯤 색칠한 캔버스들이 반원 모양으로 놓여 있는 모습이 보인다. 학생들은 정물화 수업을 받고 있다. 오렌지 여러 개가 담긴 그릇 옆에 들꽃을 꽂아둔 꽃병이 보인다.

당신은 건물에서 물러나 천천히 몸을 돌리면서 이제 어디로 가봐야 할지 생각한다. 오른쪽으로 가면 캠프 밖으로 나가는 도로가 나온다.

그 길을 따라가다가 숲을 지나면 찻길이 나온다. 당신은 반대편으로 돌아서서 캠프 중심부로 향한다. 로터리 형태의 진입로 끝에 거대한 통나무 건물이 한 채 있다. 별장 건물이다.

아이들이 별장에 있을 리 없다.

별장이라기보다는 저택 같다. 지금은 별장도 조용하고, 다른 곳과 마찬가지로 어둡다.

당신은 별장 현관으로 달려가 프래니가 일어날 때까지 문을 두드리고 싶다. 프래니는 간밤에 학생 셋이 사라진 사실을 알아야만 한다. 캠프의 총책임자인 프래니가 사라진 학생들을 찾아줄 것이다.

당신은 혹시 잘못 생각했을 수도 있다는 생각에 망설인다. 만일 이 모든 상황이 술래잡기 놀이라면 아직 확인하지 않은 장소가 몇 군데 더 있다. 더는 방법이 없는 상황이 되기도 전이라 프래니에게 모든 사실을 털어놓기가 망설여진다.

당신은 이미 프래니를 실망시킨 적이 있다.

아무도 없는 층층나무 오두막으로 되돌아가려는 순간 당신은 별장 건물 뒤쪽 경사진 잔디밭 바로 너머 호수에서 반짝이는 오렌지색 빛을 발견한다. 미드나이트 호수에 하늘이 비친 모습이다.

당신은 생각한다. 제발 안전하게 거기에 있어 줘. 제발 내가 너희들을 찾아낼 수 있게 해줘.

아이들이 거기에 있을 이유는 없다. 마치 악몽을 꾸는 느낌이다. 밤마다 당신이 눈 감을 때 가장 두려워하는 꿈. 하지만 꿈은 현실이 되었다.

당신은 호수 기슭에 도착했지만 걸음을 멈추지 않고 호수 안으로 계속 걸어 들어간다. 발바닥에서 미끈거리는 돌멩이들의 감촉이 느껴진다. 금세 물이 발목까지 차오른다. 몸이 떨리기 시작하지만 물이 차가워서인지 새벽에 시계를 확인한 이후부터 당신을 사로잡고 있는 두려움 때문인지 알 수가 없다.

당신은 호수에 서서 주위를 확인한다. 당신 뒤쪽으로 보이는 별장 건물이 햇빛을 받아 밝아지더니 창문들이 분홍색으로 빛난다. 다양한 모양의 바위와 기울어진 나무들로 이루어진 호수 기슭이 양편으로 끝없이 펼쳐져 있다. 당신은 앞쪽에 펼쳐진 호수로 눈길을 돌린다. 수면은 거울처럼 매끄럽고, 옅은 구름과 흐릿해진 몇 개의 별이 물 위에 떠 있다. 가뭄으로 수위가 낮아졌지만 호수는 여전히 깊다.

하늘이 환해지면서 호수 맞은편 기슭이 보인다. 물안개를 뚫고 희미하게 보이는 시커먼 줄무늬에 불과하다. 나이팅게일 캠프, 미드나이트 호수 그리고 이 일대의 숲은 모두 해리스 화이트 가문의 사유재산이다.

드넓은 호수와 광활한 숲.

아이들이 사라질 수 있는 곳들이 너무 많아 어디에 있는지 알 수가 없다.

호수에 선 당신은 몸을 심하게 떨며 새삼 그런 사실을 깨닫는다. 아이들은 캠프 주변 어딘가에 있다. 그리고 아이들을 찾으려면 여러 날이 걸릴 수도 있다. 몇 주 혹은 아예 찾지 못할 수도 있다.

너무 끔찍한 생각이지만 달리 생각해볼 여지가 없다. 당신은 아이들이 나무에 낀 이끼가 진짜 북쪽을 가리키는지 궁금해하며 숲속을 헤매는 모습을 상상한다. 당신은 아이들이 배도 고프고 겁에 질려 몸을 떨고 있는 모습을 상상한다. 당신은 아이들이 자꾸만 호수 물속 진흙에 빠져들면서 수면으로 나오려고 허우적대는 모습을 상상한다.

당신은 그 모든 걸 상상하다가 비명을 지르기 시작한다.

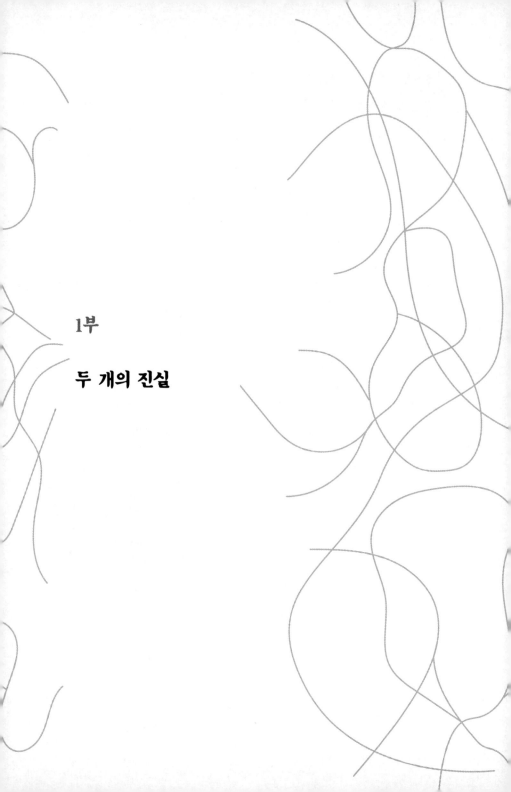

1부

두 개의 진실

1

    나는 소녀들을 그릴 때 늘 같은 순서로 그린다. 가장 먼저 비비언, 그 다음은 내털리, 마지막은 앨리슨이다.

    랜들이 즐겨 말하듯이 내 그림은 헛간 문짝만큼이나 크다. 하지만 소녀들은 늘 보이지도 않을 만큼 작게 그린다. 캔버스 크기를 고려할 때 그림에서 차지하는 소녀들의 비중은 하찮아 보일 정도다.

    나는 가장 먼저 어두운 계통 색깔로 배경이 되는 땅과 하늘을 그린다. 스파이더 블랙, 섀도 그레이, 블러드 레드. 내 그림에는 언제나 약간의 미드나이트 블루가 들어간다. 그다음은 소녀들을 그리는데, 셋이 함께 모여 있을 때도 있고, 캔버스 구석구석으로 멀리 떨어져 배치시킬 때도 있다. 나는 늘 소녀들에게 하얀색 드레스를 입힌다. 소녀들은 마치 뭔가를 피해 달아나듯이 하얀 드레스 옷자락이 휘날리는 모습을 하고 있다. 그러나 대개 소녀들의 뒷모습을 그리기 때문에 흩날리는 머리칼밖에 보이지 않는다. 아주 가끔 얼굴이 살짝 드러나게 그릴 때도 있는데, 옆모습이 조금 보이는 정도로 붓을 한 번 가볍게 터치하는 데 지나지 않는다.

마지막으로 숲을 그리는데, 물감을 나이프로 듬뿍 떠서 캔버스에 넓고 거칠게 바른다. 적어도 며칠, 많게는 몇 주가 걸리는 과정인데 물감을 반복적으로 두껍게 칠하는 동안 유화 기름 냄새에 취해 살짝 어지러울 때도 있다.

랜들은 구매자들에게 내 그림이 반 고흐의 작품처럼 물감이 캔버스에 몇 센티미터 두께로 중첩되어 칠해져 있다고 설명한다. 나무껍질의 거친 표면, 바위에 덮인 이끼, 몇 년 동안 떨어진 낙엽이 쌓인 바닥을 그릴 때 물감을 긁어내고, 덧칠하고, 소용돌이치게 만들어 캔버스에 자연의 질감을 실감 나게 표현하려고 애쓴다.

커다란 캔버스들은 내 상상력을 발휘해 그린 숲의 위력에 굴복한다. 숲의 나무들은 어둡고 위협적이다. 숲의 바닥은 낙엽과 덤불로 덮여 있다. 빼곡하게 들어찬 나뭇잎들이 하늘을 가리고 있다. 나는 캔버스에 여백이 전혀 남지 않을 때까지, 소녀들의 모습이 숲에 완전히 뒤덮일 때까지, 그들이 풀과 나뭇잎에 파묻혀 거의 보이지 않을 때까지 계속 물감을 칠한다. 비로소 그림이 완성되면 나는 붓으로 캔버스 오른쪽 아래에 이름을 적어 넣는다.

에마 데이비스.

내 이름이 갤러리의 한쪽 벽을 장식하고 있다. 갤러리의 거대한 미닫이문을 지나 안으로 들어서는 방문객들에게 내 이름을 각인시키기 위해서다. 갤러리에 스물일곱 점의 그림이 걸려 있다. 모두 내 그림이다.

화가가 된 이후 처음으로 여는 전시회다. 랜들은 갤러리를 일종의 숲처럼 꾸며놓았다. 녹슨 금속 색깔 벽에 뉴저지주 숲에서 베어온 자작나무를 적당한 크기로 잘라 붙여 장식한 갤러리는 성 패트릭의 날이 다가오고 있는 겨울임에도 마치 10월의 분위기를 풍긴다. 갤러리 밖 거리는 눈이 내려 온통 진창으로 변해 있다.

랜들이 애쓴 덕분에 저명한 그림 수집가들, 비평가들 그리고 그림 애호가들이 저마다 샴페인 글라스를 손에 들고 내 그림을 둘러보고 있다. 웨이터가 버섯 산양 치즈 크로켓이 담긴 쟁반을 들고 지나갈 때마다 사람들이 서로 달라고 손을 뻗는다. 나는 랜들의 소개로 이미 내 그림을 보러온 열 명의 인사들과 인사를 나누었지만 이름을 일일이 기억하지 못한다. 내가 악수를 나눌 때면 랜들이 내 귀에 대고 상대의 이름을 말해주며 미술계에서 반드시 알아두어야 할 유명 인사라고 덧붙이지만 솔직히 나는 별 관심이 없다.

"《타임스》에서 오신 분이야." 랜들은 머리부터 발끝까지 보라색으로 꾸며 입은 여자를 소개해주며 말한다. 맞춤 슈트 차림에 빨간색 스니커즈를 신은 남자와 인사할 때 랜들은 말한다. "크리스티에서 오신 분이야."

"그림이 인상적이네요." 크리스티 경매소에서 온 남자가 내게 웃음을 지어 보이며 말한다. "아주 과감한 시도입니다."

남자의 목소리에서 이보다 더 과감할 수 없다는 식의 놀라움이 느껴진다. 내가 결코 과감할 수 없는 무명 화가인데 과감한 시도를 했다는 뜻으로 들리기도 한다. 나는 온통 보라색으로 차려입거나 빨간색 스니커즈를 신을 만큼 과감한 시도를 해본 적이 없다. 오늘 입은 검은색 짧은 드레스와 낮은 구두가 내가 최대한 멋을 낸 모습이다. 평소에는 대부분 물감이 튄 카키색 티셔츠를 입고 지낸다. 내가 착용하는 유일한 액세서리는 장식이 달린 은팔찌로 왼쪽 손목에 늘 차고 다닌다. 은팔찌에 달린 장식물은 색을 칠한 백랍으로 만든 세 마리의 새다.

비비언은 모든 면에서 과감했는데 종적도 없이 사라졌다.

이제 랜들이 내게 소개해줄 미술계 인사가 더는 없어 보인다. 나는 판매된 그림이라는 표시인 빨간 스티커가 어느 그림에 붙어 있는지 신경 쓰지 않는다. 샴페인 잔을 들고 내 지인들이 어디에 와 있는지 둘러본다. 한자리에 모여 있는 내 지인들의 모습이 이채롭다. 고교 동창들이 내가 일하는 광고대행사 동료들과 섞여 대화를 나누고 있고, 동료 화가들이 코네티컷에서 온 내 친척들과 이야기를 나누고 있다.

나는 적당히 늦게 나타나 느긋하게 갤러리를 둘러보는 마크 덕분에 기운이 난다. 마크는 미술계 사람들을 혐오한다고 불평하던 것과 달리 갤러리와 완벽하게 잘 어울린다. 미키마우스 티셔츠에 체크무늬 스포츠코트를 걸치고 있고, 수염을 기르고 머리를 신경 써서 매만진 모습이다. 샴페인 한 잔을 집어 든 마크는 크로켓 하나를 입 안에 넣고 우물거린다.

"치즈가 크로켓 맛을 겨우 살렸네." 마크가 내게 말한다. "하지만 물컹거리는 버섯의 식감은 별로야."

"난 아직 안 먹어봐서 무슨 맛인지 몰라." 내가 말한다. "전시회가 처음이라 나름 많이 긴장했나봐."

화가에게는 마음을 차분하게 만들어주는 친구가 필요하다. 나에게 마크 스튜어트는 그런 친구이다. 우리가 둘 다 남자를 좋아하는 성향만 아니었다면 부부 사이가 될 수도 있었을 만큼 서로 잘 맞았다.

"긴장할 필요 없어. 당신은 충분히 노력했고, 자랑스러워해도 돼. 화가들은 누구나 자신의 인생 경험에서 영감을 얻잖아. 창작이란 원래 경험에다가 상상력을 덧붙인 결과물이야."

마크는 내가 15년 동안 사라진 소녀들을 그리게 된 이유를 모른다.

나는 원래 인물이 등장하는 그림을 선호하지 않는다. 미술대학에 다닐 때부터 단순한 색감과 형식을 선호했다. 앤디 워홀의 〈수프 캔〉, 재스퍼 존스의 〈깃발〉, 피에트 몬드리안의 〈대담한 사각형과 완고한 검은색 선들〉이 마음에 들었다. 인물이 들어간 그림에는 관심이 없었다. 미술대학 시절 지도교수가 내가 아는 사람 가운데 현재 생존해 있지 않은 인물을 그려오라는 과제물을 내주어 처음으로 인물이 있는 그림을 그리게 되었다. 내가 사라진 소녀들을 그리기 시작한 계기다.

비비언을 가장 먼저 그렸다. 사라진 소녀들 가운데 내 기억 속에 가장 선명하게 남아 있는 인물이다. 샴푸 광고에서 방금 나온 것 같은 금발, 빛을 받으면 검은색으로 보이는 짙은 눈동자, 주근깨가 점점이 뿌려진 코, 백조처럼 가느다란 목이 비비언을 대변한다. 나는 비비언의 몸에 화려한 빅토리아풍 칼라가 달린 하얀 드레스를 입히고, 오두막에서 나갈 때 얼굴에 드리워져 있던 수수께끼 같은 미소를 그린다.

넌 함께 가기엔 너무 어려, 에마.

내털리가 그다음이다. 내털리는 가운데가 튀어나온 이마. 각진 턱, 뒤로 단단히 묶은 머리가 특징이다. 하얀색 드레스 칼라에 달린 레이스가 내털리의 굵은 목과 넓은 어깨를 감추어준다.

앨리슨은 사과처럼 발그스레한 뺨, 갸름한 코, 갈색 머리칼보다 두 단계 더 짙은 색으로 보이는 눈썹이 특징이다. 눈썹이 어찌나 가늘고 짙은지 마치 갈색 연필로 그린 느낌이 든다. 나는 앨리슨을 그릴 때 엘리자베스 여왕 시대에 유행한 러프 칼라를 목에 둘러준다.

과제 제출을 하루 앞둔 날, 잠결에 뭔가 계속 신경 쓰인다. 새벽 2시에 잠에서 깬 나는 그림에 등장하는 세 소녀가 침대 건너편에서 나를 노려보고 있는 모습을 본다.

나는 침대에서 일어나 캔버스로 간다. 붓을 들고 숲에 서식하는 다양한 식물들과 나무들을 캔버스에 그려 넣는다. 마치 캔버스에서 새싹이 돋는 느낌이 든다. 새벽 무렵 캔버스의 대부분이 숲으로 덮여 있다. 비비언과 내털리, 앨리슨의 원래 모습 가운데 남은 부분이라고는 공통적으로 입고 있는 하얀 드레스의 일부, 약간의 피부 그리고 뒤로 묶은 머리칼이 전부이다.

내가 그리고 있는 숲 시리즈의 첫 번째 그림이다. 일부분이나마 소녀들의 몸이 드러나 보이는 유일한 그림이기도 하다. 내 그림은 학생들이 과제로 제출한 그림들을 통틀어 가장 높은 점수를 받았고, 지금도 내가 사는 아파트 벽에 걸려 있다.

내 그림이 갤러리의 한쪽 벽면을 모두 차지하고 있다. 그림들을 보노라면 내가 그동안 얼마나 강박관념에 시달려왔는지 알 수 있다. 나는 오랫동안 똑같은 주제로 그림을 그려왔고, 나 자신의 불안 증세와 맞물린 결과다.

"내가 전시회를 열다니, 비현실적으로 느껴져." 나는 마크에게 그렇게 말하며 갤러리 벽에 걸린 내 그림들을 가리켜 보인다. 내 그림을 보러온 사람들이 줄을 서 있고, 랜들은 이제 막 출입구로 들어선 커플의 볼에 입을 맞추고 있다. "이런 일이 가능할 거라고는 생각지도 못했거든."

겸손이 아니라 엄연한 사실이다. 내가 갤러리에서 전시회를 열게 될 거라고 예상했다면 그림마다 적절한 제목을 붙였을 것이다. 나는 그림에 제목을 붙이는 대신 그린 순서에 따라 번호를 붙였을 뿐이다. 1번부터 33번까지.

웨스트 빌리지에 위치한 마크의 식당이 우연한 기회에 마법의 순간을 만들어냈다. 나는 지난 4년 동안 광고대행사에서 그래픽 디자이너로 일했다. 일이 그다지 즐겁지도 않고, 성취감도 높지 않았지만 아파트 월세를 해결해주었다. 식당 주인 마크는 천장 배관 파이프의 물이 새면서 한쪽 벽이 물에 젖자 임시방편으로 가려줄 뭔가가 필요했다. 8번 그림이 그 자리에 적합했다. 내 그림 가운데 가장 큰 편이라 젖은 벽면을 모두 커버할 수 있었으니까.

일주일 뒤 갤러리 주인이 마크의 식당에 점심을 먹으러 왔다가 우연히 그림을 보고 깊은 관심을 보였다. 그 일을 계기로 7번 그림을 갤러리에서 전시하게 되었다. 일주일도 되지 않아 그림이 팔리자 갤러리 주인은 그림 석 점을 더 보내달라고 제안했다. 어느 날 갤러리를 방문한 유명 여배우의 매니저가 13번 그림을 마음에 들어 하더니 사진을 찍어 인스타그램에 올렸다. 그 여배우도 내 그림이 마음에 들었는지 즉시 구입해 자택 다이닝룸에 걸었다. 며칠 후 그 여배우는 자택에서 파티를 열게 되었고, 그 자리에 참석한 친구들 가운데 마침 《보그》 편집기자도 있었다. 그 기자가 갤러리를 운영하는 사촌에게 내 그림 이야기를 하게 되었다. 그의 사촌이 바로 랜들이다.

나는 1번부터 33번까지 동일한 주제로 그림을 그렸다. 그 이후 더는 그림을 그릴 아이디어나 영감이 떠오르지 않아 그림 그리는 걸 중단한 상태다. 다른 주제로 그림을 그려보려고 시도했지만 실패만 거듭했다. 그림을 그리려고 붓을 쥘 때마다 사라진 소녀들에 대한 생각이 머리를 채운다. 당분간 그림을 그리지 않기로 마음먹었다. 34번 그림은 세상에 나올 일이 없다.

기자들이 차기 작품에 대해 물으면 대답해줄 말이 없다. 내 미래는 현재 텅 빈 캔버스이고, 그려 넣을 주제가 없다. 지난 6개월 동안 내가 그린 그림이라고는 화실 벽면을 노란색에서 청록색으로 칠한 게 전부다. 내 그림이 반짝 인기를 누리고 영영 사라질 수도 있다고 생각하면 기분이 우울하지만 달리 방법이 없다.

마크가 출장 뷔페 웨이터와 이야기를 나누는 동안 랜들이 내 손목을 잡고 30번 그림을 보고 있는 호리호리한 여자에게로 데려간다. 오늘 밤 내가 만나본 사람들 모두가 나에게 먼저 인사하러 왔는데 그 반대의 경우라 많이 긴장된다.

"에마 데이비스를 모시고 왔습니다." 랜들이 말한다. "그림을 그린 분입니다."

그림을 보던 여자가 몸을 돌리더니 친근한 표정으로 나를 바라본다. 15년 만이지만 눈빛과 표정이 예전 그대로다.

"안녕, 에마." 여자가 나름 반갑게 인사를 건넨다.

나는 프란체스카 해리스 화이트가 이 자리에 왜 왔는지 알 수 없다. 15년 전, 캠프 사람들은 다들 그녀를 프래니라고 불렀다.

프래니는 나를 안아주며 볼 키스를 한다. 우리가 포옹하는 모습을 본 랜들이 의아한 표정을 짓는다.

"두 분이 서로 아는 사이세요?"

"네." 나는 여전히 프래니가 무슨 볼일이 있어 이 자리에 왔는지 내심 궁금해하며 대답한다.

"15년 전, 에마는 그저 어리고 순진한 학생이었는데 어엿한 숙녀가 되었네요. 더할 나위 없이 자랑스러워요."

프래니는 다시 한번 나를 유심히 바라본다. 프래니를 다시 만나게 되어 기쁘다. 이런 일이 우연히 벌어질 수 있는지 의문이다.

"해리스 화이트 여사님이 그렇게 말씀해주시니 정말 감사합니다." 내가 말한다.

"에마, 이거 정말 섭섭하게 왜 그래? 해리스 화이트 여사님이라니? 그냥 예전처럼 프래니라고 불러줘. 나는 그때나 지금이나 프래니로 불리길 바라니까."

15년 전, 프래니는 카키색 반바지에 파란색 폴로셔츠 차림으로 우리 앞에 서서 말했다.

"다들 앞으로 나를 프래니라고 불러요. 여기 대자연 속에서 우리는 모두 평등하니까."

캠프에 온 소녀들이 실종되는 사건이 벌어지면서 프래니가 TV 뉴스에 등장했을 때 난 처음으로 그녀의 본명이 프란체스카 해리스 화이트라는 사실을 알게 되었다. 부동산 재벌 시어도어 해리스의 외동딸이자 목재 왕 뷰캐넌 해리스의 외동 손녀. 담배 회사 상속자인 더글러스 화이트와 결혼했다가 일찍이 남편을 잃은 프래니의 재산은 10억 달러쯤으로 추산되고 있을 만큼 대갑부였다.

프래니가 지금 내 앞에 있다. 어느새 나이가 70대 후반이지만 세월의 흔적을 느낄 수 없을 만큼 여전히 젊어 보인다. 햇볕에 탄 피부는 반짝

반짝 빛나고, 파란색 드레스는 날씬한 몸매를 도드라져 보이게 한다. 금발과 회색의 중간쯤인 머리카락을 뒤로 틀어 올린 탓에 목에 건 진주 목걸이가 잘 드러나 보인다.

프래니는 다시 그림 쪽으로 돌아서서 한동안 들여다본다. 내가 그린 그림들 가운데 우울한 느낌이 가장 짙게 배어 있는 그림이다. 주로 검은색, 감청색, 갈색을 사용해 그렸다. 대형 캔버스 앞에 선 탓에 프래니가 갑자기 난쟁이처럼 작아 보인다. 프래니는 지금 숲속에 있고, 나무들이 그녀를 집어삼킬 듯이 둘러싸고 있다.

"그림들이 하나같이 굉장해." 프래니가 말한다.

프래니의 목소리가 떨려 나온다. 마치 그림 속에 숨은 하얀 드레스 차림의 소녀들을 보기라도 한 듯이.

"내가 갤러리를 찾아온 이유를 말할게." 프래니는 나를 마주보며 말하기 겸연쩍은 듯 그림에 눈길을 두고 말한다. "물론 그림을 보려고 왔지만 한 가지 이유가 더 있어. 너도 내 말을 듣고 나면 흥미를 느낄 거야."

프래니는 이제 막 그림에서 시선을 거둔 녹색 눈으로 날 바라본다. "내가 구상하고 있는 일이 있는데 네가 시간 될 때 만나 논의해볼 수 있을까?"

나는 적당한 거리를 두고 떨어져 앉은 랜들을 바라본다. 랜들은 화가라면 누구나 듣고 싶어 하는 말을 입 모양으로 만들어 보인다. *'작품 의뢰를 하시려나봐.'*

"저는 언제든 괜찮아요."

"내일 12시 반 어때? 우리 집에서 점심 식사나 같이 할까?"

나는 깊이 생각해보지도 않고 고개를 끄덕인다. 프래니가 갑자기 나타나 나에게 점심 식사를 제안했다. 그림을 그려달라고 의뢰받을까봐 두렵지만 한편으로 무슨 일인지 기대되기도 한다. 가뜩이나 비현실적인 느낌이 드는 저녁인데 놀라운 일이 한 가지 더 덧붙여진 셈이다.

"그럼 내일 12시 반에 댁으로 찾아뵐게요."

프래니가 고개를 끄덕이며 활짝 웃더니 내 손에 명함을 한 장 쥐어준다. 흰색 바탕에 파란색 글씨로 된 명함이다. 명함에 프래니의 휴대폰 번호와 파크 애비뉴의 주소가 나와 있다. 프래니는 갤러리를 떠나기 전 다시 한번 나를 안아주고 나서 랜들을 손짓해 부르더니 30번 작품을 가리켜 보인다. "저 그림을 살게요."

2

프래니가 사는 집은 찾기 어렵지 않다. 해리스 빌딩은 가문 명을 딴 이름이다. 주인의 성향을 반영한 듯 그다지 시각적으로 화려해 보이지는 않는다. 다코타주의 다른 건물에서 흔히 대할 수 있는 천창이나 박공 장식도 하지 않았다. 해리스 빌딩은 절제된 건축양식을 선보이며 파크 애비뉴 중심부에 높이 솟아 있다. 현관 위쪽에 해리스 가문의 문장이 새겨져 있다. 담쟁이덩굴과 월계수에 둘러싸인 커다란 소나무 두 그루가 X자 형태로 엇갈려있는 문장이다. 해리스 가문의 재산이 숲의 나무들을 팔아 축적된 만큼 매우 적절한 문장이다.

해리스 빌딩은 오래된 성당처럼 조용하고 어두침침하다. 나는 마치 죄를 지은 사람처럼 발끝을 들고 빌딩 안으로 조용히 걸어들어간다. 도어맨이 나를 따뜻하게 환대해주면서 엘리베이터로 안내한다. 엘리베이터에서 나는 나이팅게일 캠프 시절 알고 지낸 사람과 마주친다.

"로티?"

프래니와 달리 로티는 지난 15년 사이에 많이 변했다. 나이가 들면서 이제는 중후한 매력이 엿보인다. 로티는 즐겨 입던 반바지와 체크무늬 셔츠 대신 검은색 정장 바지에 빳빳한 흰색 블라우스 차림이다. 과거의 기다란 마호가니 색 머리는 이제 검은색 단발머리로 바뀌어 창백한 얼굴을 부분적으로 가리고 있다. 나이팅게일 캠프에서도 로티는 따뜻하고 친근하고 활기찬 사람이었다.

"에마." 로티가 나를 안으며 말한다. "다시 만나게 되어 반가워."

"저도 반가워요. 여전히 프래니와 함께 일하는지 몰랐어요."

"프래니가 나를 내쫓으려 한 적도 없긴 하지만 내가 달리 뭘 할 수 있겠어."

나이팅게일 캠프에서 프래니와 로티는 마치 한 몸처럼 가까이 붙어 지냈다. 캠프 주인 프래니와 충실한 조수 로티가 힘을 합쳐 야영장을 관리하고 통솔했다. 로티를 처음 만났을 때가 떠오른다. 나이팅게일 캠프를 여는 첫날 나는 약속 시간을 지키지 못하고 몇 시간 늦게 도착했지만 로티는 질책하기는커녕 환한 웃음으로 맞아 주었다.

로티가 꼭대기 층 버튼을 누르자 엘리베이터가 위로 올라간다.

"온실에서 점심 식사를 하게 될 거야. 정말 멋진 곳이지."

나는 로티의 말에 고개를 끄덕인다. 로티는 머리부터 발끝까지 나를 살펴본다. 나는 등을 똑바로 세우고, 발로 바닥을 두드리고 있다.

"긴장할 필요 없어." 로티가 말한다. "프래니는 널 이미 백 번도 넘게 용서했으니까."

로티의 말이 사실이길 바랐다. 어제 갤러리를 방문한 프래니가 나를 더할 나위 없이 친절하게 대해주었지만 아직 확신할 단계는 아니다. 엘리베이터 문이 열리는 동안 프래니의 펜트하우스 현관이 눈에 들어온다. 엘리베이터 맞은편 벽에 벌써 프래니가 어제 구입한 내 그림이 걸려 있다.

"그림이 정말 마음에 들어." 로티가 30번 그림을 보며 말한다. "프래니가 왜 저 그림에 매료됐는지 나도 알 것 같아."

프래니가 그림 안에 사라진 소녀들이 있다는 사실을 알고 나서도 과연 지금처럼 좋아할 수 있을지 의문이다. 한편 사라진 소녀들이 프래니의 펜트하우스에서 줄곧 머물게 되면 어떤 기분일지 궁금하다. 앨리슨과 내털리는 모르겠지만 비비언은 아마 좋아서 펄쩍펄쩍 뛸 것 같다.

"오늘 오후에는 일을 접고 갤러리에 가서 너의 그림들을 감상할 생각이야." 로티가 말한다. "네가 정말 자랑스러워, 에마. 우린 다들 그런 마음이야."

로티는 왼쪽 짧은 복도와 다이닝룸, 거실을 차례로 지난다. "여기가 바로 온실이야."

온실이 뭔지 궁금했는데 펜트하우스 테라스에 만든 복층 구조의 식물원이다. 두꺼운 창이 바닥에서 천장까지 아치 모양으로 덮여 있고, 창밖에는 눈이 쌓여 있다. 온실 내부는 축소된 숲이다. 다양한 모양의 소나무들, 꽃이 만발한 벚나무, 화사하게 핀 장미가 눈에 들어온다. 졸졸 흐르는 시냇물이 바위로 덮인 바닥 위에서 흐르고 있고, 숲의 한가운데에 빨간 벽돌로 만든 파티오가 있다.

프래니는 점심 식사를 차려놓은 연철 테이블을 앞에 두고 앉아 있다가 나를 보자 자리에서 일어나 인사한다. "널 이렇게 다시 만나게 되어서 좋아, 에마. 드레스가 정말 잘 어울리는구나."

내가 보유한 옷 가운데 가장 고가인 다이앤 본 퍼스텐버그의 프린트 랩 드레스로 크리스마스 때 부모님이 사주었다. 프래니는 검은색 바지에 흰색 버튼다운 셔츠 차림이다.

"내 온실이 어때?" 프래니가 묻는다.

나는 다시 주위를 둘러본다. 담쟁이덩굴에 절반쯤 덮인 천사 동상이 있고, 시냇물 옆에는 수선화가 피어 있다. "말로 표현할 수 없을 만큼 아름다워요."

"여긴 나만의 오아시스란다. 대자연에서 살 수 없다면 차라리 숲을 실내로 옮겨오고 싶었어."

"어제 제 그림 가운데 가장 큰 그림을 구입하셨던데 평소 숲을 좋아하시기 때문이었나 봐요. 나무와 숲을 그린 그림이니까." 내가 말한다.

"네 그림을 처음 보았을 때 마치 어두운 숲에 들어와 있는 느낌이 들었어. 나는 더 깊은 숲으로 들어가 탐험하거나 발길을 돌려 집으로 돌아가거나 택일해야 할 처지야. 물론 내 선택은 탐험이야."

나는 숲이 시작되는 곳에서 사라진 소녀들이 기다리고 있다는 사실을 알기에 숲속으로 들어가고 싶었다.

점심 메뉴로 아몬드를 얹은 송어 요리, 아루굴라 샐러드, 맛이 산뜻한 리슬링이 나왔다. 음식을 먹고 나서 와인을 마시자 마음이 차분해졌다. 두 번째 잔은 경계심을 늦추게 했다. 세 번째 잔을 마시는 동안 프래니는 내게 평소 어떻게 지내는지, 결혼은 했는지, 가족들은 잘 지내는지 묻는다. 요즘 그림이 잘 그려지지 않아 고민이고, 아직 미혼이고, 부모님은 은퇴해 플로리다로 이주했다고 말해주었다.

디저트로 나온 레몬 타르트 맛이 각별하다.

"음식이 정말 맛있어요." 내가 말한다.

"송어는 미드나이트 호수에서 공수해왔어."

갑자기 미드나이트 호수 얘기가 나오는 바람에 나는 멈칫하며 놀란다. 프래니는 내가 멈칫하는 걸 보며 말한다. "예기치 않은 불상사가 생기긴 했지만 난 여전히 나이팅게일 캠프와 미드나이트 호수에 애정이 많아."

미드나이트 호수는 해리스 가문 소유다. 프래니의 조부 뷰캐넌 해리스는 애디론댁산맥 남쪽에 위치한 1천6백만 제곱미터 면적을 자연 보호 구역으로 만들었다. 뷰캐넌 해리스는 평생에 걸쳐 숲에서 8천 제곱미터 면적의 나무를 베어내 팔았다. 자연 보존 구역을 조성하기 위해 자연은 오히려 큰 대가를 치러야 했다.

미드나이트 호수를 만들 계획이었던 뷰캐넌 해리스는 1902년 초에 강의 지류를 막는 댐을 만들어 물을 가두었다가 12월 마지막 날 밤 자정을 알리는 소리와 함께 버튼을 눌러 물을 아래로 흘려보냈다. 그 결과 그 일대 숲과 계곡은 호수로 탈바꿈했다. 미드나이트 호수는 그렇게 탄생하게 되었다.

"나이팅게일 캠프는 예전 그대로야." 프래니가 말을 이어간다. "요즘도 로티와 단둘이 캠프에 자주 다녀오거든. 테오와 쳇은 내가 나이팅게일 캠프에 다녀오는 걸 달가워하지 않아. 혹시라도 불상사가 일어났을 때 로티 혼자서는 감당하기 힘들다며 걱정이 많지."

프래니의 아들인 시어도어 해리스와 체스터 해리스 화이트는 프래니와 마찬가지로 짧은 이름으로 불리길 바란다. 시어도어 해리스의 짧은 이름은 테오, 체스터 해리스 화이트는 쳇이다. 내가 나이팅게일 캠프에 갔을 때만 해도 쳇은 미처 열 살도 되지 않은 어린아이였다. 프래니가 입양한 아이로 쳇과 분명 이야기를 나눈 적이 있을 텐데 무슨 이야기를 했는지 기억나지 않는다. 쳇이 가끔 별장과 미드나이트 호수 사이에 있는 잔디밭을 맨발로 뛰어다니는 모습을 본 기억이 난다. 테오 역시 입양한 아이로 그와는 여전히 다양한 기억이 남아 있고, 아직 해결하지 못한 마음의 빚이 있다.

"테오와 쳇은 어떻게 지내요?" 나는 사실 그들의 근황을 물을 처지가 아니었지만 프래니가 그들의 안부를 물어봐주길 기대하는 표정이었기에 그렇게 묻는다.

"테오는 〈국경 없는 의사회〉에 가입해 열심히 활동하는데 요즘은 아프리카에서 지내고 있어. 쳇은 이번 학기에 예일대에서 석사 학위를 받을 거야. 멋진 여자와 약혼도 했지. 난 너도 이미 테오와 쳇이 어떻게 지내는지 잘 알고 있는 줄 알았어. 나이팅게일 캠프 출신들의 소식 전달 체계는 여전히 견고하니까."

"저는 나이팅게일 캠프에서 만났던 사람들과 전혀 연락하지 않고 지내요." 나는 말한다.

나이팅게일 캠프에서 만난 사람들이 페이스북 친구 신청을 했지만 모두 거절했다. 캠프에서 2주일을 함께했지만 공유하는 추억은 없었다. 나이팅게일 캠프 출신들이 모여 만든 채팅방도 차단했다.

"내가 만나자고 한 이유가 궁금하지?"

"네, 궁금해요."

"나이팅게일 캠프를 다시 열 생각이야." 프래니가 말한다.

"그래도 괜찮을까요?"

프래니가 테이블 위로 팔을 뻗어 내 손을 꼭 쥐더니 말한다. "너처럼 과연 성공적인 케이스가 될지 의구심을 가진 사람이 많아. 심지어 나조차 바람직한 선택이 될지 확신하지 못해. 하지만 언젠가 다시 캠프를 열어야 한다면 지금이 적기라고 생각했어. 캠프 문을 닫은 지 15년이 지났어. 이미 충분히 기다렸다고 봐."

나이팅게일 캠프는 문을 닫은 지 15년이 지났다. 마치 전생의 일처럼 가물가물해진 기억도 있고, 어제 일처럼 또렷이 남아 있는 기억도 있다.

그해 여름, 예기치 못한 불상사가 발생하는 바람에 캠프는 예정보다 일찍 문을 닫았다. 아이들을 캠프에 보낸 가정의 일정표를 전면 수정해야 하는 결정이었다. 사회적 파장이 큰 사건이어서 캠프 문을 닫는 것 말고는 적당한 해결책이 없었다. 내 부모님은 사건이 벌어진 다음 날 가장 늦게 캠프에 도착해 나를 집으로 데려갔다. 볼보 뒷자리에 앉아 시야에서 멀어지는 캠프를 바라보던 기억이 난다. 그때 난 열세 살이었지만 다시는 캠프에 올 일이 없을 거라고 생각했다.

나이팅게일 캠프는 맨해튼의 부유층 아이들이 주로 가는 여름 캠프로 유명했다. 부유한 집 아이들은 여름방학이 되면 나이팅게일 캠프에 가서 수영을 즐기고 카누, 요트를 타면서 긴 여름을 보냈다. 내 엄마와 이모, 고모들도 나이팅게일 캠프에 다녀온 경험이 있을 만큼 역사와 전통을 자랑했다. 내가 다니는 학교에서 나이팅게일 캠프는 '부잣집 년들'이나 갈 수 있는 캠프로 알려져 있었다. 아이들은 나이팅게일 캠프에 대해 경멸감을 섞어 이야기하면서 집안 형편상 캠프에 갈 수 없는 실망감을 달랬다. 그해 여름 나에게 처음으로 나이팅게일 캠프에서 여름방학을 보낼 수 있는 기회가 주어졌다. 하필이면 내가 난생처음 나이팅게일 캠프에 합류하게 된 바로 그해에 무시무시한 사건이 벌어졌다. 나이팅게일 캠프는 몇 달 동안 뉴스의 중심이 되었다. 사라진 소녀 가운데 하나인 내털리는 뉴욕 최고의 정형외과의사 딸이었고, 앨리슨은 브로드웨이 유명 여배우의 딸이었다. 비비언은 상원의원 딸이었고, 늘 '문제아'라는 꼬리표가 뒤따랐다.

다른 아이들과 달리 나는 투자 은행 직원인 아빠와 알코올의존증을 앓는 엄마를 둔 가정의 딸이어서인지 언론은 나에 대해 별 관심을 보이지 않았다. 열세 살 때 할머니가 돌아가시면서 내 몫으로 남긴 유산이 생겼고, 나는 처음으로 나이팅게일 캠프에서 지낼 수 있는 기회를 얻게 되었다. 나이팅게일 캠프의 주인인 프래니는 한동안 언론의 뜨거운 질타를 받았다. 스물한 살에 나이가 서른 살이나 많은 남자와 결혼해 서른 살이 되기도 전에 남편과 사별한 프래니는 마흔 살에 첫 아이 테오를 입양했고, 쉰 살에 둘째 아이 쳇을 입양했다.

언론은 미드나이트 호수가 아이들이 안심하고 수영과 물놀이를 즐길 수 있을 만큼 안전장치가 잘 준비되어 있는 곳인지 따져 물었다. 더구나 프래니의 남편 더글라스 화이트가 미드나이트 호수에서 익사한 사실을 감안할 때 안전장치 마련에 더욱 만전을 기했어야 한다는 지적이 잇따랐다. 캠프에서 일하는 직원이 턱없이 부족해 안전 관리가 제대로 이루어지지 않았다는 비판도 제기되었다. 테오의 행적을 의심하는 기사와 아들을 옹호한 프래니를 비난하는 기사도 빗발쳤다.

의도하진 않았지만 담당 형사에게 털어놓은 나의 진술도 프래니를 곤혹스럽게 만든 여론에 일조했다.

프래니는 그 당시 겪은 고통을 다 잊은 듯 나이팅게일 캠프를 다시 열고 싶다는 구상을 밝혔다.

"15년은 제법 긴 시간이지만 나이팅게일 캠프에는 아직 어두운 그림자가 드리워져 있어. 캠프를 다시 열어야만 과거의 망령을 떨쳐버릴 수 있다고 생각해. 그 대신 이번에는 캠프 참가 비용을 전혀 받지 않을 생각이야. 다만 캠프가 위치한 주변 세 개 주 여학생들에게만 캠프 참가 자격을 주려고 해."

"매우 파격적인 계획이네요."

"난 사실 돈보다는 나이팅게일 캠프와 미드나이트 호수가 있는 대자연 속에서 아이들이 맘껏 즐겁고 신나는 시간을 보내는 모습을 보고 싶어. 그래서 말인데 너도 이번 캠프에 참여해 주었으면 해."

내가 나이팅게일 캠프에 다시 간다고?

나는 기대했던 작품 의뢰와는 전혀 상관없는 제안이라 내심 당혹스럽기 그지없다. 전혀 예기치 못한 일이라 혹시 내가 잘못 들은 건 아닌지 의심된다.

"난 나이팅게일 캠프에 온 여학생들에게 다양한 예술을 접할 수 있는 기회를 마련해주길 바라거든. 수영이나 카누 같은 물놀이도 좋고, 자전거 하이킹도 좋지만 글쓰기, 사진, 미술을 배울 기회를 마련해줄 수 있다면 더욱 유익한 시간을 보낼 수 있을 테니까."

"그럼 제가 캠프에 참가한 학생들에게 그림을 가르쳐야 하는 거예요?"

"학생들을 지도하는 시간은 그리 많지 않을 테니까 개인적인 시간이 충분히 주어질 거야. 대자연에 파묻혀 앞으로 어떤 그림을 그릴지 구상해보는 것도 좋을 거야. 대자연만큼 예술적인 영감에 도움을 주는 환경은 없으니까.”

캠프에서 학생들에게 그림을 가르칠 사람이라면 널려 있다시피 할 텐데 프래니는 왜 하필 나에게 캠프 합류를 원할까?

나는 무릎에 펼쳐놓은 냅킨을 만지작거리며 곰곰이 생각해본다.

“무슨 걱정을 하는지 알아.” 프래니가 말한다. “아마 내가 너라도 쉽게 결정하지 못하고 망설였을 거야. 15년 전, 넌 어린 나이로 감당하기 힘들 만큼 큰 혼란을 겪었으니까. 너뿐만 아니라 우리들 모두가 끔찍한 악몽을 경험했지만 이제 지난 일은 시간의 벽 속에 묻어두고 새롭게 출발해야 한다고 생각해. 세상 사람들에게 나이팅게일 캠프가 다시 예전처럼 안전하고 즐거운 곳으로 거듭나게 되었다는 사실을 보여주어야지. 리베카 쇤펠드도 내 계획에 크게 공감하면서 기꺼이 동참하기로 했어.”

보도사진 작가인 리베카는 피투성이가 된 시리아 난민 두 아이가 서로 아픔을 나누며 손을 맞잡은 사진을 발표해 크게 주목받았다. 그 사진은 세계 모든 신문의 1면을 장식했다. 리베카도 나이팅게일 캠프에서 아이들이 사라지는 사건이 발생했을 당시 함께했다.

나이팅게일 캠프를 떠난 이후 리베카와 단 한 번도 연락을 주고받은 적이 없다. 리베카가 먼저 연락해주길 바라지도 않았다. 리베카는 스타일이 독특하긴 해도 딱히 불편한 사람은 아니었다. 늘 혼자 조용히 지냈고, 언제나 목에 걸고 다니는 카메라를 통해 세상을 바라보길 좋아했다. 심지어 물이 허리까지 차는 호수에 몸을 담그고 있을 때조차 카메라를 목에 걸고 다녔다.

리베카가 동행하기로 했다는 말을 듣자 왠지 안심되면서 성공적인 캠프가 될 것 같다는 느낌이 든다.

"캠프에 동행해주면 보수도 충분히 지급할 거야."

내가 손으로 꼬아놓은 냅킨이 마치 가느다란 밧줄처럼 보인다. "지난날 캠프에서 겪은 일 때문에 아직 트라우마가 남아 있어요. 과연 잘 해낼 수 있을지 확신이 서지 않아요. 저로서는 감당하기 쉽지 않은 일이 분명해요."

"어쩌면 힘든 일을 겪었기 때문에 *반드시* 한 번은 캠프로 돌아가야 할지도 몰라." 프래니가 말한다. "사실은 나도 두려움이 얼마나 컸는지 2년 동안 캠프에 발길을 할 수 없었던 적이 있어. 그때 일을 생각하면 도저히 즐거운 시간을 보낼 자신이 없었거든. 캠프에 다시 가보고 나서야 방문하길 잘했다고 생각했지. 캠프 일대는 여전히 자연경관이 빼어나. 난 자연이 고통을 치유하는 힘을 갖고 있다고 믿어. 캠프 참가가 너의 고통을 치유할 기회가 되어줄 거야."

난 아무 말도 하지 않는다. 프래니가 녹색 눈으로 나를 뚫어지게 바라보고 있어 더욱 입을 열기 어렵다.

"아직 시간이 있으니까 천천히 생각해보고 나서 결정해도 괜찮아." 프래니가 말한다.

"생각해볼게요."

마지막 거짓말

3

프래니를 만난 이후 나이팅게일 캠프에 대한 생각이 머릿속을 떠나지 않는다. 프래니가 원하는 방향과는 거리가 먼 생각들이다. 난 캠프에 가지 말아야 할 필연적인 이유를 찾고 있다. 15년 동안 떨쳐버리지 못한 죄책감과 불안감이 여전히 나를 괴롭힌다. 식당에서 마크를 만났을 때도 그랬다.

"내 생각에는 캠프에 다녀오는 것도 나쁘지 않겠어." 마크가 내 앞으로 라따뚜이 접시를 밀어놓으며 말한다. 토마토와 프로방스 허브 향이 식욕을 자극한다. 내가 정말 좋아하는 음식인데 머릿속을 가득 채운 프래니의 캠프 참가 제안이 식욕을 떨어뜨린다.

마크가 피노 누아 잔을 내게로 밀어주며 말한다. "와인을 한잔 마시면 한결 기분이 좋아질 거야."

"내 심리 상담사는 캠프에 가는 걸 반대할 거야."

사라진 소녀들의 장례식은 가족들이 혹시 돌아올지도 모른다는 희망을 포기한 순서에 따라 장장 6개월에 걸쳐 진행되었다. 앨리슨의 장례식이 가장 먼저 열렸고, 그다음은 내털리 차례였다. 가장 마지막 열린 비비언의 장례식은 날씨가 매섭게 추운 1월에 거행되었다. 나는 비비언의 장례식에만 참석했다. 내 부모님은 가지 말라고 말렸지만 나는 학교 수업까지 빼먹고 장례식이 열리는 교회에 갔다. 신도석의 가장 뒷자리에 앉은 나는 슬픔에 겨워 흐느껴 우는 비비언의 부모님을 먼발치에서 지켜보았다. 비비언의 장례식에는 상하원 국회의원들이 대거 참석해 마치 미국 의회를 옮겨놓은 듯했다.

장례식을 치르긴 했지만 아이들이 살아 있을 가능성은 여전히 남아 있다. 아이들이 실종된 지 3년이 지난 시점에 뉴욕주 정부가 공식적으로 법적인 사망 결정을 내렸으나 아직 시신이 발견되지 않은 만큼 숨을 거두었다고 단정할 수는 없다.

"난 지난 6개월 동안 그림을 그릴 수 없었어."

내 말을 믿을 수 없다는 듯 마크의 얼굴에 놀란 표정이 스쳐 지난다. "정말이야?"

"정말 그랬다니까."

"당신은 여전히 사라진 소녀들 생각에 매몰되어 다른 일을 할 수 없는 거야."

나는 마크에게 사라진 소녀들 말고는 아무것도 그릴 수 없고, 그들이 하얀 드레스를 입은 모습을 숲의 나무와 덩굴로 가리는 그림을 이제 더는 그릴 수 없고, 매일 새로운 주제를 찾기 위해 캔버스를 노려보지만 아무런 진전도 없다고 말한다.

"당신은 여전히 강박관념에 시달리고 있는 거야."

"나도 그렇게 생각해." 나는 와인을 길게 한 모금 마신다.

"오랜 시간이 흘렀는데 왜 아직도 그 일들이 당신 머릿속을 가득 채우고 있는지 모르겠어. 사라진 소녀들을 이전부터 알고 지낸 사이도 아니고, 캠프에서 처음 만났다면서."

내 심리 상담사도 마크와 비슷한 말을 한 적이 있다. 지난 15년 전 벌어진 일, 겨우 2주 동안 함께 지낸 그 아이들에게 집착하는 게 나 역시 의아하긴 마찬가지다.

"함께한 시간이 그리 많지는 않아도 그 아이들은 내 *친구*였으니까." 내가 말한다. "시간이 흘렀다고 지난 일로 치부해버릴 수는 없어."

"그냥 그 아이들을 생각하지 않으면 기분이 꺼림칙한 거야, 아니면 일종의 죄책감을 느끼는 거야?"

"둘 다."

나는 그 아이들이 살아 있는 모습을 마지막으로 본 사람이다. 그 아이들이 무얼 하려고 했는지 몰라도 보다 적극적으로 말렸더라면 막을 수도 있었다. 그들이 떠나자마자 곧장 프래니나 다른 교사들에게 말할 수도 있었다. 그러는 대신 나는 다시 잠을 청했다. 요즘도 가끔 꿈속에서 비비언이 떠나며 남긴 말을 듣는다.

넌 함께 가기엔 너무 어려, 에마.

"캠프로 돌아가게 되면 당신은 더욱 큰 괴로움에 시달릴까봐 두려워하고 있어. 그런데도 꼭 가려고?" 마크가 말한다.

나는 와인 잔으로 손을 뻗는다. 와인 잔에 초조해하는 내 표정이 반사되어 보인다. 나 자신이 깜짝 놀랄 정도로 초조한 표정이다.

"당신 마음을 이해해. 같은 오두막을 쓰던 친구들이 죽었으니 당연히 큰 충격을 받을 수밖에."

"아직 죽었다고 단정할 수는 없어. 그냥 사라졌을 뿐이야." 내가 말한다.

"아니, 그들은 *죽었어*. 살아 있을 거라고 기대하는 건 무리야."

마크는 그해 여름 캠프에서 무슨 일이 있었는지 대략 상황을 알고 있지만 아직 모르는 게 더 많다. 나는 마크에게 나이팅게일 캠프에서 벌어진 사건과 그 이후에 벌어진 일들에 대해 자세히 말해준 적이 없다. 내가 왜 장식이 달린 팔찌를 늘 착용하고 다니는지, 왼팔을 움직일 때마다 새들이 달그락거리는 소리를 내는지.

마크가 테이블 위로 손을 뻗어 내 손을 꼭 쥔다. 평생 요리를 만들며 살아온 마크의 손바닥에는 굳은살이 잡혔고, 손가락에는 흉터가 많다.

"당신이 캠프에 다시 간다면 다른 그림을 그릴 수 있을지도 몰라. 유일한 돌파구는 직접 부딪쳐보는 것뿐이야."

***

저녁 식사를 마치고 나는 내 아파트로 돌아와 캔버스 앞에 선다. 지난 몇 주 동안 그랬듯이 텅 빈 캔버스가 마치 나를 질책하는 느낌이 든다. 어서 텅 빈 공간을 채워달라고 보채고 있다.

팔레트에 물감을 조금 짜면서 뭔가 그려야 한다고 생각한다. 붓으로 물감을 찍어 캔버스에 색깔을 남긴다. 나는 뒤로 한 걸음 물러나 붓이 지나간 자국을 살핀다. 노란색 물감이 찌그러진 S자 모양으로 남아 있다.

나는 즉시 비비언의 머리카락이라는 걸 깨닫는다. 뭔가에 쫓겨 달아나는 비비언의 금발이 바람에 흩날리는 모습이다.

나는 테레빈유로 적신 천 조각을 집어 들고 노란색 물감이 희미한 얼룩이 될 때까지 문질러 닦는다. 지난 몇 주 동안에 걸쳐 내가 유일하게 그린 그림을 지우자니 눈물이 차오른다.

나는 눈물을 닦다가 창문 근처에서 뭔가 움직인 느낌을 받는다.

금발에 창백한 피부의 비비언이다.

나는 깜짝 놀라 소리를 빽 지르며 오른손 손가락으로 왼팔에 찬 팔찌를 움켜쥔다. 비비언을 똑바로 보기 위해 몸을 홱 돌린다. 몸이 돌아가자 팔찌의 새들이 날아오른다.

내가 본 건 비비언이 아니라 창문에 비친 내 모습이다.

사라진 소녀들이 여전히 내 머릿속을 가득 채우고 있다. 15년이 지났어도 나는 그들이 오두막을 떠났던 날 밤에 내가 취한 행동을 분명히 기억하고 있다. 내 행동이 상황을 더욱 악화시킨 건 분명하다.

나는 창문에서 몸을 돌리고 프래니에게 전화를 건다. 전화는 곧바로 음성사서함으로 연결된다. 메시지를 남겨달라는 로티의 목소리가 흘러나온다.

"에마 데이비스입니다. 캠프에 와달라는 프래니의 제안을 받아들일게요." 내 입으로 내뱉었지만 믿기 힘든 말이다. "캠프에 갈게요."

마음이 바뀌기 전에 전화를 끊었지만 얼른 다시 전화해 취소하고 싶다. 하지만 나는 마크에게 전화해 캠프에 가기로 결정한 사실을 알린다.

"나이팅게일 캠프에 가기로 했어."

"지난날 악몽을 모두 털어버리고 새롭게 출발하는 계기가 되길 바랄게."

"난 캠프에 가서 그 아이들이 남긴 흔적을 찾아보고 싶어."

마크가 손으로 머리카락을 쓸어 넘기면서 눈을 깜박이는 모습이 떠오른다. 그가 도저히 이해할 수 없을 때 흔히 취하는 반응이다.

"내가 다시 캠프에 가고자 하는 유일한 이유야."

나는 비비언, 내털리, 앨리슨을 찾게 되리라 기대하지 않는다. 그 아이들은 흔적도 없이 사라졌고, 이미 15년이나 지난 일이다. 게다가 그 아이들을 찾아보아야 할 숲의 면적도 나 혼자 커버하기에는 어마어마하게 넓다. 나이팅게일 캠프 일대 숲은 15제곱킬로미터가 넘는다. 15년 전 수백 명이 투입되어 수색 작업을 펼쳤지만 아무런 단서도 찾아내지 못했는데 나 혼자 무얼 할 수 있을지 알 수 없다.

"그 아이들이 어디로 가려고 했고, 무얼 하려고 했는지 찾아낼 거야."

"그런다고 그 아이들이 되돌아오지는 않아."

"나도 알아."

"그럼 왜 그런 일을 하려고?"

마크에게 내 생각을 설명하기 힘들어 결국 이렇게 말한다. "며칠 혹은 몇 주, 아니면 여러 해가 지난 뒤 당신이 한 일에 대해 지속적으로 후회한 적 있어?"

"당연히 있지. 누구나 후회할 일이 있기 마련이니까."

"나이팅게일 캠프에서 벌어진 일이 내게는 그래. 15년 동안 나는 그 아이들에게 무슨 일이 있었는지 알려줄 뭔가를 찾아보지 않은 걸 후회했어. 이제야 비로소 단서를 찾아볼 기회가 주어진 거야. 이 기회를 포기한다면 두고두고 후회하겠지."

마크는 나지막한 한숨을 내쉰다. 내 말이 먹혔다는 뜻이다.

"그래, 무슨 말인지 알겠어. 다만 단서를 찾아내려고 당신 자신을 위험에 빠뜨려서는 안 돼."

"그냥 아이들이 가는 여름 캠프잖아." 내가 말한다. "현장을 둘러보고, 그 당시 캠프를 관리했던 사람들을 만나 꼭 물어보고 싶은 말이 있어. 그러다 보면 그 아이들에게 무슨 일이 있었는지 뭔가 새로운 사실을 알게 될 수도 있겠지. 유일한 돌파구는 직접 부딪쳐보는 것뿐이라면서?"

마크에게 작별 인사를 할 때 여자아이들을 처음으로 그렸던 그림이 눈에 들어온다. 1번 그림에는 비비언과 내털리, 앨리슨의 모습이 거의 보이지 않는다. 나는 1번 그림으로 다가가 아이들의 머리카락이나 드레스가 조금이라도 보이는지 찾아본다.

나뭇가지가 눈을 가리고 있지만 아이들이 나를 바라보고 있다. 그 아이들은 내가 언젠가 반드시 나이팅게일 캠프로 돌아오리라는 걸 알고 있었다는 생각이 든다. 하지만 그 아이들이 내가 돌아오길 바라는지 여부를 알 수는 없다.

15년 전

"일어나, 엠."

아침 8시가 막 지날 무렵 엄마가 내 침실에 들어왔다. 엄마는 아침 일찍부터 블러드메리 칵테일을 마셔 눈이 벌겋다. 엄마의 입술은 뭔가 중요한 말을 할 때마다 떠올리는 웃음을 머금고 있다. 나를 긴장하게 만드는 웃음이다. 엄마의 의도와 결과 사이에는 늘 큰 차이가 있으니까.

"갈 준비는 다 됐니?"

"갈 준비라니? 어디에?"

엄마는 시폰이 달린 가운의 옷깃을 손으로 매만지며 나를 물끄러미 바라보았다. "캠프에 가기로 했잖아."

"캠프라니?"

"여름 캠프." 엄마는 여름이라는 단어를 힘주어 강조한다.

나는 이불을 핵 젖히고 일어나 앉는다. "나한테 여름 캠프라는 말을 아예 꺼낸 적도 없었어.”

“이미 몇 주 전에 말했잖아. 엄마랑 줄리 이모가 갔던 바로 그 캠프 말이야. 설마 까마득히 잊은 건 아니지?”

“난 여름 캠프라는 말을 아예 듣지도 못했다니까.”

엄마는 말해야겠다고 생각해놓고 실제로 말한 것으로 착각하는 경우가 많았다.

“그럼 늦었지만 지금 말할게. 어서 가방을 꾸려. 늦어도 한 시간 뒤에는 캠프로 출발해야 하니까.”

내가 애써 짜둔 방학 계획은 미처 착수해보기도 전에 포기해야 할 형편이었다. 헤더와 마리사 그리고 나는 자습실에서 여름방학 동안 무얼하며 지낼지 만반의 계획을 짜두었다. 캠프에 가면 매일이다시피 모여 뒹굴뒹굴할 수도 없고, 몰래 기차를 타고 코니아일랜드에 다녀오려던 계획은 없던 일이 된다. 옆집에 사는 놀런 커닝햄에게 작업을 걸 수도 없게 된다. 저스틴 팀버레이크만큼 귀엽지는 않아도 벌써 가수라도 된양 자신감이 넘치는 녀석이다. 내가 치아 교정기를 떼면서 녀석이 마침내 관심을 보이기 시작했는데 캠프에 가야 한다니?

“어느 캠프인데?”

“나이팅게일 캠프.”

‘부자 년’들이 즐겨 가는 캠프라니 저절로 눈이 번쩍 뜨인다.

그럼 얘기가 다르지.

나는 지난 2년 동안 나이팅게일 캠프에 보내달라고 부모님을 졸라댔지만 거부당했다. 이번에는 아예 포기하고 아무 말도 안 하고 있었는데 나이팅게일 캠프에 가게 되었다. 엄마가 아침부터 흡족한 미소를 짓고 있던 모습이 비로소 이해가 되었다.

"나이팅게일 캠프에 가면 넌 평생 기억에 남는 여름을 보내게 될 거야."

나이팅게일 캠프에 대한 기대감이 밀려와 온몸이 떨릴 지경이었다.

6주 동안 미드나이트 호수에서 수영을 즐기고, 오두막에서 시원한 바람을 맞으며 책을 읽고, 나무가 울창한 숲길에서 하이킹을 하는 거야.

이 답답한 아파트와 알코올의존증 엄마 그리고 엄마가 와인을 잔에 따를 때마다 눈을 부라리는 아빠로부터 6주간 벗어날 수 있게 된다. 헤더와 마리사는 무척 속상해하며 질투하겠지만 어쩔 수 없다.

"가고 싶진 않지만 가야지 어쩌겠어요." 나는 짐짓 시큰둥하게 말한다. 물론 거짓말이다.

거짓말로 가득 찬 그해 여름의 첫 번째 거짓말.

4

뉴욕에서 나이팅게일 캠프까지 다섯 시간이 걸렸다. 항상 오가는 차들이 많은 87번 고속도로를 타고 북쪽으로 계속 달렸다. 캠프로 이동하는 동안 부모님은 나에게 나이팅게일 캠프에 가야 한다는 사실을 미리 말해주지 않은 책임이 서로 상대에게 있다고 주장하며 말다툼을 벌였다. 뒷자리에 앉아 부모님이 옥신각신 다투는 소리를 듣다 보니 어느새 캠프에 당도해 있었다.

나는 이번에도 차 뒷좌석에 앉는다. 프래니가 보내준 차를 운전하는 기사는 이동하는 동안 말을 거의 한마디도 하지 않는다. 나는 15년 전처럼 몹시 긴장하고 있다. 목에 가시가 걸린 것 같은 기분이다.

출발하기 전 내가 다니던 광고대행사에 장기 휴가를 신청했고, 내가 아파트를 비운 사이 대신 사용할 사람을 찾느라 바빴다. 나름 긴 휴가도 받아냈고, 알고 지내던 화가 한 명이 내가 캠프에 가 있는 동안 내 아파트를 사용하기로 했다.

로티가 캠프에서 어떻게 지내야 하는지 상세한 일정을 적은 이메일을 보내주었다. 이번 여름 캠프에는 쉰다섯 명의 학생, 다섯 명의 지도교사, 캠프를 경험한 적이 있는 사람들로 구성된 강사 다섯 명이 합류할 예정이다. 캠프 참가자들이 6주 동안 지내야 하는 오두막에는 예전과 마찬가지로 전기가 들어오지 않는다.

캠프에 가져갈 내 여행 가방은 벽장 깊숙이 처박혀 있다. 필요한 물품을 사러 마트에 들러 반바지 몇 벌, 두꺼운 양말과 운동화, LED 플래시, 휴대폰 방수 케이스를 산다.

부모님이 걱정할까봐 캠프에 다시 가기로 한 사실을 알리지 않는다. 그냥 6주 동안 여행을 다녀올 예정인데 혹시 무슨 일이 있으면 마크에게 연락하라고 말해두었다.

사라진 소녀들의 행방을 조사하는 데 필요한 미드나이트 호수와 그 주변 지도를 준비했다. 혹시 필요할지도 몰라 구글 지도의 도움을 받아 그 지역 위성사진도 챙겨둔다. 도서관에 들러 아이들의 실종을 다룬 15년 전 신문 기사들도 스크랩해두었다. 혹시 필요한 영감을 얻을 수 있을까 해서 이미 여러 번 읽은 낸시 드루의 《방갈로 미스터리》도 준비했다.

위성사진으로 보자면 미드나이트 호수는 뒤집힌 쉼표 모양으로 길이는 3킬로미터, 폭은 800미터이다. 호수의 폭이 가장 좁은 곳은 동쪽 끝으로 뷰캐넌 해리스가 호수를 만들 때 이용한 댐이 위치했던 곳이다. 댐의 수문을 동시에 개방하면서 쏟아진 물이 서쪽으로 유입되면서 계곡을 메우고 호수를 형성하게 되었다.

나이팅게일 캠프는 미드나이트 호수의 남쪽에 있다. 지도에서 보자 면 나이팅게일 캠프는 그저 자그마한 사각형으로 표시되어 있다. 그나 마 위성사진으로는 커다란 황록색 사각형으로 보이고, 그 안에 다양한 갈색 건물들이 포진해 있다. 별장 건물, 여러 채의 오두막, 야외 화장 실, 부대시설을 확인할 수 있다. 심지어 미드나이트 호수의 부두에 묶 여 있는 두 대의 모터보트도 보인다. 캠프의 진입로를 나타내는 회색 선은 3킬로미터 떨어진 지방도로와 연결된다.

아이들이 진입로를 나와 지방도로까지 걸어가 지나는 차를 얻어 타 고 뉴잉글랜드 혹은 캐나다로 갔다는 설도 제기된 적이 있다. 히치하이 킹을 해 트럭에 탔다가 운전자에게 살해당했을 가능성도 제기되었다. 하지만 캠프 근처 지방도로에서 아이들을 봤다는 제보자는 단 한 명도 나타나지 않았다. 강력 범죄를 저질러 체포된 트럭 운전자들의 트럭 속 에서 사라진 아이들의 DNA가 검출된 적은 없다. 게다가 사라진 아이 들은 개인 소지품을 캠프의 오두막 트렁크에 그대로 두고 사라졌다. 옷, 현금, 휴대폰 따위. 소지품을 그대로 두고 간 걸 보면 아이들은 오 두막으로 다시 돌아올 생각이 분명했다.

그 당시 신문과 인터넷에 실린 기사를 다시 한번 찾아 읽어보았지만 딱히 주목할 만한 내용은 없다. 15년 전과 마찬가지로 아이들이 사라 진 이유와 도대체 어떤 일이 있었는지 알 수 있는 방법이 없다. 비비언, 내털리 그리고 앨리슨은 7월 5일 이른 새벽에 사라졌다. 내가 아이들 이 사라진 사실을 프래니에게 알린 건 새벽 6시가 되기 직전이다. 오전 내내 캠프 일대를 수색했지만 소득이 없었다. 오후가 되자 캠프 책임자 인 프래니는 뉴욕주 경찰청에 신고했고, 정식으로 수색과 수사가 시작되었다. 사라진 아이들의 부모 가운데 유명 인사가 있어 대통령 경호실과 FBI도 사건에 관심을 보였다. FBI, 뉴욕주 경찰청, 지역 경찰로 이루어진 수색대가 캠프 일대 숲을 샅샅이 뒤졌지만 아이들을 찾아내지 못했다. 상공에서는 헬리콥터들이 저공비행을 하며 숲속을 샅샅이 조사했다. 사냥개들도 수색 작업에 투입되었지만 아무런 성과를 내지 못했다. 결국 나뭇가지에 걸린 아이들의 머리카락 한 올조차 찾아내지 못하고 수색은 종결되었다.

호수 수색을 위해 잠수부도 투입되었지만 역시 아무런 단서를 찾아내지 못했다. 오래전 과거에는 계곡이었던 호수라 그대로 수몰된 나무를 비롯해 방해물이 많아 잠수사들이 수색 활동을 하기에 불편한 점이 많았다. 호수에 투입되었던 잠수부들은 아무런 실적도 없이 수색 활동을 마무리했다.

사라진 아이들이 유일하게 남긴 단서는 비비언이 입던 스웨터 하나가 전부였다. 하얀색 스웨터의 가슴팍에 '프린스턴'이라는 오렌지색 글자가 새겨져 있었다. 나는 아이들이 사라지기 전날 캠프파이어를 할 때 비비언이 그 옷을 입고 있는 걸 본 적이 있어 경찰 조사를 받을 때 확인해주었다.

아이들이 사라진 다음 날 비비언의 스웨터가 발견되었다. 나이팅게일 캠프에서 거의 직선 방향 호수 건너편 숲에 스웨터가 놓여 있었다. 비비언의 스웨터를 최초로 발견한 사람은 지역 주민인 자원봉사자였다. 그는 스웨터가 마치 옷 가게에 전시해둔 물건처럼 단정하게 접혀 있었다고 했다. 스웨터에서 비비언의 DNA가 발견되었다. 옷은 어느한 군데 찢어지지 않았고, 누군가에게 공격받은 흔적이나 혈흔은 전혀 발견되지 않았다.

내가 생각하기에 분명 이상한 구석이 있었다. 오두막을 떠날 당시만 해도 비비언은 그 스웨터를 입고 있지 않았다. 경찰 조사를 받을 때 담당 형사가 내게 비비언이 프린스턴 대학생들처럼 스웨터를 허리에 묶거나 어깨에 걸치고 있지는 않았는지 거듭 물었지만 나는 그럴 때마다 분명하게 아니라고 대답해주었다. 내 증언에는 추호도 거짓이 없었다. 경찰은 스웨터가 마치 등대 불빛이라도 되듯이 스웨터를 처음 발견한 숲을 중심으로 수색 작업을 펼쳤지만 성과는 없었다. 나는 그 아이들이 왜 캠프에서 수 킬로미터나 떨어진 숲까지 갔는지 그 이유를 알 수 없었다.

프래니의 아들 테오 해리스 화이트가 범인으로 의심 받았지만 수사 결과 아무런 단서도 나오지 않았다. 비비언의 스웨터에서도 테오의 흔적은 발견되지 않았다. 테오의 소지품도 조사했지만 의심할 만한 물건은 나오지 않았고, 분명한 알리바이도 있었다.

테오는 꼭두새벽까지 동생 첫과 체스를 두었다. 테오의 결백은 증명되지 않았지만 기소할 만한 근거 또한 전혀 없었다. 테오가 아이들을 살해하고 교묘하게 숨겼다고 주장하는 아마추어 수사관도 있었지만 아무런 근거도 없는 추론에 불과했다.

나이팅게일 캠프 실종 사건을 다루던 언론들도 더 새롭고 관심 쏠리는 화제를 찾아 떠나갔다. 정통 언론이 차지하고 있다가 떠난 빈자리를 황색 언론이 채웠다. 레딧과 음모론을 숭상하는 웹사이트에서는 숲에 사는 미치광이가 여학생들을 납치해 살해했다는 가설이 마치 사실처럼 통용되었다. 웹사이트마다 아이들을 납치한 범인을 다르게 만들어냈다. 인간이 아닌 외계인일 수도 있다는 주장에서부터 깊은 숲속에 사는 마녀, 늑대 인간일 수도 있다는 가설도 등장했다.

나이팅게일 캠프에 다녀왔던 참가자들이 만든 페이스북에 들어가 보니 그 당시 실종된 아이들과 캠프에 갔던 여학생들마저 그런 소문에 휘둘리고 있다는 사실을 알게 되었다. 내가 나이팅게일 캠프에 가서 첫날 아침에 만났던 붉은 머리 지도교사가 한 시간 전에 올린 사진이 시선을 끌었다. 그 교사는 내가 나이팅게일 캠프에서 함께 생활했던 사람들 가운데 나에게 처음으로 페이스북 친구 요청을 해왔던 인물이다. 그녀를 좋아했지만 다른 사람들과의 형평성을 고려해 부득이 친구 요청을 거절할 수밖에 없었다.

나는 지금 그녀가 오두막 앞에서 미드나이트 호수를 배경으로 찍은 사진을 바라보고 있다.

다시 돌아왔다. 마치 그해 여름 같은 느낌.

그 사진에는 벌써 50명이 '좋아요' 버튼을 눌렀고, 댓글도 여러 개 달려 있다.

에리카 해먼드 : 즐거운 여름 보내세요!

리나 갤러거 : 우와, 추억이 새록새록.

펠리샤 웰링턴 : 그 캠프에 다시 갔다니 믿을 수 없네요. 난 설령 프래니가 백만 달러를 준다고 해도 갈 수 없을 거예요.

케이시 앤더슨 : 난 캠프에 다시 와서 기뻐요.

매기 콜린스 : 캠프에서 벌어진 사건을 생각할 때마다 무서워요.

호프 레빈 스미스 : 나도 펠리샤와 의견이 같아요. 이 시점에 나이팅게일 캠프라니? 매우 형편없는 아이디어죠.

마지막 거짓말

케이시 앤더슨 : 왜요?

호프 레빈 스미스 : 캠프에서 발생한 사건을 잘 알고 있으니까요. 웹사이트에서 떠도는 말들 가운데 사실인 게 드물어요.

레나 갤러거 : 그땐 정말 무서웠는데.

호프 레빈 스미스 : 당연히 무섭죠.

케이시 앤더슨 : 모두들 근거 없는 말들을 잘도 하시네.

호프 레빈 스미스 : 당신이 그 사건과 관련해 가장 많은 말을 했잖아요. 캠프에 다시 갔다고 그 당시 했던 말을 죄다 낭설로 치부하면 안 되죠.

펠리샤 웰링턴 : 비비언, 앨리슨, 내털리에게 벌어진 사건이 우연한 사고가 아니었다고 당신 입으로 말했으면서.

브룩 티파니 샘플 : 이번 여름에는 누구랑 갔어요?

케이시 앤더슨 : 나, 리베카 쉰펠드 그리고 에마 데이비스.

브룩 티파니 샘플 : 에마 데이비스? 이런 맙소사!

매기 콜린스 : 테오를 의심하는 소리를 그렇게 해댔으면서 캠프에 가다니?

호프 레빈 스미스 : 와우!

레나 갤러거 : 정말 흥미롭네요.

펠리샤 웰링턴 : 아무튼 조심해요, 케이시.

케이시 앤더슨 : 그러지 마요. 에마를 다시 만날 수 있어서 기뻐요.

에리카 해먼드 : 에마 데이비스가 누구지?

나는 시시껄렁한 이야기를 더는 듣고 있을 수 없어 페이스북 앱을 닫았다. 저 여자들 가운데 케이시 말고는 아무도 만난 기억이 없다.

비비언, 내털리 그리고 앨리슨 실종 사건은 사고가 아니다.

그 아이들의 운명은 미스터리가 되었지만 나는 그들에게 벌어진 일이 전부 내 잘못이라고 확신한다.

마지막 거짓말

5

자동차 뒷좌석에서 웅크리고 앉은 나는 애디론댁산맥의 정상이 눈에 들어오는 순간 가슴이 뛰기 시작한다. 운전사가 고속도로를 벗어나자마자 말한다. "이제 거의 다 왔습니다, 데이비스 양."

차는 자갈이 깔린 도로로 들어선다. 숲으로 깊이 들어갈수록 울창한 나무 탓에 주변이 어두워 보인다. 빼곡하게 들어찬 나무들이 햇빛을 분산시키고 있다. 나뭇잎과 줄기, 가시들이 서로 뒤엉킨 덤불이 보인다. 마치 내 그림 속으로 들어선 느낌이다.

차는 나이팅게일 캠프로 들어서는 출입문 앞에 도착한다. 활짝 열린 문이 어서 안으로 들어오라고 재촉하는 것 같다. 출입문 옆으로 1.2미터 높이의 벽이 숲속으로 뻗어있다.

점차 나이팅게일 캠프가 눈앞으로 다가선다. 건물들이 눈에 보이기 시작한다. 원래는 해리스 가문의 별장이었던 건물들이지만 용도를 바꿔 캠프에서 사용한다. 미술공예관은 과거에 마구간으로 사용했던 건물로 죄다 하얀색 페인트를 칠해놓아 우스꽝스러워 보인다. 미술공예관 앞 화단에는 크로커스와 참나리가 환하게 피어 있다. 그 옆에는 식당 건물이 있다. 예쁘지는 않지만 실용적인 건물로 지난날에는 건초를 보관하던 헛간이었는데 식당으로 개조했다. 사람들이 식당 앞에 세워둔 트럭에서 식료품이 든 박스를 내려 안으로 옮기고 있다.

나무들 사이로 오두막들이 보인다. 이끼가 낀 지붕 끄트머리와 소나무를 댄 벽이 눈에 들어온다. 캠프에 온 여학생들이 오두막 안으로 들어서고 있다. 종아리가 드러난 다리, 가냘픈 팔, 햇빛을 받아 반짝이는 머리칼.

캠프는 예전 모습 그대로다. 마치 시간을 거슬러 온 듯 미묘한 느낌이 든다. 한쪽 다리는 현재, 다른 쪽 다리는 과거를 딛고 서 있는 것 같다. 한편으로는 뭔가 달라진 느낌이 들기도 한다. 모든 시설과 주변 환경들이 거미줄처럼 오래도록 방치되어온 분위기다. 지난 15년 동안 뭐가 변했는지 차츰 눈에 들어온다. 테니스장과 양궁장은 전혀 사용하지 않고 방치된 모습이다. 테니스장에는 잡초들이 자라 있고, 양궁장에는 풀이 무릎까지 자라 있다. 한때 양궁 표적으로 사용하던 건초 꾸러미가 끄트머리에 놓여 있다.

인부 하나가 미술공예관 지붕 위에서 못을 박고 있다. 자동차가 집 앞을 지나가는 동안 인부는 망치질을 멈추고 붉은색 얼굴로 나를 내려다본다. 15년 전에도 인부를 본 기억이 난다. 그 인부는 쉬지 않고 집을 고치면서 캠프를 돌아다녔다. 물론 그때는 지금보다 훨씬 젊었고, 잘 생겼다. 인부는 누군가에게는 위협이 되고, 다른 누군가에게는 흥미를 끄는 분위기를 풍기는 인물이었다.

저 사람 연장을 좀 만져보고 싶네.

언젠가 점심을 먹다가 비비언이 그렇게 말해 우리의 눈을 일제히 커지게 한 적이 있다.

혹시 나를 알아볼지도 몰라 손을 흔들어 보이자 인부는 다시 지붕으로 시선을 돌리더니 망치를 들고 못을 박는다. 그 순간 자동차는 별장 앞 원형 진입로를 돌고 있다. 누가 보더라도 별장은 사람 사는 집처럼 보인다. 프래니의 조부 뷰캐넌 해리스가 미드나이트 호수를 만들고, 주변에 나이팅게일 캠프 오두막을 지을 때 같이 지은 별장이다. 해리스 가문의 여름 별장.

운전사가 별장의 빨간 현관문 앞에 차를 세운다. "트렁크에서 가방을 내려줄 테니까 잠시 기다리세요."

나는 장시간 이동하느라 다리가 뻣뻣하고 등이 아픈 상태로 차에서 내려 얼른 상쾌한 공기를 들이마신다. 맑은 공기에 소나무 향기를 첨가한 냄새가 코로 듬뿍 스며든다. 뉴욕의 공기와는 확연한 차이가 있다. 캠프와 관련한 수많은 기억들이 머릿속에서 명멸한다. 비비언을 따라 숲속을 걷던 기억, 호수에 발을 담그고 멍하니 앉아 있던 기억들이 뒤를 잇는다. 나는 지난날의 기억을 따라가듯 앞으로 걸어간다. 어디로 갈지 목표도 정하지 않고 무작정 걷는다. 나는 여행 가방과 화구가 든 상자를 내리느라 바쁜 운전사에게 말한다. "장시간 여행으로 굳은 다리를 좀 풀려고요."

나는 별장 건물을 끼고 돌아 경사진 잔디밭으로 향한다. 미드나이트 호수가 시야에 들어온다. 내 기억보다 큰 호수다. 미드나이트 호수에 대한 기억이 점점 희미해지다 보니 요즘은 센트럴파크에 있는 호수와 점점 비슷해지고 있다. 반짝이는 호수의 윤슬이 주변 경관을 압도한다. 호수를 둘러싼 숲의 나무들이 수면 위로 가지를 늘어뜨리고 있다.

나는 경사진 잔디밭을 따라 내려가 호수의 부두까지 걸어간다. 모터보트 두 대가 부두에 묶여 있다. 근처 호숫가에는 두 개의 선반 위에 뒤집어 쌓아놓은 카누들이 장작더미처럼 층층이 놓여 있다.

부두를 따라 걷는 내 발소리가 주변에 울려 퍼진다. 부두 끝에 다다른 나는 800미터쯤 떨어진 호수 건너편 기슭을 바라본다. 건너편 숲은 더 푸르고 깊다. 햇빛을 받아 반짝이는 나뭇잎들이 가까이 다가오지 말라고 아우성치는 느낌이다.

멀리서 잔디를 밟는 발소리가 들리더니 이내 부두의 널빤지를 밟는 소리가 가까이에서 들려온다. 산들바람을 타고 새의 지저귐 같은 목소리가 뒤쪽에서 울려 퍼진다.

"여기 계셨네요."

돌아보니 목소리의 주인공은 20대 여자다. 그녀 뒤에 서 있는 남자도 비슷한 또래로 보인다. 두 사람 모두 햇볕에 그은 피부에 평소 운동을 열심히 한 듯 군살 하나 없는 단단한 몸집이다. 나이팅게일 캠프 공식 유니폼인 폴로셔츠를 입지 않았다면 제이 크루(J. CREW) 모델들이라고 해도 이상하지 않을 정도였다.

"당신이 에마죠?"

내가 고개를 끄덕이며 악수를 하려고 손을 내밀었는데 여자는 나를 잡아당기더니 열정적으로 껴안는다.

"만나서 반가워요." 여자가 포용을 풀면서 말한다. "저는 민디라고 해요. 쳇의 약혼녀."

민디는 호수를 바라보고 서 있는 남자를 가리킨다. 그제야 나는 그가 프래니의 작은아들 체스터라는 사실을 깨닫는다. 쳇은 어느새 잘생긴 얼굴에 호리호리한 체격, 키가 큰 남자로 성장해 있다. 어찌나 키가 큰지 쳇이 민디와 나를 바라보면서 의식적으로 몸을 구부린다. 15년 전, 캠프에서 신나게 뛰어놀던 작고 마른 아이는 전혀 다른 모습의 청년이되어 있다. 여전히 소년 같은 매력이 남아 있는 얼굴에 긴 금발이 한쪽 눈을 가리고 있다. 쳇이 수줍어하는 미소를 지으며 인사를 건넨다. "미드나이트 호수를 다시 대하는 기분이 어때요?"

"호수를 다시 만나 인사를 하니 기분이 좋아요." 나는 그렇게 말하면서도 정말 기분이 좋은지는 잘 모르겠다. 오히려 미드나이트 호수가 나에게 먼저 인사를 건네는 느낌이 든다.

"날씨는 그리 좋지 않지만 미드나이트 호수는 역시 멋지죠." 민디가 그렇게 말하고 나서 호수를 바라본다. "사실 지난 몇 주 동안 비가 전혀 오지 않아 호수 주변 풍경이 썩 마음에 들지는 않아요."

나는 그제야 긴 가뭄 탓에 호숫물이 점점 줄어들고 있다는 걸 눈치챈다. 호수 주변에 서식하는 식물들의 줄기가 아래에서 한 뼘 정도 갈색이다. 원래는 물에 잠겨 있던 부분이다. 15년 전, 내가 캠프에 처음 왔을 때도 가뭄이 심했다. 2주 동안 비가 내리지 않아 카누를 타러 갈 때 물기 없는 땅에 운동화 자국이 선연하게 남던 기억이 난다.

"당신이 캠프에 다시 와주어서 우린 정말 기분이 좋아요." 민디가 말한다. "특히 프래니가 가장 크게 반기고 있죠. 이번 여름 캠프는 정말 멋질 거예요."

나는 쳇에게 다가가 악수를 청한다.

"혹시 날 기억하지 못할까봐 걱정했는데 기억해줘서 고마워요."

쳇의 눈썹이 살짝 위로 올라간다. "당신에 대해서라면 아주 많은 걸 기억하고 있어요."

"프래니가 잠시 만나봤으면 하세요." 민디가 말한다. "방 배정에 문제가 있나봐요. 너무 걱정하진 마세요. 프래니가 원만하게 해결해주실 거예요."

민디가 나를 별장으로 안내한다. 별장 건물에 들어가는 건 처음이라 내가 생각했던 것과는 너무나 다른 내부 모습에 놀란다. 밖에서 별장 건물을 볼 때마다 건축 잡지에 등장하는 실내 디자인을 상상했다. 가령 유명 영화배우들이 크리스마스를 애스펀에서 보낼 때 묵는 별장 같은 모습.

어둑어둑한 별장 안에서는 퀴퀴한 냄새가 나고, 벽난로에는 장작을 태운 불꽃이 아직 남아 있어 따스한 느낌이 든다. 현관 안쪽으로 낡은 가구들이 잔뜩 비치된 거실이 있다. 거실 벽은 사슴뿔과 야생동물의 가죽 그리고 골동품 무기들로 장식되어 있다. 라이플총, 커다란 칼날을 가진 수렵용 칼, 창.

"정말 오래된 골동품들이죠." 민디가 말한다. "쳇이 제안해 처음 이 별장에 왔을 때는 마치 박물관에 온 느낌이 들었어요. 솔직히 오래되고 칙칙한 분위기에 아직 적응이 잘 되진 않아요. 하지만 미래의 시어머니가 되실 분에게 잘 보이려면 캠프에서 열심히 일해 점수를 따야겠죠."

민디는 진이 다 빠져 달아날 만큼 말이 많은 편이지만 혹시 필요할 때 유용한 정보를 전해줄 수도 있는 사람으로 보인다. 별장 건물 내부 왼편에 작은 방이 하나 있어 내가 발길을 멈추고 묻는다. "저 방은 무슨 용도로 쓰죠?"

"서재예요."

나는 방 안을 들여다보려고 목을 길게 뽑는다. 서재의 한쪽 벽면은 액자에 넣은 사진들로 가득 채워져 있다. 다른 쪽 벽면은 책장이 차지하고 있다. 골동품 책상과 다이얼식 전화기, 티파니 전등이 차례로 눈에 들어온다.

"서재에 휴대폰 충전기가 있어요." 민디가 말한다. "휴대폰 충전이 필요할 경우 저처럼 서재를 이용하면 되는데 프래니에게 들키면 곤란해요. 프래니는 우리 모두 외부와 연락을 끊고 대자연과 교감하길 바라거든요."

"휴대폰은 잘 터져요?"

"거의 끔찍한 수준이죠. 수신 신호가 한 칸밖에 안 떠요. 학생들이 과연 이런 환경에서 6주일을 견뎌낼 수 있을지 걱정돼요."

"학생들의 휴대폰 사용을 금지시킨다고 하던가요?"

"배터리가 닳아 없어질 때까지는 사용할 수 있겠죠. 잘 아시겠지만 오두막에는 전기 콘센트가 없어요. 대자연과 교감을 바라는 프래니의 뜻이 반영된 환경이죠."

오른쪽에 2층으로 오르는 계단이 보인다. 과연 사람이 오르내릴 수 있을까 의심스러울 정도로 좁은 계단이다. 계단 아래 벽에 눈에 잘 띄지 않는 문이 보인다. 황동 손잡이와 구식 열쇠 구멍이 없었다면 문이라고 생각하기 힘들 만큼 벽면과 구별되지 않는다.

"저 문은 어디로 통하죠?" 내가 묻는다.

"지하실." 민디가 말한다. "그렇지만 저는 아직 한 번도 내려가 본 적이 없어요. 모르긴 해도 오래된 가구와 거미줄밖에 없을 거예요."

민디는 내게 별장 건물 가이드 역할을 해준다. 특히 해리스 화이트 가문이 보유하고 있는 골동품과 보물들에 대해 자세한 설명을 곁들인다. 민디는 존 싱어 사전트 작품인 뷰캐넌 해리스의 초상화에 대해 "대단한 가치가 있는 초상화죠."라고 한다.

별장 건물 뒤쪽에 테라스가 있다. 꽃들이 만발한 나무 상자들이 난간을 따라 놓여 있다. 테라스에는 여러 개의 작은 테이블과 애디론댁 의자들이 비치되어 있다. 현관문처럼 하나같이 붉은색으로 칠한 모습이다.

가운데 의자 두 개에 프래니와 로티가 앉아 있다. 두 사람 모두 카키색 반바지에 캠프의 공식 의상인 폴로셔츠 차림이다. 프래니는 미드나이트 호수를 내려다보고 있고, 로티는 그 옆에서 아이패드 화면을 두드리고 있다. 민디와 내가 다가가자 프래니가 고개를 든다.

"에마, 어서와." 로티는 날 끌어안으며 환하게 웃는다. 오늘만 벌써 다섯 번째 포옹이다. "이 캠프에서 널 다시 만나다니 정말 기뻐."

"아주 멋진 일이지." 프래니가 말한다.

프래니는 의자에서 일어나는 대신 자리에 앉은 자세 그대로 희미한 미소로 나를 반긴다. 프래니가 미드나이트 호수에 가게 되면 원기가 왕성해지고 활력이 넘칠 거라 기대했는데 오히려 반대다. 안색을 보니 무척 피곤해 보이고, 지난번보다 부쩍 늙어 보인다.

프래니가 내 눈빛에 담긴 의미를 읽은 듯이 말한다. "내 건강에 대해 걱정할 필요 없어. 바삐 움직이다 보니 피곤한 것뿐이니까. 캠프가 열리는 첫날인 만큼 신경 쓸 일도 많고, 할 일도 태산이라 피곤할 수밖에.

며칠 동안 캠프 준비 때문에 잠시도 쉴 틈이 없었어. 내일 비가 오면 편안하게 쉬어야지."

"네, 그간 너무 무리하셨어요. 휴식이 필요해요." 로티가 말한다.

"푹 쉬면 이제 곧 괜찮아질 거야." 프래니가 말한다.

나는 일단 큼큼 헛기침을 하고 나서 말한다. "저를 보자고 하셨다면서요?"

"오두막 배정 때문에 문제가 좀 있어."

"문제라면?" 걱정이 앞서 내 목소리가 낮게 잦아든다.

15년 전에는 나이별로 그룹을 구성해 오두막 배정을 했다. 나는 또래 아이들로 구성된 오두막에 자리가 없어 어쩔 수 없이 몇 살 위 언니들과 같은 방을 사용할 수밖에 없었다. 그 당시 내가 캠프에 가장 늦게 도착한 탓이다. 그 결과 비비언, 내털리, 앨리슨과 같은 오두막을 쓰게 되었다. 그 아이들은 비록 짧지만 나보다는 많은 인생 경험과 여드름을 졸업한 얼굴이었다. 게다가 굴곡이 분명한 몸매를 하고 있어 나를 주눅 들게 했다.

프래니는 그 당시와는 반대의 문제를 내게 말하고 있다.

"애초 내 계획으로는 지도교사들과 전문 강사들에게 각기 따로 머물 곳을 마련해주려고 했어. 오두막 한 채를 통째로 사용할 수 있게 해줄 생각이었지. 하지만 처음의 계획이 일부 변경되면서 학생들을 추가로 받다 보니 오두막이 부족하게 된 거야."

"열다섯 명의 학생들이 추가로 오는 바람에 문제가 생겼죠." 로티가 덧붙인다.

"부득이 지도교사들과 전문 강사들이 학생들과 오두막을 같이 써야 하게 생겼어."

"지도교사들과 전문 강사들이 따로 오두막을 사용하면 되잖아요?"

"지도교사와 전문 강사를 합치면 모두 합해 열 명인데 오두막 하나에 침대가 네 개씩이야. 어쨌거나 누군가 두 명은 학생들과 오두막을 같이 쓸 수밖에 없는 입장이야."

"지도교사나 전문 강사를 별장에서 지내게 하면 곤란한가요?"

"이 별장은 해리스 화이트 가문 가족들만이 사용할 수 있어요." 테라스 구석에서 우리의 대화를 지켜보던 민디가 말한다.

"민디가 한 말을 오해 없이 받아들이길 바라." 프래니가 말한다. "난 지도교사들이나 전문 강사들이 이 별장에서 우리랑 함께 생활하는 걸 반대하지는 않아. 하지만 별장의 방이 그 정도로 충분하지 않다는 게 문제야. 밖에서 보면 대단히 커 보이지만 실제로 침실이 그리 많지는 않거든. 지도교사와 전문 강사 열 명을 수용할 여건이 되지 않는다는 뜻이야. 어쩔 수 없는 사정이 있긴 했어도 결과적으로 일 처리가 매끄럽지 않았던 것에 대해 진심으로 미안해."

"괜찮아요." 나는 속마음과 다른 말을 한다. 그 결과 스물여덟 살인 나는 낯모르는 10대 아이들과 6주 동안 같은 오두막에서 지내게 되었다. 내가 캠프에 초대받을 때 들었던 말과는 전혀 다른 상황이 벌어졌지만 달리 방법이 없었다.

"내가 생각하기에도 있어서는 안 될 일이었어." 프래니가 말한다. "대단히 불편한 상황을 만들어서 정말 미안해. 네가 지금 당장 차를 타고 집으로 돌아가겠다고 해도 말릴 수 없는 입장이야."

돌아갈 집이 있었다면 그럴 마음도 없지 않았을 것이다. 하지만 내

집을 빌린 화가가 이미 이사했을 가능성이 크다. 8월 중순까지 모든 일정이 정해졌고, 돈까지 오간 입장이다. 이미 엎질러진 물이고, 돌이킬 수 없다.

"그럼 적어도 제가 지낼 오두막을 선택할 수는 있는 건가요?"

"지금쯤 대부분 숙소 배정이 끝났겠지만 네 요구를 들어줄 수는 있을 거야. 어떤 오두막에 묵을지 생각해봤어?"

나는 장식이 달린 팔찌를 돌린다. "층층나무 오두막에 묵고 싶어요."

내가 15년 전 묵었던 바로 그 오두막이다.

프래니는 가타부타 말이 없지만 무슨 생각을 하는지 알 것 같다. 프래니의 표정은 호수에서 일렁이는 햇살처럼 빠르게 변하면서 혼란스러운 심사를 드러낸다.

"진심으로 층층나무 오두막에서 지내길 원해?"

애초에 내가 캠프에 합류하고 싶었던 목적은 명확하다. 프래니는 나의 선택을 잘 이해한다는 듯이 고개를 끄덕이고 나서 로티에게 말한다. "에마가 층층나무 오두막에서 지낼 수 있게 해줘." 프래니가 이번에는 나를 보며 말한다. "넌 아주 용감하거나 어리석어 보여. 지금은 어느 쪽인지 알 수 없지만 이제 곧 알게 되겠지."

나 역시 알 수 없다. 캠프에 합류하기로 결정한 걸 보면 나는 용감한 동시에 어리석다.

15년 전

내 부모님이 탄 볼보가 풀벌레 소리 가득한 밤공기 속으로 사라지는 동안 나는 두 가지 사실을 알게 되었다. 프란체스카 해리스 화이트 즉 프래니는 말로 표현할 수도 없을 만큼 재력이 풍부하고, 그녀의 눈길은 마치 할리우드 배우처럼 자신감 넘치고 매력적이라는 사실이다.

프래니가 부자라는 사실은 그다지 의식되지 않았다. 우리가 사는 어퍼 웨스트사이드 지역만 해도 돈 많은 부자들이 널려 있었으니까. 하지만 프래니의 자신감 넘치는 눈빛을 대하는 순간 나는 얼어붙었다.

프래니의 녹색 눈은 한마디로 강렬했다. 마치 두 개의 서치라이트가 내게로 곧장 날아와 꽂히는 느낌이 들었다. 프래니의 눈빛은 강렬하긴 해도 다행히 나를 따스하게 바라봐주고 있어 무섭지는 않았고, 오히려 강한 호기심이 일었다. 내 부모님이 나를 그토록 따스한 눈빛으로 바라봐준 게 언제였는지 기억조차 나지 않았다. 그런 까닭에 프래니 앞에 꼼짝도 하지 않고 서서 기다리는 일이 내겐 너무 행복했다.

"네가 너무 늦게 도착하는 바람에 어느 오두막에 집어넣어야 할지 감이 오지 않는구나." 프래니는 날 바라보던 눈길을 로티에게로 돌리면서 말했다. "나이 어린 학생들이 머물기로 한 오두막에 혹시 빈자리가 있니?"

"유감스럽지만 빈자리가 전혀 남아 있지 않아요." 로티가 말했다. "어린 학생들이 사용할 오두막에 학생 세 명과 지도교사 한 명이 배정되었거든요. 고학년 아이들이 머무는 오두막에 빈자리가 있어요. 지도교사를 한 사람 빼내 고학년 학생들이 머무는 오두막으로 보내면 되지만 해결이 힘든 난제가 한 가지 있어요. 저학년 그룹 아이들을 지도교사 없는 오두막에서 지내라고 하는 건 매우 위험하니까요."

"빈자리가 있는 오두막은 어디지?" 프래니가 물었다.

로티가 대답한다. "층층나무 오두막입니다."

프래니는 강렬한 녹색 눈길로 나를 힐끔 쳐다보고 나서 로티에게 말한다. "테오를 시켜 에마 데이비스 양의 짐을 층층나무 오두막으로 옮겨주도록 해."

로티는 이내 별장 안으로 사라졌고, 잠시 후 청년 하나가 테라스로 나왔다. 헐렁한 반바지에 몸에 찰싹 달라붙는 티셔츠 차림으로 졸려 보이는 눈에 갈색 머리칼이 온통 헝클어져 있었다. 청년이 걸을 때마다 슬리퍼가 바닥을 때리는 소리가 요란하게 울려 퍼졌다.

프래니가 청년에게 나를 소개했다. "이 학생 이름은 에마 데이비스이고, 층층나무 오두막에 머물기로 했어." 그런 다음 청년을 나에게 소개했다. "여긴 내 아들인 테오야. 캠프에서 나를 돕고 있어."

이제 내가 청년을 쳐다볼 차례였다. 테오는 우리 옆집에 사는 놀런 커닝햄처럼 귀엽게 생겼다기보다 정말 잘생긴 미남이었다. 크고 시원한 갈색 눈, 우뚝 솟은 코, 살짝 찡그린 미소가 처음 보는 순간부터 내 마음을 설레게 했다.

"나이팅게일 캠프에 온 걸 환영해, 에마. 내가 층층나무 오두막에 데려다줄 테니까 따라와."

프래니가 손을 흔들며 잘 가라고 인사했고, 나는 테오를 따라 오두막으로 향했다. 몇 걸음 앞서 걷는 테오의 뒷모습에서 도저히 눈을 뗄 수 없었다. 가슴이 어찌나 심하게 쿵쾅거리며 뛰는지 혹시라도 테오에게 들킬까봐 마음이 조마조마했다. 내 눈은 테오의 균형 잡힌 몸매와 성큼성큼 걷는 긴 다리, 단단한 등, 떡 벌어진 어깨에서 잠시도 떨어지지 않았다. 내 여행 가방을 든 테오의 이두박근이 터질 듯이 팽창해 있었다. 내가 아는 남자들 가운데 테오처럼 멋진 팔뚝의 소유자는 없었다.

테오는 오두막으로 앞장서서 걸어가면서 나에게 어디서 왔고, 어떤 음악을 좋아하고, 캠프에 와본 경험이 있는지 물었다. 테오의 질문에 답하는 내 목소리는 심장이 뛰는 소리보다 조금 클 뿐이었다. 내가 지나치게 긴장하는 모습이 안쓰럽게 보였는지 오두막에 다와갈 무렵 테오가 말했다. "너무 긴장하지 마, 에마. 처음에는 모든 게 낯설고 어색하겠지만 캠프에서 며칠 지내다 보면 곧 적응하게 될 테니까."

테오가 층층나무 오두막 출입문을 두드리자 안에서 대답하는 소리가 들려왔다. "누구세요?"

"나, 테오인데 너희들과 함께 지낼 학생을 데려왔어. 다들 벌써 자고 있었던 건 아니지?"

"이렇게 이른 시간에 자면 재미없죠." 같은 목소리가 대답했다.

테오가 여행 가방을 나에게 건네며 격려하는 의미로 고개를 끄덕여
보였다. "이제 긴장 풀고 오두막 안으로 들어가봐. 넌 잘 해낼 수 있을
거야."

테오는 슬리퍼 소리를 내며 멀어졌고, 나는 층층나무 오두막 안으로
들어섰다. 오두막 안은 창문 옆에 세워둔 랜턴 말고는 조명 기기가 없
어 대체로 어두웠다. 두 개의 이층 침대가 있었고, 먼저 온 여학생 셋이
나를 관심 깊게 바라보았다.

"난 비비언이야." 오른쪽 침대 위층에서 팔다리를 쭉 뻗고 누운 여학
생이 말했다. 비비언이 맞은편 침대에 있는 여학생들을 가리켰다. "침
대 위층은 앨리슨, 침대 아래층은 내털리야. 서로 인사해."

"나는 에마야. 앞으로 잘 부탁해." 나는 오두막 입구에 어정쩡하게
서서 인사를 건넸다.

"문 옆에 놓인 트렁크가 이제부터 너의 전용 사물함이야." 내털리가
말했다. "트렁크에 가져온 옷과 소지품을 넣어두면 돼."

"고마워."

나는 여행 가방을 열고 옷을 꺼내 트렁크에 옮겼다.

침대 위층에 누워 있던 비비언이 미끄러지듯 아래로 내려왔다. 짧은
티셔츠에 팬티 차림이었다. 비비언의 몸매를 보며 나는 앞으로 가급적
몸을 드러내지 말아야겠다고 생각했다.

"얼굴을 보니 나이가 어려 보이네. 너, 이 오두막에 배정받은 거 맞
아?" 비비언은 여전히 침대에 앉아 있는 아이들을 향해 말했다. "아기
들끼리 사용하는 오두막은 따로 없나봐."

"난 아기가 아니라 열세 살이야." 내가 말했다.

비비언은 짓궂은 농담을 좋아하긴 해도 멋진 언니였다. 다른 언니들도 볼륨 있는 몸매에 제법 어른스러운 티가 났다. 그에 비해 난 비쩍 마르고, 가슴이 납작하고, 무릎에 딱지가 앉은 꼬맹이라 부끄러웠다.

"캠프에서 생활해본 경험이 있니?" 앨리슨이 물었다. 예쁜 얼굴에 머리칼이 꿀처럼 노랬다.

"조금 있어." 나도 모르게 거짓말이 튀어나왔다. 같은 동네에 사는 친구 집에서 몇 번 자고 온 적은 있지만 캠프 경험은 없었다.

"너 혹시 엄마 생각난다고 우는 건 아니겠지?" 비비언이 말했다. "집을 떠나본 적 없는 꼬맹이들은 대부분 캠프 첫날에 눈물을 질질 짜거든. 씨발, 안 봐도 비디오지."

비비언이 너무나 자연스럽게 욕설을 내뱉는 바람에 깜짝 놀랐다. 내 친구 헤더와 마리사가 가끔 어른 흉내를 내느라 욕설을 내뱉긴 했지만 심하게 어색해 보인 반면 비비언은 무척이나 자연스러웠다. 평소 욕설을 자주 사용하는 게 분명했다. 비비언을 비롯해 다들 나보다 나이가 많고, 캠프 경험도 풍부하고, 욕설도 스스럼없이 내뱉는 언니들이었다. 캠프 생활을 늠름하게 해내려면 조금 거친 태도가 필요해 보였고, 매사 자신감이 넘치고 거침이 없는 비비언을 따라 하기로 마음먹었다.

옷 정리를 마친 나는 비비언을 향해 거칠게 말했다. "씨발, 내가 눈물을 질질 짠다면 집 생각이 나서가 아니라 너희 같은 년들과 오두막을 같이 사용하게 되었기 때문이겠지."

내 말을 듣고도 비비언은 아무런 대꾸도 하지 않았다. 내 말에 놀랐는지 화났는지 알 수 없어 답답했다. 나는 사실 부모님이 나를 캠프에 내려주고 떠난 직후부터 자꾸만 눈물이 터져 나오려는 걸 겨우 참고 있었다. 내털리와 앨리슨이 웃음이 나와 더는 참을 수 없다는 듯 담요를 얼굴에 뒤집어쓰고 키득거렸다. 비비언은 바람 빠지듯 피식 웃고 나서 마치 내가 방금 전 최고로 멋진 말을 했다는 듯이 고개를 끄덕였다.

"잘했어, 꼬맹이."

"앞으로 꼬맹이라고 부르지 마." 나는 울음이 터져 나오려는 걸 겨우 참아내며 소리쳤다. "난 꼬맹이가 아니라 에마야."

비비언이 귀엽다는 듯이 손바닥으로 내 머리를 헝클어뜨리고 나서 말했다. "나이팅게일 캠프에 온 걸 환영해. 오늘부터 우리가 이 캠프를 씹어 먹을 텐데 너도 동참할 준비는 되었지?"

"당연하지." 비비언이 룸메이트로 인정해주는 게 너무 좋아 나는 냉큼 대답했다. 학교에서는 선배들이 무시하기 일쑤여서 또래 친구인 헤더랑 마리사와 줄곧 어울려 다녔다. 비비언이 나를 같은 그룹에 끼워주면서 동참을 바라는 게 무엇보다 고마웠다.

"그래, 좋았어." 비비언이 말했다. "지금부터 우린 같은 패밀리야."

6

층층나무 오두막은 15년 전과 다르지 않다. 표면이 거친 갈색 나무 벽, 녹색 널빤지로 덮은 지붕, 그 위에 떨어져 있는 솔방울, 예전과 똑같이 붙어 있는 오두막 간판. 시간이 오래 지난 만큼 낡고 쇠락한 모습을 보게 될 거라 생각했는데 세월의 흔적이 느껴지지 않는다. 마치 지난 15년의 시간이 잠깐 사이에 불과했다는 듯이.

오두막 안으로 들어섰을 때 어떤 추억들이 떠오를지 궁금하다. 문을 잡은 손이 떨린다. 문을 여는 순간 여학생 셋이 시야에 들어온다. 유령이 아니라 어린 여학생들이다. 각자 자기 침대에서 빈둥거리던 여학생들은 내가 문을 열고 들어서자 다들 깜짝 놀랐는지 눈을 동그랗게 뜨고 쳐다본다.

"이번 캠프에 그림을 가르치려고 왔는데 너희들과 같은 오두막을 쓰기로 되었어." 내가 말한다. 내 목소리는 마치 잘못을 저지르고 사죄하러 온 사람처럼 지나치게 조심스럽다. 아이들의 고유 영역에 실수로 들어선 사람 같다. 10대 여학생들과 오두막에서 같이 지내는 건 15년 전 캠프 이후 처음이다. 캠프에서 충격적인 일을 겪은 이후 나는 주로 남자아이들과 어울렸고, 공부벌레, SF 마니아, 드라마 광이 되었다. 지금도 남자들과 가까이 지내는 게 마음 편하다. 남자들 또한 나를 배신하고 상처를 줄 수는 있지만 여자들처럼 내 마음을 찌르지는 않는다.

나는 조심스럽게 헛기침을 하고 나서 말한다. "난 에마야. 에마 데이비스."

"안녕하세요, 선생님. 저는 사샤라고 해요."

사샤는 침대 위층을 사용하는 아이로 나이가 열세 살쯤 되어 보인다. 세 여학생 가운데 가장 어려 보이고, 왠지 모르게 친근한 인상이다. 빨강 뿔테 안경을 쓴 사샤의 눈은 호기심으로 반짝이고, 늘 웃음을 머금고 있는 인상이어서 마음에 든다.

사샤의 대답을 듣자 안심이 된다. 적어도 룸메이트 가운데 하나는 성격이 매우 좋은 학생이다.

"만나서 반가워, 사샤."

"저는 크리스털이라고 해요." 사샤의 침대 아래층에 누운 여학생이 말한다. "K로 시작하는 크리스털."

크리스털은 후드 집업에 헐렁한 반바지 차림이라 몸매의 굴곡을 알 수 없다. 사샤보다 적어도 몇 살은 많아 보인다. 파란색 줄무늬 양말을 무릎까지 끌어올려 신은 크리스털의 침대에는 곰 인형이 놓여 있고, 무릎 위에는 만화책이 있다.

"K로 시작하는 크리스털이라고? 그래, 잘 알았어."

아직 나랑 인사하지 않은 여학생은 반대편 침대 위층에서 손으로 머리를 받치고 모로 누워 있다. 그 아이의 아몬드 모양 눈에는 나에 대한 호기심과 무심한 태도가 반반씩 섞여 있다. 콧잔등에 다이아몬드 피어싱을 했고, 나이는 열여섯 살쯤 되어 보인다. 그 나이 또래 여학생들은 대부분 매사 아무런 감흥 없이 시큰둥하다.

"저는 미란다예요." 미란다가 인사를 건넨다. "제가 위층 침대에 먼저 자리 잡았는데, 괜찮죠?"

"난 아래층이 좋아." 나는 여행 가방을 침대 위에 올려놓으며 말한다.

미란다는 침대에서 내려와 기지개를 켠다. 팔다리가 가늘고 길다. 캠프 공식 복장인 폴로셔츠를 가슴 바로 아래까지 끌어올려 묶은 탓에 복부가 그대로 드러나 배꼽에 한 다이아몬드 피어싱이 보인다. 날씬한 몸매의 미란다가 말없이 스트레칭을 한다. 몸을 풀기 위한 운동이라기보다는 나름 자신의 파워를 과시하려는 동작이다.

내가 이 오두막 대장이야.

미란다는 지금 자기 영역을 표시하고 있다. 이 오두막에서 가장 파워가 좋고, 몸매가 섹시한 사람이 누군지 분명하게 선을 긋고 싶어 한다. 지난날 비비언이 그랬듯이.

15년 전 이 오두막에 처음 발을 들여놓았을 때와 마찬가지로 내 마음이 아이처럼 순진하고 소심해진다. 6주 동안 룸메이트로 지낼 여학생들이 뭔가 기대하는 눈빛으로 나를 쳐다보고 있다. 아이들의 기대를 무엇으로 채워주어야 할지 알 수 없다. 미란다는 다시 시큰둥한 표정으로 위층 침대로 올라가더니 과장되게 한숨을 내쉬고 나서 몸을 펴고 눕는다.

"내가 너희들과 함께 지내게 될 거라는 말을 사전에 들었니?" 내가 묻는다.

"누군가 한 사람 더 오게 될 거라는 말은 들었어요." 크리스털이 말한다. "하지만 누군지는 말해주지 않았어요."

미란다가 위층 침대에서 말한다. "나이 많은 선생님이 우리랑 오두막을 같이 쓰게 될 거라는 말은 해주지 않았어요."

"너희들을 실망시켜서 미안해." 내가 말한다.

"그럼 캠프 지도교사세요?" 사샤가 묻는다.

미란다가 덧붙인다. "지도교사가 아니라 감시원이라고 해야 맞지."

"난 화가이고, 예술 활동 시간에 그림을 가르칠 거야."

"그림을 배우고 싶지 않으면요?" 사샤가 묻는다.

"그림 대신 사진이나 공예를 배우면 되지. 가장 선호하는 과목을 선택하면 돼."

"난 그림을 좋아해요." 크리스털이 그렇게 말하면서 여러 개의 노트가 놓인 침대 아래로 몸을 굽힌다. 크리스털이 노트 하나를 들어 올린다. "제가 그린 그림인데 한번 봐주실래요?"

크리스털의 노트에는 슈퍼히어로가 그려져 있다. 눈에서 불을 뿜는 슈퍼히어로의 근육이 마치 역도 선수처럼 우람하다. 몸에 찰싹 달라붙는 파란색 옷차림에 가슴에는 해골이 그려져 있다. 해골의 눈이 빨갛게 빛난다.

"네가 그렸니?" 나는 진심으로 놀라 말한다. "정말 잘 그렸어."

크리스털이 그린 슈퍼히어로 그림은 완벽하다. 슈퍼히어로의 각진 턱, 뾰족한 콧날, 불타오르는 눈, 검은 덩굴처럼 흘러내린 머리칼이 섬세하게 표현되어 있다. 그림에서 슈퍼히어로의 힘과 용기, 결의가 느껴진다.

"그 슈퍼히어로의 이름은 해골 파괴자예요."

"넌 굳이 조언할 필요가 없을 만큼 그림을 잘 그려." 내가 말한다. "넌 이미 화가야. 내 수업 시간에 다른 학생들이 그림을 그릴 동안 넌 전혀 구애받지 말고 원하는 그림을 그리도록 해."

크리스털은 마음이 흡족한 듯 활짝 웃으며 내 제안을 받아들인다. "네, 선생님."

크리스털과 사샤는 내가 뭔가 더 말해주길 기대하는 눈빛이다.

"너희들은 왜 캠프에 오게 되었니?"

"학교의 생활지도 선생님이 추천했어요." 사샤가 말한다. "제가 호기심이 많은 편이니까 좋은 경험이 될 거라면서요."

"특별히 호기심을 느끼는 분야가 따로 있어?"

"특정한 한 분야보다는 거의 모든 분야에 호기심을 느껴요."

"호기심이 많은 건 좋아."

"저는 아빠가 캠프에 가라고 권했어요." 크리스털이 말한다. "캠프에 가지 않으려면 햄버거 가게에서 알바를 하라기에 두말없이 캠프를 선택했죠."

"좋은 선택이었네. 나라도 그랬을 거야."

"저는 솔직히 캠프에 오고 싶지 않았어요." 미란다가 말한다. "할머니는 내가 여름방학에 집에 있으면 사고만 칠 거라면서 캠프에 가라고 등을 떠밀었죠."

나는 아이들에게 말한다. "너희들에게 해둘 말이 하나 있어. 난 대장

역할을 하러 이 오두막에 온 게 아니야. 베이비시터는 더욱 아니고." 나는 침대 위쪽 미란다를 바라본다. "감시자는 더더욱 아니지. 너희들에게 이래라저래라 지시하고 명령하고 싶은 생각은 당근 없어."

아이들이 일제히 김빠지는 소리를 낸다.

"요즘 아이들은 이럴 때 당근이란 말을 안 쓰니?"

"네버죠." 크리스털이 말한다.

"요즘 그런 말은 안 써요." 사샤가 덧붙인다.

"아무튼 난 너희들을 통제하러 온 사람이 아니란 걸 밝혀두고 싶어. 너희들이 원한다면 내 수업 시간 내내 친구와 수다를 떨어도 상관없어. 난 너희들이 캠프 생활을 하는 동안 정말 재미 있게 지내는 게 무엇보다 중요하다고 생각해."

"질문 있어요." 사샤가 말한다. "이 지역에 곰이 있어요?"

"아마 있을 거야." 내가 대답한다. "하지만 곰이 사람을 무서워해 잘 나타나지는 않아."

"뱀도 있어요?"

"당연히 있겠지."

두꺼운 뿔테 안경 속 사샤의 눈이 왕방울 만하게 커진다.

"독사도 있어요?"

"독사도 있겠지만 걱정할 필요 없어. 조심하면 뱀에게 물릴 일은 없으니까."

사샤는 코 위로 내려앉은 안경을 위로 밀어 올린다. "이 지역 숲에 싱크홀도 있다던데요. 수십만 년 전, 이 지역은 빙하로 덮여 있었고, 아직 땅속 깊은 곳에는 빙하가 남아 있대요. 빙하가 녹으면서 사암을 뚫어 동굴이 생기는 거래요. 그렇게 만들어진 동굴이 무너져 거대한 싱크홀이 생긴대요. 동굴이 무너질 때 그 자리에 있다가는 거대한 싱크홀로 추락해 목숨을 잃게 된다네요."

사샤는 눈을 깜빡이며 말을 멈춘다.

"이 지역에 그런 싱크홀이 있다는 말은 들어본 적 없으니까 너무 걱정하지 마." 내가 말한다. "싱크홀보다 더 걱정되는 게 한 가지 있는데 옻나무야. 옻나무를 잘못 건드려 옻에 걸리면 온몸이 가려워 미칠 지경이 되거든."

"숲속에서 길을 잃을 수도 있다면서요?" 사샤가 묻는다. "위키피디아에서 봤는데 여름 캠프에서 종종 그런 사고가 발생한대요. 캠프 참가자들이 실종되기도 하고요."

나는 고개를 끄덕인다. 그 말은 부정할 방법이 없다.

캠프에 온 학생들이 실종된 사건이 내 기억 속에 선명하게 남아 있으니까.

7

저녁 식사 시간에 나는 짐을 풀어야 한다는 핑계로 오두막에 남는다. 사실 나는 층층나무 오두막에 잠시나마 혼자 있고 싶다. 오두막 내부 공간이 15년 전보다 작고 답답하게 느껴진다. 예전에 마크와 함께 파리에서 니스까지 야간열차를 타고 여행한 적이 있는데 그때 이용했던 침대칸처럼 공간이 협소하다. 15년 전처럼 오두막 안에서 소나무 향과 흙냄새, 곰팡이 냄새가 두루 섞여 복합적인 냄새가 난다. 바닥에 깔린 널빤지는 여전히 삐걱거린다. 창문틀에는 15년 전처럼 파란색 페인트가 그대로 묻어 있다.

마치 메아리처럼 15년 전 학생들의 목소리가 들려온다. 까마득히 잊고 지낸 기억의 조각들이 무작위로 떠오른다. 앨리슨은 지나치게 큰 폴로셔츠를 입고 뛰어다니면서 영화 〈아이 필 프리티〉의 배우 흉내를 내며 OST를 부른다. 내털리는 아래층 침대 끄트머리에 앉아 다리에 칼라민 로션을 바르고 있다.

"모기들이 내 피가 그렇게 맛있나봐." 내털리가 말한다. "내 피에 특별히 모기들에게 특화된 맛이 있는지도 모르지."

"내털리 언니, 설마 그러지는 않겠지." 내가 말한다.

"그럼 왜 빌어먹을 모기들이 나에게만 달려들까?"

"땀 냄새 때문이야." 비비언이 말한다. "모기는 땀 냄새에 민감한 반응을 보이거든. 그러니까 가급적 땀 냄새가 나지 않게 열심히 씻고, 몸에 모기가 싫어하는 기피제를 뿌려."

휴대폰 소리에 나는 15년 전 기억에서 벗어난다. 마크는 영상통화를 원하지만 수신 감도가 약해 가능할지 알 수 없다.

"베로니카 마스*." 내가 전화를 받자마자 마크가 나를 놀리듯이 부른다. "수사는 잘 되어가?"

"아직 착수도 하지 않았어." 나는 침대 끄트머리에 엉덩이를 걸치고 앉아 얼굴 전체가 화면에 나타나도록 팔을 뻗는다. "참고삼아 말해둘게. 여긴 휴대폰이 잘 터지지 않아서 오래 통화할 여건이 못 돼. 그러니까 용건만 간단히 말해."

마크는 짐짓 뿌루퉁한 표정을 짓는다. 뒤쪽으로 식당 주방의 냉동실 스테인리스 문이 보인다.

"크리스털 레이크 캠프**는 분위기가 어때?"

"다행히 아직 마스크를 쓴 연쇄살인범은 보이지 않네." 내가 말한다.

"방은 배정받았어?"

*미국 드라마에 나오는 소녀 탐정
**영화 〈13일의 금요일〉에 등장하는 캠프

"10대 여학생 세 명과 같은 오두막을 쓰게 되었어."

"아이들은 괜찮아?"

"톡톡 튀는 아이들이라 적어도 크게 지루하지는 않겠어."

"당신도 학생들과 똑같이 이층 침대를 사용하는 거야?"

"당연하지. 이층 침대가 보기보다는 편안해."

마크가 뜨악한 표정을 짓는다. "그 나이에 학생들과 이층 침대에서 자야 한다니? 캠프에 다녀오는 게 좋을 것 같다고 당신을 설득한 내가 반성해야겠네."

"당신이 설득해서 캠프에 온 건 아니니까 굳이 반성하지 않아도 괜찮아."

"그래도 이층 침대는 좀 심했네." 마크의 얼굴이 지지직거리기 시작한다.

"당신 얼굴이 좀비처럼 뭉개지고 있어서 끊어야겠어." 수신 감도를 표시하는 막대가 아예 사라지고 없다. 마크의 얼굴이 알아볼 수 없을 정도로 뭉개졌지만 아직 목소리는 띄엄띄엄 들린다.

"그래…그럼… 잘 지내."

통화가 끊기며 휴대폰 화면에서 마크의 얼굴 대신 내 얼굴이 비친다. 내 얼굴을 보니 피곤한 정도가 아니라 초췌해 보인다. 캠프에 온 파릇파릇한 여학생들과 비교하자면 내 얼굴도 이제 많이 삭았다.

앨리슨이 살아 있다면 어떤 모습일지 궁금하다. 몇 년 전, 앨리슨의 엄마는 영화 〈스위니 토드 : 어느 잔혹한 이발사 이야기〉에 출연했다. 나는 그 영화를 보는 동안 줄곧 앨리슨이 떠올라 집중하기 힘들었다.

나는 여행 가방에서 반바지를 찾아 입고 나서 상체에는 캠프 공식 복장인 폴로셔츠를 입는다. 나머지 옷가지는 문간에 비치된 트렁크에 넣는다. 새틴 안감에 회색 얼룩이 묻어 있는 트렁크로 15년 전에도 사용했던 그대로다.

나는 트렁크 뚜껑에 새겨진 이름을 손으로 쓸어본다. 15년 전, 캠프 첫날 아침에 주머니칼을 손에 들고 트렁크 앞에 앉아 있던 기억이 난다.

"에마, 어서 뚜껑에 이름을 새겨." 앨리슨이 말했다. *"너뿐만 아니라 다들 이름을 새겨야 하는 거야."*

"캠프 전통이니까 예외는 없어." 내털리가 덧붙였다.

나는 캠프 전통에 따라 뚜껑에 이름을 새긴다. 그때 새긴 내 이름이 보인다.

EM

내가 이름을 새기는 동안 비비언이 귀에 대고 말했다. *"네가 이 캠프에 왔었다는 흔적을 남겨두는 거야."*

나는 맞은편에 있는 트렁크 두 개를 바라본다. 내털리와 앨리슨이 사용한 트렁크다. 이제 그 아이들이 뚜껑에 새긴 이름은 흐릿해져 겨우 알아볼 수 있다. 나는 바로 옆 트렁크 쪽으로 다가간다. 비비언이 사용한 트렁크다. 비비언은 트렁크 한가운데에 이름을 크게 새겨 놓았다.

VIV

지금은 미란다가 사용하는 트렁크다. 트렁크 뚜껑을 열자 비비언의 옷가지와 개인 물품, 살충제 냄새를 없애주는 향수병 대신 미란다의 옷

가지와 소지품이 들어 있다. 몸에 꽉 끼는 반바지, 레이스 달린 브래지어, 캠프 생활과 전혀 어울리지 않는 팬티들이 눈에 들어온다. 페이퍼백 책들도 몇 권 들어있다. 《나를 찾아줘》, 《로즈메리의 아기》 그리고 애거서 크리스티의 소설들. 트렁크 뚜껑 안쪽은 공통적으로 진홍색 새틴 안감으로 되어 있다. 유일하게 다른 점이 있다면 비비언이 사용하던 트렁크의 회색 안감이 한 뼘 정도 찢어져 있다는 것이다. 수직으로 찢긴 안감의 끄트머리가 너덜너덜해 보인다.

비비언은 안감이 찢어진 곳에 늘 목걸이를 넣어두었다. 목걸이에 하트 모양 로켓이 달려 있었다. 에메랄드가 박힌 로켓. 캠프 생활을 시작한 지 이틀째 되는 날 나는 비비언이 목걸이를 트렁크 뚜껑에 넣어두는 모습을 우연히 보았다. 내가 트렁크를 열고 칫솔을 찾고 있을 때 비비언이 목걸이를 풀어 거기에 넣고 있었기 때문이다.

"목걸이가 정말 예뻐." 내가 말했다. "물려받은 목걸이야?"

"언니가 쓰던 목걸이야."

"그럼 언니가 준 거야?"

"언니는 죽었거든."

"난 그런 줄도 모르고, 정말 미안해."

나는 그때까지 언니를 잃은 사람을 만나본 적이 없어 어떻게 위로의 말을 건네야 할지 알 수 없었다.

"내가 괜한 걸 물었나 봐."

"난 아무렇지도 않으니까 걱정 마." 비비언이 말했다. "상담사가 뭐든 터놓고 얘기해야 슬픔을 극복할 수 있다고 했어."

"어쩌다가 목숨을 잃게 되었는데?

"물에서 익사했어."

어찌나 놀랐는지 나는 더 이상 물어볼 수 없었다.

나는 안감이 찢어진 부분을 물끄러미 바라보며 손으로 내 팔찌를 어루만진다. 비비언과 달리 나는 팔찌를 절대로 벗지 않는다. 심지어 잠을 자거나 샤워할 때도 차고 있다. 그림을 그릴 때도 착용한다. 그러다 보니 여기저기 미세하게 닳아 있다. 작은 새의 백랍 부분에 흠집이 있고, 새 부리에는 물감이 묻어 있다.

나는 안감이 찢어진 곳에 손가락을 집어넣는다. 물론 안감 안쪽에 비비언의 목걸이가 있으리라 기대하지는 않는다. 비비언이 마지막으로 오두막을 떠날 때 목걸이를 목에 걸고 있었으니까.

하지만 손가락을 집어넣어보니 뭔가 있다. 반으로 접은 종이 한 장이다. 종이가 어찌나 변색이 심한지 달걀노른자 같은 색이다. 종이를 펼치자 사진 한 장이 눈에 들어온다. 평범한 드레스를 입은 젊은 여자 사진이다. 길고 검은 머리가 등에까지 흘러내린 모습이 무척이나 아름답다. 손에는 은제 머리빗을 쥐고 있다. 왠지 여자의 표정이 편안해 보이지 않는다. 입은 꼭 다물고 있고, 얼굴은 초췌하다. 눈에는 슬픔과 외로움이 차 있고, 내가 너무나 잘 아는 감정이 깃들어 있다.

고통.

사진 속의 여자가 짓고 있는 표정을 실제로도 본 적이 있다. 내가 나이팅게일 캠프를 떠난 지 얼마 되지 않았을 때이다. 사진을 뒤집어보니 뒷면에 적혀 있는 이름이 희미하게 보인다.

엘리너 오번.

이 여자는 누구지? 비비언은 왜 이 사진을 여기에 숨겨두었을까?

종이 위에 대충 그린 그림이 보인다. 그림 중간에 쉼표를 확대한 것처럼 보이는 얼룩이 있다. 그림을 둘러싸고 수백 개의 검은색 사선이 그려져 있고, 그 아래에 여러 개의 도형이 보인다. 원도 아니고 사각형도 아니다. 왼쪽에는 더 큰 도형이 있다.

나는 그림이 무얼 나타내는지 겨우 알아차린다. 나이팅게일 캠프 지도다. 쉼표 모양 그림은 미드나이트 호수를 가리킨다. 옆으로 그은 사선들은 호수를 둘러싼 숲이다. 똑같은 크기의 도형들은 캠프의 오두막들이다. 도형을 세어보니 실제와 똑같은 스무 개다. 왼쪽의 큰 도형은 별장 건물로 미드나이트 호수의 남쪽 기슭에 있다. 미드나이트 호수 건너편에도 오두막 크기의 도형이 하나 있다. 그 도형은 물가에 바짝 붙어 있다. 적어도 내가 아는 한 호수 맞은편에 오두막은 없다.

나는 왜 비비언이 나이팅게일 캠프 지도를 그렸는지 알 수 없다. 3년 연속으로 나이팅게일 캠프에 온 비비언은 주변 지리를 훤히 꿰고 있는데 굳이 지도가 왜 필요했을지 이해되지 않는다.

지도를 한참 동안 들여다보자니 내가 캠프에 오는 동안 차 안에서 열심히 들여다본 위성사진이 떠오른다. 미드나이트 호수가 한눈에 들어오는 위성사진.

나는 호수 건너편 지역을 집중해 살펴본다. 오두막 표시와 멀리 떨어지지 않은 곳에 희미한 글자가 보인다.

X

X 표시는 작은 산처럼 생긴 삼각형들 근처에 자리 잡고 있다. 비비언이 특별히 X 표시를 해둔 느낌이 든다. 두 개의 선이 종이를 파고들 정도로 진하다. 비비언에게 그 X 표시는 매우 중요한 의미가 있다는 뜻이다.

중요한 물건을 X 표시가 있는 지점에 묻어두었을지도 모른다.

나는 지도를 잘 접어 내 트렁크에 숨긴다. 비비언이 숨겨둔 지도라면 각별히 신경 써서 보관해둘 필요가 있다는 생각이 든다.

15년 전

"캠프 생활을 원활하게 하려면 미리 알아두어야 할 게 있어." 비비언이 말했다. "어딜 가든 다른 사람들과 똑같은 시간에 가면 불리해. 식사 시간에도 가장 먼저 가거나 아니면 차라리 맨 나중에 가는 게 좋아."

"식사하러 갈 때도 굳이 그래야 해?" 내가 물었다.

"식사하러 갈 때는 *더욱* 그래야지. 식사 시간만 되면 아이들이 좋은 자리를 차지하려고 난리를 치거든. 그럴 땐 차라리 맨 나중에 가는 게 좋지."

캠프 첫날 아침에 비비언과 나는 식당으로 걸어가고 있었다. 이미 15분 전에 아침 식사를 알리는 종소리가 울렸지만 비비언은 결코 서두르지 않았다. 비비언과 팔짱을 낀 나도 덩달아 천천히 걸었다.

식당에 도착한 나는 곱슬머리 여학생이 미술공예관 건물 밖에서 카메라를 목에 걸고 있는 모습을 발견했다. 우리를 발견한 그 여학생의 눈빛이 반짝 빛나더니 이내 카메라를 우리 쪽으로 들이댔다.

"비비언 언니, 카메라로 우릴 찍고 있는 저 사람은 누구야?" 내가 비비언에게 물었다.

"리베카야." 비비언이 말했다. "신경 쓰지 마. 리베카는 사진에 미친 아이니까. 장래에 사진작가가 되고 싶어 하거든."

비비언은 내 손을 잡고 헤어네트를 쓴 주방 직원들이 김이 솔솔 나는 음식을 차려둔 곳으로 이끌었다. 우리는 거의 마지막으로 식당에 왔기에 줄을 서서 기다릴 필요가 없었다. 입가에 웃음기를 머금은 붉은 머리 지도교사가 우리보다 조금 늦게 식당에 왔다. 폴로셔츠에 적힌 케이시라는 이름이 눈에 들어왔다. 작은 키에 커다란 주머니가 달린 반바지가 상체보다 하체가 발달한 그녀의 볼륨 있는 몸매를 더욱 강조해주었다.

"비비언 호손?" 그녀가 말을 걸었다. "넌 작년 여름에 나에게 말하길 캠프에 다시는 오지 않겠다고 했잖아? 그 사이에 왜 마음이 변한 거야?"

"캠프에 오지 않으면 선생님을 괴롭히는 재미를 포기해야 하잖아요." 비비언이 바나나 두 개를 집어 들더니 내 식판에 하나를 올려놓으며 말했다. "좋은 기회를 놓칠 수야 없죠."

"올해는 좀 쉽게 넘어가려나 했는데 기대를 접어야겠네." 케이시가 이번에는 내게로 눈길을 돌렸다. 내가 비비언과 붙어 다니는 모습이 썩 마음에 들지 않는 표정이었다. "넌 캠프에 처음 왔니?"

비비언이 오트밀 그릇 두 개를 들더니 내게 하나를 건넸다. "에마, 이분은 케이시 선생님이야. 예전 캠프 때는 학생 신분이었는데 이번에는 지도교사로 오시게 되었어."

나는 식판을 든 손을 살짝 올렸다가 내렸다. "케이시 선생님, 만나서 반가워요."

"우리는 같은 오두막을 쓰고 있어요." 비비언이 말했다.

케이시는 잠시 나를 측은하다는 듯이 바라보다가 내 어깨에 손을 올려놓고 토닥였다. "비비언이 너를 타락시키려고 하면 언제든 나에게로 달려와서 말해야 한다. 내가 머무는 자작나무 오두막으로."

케이시는 우리를 지나쳐 커피와 도넛이 놓인 곳으로 향했다. 나는 아침 식사로 즐겨 먹는 토스트와 베이컨을 식판에 올려놓았다.

우리는 학교 식당과 비슷한 방식으로 배치된 테이블에 옹기종기 모여 앉아 식사하는 여학생들 사이를 걸어갔다. 저학년 여학생들과 고학년 여학생들이 따로 분리되어 앉아 있었다. 내 또래 여학생들이 비비언과 함께 고학년 여학생들이 모여 있는 곳으로 걸어가는 나를 부러운 눈길로 바라보았다. 비비언은 나를 앨리슨과 내털리가 앉아 있는 자리로 데려갔다. 앨리슨과 내털리는 내가 학교에서 알고 지내는 아이들과도 많이 닮았다. 나이 많은 헤더와 마리사라고 해도 과언이 아니었다.

비비언은 그들과 달리 화끈하고 거침없는 성격이지만 캠프 초짜인 나를 언제나 친절하고 따스하게 챙겨주었다.

"좋은 아침이야. 어제는 캠프 첫날이었는데, 다들 잘 잤어?"

"그냥 그랬어." 앨리슨이 과일 샐러드를 먹으며 말했다. "넌 어땠어, 에마?"

"정말 좋았어." 난 분명 그렇게 말했으나 사실은 거짓말이었다. 오두막이 너무 답답하고 지나치게 조용했다. 벌써부터 시원한 에어컨 바람과 맨해튼의 시끌벅적한 소음이 그리웠다. 나이팅게일 캠프에서 풀벌레 울음소리와 미드나이트 호수가 철썩이는 소리를 빼고 나면 다른 소음은 거의 들리지 않았다. 내 귀에는 전혀 익숙하지 않은 소음이라 적응하기 쉽지 않았다.

"에마가 코를 골지 않아 다행이야." 비비언이 말했다. "작년 캠프 때는 코 고는 아이랑 오두막을 같이 썼는데 정말 시끄러웠거든."

"그리 많이 시끄럽지는 않았잖아." 내털리가 베이컨 조각을 씹으며 말했다. "네가 싫어하는 아이라서 크게 들렸을지도 몰라."

나는 세 사람 사이에 형성된 미묘한 역학 관계를 눈치채고 있었다. 비비언이 단연 리더 격이었다. 내털리는 조금 퉁명스러운 성격으로 툭하면 비비언과 각을 세웠다. 예쁘고 차분한 성격의 앨리슨이 언제나 둘 사이의 중재자 역할을 했다. 앨리슨이 분위기가 어색해지자 얼른 다른 곳으로 화제를 돌렸다.

"에마, 넌 우리 학교 학생은 아니지?"

비비언이 나 대신 말했다. "우리 학교 학생이었으면 진작부터 알았겠지. 우리 학교 아이들 절반이 매년 여름 이 캠프에 오잖아."

"난 더글러스 아카데미에 다녀." 내가 말했다.

앨리슨은 멜론 한 조각을 포크로 찍어 입으로 가져가다가 다시 내려놓았다. "그 학교, 괜찮아?"

"여학교치고는 괜찮아."

"우리 학교도 여학교야." 비비언이 말했다.

"넌 캠프에서 우리 학교 학생들 절반을 처음 본 사람 취급하잖아." 내털리가 나무라듯 말했다.

"네가 베이컨을 무지막지하게 처먹는 걸 보고도 못 본 척하지." 비비언이 쏘아붙였다. "베이컨을 계속 그렇게 처먹다가는 내년에는 비만 캠프에 가게 될 테니까 그리 알아."

내털리는 한숨을 푹 내쉬더니 반쯤 먹은 베이컨을 접시에 내려놓았다. "베이컨 좀 먹을래, 앨리슨?"

앨리슨은 고개를 젓더니 거의 손도 대지 않은 과일 접시를 앞으로 밀어놓았다. "나, 배불러."

"그냥 농담한 거야." 비비언이 미안해하는 표정으로 말했다. "내털리, 넌 괜찮아. 아직 비만을 신경 써야 할 정도는 아니니까."

비비언이 빙글빙글 웃으며 한 말은 진심 어린 사과라기보다 비아냥거리며 모욕하는 말처럼 들렸다.

비비언이 오트밀을 한 입 떠먹으면 나도 따라 했다. 먹는 양도 비비언과 비슷하게 먹으려고 신경 썼다. 비비언이 바나나를 절반쯤 먹다가 남기자 나도 그렇게 했다. 집에서는 베이컨이나 토스트를 즐겨 먹었지만 비비언이 꺼려해 나도 아예 손을 대지 않았다.

비비언과 내털리, 앨리슨은 양궁 상급반 수업 준비를 위해 나보다 먼저 식당을 나갔다. 캠프 참가 경험이 많아야 상급반 자격이 주어지는 과목이었다. 나는 어쩔 수 없이 내 또래 학생들과 다른 수업을 받아야 했다. 층층나무 오두막에서 비비언과 하룻밤을 보낸 이후 나는 또래 아이들과 어울리는 게 왠지 시들해졌다.

내가 수업받으러 가는데 카메라를 든 리베카가 내 앞을 가로막았다. "무슨 짓이야?"

"너에게 경고 하나만 해두지. 비비언을 조심해."

"왜 그래야 하지?"

"비비언을 가까이 하지 마. 결국 널 배신할 거야."

"무슨 근거로 그런 말을 하지?"

리베카가 쓴웃음을 지었다.

"너도 곧 알게 될 거야."

8

저녁 식사 시간에 프래니는 학생들 앞에서 연설을 한다. 캠프 생활을 통해 대자연과 맘껏 교감하길 바란다는 내용이다. 프래니는 연설하는 내내 학생들과 일일이 눈을 맞추며 캠프에 오게 된 걸 환영한다는 뜻을 전한다. 식당 문가에 서 있는 나와 눈이 마주친 프래니는 살짝 웃으며 알은체를 한다.

연설 내용은 15년 전과 별반 차이가 없다. 많은 세월이 흘렀음에도 연설 내용이 판박이라는 점이 웃긴다. 프래니는 오래전 그녀의 조부인 뷰캐넌 해리스가 어떤 방식으로 미드나이트 호수를 만들었는지 설명하는 한편 캠프의 오랜 역사와 전통에 대해 말한다.

"오랜 세월 동안 미드나이트 호수와 나이팅게일 캠프는 해리스 가족의 여름 별장이었습니다. 저는 어렸을 때부터 여름만 되면 이곳에 와서 대자연과 교감하며 즐거운 시간을 보냈고, 봄가을 그리고 겨울에도 틈만 나면 들러 계절이 바뀔 때마다 다른 옷을 갈아입는 이곳의 자연을 음미했습니다. 부모님께서 세상을 떠나고 나서 저는 이 별장을 물려받게 되었고, 1973년에 처음으로 여학생들을 위한 캠프로 활용하기로 마음먹었습니다. 일 년 뒤인 1974년에 나이팅게일 캠프가 처음 문을 열었고, 해마다 많은 여학생들이 참가해 즐겁고 보람 있는 여름방학을 보내게 되었습니다."

프래니는 잠시 말을 멈추고 호흡을 가다듬는다. 프래니가 차마 꺼내지 못하고 얼버무린 말 가운데 캠프와 관련된 비극적인 사건도 포함되어 있다. 층층나무 오두막에서 나와 함께 생활했던 아이들이 사라진 사건.

"나이팅게일 캠프를 운영하는 저는 여러분들 모두를 크게 환영합니다." 프래니가 말한다. "이 캠프는 파벌을 만들거나 인기 경쟁을 하거나 누가 우월한지 견주는 곳이 아닙니다. 여러분 모두가 이 캠프의 주인입니다. 여러분 모두가 이 캠프에서 보낸 아름다운 추억을 여름방학을 마치고 나서도 오래도록 간직할 수 있길 바랍니다. 여러분이 원하는 게 있으면 저나 로티 혹은 제 아들들인 테오와 쳇, 최근에 가족이 된 민디를 통해 제안해주길 바랍니다."

프래니는 벽에 기대 있는 쳇을 손짓으로 가리켜 보인다. 쳇은 식당을 찾은 여학생들 절반이 뜨거운 눈길로 바라보는 걸 눈치채지 못한 듯 무심한 표정을 짓고 있다. 쳇의 옆에 선 민디가 마치 미인대회 참가자처럼 활짝 웃으며 손을 흔들어 보인다. 나는 테오가 어디에 있는지 살펴본다. 테오가 보이지 않아 실망감이 드는 동시에 안심이 된다.

프래니의 연설은 계속된다. 연설의 마지막은 늘 치밀하게 계획된 부분이다.

"마지막 한 가지." 프래니가 갑자기 생각난 듯 말한다. "여러분이 나를 해리스 화이트 부인이라고 부르는 걸 원하지 않아요. 그냥 편하게 프래니라고 불러주세요. 꼭 그렇게 불러주길 부탁합니다. 대자연 속에서 우리 모두는 평등하니까요."

연설이 끝나자 민디가 열광적인 박수를 치기 시작한다. 쳇도 박수를 치고 있지만 그다지 내켜 하지 않는 표정이다. 금세 식당 안은 학생들의 박수 소리로 가득 찬다. 프래니는 학생들을 향해 다시 한번 가볍게 인사하고 나서 로티가 열어둔 옆문을 통해 식당을 빠져나간다.

나는 배식 창구로 발걸음을 옮긴다. 하얀 유니폼을 입은 직원 몇 사람이 오늘의 메뉴인 햄버거와 감자튀김, 코울슬로를 식판에 담아주고 있다.

나는 다른 여학생들과 함께 있는 사샤, 크리스털, 미란다에게 가는 대신 여덟 명의 여자들이 앉은 테이블로 향한다. 그들 가운데 다섯 명은 캠프의 지도교사들이다. 다른 세 명은 나와 비슷한 역할을 맡은 예술 활동 강사들이다. 강사들 중 리베카만이 어디에 있는지 보이지 않는다.

이 자리에서 내가 아는 사람은 케이시 앤더슨이 유일하다. 케이시는 15년 전과 그리 많이 달라지지 않았다. 커다란 엉덩이와 어깨 위에서 찰랑거리는 빨간 머리도 그대로다. 케이시가 나를 가볍게 안아주며 말한다. "에마, 다시 만나게 되어서 기뻐."

강사들은 서로 고개를 끄덕여 인사한다. 지도교사들은 다들 나를 유심히 바라본다. 그들은 내가 누군지 모를뿐더러 15년 전 이 캠프에서 무슨 일이 벌어졌는지에 대해서도 그저 어렴풋이 알고 있을 뿐이다.

케이시가 다른 강사들을 나에게 소개해준다. 글쓰기를 가르치는 로버타 라이트 스미스는 나이팅게일 캠프를 처음 열었을 때부터 3년 연속 참가해 학생들을 지도한 경력이 있다. 통통한 체구에 유쾌한 성격인 로버타 라이트 스미스가 콧잔등에 올려놓은 안경 너머로 나를 유심히 살펴본다. 페이지 매캐덤스는 1980년대 후반부에 캠프에서 학생들을 가르친 적이 있는 호리호리한 체구의 백발로 나와 악수할 때 뼈만 앙상한 손가락으로 내 손을 꽉 쥐었는데 의외로 악력이 센 편이다. 캠프에서 학생들에게 도자기공예를 가르치기로 되어 있다.

케이시는 중학교에서 영어를 가르치는데, 이번에 두 아이가 다른 여름 캠프에 참가하게 되어 이혼 이후 처음으로 혼자 시간을 보내게 되었다고 털어놓는다.

케이시의 이혼 이야기는 강사들 사이에서 화제가 된다. 케이시는 텅 빈 집에서 혼자 6주를 보내고 싶지 않았다고 했다. 페이지는 이제 곧 이혼하기로 한 남편이 브루클린의 아파트에서 나갈 때까지 머물 곳이 필요해 캠프에 참가하게 되었다고 했다. 시러큐스 대학에서 문예 창작 교수로 일하는 로버타는 최근 시인인 여자 친구와 헤어졌는데 방학 동안 조용히 지내고 싶어 캠프에 왔다고 털어놓았다. 캠프에 오게 된 이유가 딱히 없는 사람은 내가 유일했다. 내가 자유로워서인지 한심해서인지 알 수 없다.

나는 예술 활동 강사로 초대받아온 사람들보다는 지도교사로 온 대학생들과 공통점이 더 많아 보인다. 지도교사들은 하나같이 얼굴이 예쁘지만 뚜렷한 특징이 없어 누가 누구인지 분별하기 힘들다. 머리를 뒤로 묶고, 분홍색으로 반짝이는 입술도 엇비슷하다. 가장 꽃다운 나이라 저마다 얼굴에서 빛이 난다. 소개받은 지 5초 만에 지도교사들의 이름이 가물가물하다.

"정말 이상하지 않아요?" 케이시가 말한다. "이번 여름에 캠프에 다시 오게 되어서 정말 기쁘긴 해요. 다만 프래니가 오랜 세월이 흐른 지금 다시 캠프를 열기로 한 이유를 모르겠어요."

"그리 이상한 선택은 아니라고 봐요." 내가 말한다. "놀라운 결정이라고 할 수 있지만요."

"아니, 난 이상해 보여요." 페이지가 말한다. "왜 하필 15년이 지난 지금 캠프를 다시 열었을까요?"

"15년이 지났다고 해서 캠프를 열면 안 될 이유라도 있나요?" 그렇게 말한 사람은 민디다. 민디는 기척도 없이 갑자기 우리가 앉은 테이블에 나타났다. 민디는 내 뒤쪽에서 팔짱을 끼고 서 있다. 민디가 우리 이야기를 어디까지 들었는지 알 수 없었지만 억지웃음을 짓고 있는 얼굴에 불만이 가득해 보인다.

"어쨌든 프래니가 캠프를 다시 열기로 결정한 건 모두에게 좋은 일이 잖아요. 굳이 다른 이유가 더 필요한가요?" 민디는 로버타와 페이지, 케이시와 내가 나누던 대화를 겨냥해 말한다. "요즘 세대 여학생들에게도 여기에 계신 네 분처럼 캠프의 추억을 제공하려고 하는데 왜 이해하기 힘든 선택으로 치부하시는지 모르겠네요."

만일 민디가 프래니처럼 말할 의도였다면 명백한 실패이다. 프래니의 연설은 늘 똑같았지만 학생들에게 전하고자 하는 의미는 진실했다. 다들 프래니가 하는 말을 전적으로 신뢰하는 이유다. 그 반면 민디의 말은 대단히 논리적으로 들리지만 비약이 많다. "난 내가 겪은 경험들을 요즘 학생들에게 똑같이 겪게 하고 싶지 않은데요."

민디는 내 말에 동의하기 힘들다는 뜻으로 고개를 가로젓는다. 내 말을 듣고 크게 실망한 표정이다. 민디는 가슴에 한 손을 올리더니 분명하게 말한다. "난 솔직히 당신에게 많은 걸 기대했어요. 프래니가 당신을 캠프에 초대하기까지 얼마나 큰 용기가 필요했는지 모를 거예요."

"에마 역시 이 캠프에 참가하기로 결정하기까지 큰 용기가 필요했을 겁니다." 케이시가 나서서 날 방어한다.

"네, 물론 그랬겠죠." 민디가 말한다. "에마의 선택이 나이팅게일 캠프 정신을 제대로 보여주었다고 생각해요."

나는 눈을 어찌나 굴렸는지 눈두덩이 아플 지경이다.

민디가 의자에 털썩 앉더니 한숨을 쉬며 말한다. "로티가 저에게 오두막 순찰일지를 만들라고 했어요."

매일 밤 지도교사들이 번갈아 오두막을 돌며 학생들이 잘 있는지, 혹시 엉뚱한 짓을 하지는 않는지 점검해야 한다.

"매일 밤 순찰을 돌며 오두막을 점검할 사람이 두 명 필요해요." 민디가 말한다. "리베카는 어디에 있죠?"

"아마 자고 있을 거예요." 케이시가 말한다. "낮잠을 자지 않으면 시차 때문에 졸려서 미친다고 하더군요. 런던에 일이 있어 다녀오는 길인데 공항에서 곧장 캠프로 왔다면서요."

"그럼 리베카는 나중에 봐야겠네요." 민디가 말한다. "혹시 오늘 밤에 오두막 순찰을 돌고 싶은 분 계세요?"

다들 순찰 시간표를 두고 왁자지껄하게 떠드는 사이 식당 문이 열리더니 리베카가 안으로 들어선다. 케이시와 달리 리베카의 외모는 알아보기 힘들 만큼 많이 변했다. 어렸을 때 착용했던 치아 교정기도 사라졌고, 통통하던 살도 빠져 몸매가 날씬했다. 사방으로 뻗쳐있던 곱슬머리는 단정하게 정리되어 있고, 반바지와 폴로셔츠 차림에 밝은색 스카프를 두르고 있다. 목에 건 카메라는 리베카가 걸을 때마다 앞뒤 좌우로 흔들린다. 10대 시절 리베카는 신발을 질질 끌며 걸었는데 지금은 발을 사뿐사뿐 떼어놓으며 날렵하게 걷는다.

리베카는 식당을 가로질러 걸어가더니 배식 코너에서 사과 하나를 집어 든다. 사과를 한 입 베어 물고 다시 식당 밖으로 걸어 나가던 리베카는 그제야 반대편에 앉아 있는 나를 발견하고 잠시 걸음을 멈춘다. 나를 바라보는 리베카의 표정에 어떤 의미가 담겨 있는지 알 수 없다. 나를 다시 만나게 되어 놀랐다는 뜻인지 기쁘다는 뜻인지, 아니면 혼란스러운지 해석이 불가하다. 리베카는 다시 한번 사과를 한 입 깨어 물더니 식당 밖으로 사라진다.

"이제 가봐야겠어요." 내가 말한다.

민디는 또 타이어 바람 빠지는 소리를 낸다. "오두막 순찰은 순번을 어떻게 정할까요?"

"난 어느 날이든 상관없어요."

음식에 거의 손을 대지 않은 나는 식판을 그대로 두고 테이블을 벗어난다. 나는 식당 밖으로 나오자마자 리베카가 어디에 있는지 살피지만 보이지 않는다. 식당 근처와 옆 건물인 미술공예관 앞에는 현재 아무도 없다. 저 멀리에서 프래니가 로티와 나란히 별장을 향해 걸어가는 모습이 보인다. 별장에서 곧장 호수와 연결되는 내리막 잔디밭에 캠프에 도착한 첫날 지붕을 고치고 있던 인부가 보인다. 인부는 외바퀴 수레를 밀며 잔디밭 끄트머리에 있는 공구 창고를 향해 걸어가고 있다.

리베카 찾기를 포기하고 오두막 쪽으로 걸어가려는데 누군가 뒤에서 내 이름을 부른다.

"에마?"

목소리의 주인공이 누군지 기억하는 나는 그 자리에 얼어붙듯이 멈춰 선다. 분명 테오 해리스 화이트의 목소리다.

테오가 미술공예관 건물 출입구에 서서 나를 부르고 있다. 테오의 목소리는 오래전과 별반 달라지지 않았다. 테오와 얽힌 복잡하고 불편한 기억들이 머릿속에서 명멸한다.

테오를 처음 만나 수줍게 악수를 나누던 때가 떠오른다. 셔츠 위로 불룩 솟은 테오의 단단한 가슴을 쳐다보지 않으려고 애쓰는 동안 내 몸은 왜 자꾸 후끈 달아올랐는지 모르겠다.

호수에 서 있는 테오의 빛나는 피부, 내 몸이 물에 뜰 때까지 안고 있던 그의 손길에 닿은 내 몸이 떨려오던 기억이 난다.

비비언은 야외 화장실 벽에 뚫린 틈이 있는 곳으로 나를 데려간다. 샤워기에서 물이 떨어지는 소리와 테오가 〈그린데이〉를 흥얼거리는 소리가 들려온다.

비비언이 속삭인다. *"에마, 안을 들여다봐. 안에서는 절대로 모르니까."*

"에마."

테오가 다시 나를 부른다. 나는 천천히 돌아서며 테오가 혈색 좋고, 머리가 벗겨지고, 허리둘레에 살집이 붙은 중년이었으면 좋겠다는 생각이 든다. 그런 한편 전혀 변하지 않고 예전 그대로였으면 하는 마음도 있다.

테오는 이제 내가 기억하는 열아홉 살 청년이 아니다. 청년 시절의 영롱한 빛은 사라졌지만 테오는 여전히 젊고 건강해 보인다. 전보다 체구도 커지고, 근육도 더 단단해 보인다. 검은 머리에 살짝 섞인 흰머리와 거뭇하게 자란 수염도 잘 어울린다. 지나간 세월의 흔적이 엿보이는 얼굴도 보기 좋다. 웃을 때 보니 입과 눈 주위에 잔주름이 잡힌다. 나이 든 모습들이 오히려 테오를 더욱 매력적으로 보이게 한다.

"안녕."

테오는 별장 앞에 서 있었다. 온종일 숲을 수색하느라 진이 빠져 부스스한 모습이었다. 나는 테오에게 달려가 가슴을 두드리며 소리를 지른다. *"그 아이들은 어디로 갔어요? 도대체 무슨 일이 벌어진 거예요?"*

내가 테오에게 했던 마지막 말이다. 테오는 지금 바로 내 앞에 있고, 오래전 내가 형사 앞에서 그에게 불리한 진술을 하고, 가슴을 주먹으로 치며 원망을 쏟아부은 일을 생각하며 억울해할지도 모른다. 나도 식당에 나타났다가 말없이 사라진 리베카처럼 어디론가 달아나고 싶지만 테오가 가까이 다가오는 모습을 보며 옴짝달싹 못하고 있다.

내 앞까지 온 테오가 나를 가볍게 포옹한다. 그런 다음 테오는 뒤로 한 걸음 물러나 나를 바라보면서 고개를 절레절레 젓는다. "에마가 다시 캠프에 오다니 정말이지 믿을 수가 없네. 어머니가 진작부터 네가 캠프에 올 거라는 말을 했지만 반신반의했거든."

"그런데 이렇게 왔잖아요."

"그동안 잘 지냈어? 예전보다 건강해 보여서 좋아."

"당신도 좋아 보여요." 내가 말한다.

"화가가 되었다며? 난 아직 네 그림을 보지 못했지만 어머니가 한 점 구입했다는 말을 들었어. 난 겨우 이틀 전에 아프리카에서 돌아왔거든."

"〈국경 없는 의사회〉 소속으로 아프리카에서 열심히 의료 활동을 펼친다는 이야기를 들었어요."

테오는 어깨를 으쓱해 보이더니 콧수염을 긁는다. "소아과 전공이야. 작년 한 해는 주로 〈국경 없는 의사회〉 소속으로 아프리카에서 일했는데 앞으로 6주 동안은 캠프의 양호 선생님으로 활동하게 될 거야."

"난 캠프의 미술 강사를 맡기로 했어요."

"캠프에서 네가 사용할 화실을 꾸미고 있었어." 테오는 미술공예관 건물을 향해 고갯짓한다. "너도 한번 둘러볼래?"

테오를 따라가자 바람이 잘 통하는 방이 나온다. 벽은 하늘색이고, 카펫과 벽 아랫부분에 댄 목재는 잔디와 같은 녹색이다. 천장을 받친 세 개의 기둥은 나무를 닮은 갈색이다. 기둥과 천장이 맞닿은 부분에는 인조 나뭇가지와 종이로 만든 잎사귀들이 달려 있다. 마치 그림책 속에 들어온 느낌이다.

화실 왼쪽에는 리베카를 위해 마련한 사진 스튜디오가 있고, 여러 종의 디지털카메라와 삼각대, 사진을 편집할 컴퓨터가 갖추어져 있다. 건물 중심부는 공예 교습 공간으로 둥근 테이블과 작은 의자들, 실, 구슬, 가죽 밴드들이 들어있는 캐비닛이 비치되어 있다. 로버타의 글쓰기 수업을 위해 준비한 노트북 몇 대, 페이지가 도자기를 만들 때 사용할 물레도 두 개 보인다.

"정말 멋지네요. 프래니가 이 공간을 마련해주려고 애쓴 흔적이 보여요."

"민디가 전적으로 맡아서 한 일이야." 테오가 말한다. "캠프가 마련한 특별 활동 프로그램이 풍성해질 수 있도록 민디가 수고를 마다하지 않았지."

테오가 이젤들이 반원형으로 놓인 공간으로 나를 데려간다. 한쪽 벽면에는 유화 물감과 붓을 올려둔 선반이 있고, 창문 옆에는 팔레트 여러 개가 자연광을 받으며 놓여 있다.

나는 이젤에 놓인 캔버스를 둘러보며 주변을 돌아다닌다. 선반에는 백여 가지 물감이 색상별로 가지런히 정리되어 있다.

"네가 가져온 상자는 저기에 그대로 놔두었어. 네가 상자 안에 들어 있는 짐을 직접 풀어야 할 테니까."

필요한 물품들은 이미 있지만 나는 상자로 다가가 개인 물품을 꺼낸다. 다양한 종류의 붓, 여러 색상의 물감, 잭슨 폴록의 작품처럼 보이는 팔레트.

테오가 개인 물품을 꺼내 정리하는 나를 유심히 바라보고 있다. 창문에서 비치는 저녁 햇살이 테오의 얼굴을 비추면서 15년 전에는 없던 상처를 확연히 드러나게 한다.

흉터.

테오의 왼쪽 뺨에 손가락 한 마디만큼의 사선이 입까지 그어져 있다. 얼굴색에 비해 한 단계 연한 색을 띤 상처라 미처 알아보지 못했다. 어쩌다 생긴 흉터인지 물어보려는 순간 테오가 시계를 확인하며 말한다. "쳇에게 가서 캠프파이어 준비를 도와야 해. 캠프파이어에 올 거지?"

"물론이죠." 내가 말한다. "모닥불에 마시멜로를 구워 먹을 수 있는 기회를 마다할 수 없잖아요."

테오는 천천히 문을 향해 걸어간다. 문가에 다다른 테오가 돌아서서 말한다. "저기, 에마."

테오는 뭔가 말하려다가 생각이 바뀌었는지 입을 꾹 다문다. 잠시 후 테오가 다시 말을 시작할 때 목소리에서 진심이 묻어난다. "에마, 네가 캠프에 와줘서 정말 기뻐. 쉽지 않은 결정이었을 거야. 어머니와 나에게는 네가 와주어서 매우 각별한 의미가 있는 캠프야."

테오가 한 말이 무슨 뜻인지 알 수 없다. 내가 캠프에 참가해 프래니를 기쁘게 해주었으니 자기도 좋다는 뜻인지, 아니면 내가 불명예스러운 사건으로 문을 닫기 이전 좋았던 시절의 캠프를 떠올리게 해주어서 마음에 든다는 것인지 알 수 없다. 어찌 됐든 테오가 날 용서한다는 뜻으로 받아들여도 될지 헷갈린다.

9

내가 *'언제든 괜찮아.'* 라고 한 말을 민디는 하필이면 *'오늘 밤'*으로 받아들인다. 캠프파이어를 마치고 나서 나는 곧장 오두막 순찰을 나가야 한다. 케이시와 내가 같이 오두막 순찰을 도는 조원이다. 우리는 오두막을 돌아다니면서 내부를 들여다보고, 인원 점검을 하고, 혹시 건의 사항이 있는지 묻는다.

15년 전 캠프에 왔을 때는 지금과 정반대 입장이었다. 케이시는 그 당시 문을 한 번 두드리고 나서 곧장 열어 학생들이 혹시 엉뚱한 짓을 저지르고 있지는 않은지 적발하려고 들었다. 학생들은 눈을 크게 뜨고 눈썹을 깜박이면서 케이시를 맞아들였다. 이제는 내가 학생들의 표정을 살펴봐야 한다.

오두막 순찰을 돌던 중 어느 여학생이 침대에 웅크린 자세로 누워 집과 부모님을 그리워하며 우는 모습을 보았다. 캠프에 온 첫날 밤 비비언이 했던 말처럼 전부는 아니지만 실제로 우는 아이들이 더러 있다. 나는 우는 학생과 잠시 함께 있어 주면서 처음이라 캠프가 낯설고 무서워 보이겠지만 좀 더 있다 보면 정말 즐거운 곳이 되어 집으로 돌아가고 싶지 않을 거라고 말해주었다.

내가 우는 아이에게 해준 말이 모두 사실이길 바랐다. 오두막 순찰을 마치고 나서 케이시와 나는 야외 화장실 뒤쪽 잔디밭으로 갔다. 원래 어두운 곳이지만 한 발자국만 더 들어가면 울창한 숲이라 밤만 되면 더욱 음산해 보이는 곳이다. 불빛이라고는 어두운 숲에서 날아다니는 반딧불밖에 없다.

케이시는 담배 한 개비를 입에 물고 불을 붙인다. "담배를 몰래 숨어서 피워야 한다니, 내가 다시 열네 살 시절로 돌아간 느낌이야."

"민디가 화가 나서 소리치는 모습을 보느니 숨어서 피워야지 어쩌겠어요."

"내가 비밀 한 가지 알려줄까?" 케이시가 말한다. "민디의 진짜 이름은 멀린다야. 프래니 흉내를 내느라 민디라는 이름을 쓰고 있지."

"왠지 이유를 모르긴 해도 프래니가 민디를 그리 좋아하는 것 같지 않던데요."

"난 왜 그런지 알아. 민디는 내가 고등학생 때라면 피하고 싶었던 부류야." 케이시가 길게 내뿜은 담배 연기가 밤공기 속으로 퍼져간다. "하지만 민디는 이 캠프에 있어 주는 게 최선이야. 민디가 없을 경우 여학생들이 쳇을 잡아먹으려고 안달할 테니까."

"여학생들은 아직 어리잖아요."

"호르몬이 차고 넘치는 나이야. 15년 전, 너도 테오를 좋아해 꼬리를 치고 다녔잖아. 테오는 잘생긴 청년이었고, 그 당시 여학생들이 하나같이 좋아할 수밖에 없었지."

"테오도 캠프에 와 있던데 혹시 봤어요?"

케이시는 천천히 고개를 끄덕인다. "테오의 외모는 여전히 반짝반짝 빛나 보이더군. 신은 불공평하다는 사실을 새삼 느꼈어."

"게다가 테오는 여전히 친절하더군요. 저에게 친절한 태도를 보이긴 힘들 것 같았거든요."

"네가 마지막에 경찰에 털어놓은 진술 때문에?"

"선생님의 페이스북에 사람들이 적어놓은 댓글을 봤어요. 아무것도 모르면서 잔인할 정도로 테오를 비난하는 사람들이 많더군요."

"잔인한 댓글이 많긴 하지만 일일이 신경 쓸 필요 없어." 케이시는 담배 연기가 빨리 흩어지도록 손을 휘젓는다. "그런 사람들 대부분이 이 캠프에 왔던 못된 학생들이 나이를 헛먹어 어른이 된 경우에 불과하니까."

"이 캠프만 생각하면 소름 끼친다는 사람들도 있던데요." 내가 말한다. "이 지역 전설에 대해 이야기하면서."

"전설은 캠프파이어에서 심심풀이로 떠드는 얘기일 뿐이고."

"이 지역 전설을 알아요?"

"말 그대로 전설이야. 진짜 벌어진 일이 아니고. 아직 그 얘기를 한 번도 들어본 적 없단 말이야? 믿을 수가 없네."

"제가 이 캠프에 처음 왔을 때만 해도 그 전설에 대해 이야기해준 사람이 아무도 없었어요."

케이시는 담배를 입에 물고 나를 바라본다.

"그럼 내가 말해주지. 미드나이트 호수가 만들어지기 전에 이 지역에 작은 마을이 있었대. 어떤 사람들은 귀가 들리지 않는 사람들이 살았다고도 하고, 나환자들이 모여 살았다고도 해."

터무니없는 이야기로 들리지만 나는 케이시가 계속 이야기하도록 고개를 끄덕인다.

"귀가 먼 사람들인지 나환자들인지는 중요하지 않아. 어차피 나머지 얘기는 같으니까. 프래니의 조부 뷰캐넌 해리스는 이 계곡을 보자마자 호수를 조성해야겠다는 생각을 품게 되었다는 거야. 호수를 만들려면 한 가지 문제가 있었어. 계곡 한복판에 그 작은 마을이 있기 때문이었지. 뷰캐넌 해리스가 마을을 찾아가 땅을 사겠다며 이주를 제안했지만 거절당했다고 하더군. 세상에서 쫓겨나다시피 한 사람들이라 마을 주민들끼리 긴밀한 유대감을 갖고 있었나봐. 이곳은 그들의 고향이었고, 삶의 터전을 팔고 떠날 생각이 없었던 거야. 결국 뷰캐넌 해리스는 단단히 화가 났지. 그가 결심했는데 되지 않은 일이 없었거든. 마을 사람들을 다시 찾아가 더욱 좋은 조건을 제시하고 이주를 건의했지만 또다시 거절당했나봐. 결국 뷰캐넌 해리스는 그 마을만 뺀 나머지 지역 전부를 매입하게 되었어. 뷰캐넌 해리스는 먼저 댐을 건설해 물을 최대한 모아 두었다가 어느 날 자정에 댐을 폭파해 이 지역 계곡에 물을 가득 채우게 되었지. 마을 사람들은 변변한 저항도 하지 못하고 전부 물에 빠져 죽게 되었다고 해."

케이시는 목소리를 한껏 낮추고 나지막이 말한다.

"미드나이트 호수 깊은 곳에 아직 그 당시 수몰된 마을이 남아 있대. 물에 빠져 죽은 마을 사람들은 숲과 호수를 떠돌아다니는 유령이 되었고, 자정이 되면 물 밖으로 나와 숲속을 돌아다닌다고 해. 누구든 유령과 마주칠 경우 여지없이 호수 밑바닥으로 끌려들어가 목숨을 잃게 된다나봐."

나는 의심스러운 표정으로 케이시를 바라본다. "그럼 비비언과 내털리, 앨리슨도 유령들이 호수로 끌고 들어갔다고 믿는 거예요?"

"말 그대로 전설일 뿐 아무도 그 이야기를 믿지는 않아." 케이시는 말한다. "하지만 이 캠프에서 아이들 셋이 실종되는 사고가 났고, 어찌된 연유인지 아무도 설명해줄 수 없었지. 오래전이지만 프래니의 남편도 미드나이트 호수에서 익사했어. 수영대회 우승자이고, 국가대표로 올림픽에도 나갈 뻔했던 사람인데 물에 빠져 죽은 거야. 내가 듣기로는 뷰캐넌 해리스의 첫 번째 부인도 미드나이트 호수에서 빠져 죽었다고 해. 비비언과 내털리, 앨리슨이 사라졌을 때 간혹 어떤 사람들은 미드나이트 호수의 유령들 짓이라고 떠들고 다녔지. 아니면 생존자 때문이거나."

"생존자요?"

"수몰된 마을 사람들 가운데 일부가 댐에서 흘러넘친 물이 계곡을 덮칠 때 높은 산으로 달아났다는 이야기도 있거든. 그 사람들이 깊은 숲속에서 다시 마을을 건설하고, 땅을 일궈 농사를 지으면서 살아가고 있다는 거야. 오랜 세월이 흘렀지만 해리스 가문에 대한 원한을 자손 대대로 물려주면서. 그들이 아직 숲속 깊은 곳 어딘가에 산다는 거야. 보름달이 뜨는 날 밤이면 그들은 몰래 캠프로 내려와 복수를 자행한다고 해. 비비언과 내털리, 앨리슨이 그들에게 희생되었다는 주장이 나오는 이유야."

케이시가 전설에 대한 이야기를 마무리했고, 나는 공기가 몹시 차가워진 느낌을 받는다. 몸에 살짝 전율이 흐르는 가운데 케이시의 뒤쪽 숲을 보고 있자니 유령이나 아직 생존해 있는 마을 사람들이 튀어나오기라도 하듯 기분이 오싹해진다.

"비비언과 내털리, 앨리슨에게 도대체 무슨 일이 벌어진 걸까요?"

"아마도 깊은 숲에서 길을 잃지 않았을까? 비비언은 늘 숲을 헤매고 다니길 좋아했으니까." 케이시가 담배꽁초를 발로 비벼끄고 나서 말을 잇는다. "나에게도 일부 책임이 있어. 난 그때 캠프 지도교사였으니까. 캠프에 참가한 학생들 모두가 무사히 일정을 마치고 안전하게 집으로 돌아가도록 하는 게 내가 맡은 임무였지. 나는 층층나무 오두막에서 벌어진 일에 대해 더욱 깊은 관심을 기울이지 못한 걸 후회해."

나는 놀란 얼굴로 케이시를 바라본다. "층층나무 오두막에서 혹시 내가 모르는 일이 벌어졌나요?"

케이시는 주머니에 다시 손을 넣어 담배 한 개비를 꺼내 물면서 말한다. "나야 모르지만 무슨 일이 벌어졌을 수도 있지."

"가령 어떤 일요? 선생님은 비비언과 친했으니까 무슨 일이 있었다면 분명 뭔지 알고 있었을 텐데요."

"비비언을 캠프에서 처음 만났을 때 그 아이는 저학년이었고, 나는 고학년이었어. 2년 뒤 난 다시 캠프에 왔지만 나는 학생이 아니라 지도교사 신분이었지. 비비언은 말썽꾸러기가 맞지만 매력이 철철 넘치는 아이였어. 머리도 잘 돌아가고, 문제를 일으켜도 약삭빠르게 잘 빠져나갔지."

비비언이 꾸며내는 거짓말은 그야말로 환상적이라 누구나 속아 넘어갈 수밖에 없을 만큼 완벽했다.

"그해 여름, 비비언은 분명 뭔가 이상했어. 언뜻 보면 이전과 달라진 게 없어 보였지만 비비언을 오래도록 봐온 사람이라면 분명 미세한 차이를 알 수 있었을 거야. 마음이 어수선해 보였다고나 할까?"

나는 비비언이 직접 그린 지도와 긴 머리 여자 사진이 떠올랐다.

"가령 무엇 때문에 어수선해 보였을까요?"

케이시는 어깨를 으쓱하고 나서 담배 연기를 길게 내뿜는다. "나도 이유가 뭔지는 모르지. 그냥 느낌이 그랬다는 거야."

"그 느낌이 어땠는데요?"

"비비언이 캠프에서 혼자 동떨어져 걸어 다니는 모습을 몇 번 본 적이 있어. 그 전에는 좀처럼 본 적 없는 일이었지. 비비언은 사람들에게 둘러싸여 있는 걸 좋아했으니까. 비비언이 혼자 있었다는 건 분명 중요한 고민거리가 있었다는 뜻인지도 모르지. 어쩌면……."

케이시의 목소리는 점점 작아지다가 담배 연기처럼 사라진다.

"어쩌면?"

"비비언은 뭔지 모르지만 혼자 있으면서 뭔가 나쁜 일을 꾸미고 있었던 것 같아. 캠프 둘째 날 비비언은 별장 안으로 몰래 들어가려다가 나에게 들킨 적이 있어. 내 눈에는 비비언이 테라스 계단 주위에서 어슬렁거리면서 별장 안으로 들어가려고 기회를 엿보고 있었던 것으로 보였어. 비비언은 나에게 들키자 프래니를 찾고 있었다고 둘러댔는데 느낌상 거짓말이 분명했지."

"비비언은 왜 몰래 별장 안으로 들어가려고 했을까요?"

"그야 나도 모르지."

***

층층나무 오두막이 마지막 순찰 대상이다. 미란다, 크리스털, 사샤는 침대에 누워 휴대폰을 보고 있다. 아이들의 얼굴이 휴대폰 화면의 빛을 받아 빛나고 있다. 사샤는 이미 이불 속으로 들어가 안경을 코끝에 걸치고, 캔디크러쉬 게임을 하고 있다.

사샤의 휴대폰에서 찍찍 삐삐거리는 소리가 불협화음을 이루며 흘러나온다. 사샤의 침대 아래층을 사용하는 크리스털은 헐렁한 운동복으로 갈아입고, 털이 부슬부슬한 곰 인형을 한쪽 팔에 끼고 휴대폰으로 마블 영화를 보고 있다. 크리스털의 귀에 꽂은 이어폰에서 영화의 효과음이 흘러나온다. 총을 갈겨대는 소리와 주먹이 머리통을 부수는 소리가 들린다.

반대편 위층 침대에서는 미란다가 몸을 기대고 누워 있다. 몸에 꼭끼는 탱크톱과 검은색 반바지 차림이다. 미란다는 얼굴 가까이 휴대폰을 대고 입술을 삐쭉 내민 모습으로 사진을 연달아 찍어대고 있다.

"오두막에서는 휴대폰을 사용하면 안 돼." 나도 아이들과 똑같은 행동을 했으면서 제지하려니까 말문이 막힌다. "배터리를 아껴야지."

크리스털이 이어폰을 빼며 말한다. "그럼 이 시간에 휴대폰 말고 뭘 할까요?"

"서로 이야기를 나누면 좋잖아."

"저녁 식사를 마치고 선생님이 테오 선생님과 이야기를 나누는 걸 봤는데 두 분이 사귀는 사이는 아니죠?"

나조차 테오와 내가 어떤 관계인지 알 수 없다.

테오는 내가 세상에 태어나 처음으로 반했던 남자다. 비비언, 내털리, 앨리슨에게 끔찍한 짓을 했다고 나에게 비난받은 사람이기도 하다.

내가 경찰 조사를 받을 때 테오에게 극도로 불리한 진술을 하는 바람에 큰 고통을 받았다는 이야기를 들었다.

"우린 그냥 조금 아는 사이야."

"선생님은 애인 없어요?" 사샤가 묻는다.

"지금은 없어."

내게 남자 친구는 많지만 연인 관계로 발전한 적 없는 사람들이다. 데이트를 하던 남자 친구가 더러 있긴 하지만 그리 오래 간 사람이 없다. 화가와 연애할 수 있는 남자는 드물다. 일정한 출퇴근 시간이 없는 불규칙한 생활, 유화 물감 냄새를 풀풀 풍기는 지저분한 손, 밤을 꼬박 새워 퀭한 눈을 보고 아무렇지도 않게 좋아할 사람은 그리 많지 않다. 내가 마지막으로 만난 남자는 광고대행사에서 일하는 회계사였는데 4개월을 만나다가 정리했다.

요즘 프랑스 출신 조각가를 만나고 있지만 그가 일이 있어 시내에 나올 때마다 함께 식사하고 나서 같이 잠을 자는 사이다. 남자 친구라고 보기에는 무리가 따르고, 그냥 섹스파트너에 가깝다. 그를 만나면 술을 마시고, 대화를 나누고, 섹스를 하는 게 전부인데 가끔 만나는 편이라 더욱 열정적일 수 있다.

"테오 선생님과는 어떻게 알게 되었어요?" 크리스털이 묻는다.

"캠프에 학생으로 왔을 때 알게 되었어."

미란다는 마치 새끼 물개를 물어뜯는 상어처럼 내게 달려든다. 미란다의 얼굴에 사악한 미소가 번지더니 눈에서 불꽃이 튄다. 그 모습이 비비언과 흡사해 가슴에서 통증이 인다.

"학생 때 캠프에 오셨다면 아주 오래전 일이겠네요?"

나는 미란다의 말에 기분이 상하기보다는 웃음이 흘러나온다. 미란다가 은근히 나에게 압박을 가하는 솜씨가 인상적이다. 미란다는 교활한 면에 있어서는 비비언과 잘 맞아 보인다.

"그래, 오래전 일이야." 내가 말한다.

"캠프 생활이 좋았어요?" 사샤가 묻는다.

"처음에는 좋았는데 나중에는 안 좋아졌어."

"그럼 왜 또 오셨어요?" 크리스털이 묻는다.

"이번에 캠프에 온 학생들이 나보다 더 즐거운 시간을 보낼 수 있도록 해주려고."

"무슨 일이 있었는데요? 뭔가 끔찍한 일이 있었나봐요?" 미란다가 묻는다. 내 대답을 기다리는 동안 미란다는 휴대폰을 내려놓는다.

"다들 휴대폰을 끄면 말해줄게." 내가 말한다. "농담 아니야."

아이들이 한목소리로 앓는 소리를 내면서도 휴대폰 전원을 끈다. 나는 내 침대에 책상다리로 앉는다. 내가 손으로 양쪽 바닥을 두드리자 아이들이 따라 한다.

"지금 뭐하시는 거예요?" 사샤가 묻는다.

"이제부터 게임을 하려고. '두 진실, 한 거짓말'이라는 게임이야. 우선 자기 자신에 대해 세 가지를 말하는 거야. 세 가지 말 중에서 둘은 반드시 진실이어야 해. 하나는 거짓말이어야 하겠지. 그럼 다른 사람들이 어떤 말이 거짓인지 맞히는 거야."

15년 전 층층나무 오두막에서 지낼 때 많이 했던 게임이었다. 모두들 어둠 속에서 각자 침대에 누워 귀뚜라미와 황소개구리가 만들어내는 불협화음에 귀를 기울이고 있을 때 비비언이 갑자기 말했다. *"이제*

부터 '두 진실, 한 거짓말' 게임을 시작할게."

비비언이 먼저 세 가지 문장을 말했다.

"첫 번째, 나는 대통령을 만난 적이 있다. 대통령의 손바닥에 땀이 축축했다. 두 번째, 우리 부모님은 이혼하려고 했지만 아버지가 선거에서 이길 경우 결혼생활을 유지하기로 했다. 세 번째, 오스트레일리아에 휴가 갔을 때 코알라가 내 몸에 똥을 싼 적이 있다."

"세 번째." 내털리가 말했다. "넌 작년에도 그 얘길 써먹었어."

"아니, 얘기한 적 없어."

"이미 써먹었다니까." 앨리슨이 말했다. "코알라가 네 몸에 똥 싼 얘긴 이미 했다고."

매일 밤 게임이 벌어졌다. 우리는 어둠 속에서 밝은 대낮이라면 절대로 털어놓을 수 없는 비밀 이야기를 나누었다. 거짓말이 진실처럼 들리도록 하는 게 가장 중요한 포인트였다. 나는 그 게임을 통해 내털리가 필드하키를 하는 친구와 키스한 적이 있다는 사실, 앨리슨이 엄마의 무대 의상에 일부러 포도 주스를 엎질러 〈레미제라블〉 낮 공연을 망치려고 한 적이 있다는 사실을 알게 되었다.

비비언이 정말 좋아하는 게임이었다. 비비언은 진실보다 거짓말을 통해 더 많은 걸 배울 수 있다고 했다. 당시에는 그 말에 동의하지 않았지만 지금은 어느 정도 인정한다.

"제가 먼저 할게요." 미란다가 말한다. "첫 번째, 나는 크리스마스 미사 시간에 고해실에서 복사 아이와 해본 적이 있다. 두 번째, 나는 일년에 책을 백 권 읽는다. 대부분 미스터리물이다. 세 번째, 나는 코니아일랜드에서 놀이기구를 타고 나서 토한 적이 있다."

"두 번째." 크리스털이 말한다.

"나도 두 번째." 사샤가 말한다.

미란다는 언뜻 봐서는 화가 난 듯이 보이지만 내가 보기에는 대단히 만족해하는 눈치다.

"내가 놀길 좋아한다고 해서 독서를 게을리 한다고 생각하면 오산이지. 나도 엄연히 책을 많이 읽으니까."

"그럼 뭐가 거짓말이야?" 사샤가 묻는다.

"말하지 않을래." 미란다는 우리를 향해 장난꾸러기 같은 웃음을 지어 보인다. "사실 난 코니아일랜드에 한 번도 가본 적이 없고, 미사에는 늘 참석하지."

다음 차례는 크리스털이다.

"첫 번째, 내가 가장 좋아하는 슈퍼히어로는 스파이더맨이야. 두 번째, 내 중간 이름도 C로 시작하는 크리스털이지. 세 번째, 나도 놀이공원에서 놀이기구를 타다가 토한 적이 있어."

"두 번째가 거짓이야." 우리 모두 한목소리로 말한다.

"무슨 근거로 그리 확신하지?"

"이름을 크리스털 크리스털이라고 짓는 부모가 어디 있어? 그 어떤 부모도 그렇게까지 잔인하지는 않아."

사샤는 자기 차례가 되자 잔뜩 긴장한 듯 생각에 집중하느라 이마를 찌푸린다. 거짓말을 만들어내는 데 익숙하지 않다는 뜻이다.

"첫 번째, 내가 가장 좋아하는 음식은 피자야. 두 번째, 내가 가장 좋아하는 동물은 피그미하마야. 세 번째, 난 이런 게임을 더는 못 하겠어. 거짓말은 나쁜 거야, 여러분."

"그래, 굳이 하기 싫은 거짓말을 만들어낼 필요는 없어." 내가 사샤에게 말한다. "정직은 그 무엇보다 고귀한 가치니까."

"거짓말이야." 미란다가 말한다. "사샤, 세 번째가 거짓말이지?"

사샤는 어깨를 으쓱해 보인다. "몰라. 곧 다들 알게 되겠지."

"이제 선생님 차례예요." 크리스털이 말한다. "어서 두 진실과 한 거짓을 말해봐요."

나는 깊게 숨을 들이마시면서 시간을 끈다. 적당한 이야깃거리를 찾아낼 수가 없다. 내가 아이들에게 드러내도 무방한 개인정보는 많다. 하지만 내가 드러내고 싶은 개인정보는 아무것도 없다.

"첫 번째, 내가 좋아하는 색은 페리윙클 블루야. 두 번째, 나는 루브르박물관에 두 번 가본 적이 있다."

"세 번째 얘기도 해주셔야죠." 미란다가 말한다.

나는 좀 더 시간을 끌면서 곰곰이 생각하다가 거짓과 진실 사이에 있는 뭔가를 말하기로 한다.

"열세 살 여름에 나는 끔찍한 짓을 저지른 적이 있다."

"마지막이 거짓말이네요." 미란다가 말하자 다른 두 아이도 고개를 끄덕여 동조한다. "선생님이 정말로 끔찍한 짓을 저질렀다면 굳이 그런 사실을 드러내 말할 이유가 없잖아요."

나는 아이들 말이 옳다는 뜻으로 활짝 웃는다. 아이들이 아직 제대로 이해하지 못한 건 이 게임의 핵심이 상대를 거짓말로 속이는 게 아니라는 것이다.

이 게임의 목적은 진실을 말해 상대를 속이는 것이다.

15년 전

나이팅게일 캠프에서 첫날을 보내고 이틀째 되는 날에도 나는 잠을 이루지 못했다. 오두막에는 전기가 들어오지 않았고, 6월의 더위를 가시게 해줄 에어컨이나 선풍기도 없었다. 나는 더위 때문에 밤새 잠을 이루지 못하고 뒤척이다가 후줄근하게 젖은 몸으로 아침 일찍 잠에서 깨어났다. 그런데 다리 사이에서 따뜻한 기운이 느껴졌다. 속옷에 손을 넣었다가 꺼내보니 피가 묻어나왔다.

비록 열세 살에 불과했지만 생리가 뭔지는 알고 있었다. 다만 너무나 갑작스러운 초경이라 어떻게 처리해야 할지 알 수 없어 두려움에 사로잡혔다. 나는 생리에 대해 배웠다. 그 결과 생리가 발생하는 이유에 대해서도 알게 되었다. 대략 언제쯤 초경을 시작하는지도. 하지만 친절하기 그지없는 체육 선생님은 생리가 갑자기 시작되었을 때 어떻게 대처해야 하는지 방법을 가르쳐주지 않았다.

두려움에 휩싸인 나는 비비언에게 도움을 청하려고 침대에서 기어 나와 위층 침대로 연결된 사다리를 타고 위로 올라갔다. 다리를 하나씩 떼어놓을 수 없어 사다리 양쪽을 잡고 두 발을 동시에 떼어놓으며 위층 침대에 다다랐을 때 비비언은 이미 잠에서 깨어 있었다.

비비언의 두 눈이 금발 뒤에서 껌벅거렸다.

"무슨 일이야?"

"피가 나." 나는 다 죽어가는 목소리로 속삭였다.

"피가 난다니, 어디에서?"

"다리 사이에서 *피가* 난다고." 나는 피라는 말에 최대한 악센트를 두고 강조했다.

비비언은 그제야 눈을 크게 뜨더니 얼굴을 덮은 금발을 옆으로 쓸어 넘겼다.

"너 혹시……."

나는 재빨리 고개를 끄덕였다.

"처음이야?"

"응."

"이런 젠장!" 비비언은 몹시 곤혹스러운 한편 동정심을 느낀 듯 한숨을 푹 내쉬었다. "야외 화장실에 가면 생리대가 있으니까 어서 가자."

나는 오리처럼 뒤뚱거리는 걸음으로 비비언을 따라 밖으로 나갔다. 앞서 걸어가던 비비언이 고개를 돌려 나를 보더니 말했다. "그냥 편하게 걸어. 뒤뚱거리며 걸으니까 바보처럼 보이잖아."

야외 화장실 안으로 들어간 비비언은 전등 스위치를 켜더니 가장 가까운 칸으로 나를 데려갔다. 비비언이 벽에 붙어있는 생리대 함에서 탐폰을 하나 꺼내 내 손에 쥐어주었다. 화장실 안으로 들어간 나는 문을 닫았다. 비비언이 문밖에서 생리대를 어떻게 사용하는지 방법을 알려주었다.

"내가 시키는 대로 했지?"

"응, 그대로 했어."

나는 창피하고 민망해 밖으로 나올 수가 없었다. 이제 공식적으로 여자가 되었다고 생각하니 기쁘기보다는 슬펐다. 캠프 생활을 처음 시작한 어제부터 울고 싶었는데 애써 참고 있던 눈물이 쏟아졌다.

내가 우는 소리를 들은 비비언이 밖에서 물었다. "너, 우니?"

"아니."

"뭐가 아니야. 울음소리가 엄청나게 크게 들리는데. 나도 안으로 들어간다."

내가 미처 문을 잠그기도 전에 비비언이 내가 있는 화장실 안으로 들어왔다. 엉덩이로 나를 한쪽으로 밀고 변기에 같이 앉은 비비언이 말했다.

"울지 마. 절대로 나쁜 일이 아니니까."

"비비언 언니는 나보다 겨우 세 살 많으면서 그걸 어떻게 알아?"

"애 좀 봐? 세 살이면 큰 차이야. 집에 친언니가 있으면 물어봐."

"난 외동이야."

"친언니가 있으면 정말 좋은데, 안됐네. 우리 언니는 내게 뭐든 다 알려주거든."

"늘 언니가 있었으면 좋겠다고 생각했어. 뭐든 가르쳐줄 수 있는 언니."

"매달 면 뭉치를 거시기에 밀어 넣는 방법을 가르쳐주는 언니?"

나는 두렵고 불편한 와중이었음에도 웃음이 터져 나왔다. 어찌나 크게 웃었던지 잠시나마 걱정을 날려버릴 수 있었다.

"이제부터 눈물은 금지야. 내가 앞으로 네 언니가 되어줄게. 캠프에서 지내는 6주 동안 궁금한 게 있으면 뭐든 나에게 물어봐."

"남자에 대한 얘기도?"

"그쪽 분야라면 내가 경험이 아주 풍부하지." 비비언이 씁쓸한 웃음을 지어 보이며 말했다. "너도 곧 알게 되겠지만 남자들은 골치 아픈 존재들이야."

"언니는 남자 경험이 많아?"

"섹스를 해본 경험이 있는지 묻는 거야? 대답은 예스."

나는 갑자기 겁이 나 몸을 움츠렸다. 난 지금껏 섹스 경험이 있는 친구를 만난 적이 없었다.

"얘가 또 어린 마음에 충격이 커 보이네." 비비언이 말했다.

"언니도 이제 겨우 열여섯 살이잖아."

"열여섯 살이면 알 건 다 아는 나이야."

"기분이 어땠어?"

비비언은 짓궂은 미소를 지었다. "끝내줬지."

"사랑하는 남자였어?"

"사랑하는 사람과 섹스 상대가 늘 일치하지는 않아." 비비언이 말했다. "그냥 우연히 스치듯 만난 사람과도 섹스를 할 수 있으니까."

나는 그 순간 테오를 떠올렸다. 테오의 단단한 근육질 몸매와 잘생긴 얼굴이. 테오를 바라보는 것만으로도 마음이 얼마나 설레는지. 이제 보니 나도 욕망이 불타오른 적이 있다는 사실을 깨달았다. 이제는 내가 마냥 순진한 아이가 아니라는 생각이 들면서 또다시 울음이 터져 나오려고 했다. 화장실 문이 삐걱 소리를 내며 열리더니 타일 바닥에서 슬리퍼를 끌며 걷는 소리가 울리는 바람에 나는 터져 나오려는 울음을 겨우 삼켰다. 비비언이 화장실 문틈으로 밖을 내다보더니 내게로 고개를 돌리고 나서 눈을 크게 뜨며 소리 내지 않고 입 모양으로 말했다.

"이런 맙소사."

"누군데?"

나도 입 모양으로 물었다.

비비언이 속삭였다. "테오야!"

샤워장에서 물이 쏟아지는 소리가 들려왔다. 야외 화장실 구석에 있는 샤워장이었다. 나는 전날 밤 느꼈던 스산한 감정의 소용돌이가 다시 머릿속으로 밀려들면서 어지럼증이 느껴졌다. 마음이 따스해지는 느낌과 부끄러운 감정이 교차했다. 나는 샤워하는 남자와 같은 공간에 있었다.

"언니, 이제 어떻게 할 거야?" 나는 비비언에게 속삭여 물었지만 대답하지 않고 화장실 밖으로 나갔다. 비비언이 발뒤꿈치를 들고 나를 화장실 출입문 쪽으로 이끌어갔지만 우리는 인기척을 내지 않고 밖으로 나가는 데 실패했다.

내가 발을 헛딛는 바람에 화장지 걸이에 어깨를 부딪쳐 나도 모르게 짧은 비명이 터져 나왔다.

비비언이 뭐 그리 재미있는지 미친 듯이 깔깔거렸다.

테오가 샤워장 안에서 소리쳤다. "거기 누구야?"

비비언과 나는 서로 눈길을 주고받았다. 내 눈빛이 헤드라이트 불빛에 드러난 놀란 사슴처럼 보일 게 뻔했다. 비비언은 지금 이 상황을 즐기는 눈빛이었다.

"나, 비비언이에요." 비비언은 이름 끝을 살짝 올려 말했다.

"아, 그래. 비비언."

테오는 누군지 잘 안다는 듯이 대답했고, 나는 까닭 모를 질투심이 끓어올랐다.

비비언은 테오와 서로 알고 지내니 얼마나 좋을까? 이런 상황에서도 아무렇지도 않은 듯 편안하게 말을 주고받을 수 있다니?

"에마도 같이 있어요."

"에마가 누구지?"

"에마 데이비스. 캠프에 처음 온 아이 있잖아요."

"아, 에마. 그래, 이제 기억나. 첫날 지각한 아이."

테오가 내가 누군지 기억한다는 말에 깜짝 놀란 한편 가슴이 쿵쿵 뛰면서 마음이 설렜다. 테오는 첫날 지각한 나를 층층나무 오두막에 데려다준 걸 기억하고 있는 눈치였다.

비비언이 팔꿈치로 내 옆구리를 찔러 나는 최대한 얌전하게 인사했다. "안녕하세요."

"너희들은 웬일로 이렇게 일찍 일어났어?" 테오가 물었다.

나는 뭐라고 대답해야 할지 몰라 입이 얼어붙었다. 비비언의 손목을 붙잡고 제발 그 얘기를 하지 말라는 뜻을 간절한 눈빛으로 전했다. 만약 비비언이 그 얘길 할 경우 수치심 때문에 견딜 수 없을 듯했다.

"화장실이 급해서 일찍 일어났어요." 비비언이 말했다. "선생님은 별장 욕실을 사용해도 될 텐데 왜 군이 야외 화장실 샤워장을 사용하는지 궁금해요."

"별장에도 샤워장이 있긴 한데 수압이 너무 약해." 테오가 말했다.

"수도관이 오래된 탓일 거야. 아무튼 내가 꼭두새벽에 일어나 여학생들이 들이닥치기 전에 여기서 샤워하는 이유야. 그러니까 내가 마음 편히 샤워할 수 있도록 너희들도 이제 좀 가줄래."

비비언이 나를 보면서 빙긋 웃고 나서 속삭였다. "샤워하면서 자위도 하겠다는 말이야."

지나치게 노골적인 말이어서 나도 모르게 웃음이 터져 나왔다. 내 웃음소리를 들은 테오가 말했다. "얘들아, 내가 한시바삐 샤워를 마쳐야 하는데 너희들이 계속 거기 있으면 신경 쓰이잖아."

"좋아요." 비비언이 대답했다. "우린 이제 갈 테니까 마음 푹 놓고 샤워하세요."

우리는 폭포수처럼 웃음을 터뜨리며 손을 맞잡고 빙글빙글 맴을 돌았다. 머리가 어질어질하고 비비언의 얼굴이 흐릿하게 보일 때까지.

10

맨해튼에 집이 있는 사람의 귀에 캠프의 지나친 적막감은 답답한 느낌을 준다. 이리저리 뒤척이다가 겨우 잠들었는데 악몽이 폭풍처럼 몰려든다. 꿈속에서 나는 비비언의 트렁크에서 찾아낸 사진에 있던 긴 머리 여자와 얼굴이 마주친다. 여자의 고통이 가득한 눈을 들여다보던 나는 내가 사진을 보는 게 아니라 거울을 보고 있다는 사실을 깨닫는다.

내가 비비언의 사진에 들어 있던 여자다. 나는 바닥에 끌릴 만큼 긴 머리를 하고 있다. 나를 보고 있는 시커먼 눈도 *내* 눈이다.

나는 소스라치게 놀라며 잠에서 깨어난다. 침대에 일어나 앉은 자세로 가쁘게 숨을 몰아쉬는 내 이마에 땀이 송골송골 맺혀 있다. 나는 소변을 보고 싶은 생각이 들어 침대를 나와 아이들이 잠에서 깨지 않도록 각별히 조심하면서 어둠 속에서 트렁크를 더듬어 플래시와 새로 산 부츠를 꺼내 신고 오두막을 나선다.

밤하늘 풍경을 즐기고 싶어 플래시를 켜지 않고 그대로 손에 들고 있다. 나이팅게일 캠프에서 맞이하는 밤 풍경은 맨해튼과 현저하게 다르다. 마치 코발트블루 색을 칠한 거대한 캔버스 군데군데에 별을 박아놓은 듯이 보인다. 지평선에 낮게 걸려 있는 달은 어느새 서쪽 숲속으로 떨어지려 하고 있다. 너무나 아름다운 광경이라 그림으로 그리고 싶은 욕구가 솟는다. 그림을 그리고 싶다는 생각이 들었다는 것만으로도 의미 있는 진전이다.

나는 화장실 안으로 들어가 문가의 전등 스위치를 누른다. 형광등이 윙 소리를 내며 켜지고, 나는 가장 가까운 칸으로 향한다. 비비언과 함께 들어갔던 화장실 칸이다.

생리를 처음 시작한 날 나는 울적한 기분으로 화장실에 갔다가 비비언 덕분에 한층 기분이 좋아진 적이 있다. 하지만 나에게 밀어닥친 변화는 큰 두려움을 불러일으켰고, 머릿속을 혼란스럽게 했다. 그때 비비언과 손을 잡고 맴을 돌았고, 그 단순하지만 배려 깊은 행동이 나에게 얼마나 큰 위안이 되었는지 아직도 생생하게 기억한다.

화장실을 나서려고 할 때 그해 여름의 기억이 떠오른다. 바로 그때 화장실 문이 열리는 소리가 들려온다. 터무니없는 추측일지 모르지만 나는 이번에도 혹시 테오가 아닐까 생각한다. 오랜 시간이 흐르긴 했어도 테오가 다시 나이팅게일 캠프로 돌아왔으니 전혀 가능성이 없지는 않은 생각이다.

화장실 문틈으로 밖을 내다보니 테오가 아니라 웬 여학생이다. 긴 다리에 맨발이고, 금발 머리가 보인다. 아이는 세면대 앞으로 가더니 거울에 비친 얼굴을 확인한다. 나도 살짝 자세를 낮춰 거울에 비친 아이의 얼굴을 살펴본다. 검은 눈동자, 오뚝한 코, 갸름한 턱.

나는 화장실 문을 밀고 나와 이름을 부른다. "비비언?" 어찌나 급히 서둘렀는지 입에서 헐떡거리는 숨소리가 난다.

세면대 앞에 선 여학생이 깜짝 놀라며 몸을 돌린다. 나는 그제야 착시였다는 사실을 알아차린다. 아이는 금발이 아니고, 피부는 비비언보다 까무잡잡한 편이다. 아이의 코에서 다이아몬드 피어싱이 반짝 빛난다.

"비비언이 누군데요?" 미란다가 묻는다.

"전에 캠프에 왔을 때 같은 오두막에서 생활했던 언니야."

"선생님이 갑자기 나타나 그 이름을 부르는 바람에 기절하는 줄 알았잖아요."

나도 무서웠으니 당연한 반응이다. 나는 여전히 긴장한 탓에 장식이 달린 팔찌를 손에 꼭 쥐고 있다. 팔찌에 달린 새 장식이 덜렁거린다. 나는 간신히 마음을 추스르며 말한다.

"내가 잠시 헷갈렸나봐. 피곤한 탓이니까 이해해줘."

"간밤에 잠을 설쳤어요?"

나는 고개를 끄덕이며 되묻는다. "넌?"

"저도 그래요."

"이렇게 일찍 화장실에는 웬일이야? 간밤에 무슨 일 있었어?"

미란다는 머리를 좌우로 흔든다. 얼굴을 자세히 보니 눈이 붉게 충혈되어 있고, 뺨을 타고 흘러내린 눈물 자국이 선연하다.

"무슨 일이 있었는지 말해주지 않을래?"

"남자 친구에게 차였어요. 주로 내가 차는 편이었는데 차인 건 처음이라 당혹스러워요."

나는 세면대로 다가가 물을 튼다. 다행히 물이 차서 좋다. 나는 종이 타월을 물에 적셔 뺨과 목에 대고 누른다. 상쾌한 느낌이 살갗에 닿으면서 뜨거운 열기가 증발한다.

미란다는 마음이 차츰 차분해지고 있다. 내가 아이의 마음을 편안하게 해주어야 하는데 어떻게 위로해야 할지 모르겠다. 사랑의 아픔에 대해서라면 나도 아주 잘 알고 있다.

"우리 둘 말고는 비밀로 할 테니까 나에게 스스럼없이 말해봐."

"그다지 심각한 사이는 아니었어요. 사귀기 시작한 지 겨우 한 달쯤 되었으니까. 제가 6주 동안 혼자 캠프에 오기로 결정한 걸 제 남자 친구가 받아들이기 힘들었나봐요. 그 아이는 여름방학 동안 저랑 줄곧 같이 보내길 바랐거든요."

"마음을 잘 달래주지 그랬어."

"그렇잖아도 마음을 달래주려고 했는데 그 자식이 일방적으로 문자를 보내 마치 통보하듯 나를 차버린 거예요. 나쁜 자식!"

"앞으로 좋은 기회가 또 주어질 거야. 이제 그런 예의 없는 녀석은 잊어버려." 내가 말한다.

미란다의 눈가에서 다시 눈물이 반짝인다. 미란다는 눈물이 흘러 떨어지지 않도록 주먹으로 닦아낸다. "제가 먼저 좋아해 만나자고 한 아이였거든요. 대부분 남자아이들이 저에게 먼저 사귀자고 했는데 이번에는 예외적인 경우였죠. 제가 그깟 일로 우니까 아기처럼 보이겠네요."

"아니, 충분히 눈물이 나올 법한 일이야. 다 이해해." 나는 미란다에게 말한다. "그 녀석이 헤어지자는 문자를 일방적으로 보낸 걸 보면 이미 새로운 여자 친구가 생겼을 가능성이 커. 그러니까 가급적 빨리 잊고 너도 다른 남자 친구를 만나면 되는 거야."

"나쁜 새끼." 미란다가 또 욕설을 내뱉는다.

"애초에 그런 아이를 왜 좋아했는지 이해가 안 되지?"

"그 자식이 나랑 헤어지자고 한 걸 후회하도록 만들어주고 싶어요." 미란다가 거울 속에 비친 자신의 얼굴을 보며 생긋 웃는다. "캠프에서 지내는 동안 태운 피부가 멋져 보일 테니까 새 남자 친구를 만드는 건 그리 어렵지 않을 거예요."

"그래, 녀석이 후회하도록 만들어주는 거야." 내가 말한다. "자, 이제 오두막으로 돌아가렴. 나도 곧 뒤따라갈 테니까."

미란다는 화장실 문을 나서면서 내게 손을 흔들어 보인다. 미란다가 사라진 뒤에도 나는 화장실에 잠시 남아 얼굴에 차가운 물을 끼얹으며 마음을 가라앉힌다. 짧은 순간이지만 미란다를 비비언이라고 착각한 게 믿어지지 않는다. 같은 실수를 반복해서 저지르고 싶지 않다. 내 마음을 아프고 고통스럽게 했던 그해 여름은 이제 멀리 사라졌다. 이제 그때의 기억을 모두 묻어버리고 싶다.

오늘 따라 하늘빛이 유난히 익숙하다. 내가 캔버스에 즐겨 그리는 회청색 하늘이다. 어둡고 우울한 느낌이 드는 한편 동트기 직전의 신비로운 느낌을 담고 있는 하늘. 비비언과 내가 꼭두새벽에 일어나 화장실에서 비밀을 공유한 날에 만난 바로 그 하늘. 고요한 새벽이었고, 마치 세상에 우리 둘만이 깨어 있는 듯 느껴졌다. 하지만 꼭두새벽에 잠이 깨 샤워를 하러 온 테오가 있었고, 그 사실을 비비언이 다시금 일깨워주었다.

"*에마, 이리 와 봐.*" 비비언이 팔꿈치를 화장실 삼나무 벽에 대고 속삭였다. "*아마 너도 몹시 보고 싶었을 거야.*"

비비언이 회심의 미소를 지으며 화장실 외벽 마감재로 사용한 삼나무 널빤지를 가리켰다. 널빤지 하나가 살짝 뒤틀려 샤워장 안이 들여다 보이는 작은 틈새가 나 있었다. 샤워장 안에서 희미한 빛이 새어 나왔다. 가끔씩 테오의 몸이 틈새를 가려 빛이 깜박이기도 했다.

여전히 샤워기에서 물이 쏟아지는 소리가 들려왔고, 테오는 평소 즐겨 부르는 〈그린데이〉를 흥얼거리고 있었다.

"벽에 틈새가 나 있다는 걸 언니는 어떻게 알았어?" 내가 물었다.

비비언은 입이 찢어지도록 크게 벌리고 웃었다. *"작년에 왔을 때 발견했지. 아무도 모르는 나만의 비밀이야."*

"내가 테오의 몸을 몰래 훔쳐보길 바라?"

"바라는 정도가 아니라 강력하게 원해."

"다른 사람 몸을 몰래 훔쳐보는 건 나쁜 짓이잖아."

"자, 시간 없으니까 그냥 고민하지 말고 훔쳐봐. 나쁜 짓이긴 하지만 테오는 절대로 모를 테고, 추억에 남는 일이 될 거야."

나도 모르게 침을 꿀꺽 삼켰다. 갑자기 목이 말라오며 심한 갈증이 일었다. 나는 샤워장 안을 들여다보려고 벽에 몸을 바짝 붙였다. 비비언이 그런 내 모습을 지켜보며 자꾸만 히죽거렸다.

"괜찮으니까 걱정 마." 비비언이 속삭였다. *"이런 기회가 자주 있는 것도 아닌데 안 보면 바보지, 안 그래?"*

나는 몹시 창피했지만 호기심이 일어 안을 들여다보기로 마음먹었다. 몸을 기울이고 삼나무 널빤지 틈에 눈을 갖다 댔다. 처음에는 김이 모락모락 피어오르는 샤워장 벽 말고는 아무것도 눈에 띄지 않았다. 그러다가 마침내 테오의 알몸이 눈앞에 드러났다. 매끄럽고 단단한 피부,

마지막 거짓말

북슬북슬한 털이 난 가슴으로 샤워 물줄기가 흘러내리고 있었다. 지금껏 내가 본 남자의 몸 중에서 가장 아름다웠지만 한편으로는 왠지 두려운 생각이 들었다.

나는 몇 초 뒤 잘못된 짓이라는 생각에 벌게진 얼굴로 널빤지 틈새에 대고 있던 눈을 뗐다. 뒤에서 나를 지켜보던 비비언이 고개를 좌우로 저었는데 포기하지 말고 계속 더 보라는 뜻 같았다. 하지만 점점 더 부끄러운 생각이 들며 온몸이 불에 덴 듯 뜨거워 고개를 가로저었다.

"테오의 몸을 본 소감이 어때?" 비비언이 오두막으로 돌아가면서 장난스럽게 물었다.

"그냥 그랬어." 내가 말했다. *"멋져 보이기도 하고, 왠지 거부감이 들기도 하고."*

"그래, 그랬을 거야." 비비언이 엉덩이로 내 엉덩이를 툭 치며 말했다. *"남자의 알몸을 처음 보았을 테니 너무 긴장해 제대로 보기나 했을지 몰라."*

***

오두막으로 가고 있는데 갑자기 이상한 소음이 들려와 나를 바짝 긴장하게 했다. 분명 뭔가 바스락거리는 소리를 들었다. 누군가 풀밭을 걷는 소리.

갑자기 케이시가 들려준 미드나이트 호수의 희생자들 이야기가 머리에 떠오른다. 나는 아주 잠깐이지만 나를 호수로 끌고 들어갈 유령이 나타났다고 생각한다. 아니면 수몰된 마을 사람들의 후손들이 나타나 손도끼를 휘두르는 모습이 떠오른다.

나는 플래시를 켜고 수상한 소리가 들린 쪽을 비춘다. 알고 보니 여우 한 마리가 숲으로 슬그머니 달아나고 있다. 녀석은 뭔가 입에 물고 있었는데 이미 숨이 끊어져 축 늘어진 짐승의 몸뚱이다. 피투성이가 된 짐승의 털가죽이 시야에 잡힌다. 여우는 플래시 불빛 속에서 잠시 동작을 멈춘다. 녀석은 초록빛이 도는 눈을 반짝이며 혹시 위협적인 상대인지 가늠하려는 듯 나를 빤히 쳐다본다. 녀석의 눈에도 내가 그다지 위협적이지 않은 상대로 비친 듯 마음을 놓고 계속 달려간다. 여우가 숲속으로 완전히 사라질 때까지 녀석이 입에 물고 있는 짐승의 몸뚱이에서 팔다리가 제멋대로 흔들린다.

나는 다시 오두막을 향해 걷기 시작한다. 아까부터 뭔가 찜찜한 기분이 오두막에 도착하고 나서도 계속 가시지 않는다. 오두막에 도착해 문고리를 향해 손을 뻗던 나는 이상한 뭔가를 발견하고 손길을 멈춘다. 내 눈길이 닿은 곳에서 빨간 불빛이 반짝거린다. 빨간 불빛의 위치는 층층나무 오두막 뒤쪽에 있는 다른 오두막 벽면이다. 이름이 참나무 오두막이거나 플라타너스 오두막일 것이다. 나는 빨간 불빛을 향해 플래시를 비춘다. 벽에 카메라가 부착되어 있다. 카메라에 연결된 가느다란 전선이 벽을 따라 바닥으로 이어지고 있다. 편의점에서 흔히 볼 수 있는 감시카메라다.

나는 플래시를 끄고 감시카메라를 바라본다. 갑자기 빨간 불빛이 꺼진다. 5초 동안 기다렸다가 플래시를 흔들어본다. 빨간 불빛이 내 손의 움직임에 따라 다시 켜진다. 누구든 층층나무 오두막을 드나들 때 감시카메라가 작동하는 시스템이 분명하다.

감시카메라가 언제부터 층층나무 오두막을 촬영하고 있었는지 알 수 없다. 감시카메라가 왜 필요한지도. 다른 오두막에는 감시카메라가 설치되어 있지 않다. 그렇다면 프래니를 비롯한 해리스 가족이 내가 있는 충층나무 오두막에만 유독 감시카메라를 설치해두고 감시하고 있다는 뜻이다. 그야말로 황당한 상황이라 기분이 꺼림칙하고 마음이 불편해진다.

15년 만에 다시 찾은 캠프에서 나는 감시를 받고 있다.

11

오두막에 들어와 침대에 누웠지만 잠이 오지 않는다. 수영복으로 갈아입고, 오래전 멕시코 코수멜섬에 갔을 때 구입한 실크 가운을 걸친 다음 트렁크에서 대형 타월을 꺼내 들고 오두막을 나선다. 감시카메라 쪽에는 의식적으로 눈길을 주지 않는다. 감시카메라를 엿보고 있을 누군가와 눈길을 마주하고 싶지 않다. 나는 마치 감시카메라가 설치되어 있다는 사실을 까맣게 모르는 사람처럼 그 앞을 재빨리 지나간다.

미드나이트 호수로 가는 길에 혹시 다른 오두막에도 감시카메라가 설치되어 있는지 살펴보았지만 눈에 띄지 않는다. 캠프 중심부를 흐릿하게 비추는 방범등 기둥에도 감시카메라가 부착되어 있지 않다. 캠프의 나무들에도 감시카메라를 달아두지 않았다.

미드나이트 호수 기슭에 도착한 나는 바닥에 대형 타월을 깐 다음 가운을 벗어두고 조심스럽게 물로 들어간다. 차가운 물이 몸에 닿는 순간 기분이 상쾌해진다. 내가 매일 아침 수영하는 YMCA 수영장과는 느낌이 전혀 다르다. 미드나이트 호수는 수영장보다 물이 탁하고 수온이 낮다. 겨우 무릎까지 오는 물속일 뿐인데 물이 탁해 내 발이 흐릿하게 보인다. 몸을 숙이고 안을 들여다보니 깃털 같은 녹조류가 바람이 불어 물살이 출렁일 때마다 좌우로 흔들리고 있다.

나는 좀 더 깊은 물속으로 들어가려고 앞으로 두 팔을 뻗는다. 한참 동안 헤엄을 치다가 폐가 부풀어 오르는 느낌이 들어 물 밖으로 나온다. 잠시 숨을 고르고 나서 다시 호수를 가로질러 헤엄치기 시작한다. 수면 위에 몰려선 안개가 내가 팔을 뻗으며 지나가는 동안 주변으로 흩어진다. 물고기들도 불청객의 방문에 놀란 듯 내 몸을 툭툭 건드리며 이리저리 달아나기 바쁘다.

나는 호수 한가운데에서 수영을 멈춘다. 호수 기슭에서 400미터쯤 안쪽으로 들어온 곳이다. 나는 호수의 깊이가 정확히 어느 정도 되는지 알지 못한다. 대략 10미터에서 30미터쯤 되는 것으로 알고 있다. 현재 미드나이트 호수가 있는 지역은 수몰되기 전만 해도 숲과 계곡이었다. 여러 종류의 나무들, 다양한 생김새의 바위들, 온갖 짐승들과 곤충들이 서식했던 숲은 오래전 호수에 잠겼다. 호수에 잠긴 나무들은 썩고, 바위들은 녹조류에 잠식당했다. 온갖 짐승들의 시신은 물고기의 일용할 양식이 되어 뼈만 남은 상태로 물밑으로 가라앉거나 물살에 휩쓸려 여기저기로 흘러 다닌다. 케이시의 말에 따르면 수몰된 마을이 아직 호수 밑바닥에 남아 있고, 떠나지 않고 버티다가 목숨을 잃은 주민들의 유골 또한 아래로 가라앉거나 여기저기 떠다니고 있다.

나는 으스스한 소름이 돋아 호수 기슭으로 돌아온다. 캠프는 아직 이른 아침이라 적막감에 휩싸여 있다. 이제 막 산의 정상 위로 살짝 고개를 내민 태양이 캠프를 온통 분홍빛으로 물들인다. 호수의 부두에서 나를 바라보는 사람이 있다. 멀리 떨어져 있지만 리베카라는 사실을 알 수 있다. 리베카는 언제나 그랬듯이 요란한 색상의 스카프로 목을 감싸고 있고, 손에 카메라를 들고 있다. 내가 헤엄쳐 다가가는 동안 리베카는 부두에 서서 계속 카메라 셔터를 눌러대고 있다. 나는 내 귀에까지 선연하게 들려오는 카메라 셔터 소리를 들으며 힘껏 헤엄친다. 열심히 사진을 찍는 리베카에게 뭔가 볼거리를 제공하고 싶다.

나는 부두를 몇 미터 앞두고 수영을 멈추고 걷기 시작한다. 부두에서 호수 기슭으로 내려선 리베카가 내 앞쪽에 서서 멈추라는 손짓을 해 보인다. 나는 물이 종아리까지 오는 지점에서 멈춰 선다. 그 순간 리베카가 카메라 렌즈를 나에게로 향하더니 셔터를 누른다.

리베카가 말한다. "이 황홀한 일출 장면을 놓칠 수야 없지."

내가 몸의 물기를 닦는 동안 리베카는 잠시 전 찍은 사진들을 살펴본다. 리베카가 말한다. "내가 찍은 사진이지만 정말 끝내주네."

내 몸에서 물이 흘러내리고 있고, 이제 막 떠오른 태양이 내 몸을 비추고 있는 사진이다. 리베카는 일출 장면과 이제 막 수영을 마친 내 몸을 통해 역동적이고 활력 넘치는 모습을 포착하고 싶었을 것이다. 팔을 힘껏 내저으며 호수를 헤엄쳐와 당당하게 육지로 올라선 여전사의 사진. 리베카의 기대와 달리 내 모습은 역동성이 부족해 길 잃은 사슴처럼 보인다. 이제 막 잠을 깼는데 여기가 어딘지 몰라 혼란스러워하는 표정 같기도 하다. 나는 사진을 보는 순간 너무나 창피해 가운으로 몸을 감싸고 싶다.

"내 사진은 제발 삭제해줘."

"근사한데 왜 삭제해?"

"그래도《내셔널 지오그래픽》에 보내지는 않겠다고 약속해줘."

우리는 잔디밭에 앉아 분홍색과 오렌지색으로 물들어가는 하늘을 담은 호수를 바라본다. 호수와 하늘의 경계가 모호하다. 리베카의 말대로 끝내주게 아름다운 일출이다.

"신문에서 네 그림 전시회 기사를 봤어."

"나도 언니가 찍은 사진들을 가끔 봤어."

우리는 점점 강렬한 빛을 뿌리는 태양을 바라본다. 몇 가닥의 금빛 햇살이 우리에게로 내려와 얼굴을 빛나게 한다.

"내가 다시 여기에 와 있다는 사실이 믿기지 않아." 리베카가 잠시 틈을 두었다가 말을 잇는다. "너를 여기에서 다시 보게 될 줄은 미처 몰랐어."

"나도 마찬가지야. 내가 지금 여기에서 언니를 만나고 있다는 사실이 비현실적으로 느껴져."

"식당에서 너를 처음 본 순간 깜짝 놀랐어. 얼마나 당혹스러웠는지 너에게 알은체를 할 수 없었지."

"나를 보는 순간 가슴에 묻어둔 기억의 편린들이 와글거리며 다가서는 바람에 머릿속이 혼란스러웠겠지. 아마도 기억의 일부는 도저히 마주할 준비가 되어있지 않았을 테고."

"그래, 정확하게 짚었어."

"나 역시 그래. 요즘도 가끔 부지불식간에 그 당시 기억이 떠올라."

"프래니가 캠프에 와달라고 부탁했니?"

나는 대답 대신 고개를 끄덕인다.

"난 프래니가 초대하기도 전에 자원했어. 사진을 찍느라 세계 곳곳을 떠돌아다니다가 가끔씩 뉴욕으로 돌아오는데 프래니가 때맞춰 전화하더니 점심 식사를 하자고 했어. 프래니가 식사 중 슬쩍 나이팅게일 캠프 얘기를 꺼냈고, 난 무슨 말을 하고 싶은지 감을 잡았지. 그래서 미처 말을 꺼내기 전에 내가 먼저 캠프에 가고 싶다고 했어."

"난 프래니의 제안을 듣고 한동안 고민하다가 캠프에 오겠다고 했어."

"지난 3년 동안 사진을 찍느라 정처 없이 떠돌아다녔는데 이제 지쳤나봐. 나이팅게일 캠프 대자연에 푹 빠져 지내고 싶다는 생각이 문득 드는 거야."

리베카는 풀밭에 몸을 펴고 눕는다. "10대 여학생들과 오두막을 같이 사용하고 있는데 그다지 불편한 점은 없어. 사진을 찍으러 세계 전역을 돌아다니다 보니 그 정도 불편은 자주 겪었거든. 학생들이 사진을 통해 영감을 얻을 수 있게 해주고 싶어. 사진을 찍느라 끔찍한 사건이 벌어진 현장에도 많이 가봤는데 여긴 조용하고 평화로운 곳이라서 좋아."

리베카는 태양을 향해 턱을 들어 올리며 눈을 감는다. 태양이 하늘 높이 치솟아 본격적으로 강한 빛을 뿌리기 시작하자 주변이 온통 눈이 부시도록 환해진다. 나는 풀밭에 누워 눈을 꼭 감고 있는 리베카를 보며 그녀 역시 과거의 어느 한 지점에서 벌어진 사건에 사로잡혀 있다는 걸 알 수 있다. 우리는 둘 다 나이팅게일 캠프에서 벌어진 사건 때문에 이곳에 다시 오게 되었다. 우리에게 다른 부분이 있다면 리베카는 과거의 망령을 떨쳐버리기 위해, 나는 진실을 캐내기 위해 왔다는 점이 다르다.

"어제 식당에서 언니를 다시 보게 되었을 때 묻고 싶은 게 있었어."

"그해 여름에 벌어진 사건과 관련 있겠지?"

"비비언, 내털리, 앨리슨이 사라지기 전에 혹시 이상한 징후는 없었어? 언니들이 사라진 사실이 알려진 다음에라도."

그날 아침의 기억이 떠오른다.

나는 호숫가에 서서 프래니에게 아이들이 사라졌다고 말했다. 학생들이 우리 주변으로 몰려들었다. 리베카는 프래니와 나에게 포커스를 맞추고 열심히 카메라 셔터를 눌러댔다.

"내가 기억하기로 넌 그때 몹시 당황해 있었고, 잔뜩 겁을 집어먹은 상태였지. 하긴 누구라도 겁날 수밖에 없는 상황이었으니까."

"언니가 보기에 나에게서 딱히 이상한 점은 없었어?"

리베카의 대답은 분명하고 단호했다. "별로 이상한 점은 없었어."

"언니는 층층나무 오두막에서 나랑 같이 지낸 비비언, 내털리, 앨리슨에 대해 잘 알아?"

"그 전 캠프에서도 함께한 적이 있어 당연히 누군지는 알지만 그리 친하지는 않았어."

"비비언 언니에 대해 어떻게 생각해?" 나는 아직 캠프 첫날 아침에 리베카가 나에게 경고했던 말을 기억하고 있다. *비비언을 가까이 하지 마. 결국 널 배신할 거야.*

"난 언니랑 비비언 언니가 친구 사이인 줄 알았어."

"캠프에 여러 번 와본 아이들이라면 비비언이 어떤 성향인지 다 알 거야. 하지만 비비언에 대해 각자 느끼는 생각은 달랐어."

"언니는 비비언을 어떻게 생각했는데?"

"나쁜 년이라고 생각했어."

난 리베카의 말을 듣는 순간 깜짝 놀란다. 내가 놀라는 모습을 본 리베카가 말한다. "내 말이 지나치게 단정적이었다는 건 인정해. 하지만 내가 비비언에 대해 느낀 생각을 그대로 표현하자면 틀림없이 그래."

나는 리베카가 실수했다면서 자신이 한 말을 철회하길 바랐지만 그럴 생각이 없어 보인다. 리베카가 나를 주시하며 말한다. "아무튼 비비언이 종적도 없이 사라져 돌아오지 못한 건 불행한 일이고, 나 역시 안타깝게 생각해. 하지만 그런 일이 있었다고 해서 비비언을 좋은 아이였다고 말할 수는 없어. 너도 내 말이 무슨 뜻인지 잘 알 거야."

리베카는 자리에서 일어나 반바지에 묻은 흙을 털더니 한 번도 뒤돌아보지 않고 캠프 쪽으로 걸어간다. 나는 그 자리에 계속 앉아 리베카가 방금 전 내게 했던 말을 되새겨본다.

리베카가 말했듯이 비비언은 분명 좋은 아이는 아니었다. 비비언이 불행한 일을 당한 건 분명하지만 사실은 달라지지 않는다.

15년 전

나이팅게일 캠프 수영장은 미드나이트 호수의 수심이 낮은 곳을 그대로 사용하고 있어 편의시설도 없고, 안전장치도 미비한 실정이었다. 바닥에 수건을 두 장이나 겹쳐 깔아도 돌이 엉덩이에 배겨 앉아 있기 힘들었다. 아이들이 떼를 지어 호수로 걸어 들어가는 모습이 보였다. 내털리와 앨리슨도 다른 아이들과 함께 호수로 들어갔다. 수영 실력이 뛰어난 내털리는 팔을 힘차게 뻗으며 넘어가서는 안 된다고 표시해둔 부표를 지난 곳까지 가볍게 헤엄쳐갔다. 내털리는 수영 실력을 과시하길 좋아해 틈날 때마다 싱크로나이즈를 하듯 물속에서 재주를 자랑했다.

나는 원피스 수영복으로 갈아입었지만 물에 들어가지 않고 호숫가에 그대로 남아 있었다. 비비언이 내 뒤에 앉아 등과 어깨에 자외선 차단 크림을 발라주었다.

"넌 정말 몸매가 예뻐." 비비언이 말했다.

"내가 예쁘다고? 내가 보기에는 언니가 더 예뻐."

"너도 정말 예쁘다니까." 비비언이 말했다. "예쁘다는 말 처음 들어 봤어?"

"엄마 아빠는 내 미모에 별 관심이 없었어. 나에게 무심한 편이거든."

"우리 엄마 아빠도 무관심하긴 마찬가지야. 부모님이 바빠 양육에 무 관심한 걸 알게 된 캐서린 언니와 나는 일찍부터 스스로 돌보는 방법을 배웠지. 나 역시 자라는 동안 부모님에게 예쁘다는 말을 들어본 적이 없어. 어느 날 캐서린 언니가 나에게 예쁘다고 했을 때 선뜻 믿지 못한 이유야. 이제 보니 너도 나랑 똑같았네. 이제부터 내가 너의 언니가 되 어줄게."

"난 예쁘지 않아. 나도 내가 예쁘지 않다는 걸 알아."

"아니, 잘못 알고 있는 거야. 넌 분명 예쁜 아이야. 혹시 사귀는 남자 친구 있니?"

나는 고개를 저었다. 우리 동네 남자아이들은 나를 아직 덜 자란 꼬 맹이 취급했다. 나는 또래 아이들에 비해 신체 발육이 늦어 가슴이 판 자처럼 밋밋했으니까 그럴 만도 했다.

"이제 1, 2년만 더 있으면 가슴도 나오고, 볼륨 있는 몸매가 될 테니 까 너무 걱정하지 마. 조만간 멋진 모습이 되어 테오처럼 잘생긴 녀석 과 사귀게 될 테니까."

비비언은 인명구조 감시대 쪽을 가리키며 말했다. 감시대에 수영복 차림의 테오가 앉아 있었다. 테오의 털이 북슬북슬한 가슴에 호루라기 가 매달려 있었다. 테오를 보자 그날 아침 화장실에서 몰래 엿본 알몸 이 생각났다. 테오를 볼 때마다 그 생각이 나서 얼굴이 달아올랐다.

"너희들은 왜 수영 안 해?" 테오가 우리를 향해 물었다.

"그냥." 비비언이 말했다.

"난 수영할 줄 몰라요." 내가 말했다.

테오가 얼굴 가득 미소를 지었다. "정말이야? 그럼 잘됐네. 오늘 내가 누군가에게 수영을 가르쳐주고 싶었거든."

감시대에서 뛰어내린 테오가 미처 마다할 새도 없이 내 손을 잡고 호수로 이끌었다. 이끼가 낀 돌들은 미끄러웠고, 혹시 쓰러져 호수에 풍덩 빠지지는 않을지 걱정스러웠다. 내가 자꾸만 긴장돼 몸을 덜덜 떨자 테오가 내 손을 더욱 힘주어 잡아주었다.

"마음을 푹 놓아도 괜찮아. 내가 옆에 있는 한 물이 널 해치지 못할 테니까."

테오는 나를 깊은 물로 데려갔다. 물이 허벅지까지 차올랐다가 금세 허리까지 닿았다. 물이 어찌나 차가운지 서늘한 냉기가 느껴졌다. 테오의 넓은 어깨가 6월의 태양 아래에서 당당하게 빛났다. 내가 몹시 긴장한 상태로 한 걸음씩 떼어놓을 때마다 테오가 나를 칭찬해주었다.

"아주 잘하고 있어. 이제부터 물은 네 친구가 되었다고 생각하고 좀 더 긴장을 풀어. 물이 널 친구처럼 친근하게 받아줄 테니까."

테오는 아무런 사전 예고도 없이 등 뒤에서 나를 안더니 한쪽 손으로는 내 등, 다른 손으로는 내 종아리를 감쌌다. 테오의 손이 몸에 닿는 순간 마치 감전이라도 된 양 찌릿했다.

"에마, 눈을 감아." 테오가 말했다.

나는 눈을 감았고, 테오가 내 몸을 번쩍 들어 올리더니 호수에 그대로 내려놓았다. 깜짝 놀라 눈을 떴을 때 테오는 팔짱을 끼고 내 옆에 서 있었다. 내 몸이 물에 누운 자세로 떠있는 게 마냥 신기할 따름이었다.

테오가 눈을 반짝이며 활짝 웃었다. "우리 꼬마 아가씨가 혼자서 물에 떠있네."

바로 그 순간 호수 안쪽 깊은 곳에서 시끄러운 소란이 일었다. 물에 빠져 다급히 구조를 요청하는 소리였다. 여학생 두 명이 쉴 새 없이 수면을 두드리며 요란한 비명을 질렀다. 한 아이가 깊은 물에 빠져 허우적거리는 모습이 보였다. 팔을 허우적거리며 수면 위로 잠시 드러났던 아이가 숨을 헐떡이다가 이내 다시 물속으로 사라졌다.

이제 보니 물에 빠져 허우적대는 아이는 비비언이었다. 테오는 비비언을 구조하기 위해 물에 첨벙 뛰어들더니 서둘러 헤엄쳐갔다. 테오가 떠나자 나는 혼자 물에 떠있는 방법을 몰라 당혹스러웠다. 속절없이 물속으로 가라앉은 나는 호수 바닥까지 내려갔다. 나는 본능적으로 팔을 휘저었다. 코와 입이 수면 밖으로 나갈 때까지 힘껏 팔을 저으며 점점 가빠오는 숨을 참았다. 계속 팔다리를 휘저었더니 놀랍게도 몸이 물에 떠있었다. 내가 생각하기에도 그 짧은 시간에 물에 뜨는 방법을 터득했다는 사실이 대단했다.

나는 계속 팔다리를 저으며 호수 깊은 곳에서 여전히 도리깨질을 하고 있는 비비언에게로 눈길을 돌렸다. 내털리와 앨리슨이 얼마 떨어져 있지 않은 곳에서 두려움에 사로잡힌 얼굴로 물에서 허우적대는 비비언을 바라보고 있었다.

나는 테오가 한쪽 팔로 비비언의 허리를 감싸는 모습을 지켜보았다. 테오는 자유로운 한쪽 팔로 헤엄쳐 비비언을 자갈과 모래가 섞인 물가에 내려놓았다.

마지막 거짓말

비비언이 기침을 하자 입에서 물이 흘러나왔고, 빨갛게 상기된 뺨 위로 눈물이 방울방울 흘러내렸다.

"하마터면 물에 빠져 죽을 뻔했어요." 비비언은 숨을 몰아쉬며 힘겹게 말했다. "수영을 잘한다고 생각하고 막상 물에 들어갔는데 몸이 말을 듣지 않아 몹시 당황했어요. 팔을 열심히 휘저어봤지만 자꾸만 밑으로 가라앉지 뭐예요."

"내가 여기에 있다가 널 구해주었으니 다행이지 만약 없었다면 무슨 일이 벌어졌을지 몰라." 테오는 온몸의 힘이 다 빠진 듯 기진맥진한 얼굴로 비비언을 쳐다보았다. "수영을 배운 줄 알았는데 아니었니? 지난 몇 년 동안 계속 캠프에 왔었으니까 당연히 수영을 잘하는 줄 알았잖아."

바닥에 등을 대고 누워 있던 비비언은 힘겹게 몸을 일으켜 앉으며 고개를 절레절레 저었다. "난 아직 못해요. 선생님이 에마에게 수영을 가르쳐주는 모습을 보고 있자니 너무 쉬워 보이더군요. 물에 뜨는 방법을 쉽고 간단하게 설명해주니까. 그래서 나도 자신 있게 뛰어들었다가 하마터면 죽을 뻔했어요."

리베카가 몇 발짝 떨어진 곳에서 테오와 비비언을 주시하고 있었다. 수영복 차림이었지만 목에 카메라가 걸려 있었다. 리베카가 물가에 누워 있는 비비언을 찍고 나서 호수를 향해 돌아서더니 여전히 물속에서 열심히 헤엄치고 있는 나를 바라보았다. 리베카는 나를 향해 싱긋 웃더니 입 모양으로 말했다. 비록 소리가 나지는 않았지만 무슨 말인지 알아들었다.

내가 뭐랬어. 이런 일이 있을 거라고 했잖아.

12

나는 식당 건물 꼭대기에 설치된 스피커에서 기상 시간을 알리는 음악 소리가 울려 퍼질 때까지 호수 기슭에 그대로 앉아 있다. 호수 위로 퍼져나간 음악이 수면을 스치고 지나가 맞은편 기슭에 닿는다. 나이팅게일 캠프의 하루 일과가 시작된다.

나는 느릿느릿 식당을 향해 걸어간다. 물에 젖은 가운 차림에 걸을 때마다 바닥을 치는 소리가 요란한 슬리퍼를 신고 있어 학생들이 한심하다는 듯이 쳐다볼까봐 신경 쓰인다. 이른 시간이라 식당은 텅 비어 있다. 식당에서 일하는 캠프 직원들 가운데 검은 머리에 수염을 지저분하게 기른 사람이 나를 힐끔 쳐다본다.

나는 자유 배식대로 걸어가 도넛 한 개, 바나나 한 개, 커피 한 잔을 식판에 담아 들고 자리에 앉는다. 바나나 하나를 먹고 나서 도넛을 한 입 베어 무는데 비비언이 눈을 가늘게 뜨고 입술을 꼭 다무는 모습이 떠오른다. 뭔가 대단히 못마땅할 때마다 하는 습관이었다. 나는 잠시 한숨을 내쉬고 나서 도넛의 남은 부분을 마저 입으로 밀어 넣는다. 15년 만에 처음으로 비비언에게 반항하는 모습을 보여 기분이 좋다.

층층나무 오두막으로 돌아가는 길에 식당으로 향하는 여학생들과 마주친다. 나 혼자 파도를 거슬러 힘겹게 헤엄쳐가는 기분이다. 방금 전 샤워를 마친 학생들이 옆을 스쳐 지나갈 때마다 향긋한 향기가 뒤따른다. 보디 클렌저, 베이비파우더, 딸기 향을 풍기는 샴푸, 스킨로션이 복합된 향기다. 어느 여학생이 지나갈 때 풍기는 향긋한 꽃향기가 다른 모든 향기를 압도한다. 옵세션 향수로 비비언이 사용한 제품이다. 비비언의 향수 냄새는 늘 오두막에 은은하게 스며들어 있었고, 사라진 이후에도 한동안 계속 남아 있었다.

옵세션 향수 냄새를 맡자 비비언이 방금 전 나를 스쳐지나간 느낌이다. 나는 몸을 돌려 지나간 여학생들 중에서 혹시 비비언이 있는지 살펴본다. 비비언이 있을 까닭이 없다는 걸 잘 알면서도 쉽게 돌아서지 못하고 한참을 기웃거린다. 그러는 사이 나는 계속 팔찌에 달린 새의 부리를 만지작거린다. 옷이 젖어 아직 몸이 축축하다. 층층나무 오두막에서 젖은 옷을 갈아입는 동안에도 비비언이 가까이 있는 것 같은 기시감이 들어 몸이 떨려온다. 혹시 오두막의 공기 중에 비비언이 사용한 옵세션 향기가 나는지 코를 킁킁거려보지만 아무런 냄새도 나지 않는다.

야외 화장실에 가니 미란다, 크리스틸, 사샤가 순서를 기다리고 있다. 미란다는 거울을 들여다보며 머리를 손질하고 있고, 그 옆에 선 사샤가 말한다. "이제 식사하러 가면 안 될까? 배에서 꼬르륵 소리가 나."

미란다는 마지막으로 머리를 손질한다. "이제 다 됐으니까 가도 돼."

나는 아이들에게 손을 흔들어 보이며 샤워장으로 들어간다. 샤워장은 한 군데만 빼고 모두 사용 중이다. 내가 들어간 샤워장은 가장 끝에 위치하고 있다. 다른 샤워장과 마찬가지로 벽을 삼나무 널빤지로 마감했고, 불투명한 유리문이 달려 있다. 샤워장 안에서 보니 불투명 유리문 한가운데에서 빛이 난다. 자세히 보니 빛이 삼나무 널빤지 틈으로 스며들고 있다. 나는 가슴이 쿵 내려앉을 만큼 놀랐다가 잠시 후 어떻게 된 일인지 이해하고 나서 마음이 가라앉는다. 15년 전, 내가 테오를 훔쳐본 바로 그 틈이다.

층층나무 오두막을 감시하는 감시카메라를 발견한 이후 나는 편집증에 시달리고 있다. 나는 잠시 다른 샤워장이 빌 때까지 기다려야 할지 고민한다. 아침에 샤워장을 이용하는 학생들이 많다. 잠시 물을 틀고 기다렸지만 물이 쉽게 따스해지지 않는다.

샤워장 삼나무 널빤지에 작은 틈이 나 있다는 사실을 아는 사람은 비비언뿐이다. 나는 최대한 빨리 샤워를 마칠 생각이다. 머리를 감는 동안 샴푸가 흘러내려 눈을 뜰 수 없다. 마치 캠프 경험이 전혀 없는 초짜가 된 기분이다. 비비언, 내털리, 앨리슨이 층층나무 오두막에서 샤워를 마치고 올 나를 기다리고 있다는 착각이 든다. 마치 15년 전에 아무 일도 없었다는 듯이.

샤워기 물줄기 아래에서 벗어나고 싶지 않다. 물이 점점 미지근해지더니 이내 아예 차가운 물이 흘러내린다. 좀 더 있다가는 미드나이트 호수처럼 차가워질 것 같다.

나는 머리를 헹구고 눈을 제대로 뜬다. 문에 비치던 빛이 사라지고 없다. 나는 화들짝 놀라 뒤쪽 삼나무 널빤지를 본다. 빛이 스며들지 않는다. 바깥쪽에서 널빤지 틈을 막을 경우 벌어지는 현상이다. 밖에서 누군가 날 지켜보고 있다는 뜻이다. 나는 허둥지둥 수건과 가운을 챙긴다. 샤워장 문을 열고 밖으로 나가려는 순간 삼나무 널빤지 틈에서 다시 빛이 스며든다. 몰래 샤워장 안을 들여다보던 누군가 급히 사라졌다는 뜻이다.

나는 가운을 걸치고 야외 화장실 밖으로 재빨리 나가봤지만 주변에 사람이라고는 보이지 않는다. 가장 가까이 있는 사람이 100미터가량 떨어진 곳에 있는 여학생들이다.

아무리 사방을 둘러봐도 야외 화장실 주변에는 나밖에 없다. 혹시나 하는 마음에 화장실 건물을 한 바퀴 돌며 둘러보았지만 사람 그림자조차 보이지 않는다. 삼나무 벽에 우연히 기대 있던 사람이 자기도 모르게 구멍을 가렸는데 내가 오해했을 수도 있다는 생각이 든다. 만약 그랬다면 내가 밖으로 달려 나갔을 때 그다지 멀리 벗어나지 않았어야 한다. 나는 몸에 묻은 비누 거품을 제대로 씻어내지도 못하고 서둘러 달려나왔고, 우연히 널빤지를 가리고 있던 사람이 있었다면 무슨 일인지 몰라 고개를 갸웃거렸어야 마땅하다.

여학생들이 지나가다가 자기도 모르게 널빤지 틈을 가렸을 수도 있다. 어쩌면 아무도 틈을 가리지 않았는데 내가 잘못 봤을 수도 있다. 나는 널빤지 틈으로 새들어오는 빛이 얼마나 오래 가려져 있었는지 되짚어 본다. 아무리 길게 잡아도 1초도 되지 않는다. 눈을 한 번 깜박인 정도의 시간이다. 누군가 널빤지 틈으로 샤워장 안을 들여다보고 있었다면 어두침침한 내부 모습이 눈에 들어오기까지 적어도 1, 2초는 걸린다고 봐야 한다. 어쩌면 내가 착각했을 수도 있다.

층층나무 오두막으로 돌아온 나는 결국 내가 잘못 보았다고 스스로 결론 내렸다. 착시 현상이 가장 타당성 있다. 나는 자칫 억지스럽더라도 그렇게 믿기로 했다.

***

미술공예관에 사람들이 많아 첫 번째 그림 수업은 야외 잔디밭에서 진행하기로 했다. 샤워장에서 생긴 일은 아예 없던 일로 치부하기로 마음먹었지만 여전히 꺼림칙하다. 편집증이 식은땀처럼 내 몸에 달라붙어 누가 슬쩍 쳐다보기만 해도 과도하게 신경 쓰인다.

사샤가 미드나이트 호수를 그리자고 제안해 나는 흔쾌히 받아들인다. 나는 10여 명의 학생들에게 미드나이트 호수를 그리게 한다. 학생들은 이젤에 놓인 캔버스 앞에 서서 그림을 어떻게 그릴지 구상한다. 손에 팔레트를 든 학생들은 살짝 긴장한 표정으로 붓을 만지작거리며 서 있다. 나도 첫 수업이라 은근히 긴장된다. 학생들은 내가 뭔가 지도해주길 바라며 나를 힐끔거린다. 아이들을 가르치는 일은 내 전문 분야가 아니라서 무엇부터 지도해야 할지 알 수 없다. 그나마 층층나무 오두막에서 나랑 같이 지내는 미란다, 크리스틸, 사샤가 내 수업을 들으러 와 내심 큰 힘이 된다. 크리스틸은 스케치북과 목탄 연필을 준비해 왔다.

"오늘 그림은 미드나이트 호수를 보고 눈에 보이는 대로 그리면 됩니다. 색상은 저마다 알아서 선택하면 되고, 어떤 기법을 사용할지도 알아서 정하세요. 여기는 학교도 아니고, 그림 점수를 매기지도 않아요.

여러분이 만족시켜야 할 대상은 그 누구도 아닌 자기 자신입니다."

학생들이 그림을 그리는 동안 나는 뒤쪽에서 천천히 걸어 다니면서 잘되고 있는지 살펴본다. 그림 그리는 학생들의 모습을 지켜보고 있자니 마음이 차분해진다. 사샤의 세심하고도 깔끔한 터치와 선들을 보니 제법 소질이 있어 보인다. 반면 미란다의 반항심이 느껴지는 파란색 터치는 지나치게 거칠어 마음에 들지 않는다. 적어도 아이들은 모두 열심히 그림을 그리고 있다.

나는 크리스털이 그림을 그리는 곳으로 다가간다. 꽉 끼는 옷에 치렁치렁한 망토를 걸친 슈퍼히어로가 캔버스에 그려져 있다. 이제 보니 히어로의 얼굴은 내 얼굴인데 근육질 몸은 나랑은 전혀 딴판이다.

"내가 그린 히어로 이름을 모네라고 할까봐요." 크리스털이 말한다. "낮에는 화가이지만 밤에는 범죄와 맞서 싸우는 인물이죠."

"이 히어로에게는 어떤 특별한 능력이 있니?"

"아직 결정하지 못했어요."

"조만간 좋은 생각이 날 거야."

식당에서 점심시간을 알리는 종소리가 울린다. 학생들은 그림 그리던 붓을 내려놓고 식당으로 간다. 나는 학생들이 그대로 두고 간 캔버스와 이젤을 미술공예관으로 옮겨야 한다. 나는 우선 캔버스를 한꺼번에 두 개씩 들고 옮기기 시작한다. 캔버스에 아직 다 마르지 않은 물감이 묻어 있어 건드리지 않도록 조심해야 한다. 내가 이젤과 캔버스를 정리하려고 돌아왔더니 누군가 한곳으로 모으고 있다. 이젤을 정리하는 사람은 내가 캠프에 도착하던 날 미술공예관 지붕을 고치던 남자이다. 잔디밭 끄트머리에 있는 공구 창고에 있다가 나를 도우려고 나온 듯하다. 공구 창고 문이 살짝 열려 있고, 그 안에 든 잔디 깎는 기계와 벽면에 걸린 체인이 눈에 들어온다.

"이젤 옮기는 걸 도우려고요." 남자가 말한다.

말할 때 메인주 특유의 악센트를 사용하고 있어 알아듣기 쉽지 않다.

"도와줘서 고마워요." 나는 악수를 하려고 손을 내민다. "저는 에마 데이비스라고 해요."

남자가 악수 대신 고개를 끄덕이고 나서 말한다. "알아요."

남자는 내 이름을 어떻게 알고 있는지 굳이 말하지 않는다. 하긴 그럴 필요가 없다. 남자 역시 15년 전에도 캠프에 있었기에 돌아가는 사정을 잘 알고 있을 것이다.

"15년 전에도 이 캠프에 계셨죠?" 내가 말한다. "지난번에 보자마자 알아봤어요."

남자가 이젤을 하나 더 집어 들더니 이젤 더미 위에 올려놓는다.

"여기서 일한 지 오래되었어요."

"캠프가 문을 닫았을 때는 여기에서 무슨 일을 하셨죠?"

"저는 원래 캠프가 아니라 해리스 가문에서 일했어요. 캠프가 열리거나 폐쇄되거나 상관없이 늘 여기에 머물며 시설물을 관리하죠."

남자는 이젤을 양쪽 옆구리에 다섯 개씩 끼고 옮기기 시작한다. 나는 겨우 이젤 두 개를 옮겼을 뿐인데 남자는 힘과 요령이 좋다.

"제가 좀 나눠서 들까요?" 내가 말한다.

"괜찮아요. 이 정도는 별로 무겁지 않아요."

잔디밭에 떨어진 물감 자국이 보인다. 흰색, 하늘색 그리고 핏자국을 닮은 진홍색 물감도 있다.

남자가 불만스럽다는 듯이 투덜거린다. "학생들이 잔디를 망쳐놨어요."

"그림을 그리다 보면 자기도 모르게 물감을 흘리기도 하니까 널리 이해해주세요. 제 스튜디오에 와보시면 금세 알 수 있을 거예요."

나는 내 말이 남자의 기분을 풀어주길 바란다. 나는 마른걸레로 잔디에 묻은 물감을 지운다.

"해리스 화이트 부인이 보면 좋아하지 않을 일이라 신경이 쓰이네요."

남자는 이젤을 들고 미술공예관으로 걸어간다. 나는 마른걸레로 잔디에 묻은 물감을 찾아내 계속 지운다. 그래도 지워지지 않을 경우 아예 물감이 묻은 잔디를 뽑아내 허공으로 던져버린다. 잔디가 산들바람에 흩어지면서 호수로 날아간다.

13

    점심 식사를 하러 가기 전에 나는 미술공예관에 들러 케이시가 관리하는 비품을 살펴본다. 목재 접착제와 색깔별 마커가 든 비품 상자를 아무리 뒤져봐도 내가 필요로 하는 찰흙이 보이지 않는다. 나는 케이시가 있는 도자기 공방으로 향한다. 동전 크기 찰흙이 물레에 남아 있다. 그 정도 찰흙이면 내가 계획한 일을 할 수 있다.

    "점심 식사를 하러 가셔야죠?"

    돌아보니 팔짱을 낀 민디가 문가에 서 있다. 민디는 우리가 마치 대단히 친한 사이라도 되듯 나를 향해 활짝 웃으며 안으로 들어선다.

    "당신이 공방을 꾸며놓은 걸 보고 감탄했어요." 나는 민디가 손에 든 찰흙을 보지 못하도록 숨기며 말한다. 민디가 찰흙을 보면 일단 의심하고 볼 테니까. "믿을 수 없을 정도로 훌륭해요."

    민디는 고맙다는 뜻으로 고개를 끄덕인다. "사실 제가 많이 애쓰기도 했지만 돈도 많이 들었어요."

"결과적으로 기술과 노력, 자본이 투입돼 빛을 발하게 되었네요."

내가 생각해도 과장된 칭찬인데 민디의 얼굴 표정을 보니 효과가 있어 보인다. 칭찬은 누구나 좋아하게 마련이니까. 민디의 억지 미소가 지금은 매우 자연스러운 미소가 되어가고 있다.

"캠프가 원활하게 굴러가길 바라요." 민디가 덧붙인다. "선생님도 어서 식당에 가셔서 식사하세요. 선생님이 식당에 가지 않을 경우 학생들도 식사 시간에 빠져도 된다고 생각할 수 있거든요. 선생님이 학생들에게 본보기를 보여주셔야죠."

민디의 말은 경고에 가깝다. 내가 매사 주의 깊게 행동해야 하고, 학생들 앞에서 작은 실수라도 저지르면 안 된다는 뜻이다. 다시 말해 내가 15년 전에 캠프에 왔을 때와 정반대로 행동해야 한다는 조언이다.

"당연히 그래야죠." 내가 말한다. "자, 그럼 식당으로 가볼까요."

물론 거짓말이었지만 민디가 듣길 바라는 말이다.

식당으로 가는 대신 나는 야외 화장실로 향한다. 학생들 몇몇이 화장실 문 앞에서 어슬렁거리며 함께 점심을 먹으러 갈 친구들을 기다리고 있다. 아이들이 모두 사라진 뒤 나는 야외 화장실 건물 옆으로 돌아가 삼나무 널빤지에 난 틈을 찾는다. 비로소 틈을 찾아내 찰흙을 바른다. 내가 생각해도 두 개의 삼나무 널빤지 사이에 난 틈을 메우고 있는 내 행동이 황당하기 그지없다.

15년 전, 나는 방금 전 찰흙으로 메운 널빤지 틈으로 테오의 몸을 훔쳐보았다. 물론 테오에게 동의를 구하지 않았다. 내가 어리고 순진해서 그랬다는 핑계를 댈 수는 있지만 전적으로 내 잘못이다. 그 당시 나는 열세 살이었고, 타인의 몸을 몰래 훔쳐보는 행위가 얼마나 큰 잘못인지 모르긴 했다.

내가 찰흙으로 메워놓았으니 이제 어느 누구도 샤워장 안을 훔쳐볼 수 없다. 내게는 일종의 속죄 행위다.

***

느지막이 식당에 갔더니 테오가 나를 기다리고 있다. 테오의 발아래 버들가지 바구니가 놓여 있다. 내가 식당에 오기 전에 떠올린 오래전 기억이 테오를 이 자리로 불러낸 건 아닌가 하는 생각이 든다. 테오가 만약 내가 오래전 알몸을 훔쳐본 사실을 알고 있다면 낭패가 아닐 수 없다. 나는 테오가 앉은 자리에서 몇 걸음 떨어진 곳에서 조심스럽게 발길을 멈추며 그의 공격에 맞설 태세를 갖춘다.

"소풍을 가려고 하는데 네가 함께 가주었으면 해."

"소풍을 간다고요, 어디로요?"

테오가 식당 문을 향해 고갯짓을 한다. "매끼마다 식당 음식만 먹으면 지겹잖아." 테오가 장난스럽게 말한다.

그렇지만 팽팽한 긴장감은 여전히 가시지 않는다. 테오는 농담을 할 정도로 여유 있는 태도를 취하고 있지만 입꼬리가 꿈틀거리는 모습을 보니 그 역시 조금은 긴장한 상태라는 걸 알 수 있다.

테오가 이제 나를 완전히 용서했을까?

아직은 알 수 없다. 아무리 생각해도 쉽게 용서하기 힘든 일이다.

아무튼 식당에서 점심을 먹는 대신 소풍을 가자는 제안은 솔깃하다.

민디가 아주 싫어하겠지만 어쩔 수 없다.

"소풍이라니, 기대되네요." 내가 말한다.

테오는 바구니를 들더니 앞장서서 길을 안내한다. 별장 뒤 잔디밭으로 가는 줄 알았는데 오두막과 야외 화장실을 그대로 지나 숲으로 향한다.

"어디로 가는데요?"

테오는 나를 돌아보며 씩 웃고 나서 숲속으로 들어선다. "아주 특별한 곳이야."

숲속에는 길이 따로 없지만 테오는 어디로 갈지 정확하게 알고 있는 듯 스스럼없이 걷는다. 나는 늘어진 나뭇가지를 헤치고 떨어진 나뭇잎을 밟으며 테오를 뒤따른다.

테오가 여전히 내게 관심이 있을까?

그럴지도 모른다는 생각이 들면서 심장이 빠르게 뛰기 시작한다. 열세 살 시절의 나였다면 테오가 내게 관심이 있어 소풍을 제안했을 거라고 확신했을지도 모른다. 어른이 되면서 지극히 조심스럽고 냉소적이 된 나는 결코 그럴 리 없다고 단정한다. 내가 테오에게 저지른 잘못을 생각하면 결코 가능한 일이 아니다. 하지만 테오와 나는 지금 함께 숲속을 걷고 있고 내 마음은 열세 살 시절로 돌아간 듯 설렌다.

한참 동안 숲길을 걸은 끝에 우리는 작은 공터에 도착한다. 전혀 상상하지 못한 일이라 나는 그저 눈만 껌벅인다. 나뭇잎과 잡초 덤불이 깔끔하게 정리된 둥그런 자리에 부드러운 잔디가 깔려 있다. 주변에는 온갖 야생화들이 만발해 있다. 나뭇잎 사이로 후광처럼 쏟아지는 햇빛이 공기 중에 떠다니는 꽃가루를 비춰 마치 싸라기눈처럼 보인다. 공터 중앙에 둥근 테이블이 놓여 있고, 냅킨으로 무릎을 덮은 프래니가 자리에 앉아 나에게 미소를 지어 보인다.

"어서 오너라." 프래니가 내게 말한다. "아주 시간을 적절하게 맞춰 왔네. 이제 막 배가 고프기 시작한 참이었거든."

나는 놀란 티를 내지 않길 바라며 말한다. "특별한 식사 자리에 초대해주셔서 감사해요." 자꾸만 뺨이 붉어지는 느낌이 든다. 테오가 나를 위해 준비한 소풍이 아니었기에 커다란 실망감이 드는 한편 제대로 알지도 못하면서 잔뜩 마음만 부풀린 나 자신이 한심해 보인다. 게다가 프래니의 깜짝 등장은 지금 이 자리가 결코 가벼운 소풍이 아닐 수도 있다는 사실을 일깨우며 불안감을 야기한다.

공터의 바깥쪽 경계의 나무들 사이에 서 있는 여섯 개의 대리석 동상은 처음 본다. 조용한 목격자처럼 서 있는 동상은 옷을 절반쯤 벗은 여성의 모습을 다양하게 표현하고 있다. 양팔을 들어 올리고 손을 곧게 편 여성들이 마치 작은 새들이 손가락에 날아와 앉기를 기다리듯 부자연스러운 자세를 취하고 있다. 잘 익은 포도와 사과가 가득 들어 있는 바구니를 든 여성도 있다.

"조각 공원에 온 걸 환영해." 프래니가 말한다. "내 할아버지가 꾸며 놓은 곳이야."

"공원이 정말 아름다워요." 나는 생각과는 정반대로 말한다. 멀리서 보면 아름다울지 몰라도 가까이에서 보니 왠지 섬뜩한 느낌이 든다. 동상들은 오랜 시간 비바람에 노출된 탓인지 여기저기 흉터가 많다. 동상들이 입은 토가의 주름에는 흙이 덕지덕지 끼어 있다. 일부는 옆구리를 따라 금이 가 있기도 하고, 피부 조각이 일부 떨어져 나간 자국도 보인다. 동상의 얼굴에는 하나같이 이끼가 끼어 있고, 다들 초점이 잡히지 않은 멍한 눈의 소유자들이다. 마치 동상의 눈이 봐서는 안 될 뭔가를 보는 바람에 벌을 받고 있는 듯하다.

"이 장소는 유서 깊은 곳이 분명하지만 그다지 미화하고 싶지는 않아." 테오가 바구니에 담아온 음식을 테이블에 내려놓으며 말한다. "정말이지 올 때마다 오싹한 기분이 들어서 어릴 때는 정말 오기 싫어했던 곳이야."

"나 역시 모든 사람이 여길 마음에 들어 할 거라고는 생각지 않는단다." 프래니가 말한다. "하지만 내 할아버지가 자랑스러워했던 곳인 만큼 원형 그대로 보존할 가치가 있다고 봐."

프래니는 어깨를 으쓱해 보이고 나서 바로 뒤쪽 동상으로 내 눈길을 유도한다. 얼굴이 매우 아름답고 이목구비가 섬세해 대체로 우아해 보이는 동상이다. 다만 눈은 활기가 없고, 바로 위 눈썹은 지나치게 휘어져 있고, 장미꽃 봉오리 같은 입술은 뭔가에 놀란 듯 살짝 벌어져 있다.

"점심 식사 준비가 다 됐어요." 테오의 말에 내 관심은 테이블 위로 옮겨간다. 케이퍼 피클에 훈제연어를 곁들인 샌드위치가 내 앞에 놓여 있다. 다른 참가자들이 캠프 식당에서 먹고 있는 메뉴와는 다르다. 나는 테오가 따라준 스파클링 와인을 한 모금 마시면서 긴장을 풀려고 애쓴다.

"우리가 너를 왜 이 자리에 초대했는지 이유를 말할 때가 되었구나. 오늘 여기서 나는 대화는 오프 더 레코드를 해주길 바란다." 프래니가 말한다.

"제가 비밀을 지켜야 할 만큼 중요한 대화인가요?"

"그래." 프래니가 말한다. "매우 중요한 문제라고 할 수 있지."

"무슨 이야기인지 궁금해요." 나는 마음이 싱숭생숭한 가운데 샌드위치를 한 입 베어 문다.

"네가 머무는 층층나무 오두막 바깥에 카메라가 설치되어 있어." 프래니가 말한다.

나는 훈제연어를 포크로 찍어 입으로 가져가다가 얼어붙듯 동작을 멈춘다.

"네가 카메라를 발견한 걸 알아." 테오가 말한다. "오늘 아침에 카메라에 찍힌 네 모습을 봤거든."

"솔직히 말하자면 우린 감시카메라가 눈에 띄지 않길 바랐어." 프래니가 덧붙인다. "하지만 이제 너에게 들켰으니 우리가 왜 거기에 감시카메라를 설치했는지 설명해야 할 필요가 있을 것 같구나."

나는 식욕이 달아나 포크를 접시에 내려놓는다. "저도 이유가 궁금해요. 다른 오두막에는 감시카메라가 전혀 설치되어 있지 않던데요."

"그래, 층층나무 오두막에 유일하게 카메라를 설치했으니까." 프래니가 말한다.

"언제부터 설치했는데요?"

"엊저녁부터야." 테오가 말한다. "캠프파이어를 진행할 때 벤이 설치했어."

처음에는 귀에 익숙하지 않은 이름이었는데 캠프 관리인 남자가 떠오른다. 이젤을 미술공예관으로 옮겨준 남자.

"왜 감시카메라를 달았죠?"

"층층나무 오두막을 지켜보기 위해서야." 프래니가 말한다.

나는 프래니에게 오늘 아침 샤워할 때 누군가 훔쳐본 느낌이 들었다는 이야기를 하려다가 그만둔다. 그런 일이 실제로 있었는지 확인이 불가한 만큼 굳이 말해서 좋을 게 없다. 내가 그 이야기를 꺼낼 경우 당장 샤워장 벽에 구멍이 뚫려 있다는 사실을 언제부터 알고 있었는지 설명해야 할 테니까.

"왜 그럴 필요가 있다고 생각했는데요?"

층층나무 오두막에 감시카메라를 설치한 이유는 내가 그 오두막에 머물기 때문이다. 감시카메라를 어젯밤에 설치한 이유는 전날까지 내가 어느 오두막에 머물지 알 수 없었으니까.

프래니는 고개를 살짝 기울이고 나를 바라본다. 프래니의 녹색 눈동자는 우려를 담고 있다. "너의 입장에서 보자면 당연히 마음 상하고 화가 나겠지. 감시카메라를 설치한 즉시 말했어야 하는데."

관자놀이를 짓누르는 두통이 시작되면서 머리가 욱신거린다. 프래니의 말대로 나는 마음 상하고 화가 난다.

"왜 감시카메라를 설치했는지 아직 이유를 말해주지 않았어요." 내가 말한다. "저를 감시할 생각이었나요?"

"너를 감시하다니? 그건 절대 아니야." 프래니는 내 말이 못마땅하다는 듯 입맛을 쩝쩝 다신다. "사실 나는 널 보호하려고 감시카메라를 설치했어."

"무엇이 그리 위험하기에 저를 보호할 필요가 있다고 생각했는데요?"

"너 자신이 초래할지도 모를 위험으로부터."

테오가 끼어든다. 테오에게 그런 말을 들으니 폐부에서 바람이 빠지는 기분이다.

"캠프를 다시 열기로 결정했을 때 우린 캠프에 올 모든 사람의 신원

조사를 했어." 프래니가 설명한다. "우린 굳이 그럴 필요가 없다고 했지만 우리 집 고문 변호사들은 그렇게 해야 한다고 확고하게 주장했지. 지도교사들, 전문 분야 강사들, 식당 직원들, 심지어 캠프에 참가할 여학생들까지 조사했지. 다들 우려할 만한 사항은 없었어. 다만 너는 예외였지."

"도대체 무슨 말인지 모르겠어요." 나는 내심 무슨 일인지 짐작한다. 프래니의 입에서 어떤 말이 나올지도.

프래니의 얼굴에 잠시 고통스러운 표정이 지나간다. 전혀 진실이 아닌 과장된 표정이다. 프래니는 마치 이제부터 할 이야기가 얼마나 마음 아픈 내용인지 내가 알아주길 바라는 눈치다.

"우린 다 알고 있어." 프래니가 내게 말한다. "네가 나이팅게일 캠프를 떠난 이후 무슨 일을 겪었는지."

14

    나는 그때 일을 어느 누구에게도 털어놓지 않았다. 내게 무슨 일이 있었는지 아는 사람은 내 부모님밖에 없다.

    나이팅게일 캠프에 다녀온 이후 학교로 돌아간 나는 다른 아이들과 어떻게든 잘 지내보려고 애썼지만 쉽지 않았다. 나이팅게일 캠프에서 발생한 실종 사건에 대해 모르는 아이들이 없었고, 나는 어느 누구와도 엮이고 싶지 않아 스스로 외톨이가 되었다. 캠프에 가기 전 친하게 지냈던 친구들이 하나둘씩 떨어져 나가기 시작했다. 오랫동안 친하게 지낸 헤더와 마리사와도 관계가 소원해졌다. 나는 학교에 갔지만 독방에 갇힌 신세가 되었다. 주말이 되어도 이전처럼 밖으로 나가 놀지 않고 혼자 방에 틀어박혀 지냈다. 점심시간이 되면 혼자 밥을 먹었다. 더는 나빠질 상황이 없을 거라 생각했는데 오산이었다.

    학교 수업 시간에 메트로폴리탄 미술관으로 견학을 갔다. 체크무늬

치마를 입은 1백여 명의 여학생들이 정신없이 재잘거리면서 미술관으로 들어섰다. 아이들이 19세기 유럽 회화 작품을 전시하는 공간에 있을 때 나는 무리에서 떨어져 나와 고갱, 르누아르, 세잔의 작품을 감상하며 전시장을 둘러보았다.

내가 좋아하는 귀스타브 쿠르베의 작품을 구경하려는데 여학생 셋이 먼저 와 감상하고 있었다. 〈마을의 아가씨들〉이라는 작품이었다. 녹색과 금색으로 칠한 배경에 네 명의 여자가 그려져 있었다. 그 가운데 세 명의 여자는 10대 후반으로 보였다. 아가씨들은 우아한 일상복 드레스 차림에 머리에는 보닛을 썼고, 양산을 든 여자도 있었다. 나머지 한 여자는 나이가 어려 보이는 소녀였다. 맨발에 머리에는 수건을 두르고, 허리에는 앞치마를 두른 모습이었다.

나는 쿠르베의 그림보다는 여학생들의 일거수일투족에 관심이 갔다. 여학생들은 하나같이 하얀 드레스 차림이었다. 평범하고 수수한 드레스. 여학생들은 등을 꼿꼿이 펴고 꼼짝도 하지 않고 있었는데 쿠르베의 그림에 등장하는 아가씨들의 자세와 많이 닮아 있었다. 마치 방금 전 그림 속에서 튀어나왔고, 이제 자신들이 사라진 그림은 어떤 모습일지 궁금해하는 듯했다.

"아름다워." 여학생 하나가 말했다. *"그렇게 생각하지 않아, 에마?"*

나는 돌아보지 않았다. 돌아볼 필요가 없었다. 나는 그녀가 비비언이라는 사실을 알고 있었고, 나머지 두 여학생이 내털리와 앨리슨이라는 건 의심의 여지없이 분명해 보였다. 진짜로 그 아이들인지 유령인지는 중요하지 않았다. 그 아이들이 내 눈에 보인다는 사실만으로도 나를 공포의 세계로 몰아넣기에 충분했다.

마지막 거짓말

"너, 많이 놀라 보여." 비비언이 말했다. *"우리가 그림을 좋아할 거라는 생각은 한 번도 한 적이 없나 봐."*

나는 뭔가 대답해주고 싶었지만 두려움이 입을 틀어막았다. 비비언과 거리를 두기 위해 뒤로 한 걸음 물러서는 것만으로도 내게 남은 모든 힘을 끌어모아야 했다. 겨우 한 걸음 뒤로 움직이고 나자 나머지 과정은 빠르게 진행되었다.

나는 바삐 걸어 그림 전시장을 빠져나왔다. 내가 신고 있는 신발이 전시장 대리석 바닥을 때리는 소리가 요란했다. 일단 전시장을 빠져나온 나는 그제야 뒤를 돌아보았다.

비비언과 내털리, 앨리슨은 여전히 그곳에 있었다. 다만 그 아이들은 이제 그림 대신 나를 바라보고 있었다. 내가 다시 몸을 돌려 달아나기 직전에 비비언이 윙크를 하고 나서 말했다. *"곧 또 만나게 될 거야."*

비비언의 말은 그저 습관적으로 내뱉은 허언이 아니었다. 나는 비비언과 아이들을 또 만났다. 엄마와 함께 보러간 뮤지컬 〈저지 보이즈〉의 낮 공연이 열리는 도중이었다. 엄마는 중간 휴식 시간이 시작되기도 전에 로비에 있는 바의 좋은 자리를 차지하려고 먼저 극장을 빠져나갔다. 엄마가 비운 자리를 비비언이 대신 차지했다. 극장 조명이 켜지는 순간 하얀 드레스 차림의 비비언이 내 옆자리에 앉아 있는 모습을 발견했다.

"이 공연 정말 지루하지, 안 그래?" 비비언이 내게 말을 붙였다.

온몸이 얼어붙을 만큼 겁을 집어먹은 나는 차마 비비언을 쳐다보지 못하고 먼 곳에 있는 무대에 눈길을 고정했다. 내 옆자리에 앉은 비비언의 모습이 내 시야 한쪽 구석에서 하얀색으로 흐릿하게 보였다.

"넌 진짜 비비언 언니가 아니야." 내가 그냥 중얼거리듯 작게 말했기

때문에 다른 사람들은 들을 수 없었다. *"비비언 언니는 이제 이 세상에 존재하지 않아."*

"네가 그 말을 믿지 않는다는 건 이미 우리 둘 다 알고 있잖아."

"자꾸 내 앞에 나타나 성가시게 하지 마."

"넌 우리가 나타나는 이유가 뭔지 정확하게 알고 있어."

비비언의 목소리에 비난의 의미가 담겨 있지는 않았다. 다만 무척이나 슬프게 들렸다. 어찌나 슬픈지 절로 눈물이 나올 지경이었다.

"울지 마." 비비언이 말했다.

비비언은 그 말을 남기고 사라졌다. 나는 자리에서 일어나 화장실로 갔고, 뮤지컬 2막이 진행되는 동안 자리로 돌아가지 못하고 휴게실에 남았다. 뮤지컬이 끝나고 엄마에게 몸이 좋지 않아 공연을 볼 수 없었다고 둘러댔다. 보드카 칵테일에 취한 엄마는 내 거짓말을 알아차리지 못했다.

그 뒤로도 세 아이를 자주 보았다. 등교할 때 내털리가 도로 건너편에 서 있는 모습을 보았다. 어느 날 식당에서 점심을 먹는데 반대편에서 앨리슨이 나를 노려보고 있었다. 메이시 백화점에 브래지어를 사러 갔을 때 속옷 점포 앞에서 세 아이가 서성거리는 모습을 보았다. 나는 그 사실을 어느 누구에게도 털어놓지 않았다. 설령 털어놓은들 과연 내 말을 믿어줄 사람이 있을지 의문이었다.

어느 날, 잠을 자다가 깨어나니 비비언이 내 침대 끄트머리에 앉아 있었다. 만약 그 모습을 보지 않았더라면 아마 몇 달 동안 나는 아무에게도 아이들이 자주 나타난다는 이야기를 하지 않았을 것이다.

"난 궁금해." 비비언이 침대 끄트머리에 앉아 말했다. *"넌 정말 이런*

식으로 쉽게 빠져나갈 수 있을 거라 생각하니?"

내가 비명을 지르는 바람에 부모님이 잠에서 깼다. 두 분이 내 방으로 뛰어왔을 때 나는 어찌나 무섭던지 이불을 머리끝까지 뒤집어쓰고 있었다. 나는 부모님에게 세 아이가 자꾸 유령처럼 내 앞에 나타나 두렵다고 말해주었다. 나는 그동안 겪었던 일들을 부모님에게 자세히 설명했지만 나조차도 믿기 힘들 만큼 합리적 근거가 부족했다. 부모님은 내 말을 듣고 나서 곧장 악몽을 꾸었을 뿐이라고 결론지었다. 나는 결코 아니라고 항변했지만 부모님은 끝내 내 말을 믿어주지 않았다.

그 뒤로 나는 학교에 가지 않고 하루 종일 집에서 시간을 보냈다. 몸이 아프다는 핑계를 내세워 샤워도 하지 않고 사흘 내내 방에 틀어박혀 있기도 했다. 부모님은 나를 정신과 의사에게 데려갔다. 정신과 의사는 내가 자꾸 사라진 아이들을 보는 건 환각 증세라고 진단했다.

나는 정신장애 진단을 받았는데, 조현병 초기 증세에 해당한다고 했다. 정신과 의사는 나이팅게일 캠프에서 벌어진 실종 사건이 조현병의 직접적인 원인은 아니라고 진단하면서 치료를 받으면 상태가 나아질 거라고 했다. 나는 10대 아이들을 전문적으로 치료하는 정신건강 치료센터에 6개월 동안 입원하게 되었다.

정신건강 치료센터는 시설이 청결하고, 현대적이고, 전문성을 두루 갖춘 의사들과 첨단기기들이 설비된 병원이었다. 영화 〈처음 만나는 자유〉에서 본 드라마틱한 장면은 없었고, 그저 내 또래 아이들이 정신 건강을 회복하기 위해 애쓰는 전문 의료 시설이었다. 나는 물리치료와 약물치료를 병행하는 한편 상담 치료를 꾸준히 받은 덕분에 점차 정신장애를 극복했다.

정신건강 치료센터에서 나는 처음으로 그림을 그리기 시작했다. 미술 치료의 일종이었다. 의사들은 나를 텅 빈 캔버스 앞에 앉히고 손에 붓을 쥐어준 다음 내 감정 상태를 그대로 표현해보라고 했다. 나는 캔버스에 파란 선을 그렸다. 백발에 태도가 부드러웠던 의사는 나에게 새 캔버스를 주면서 말했다. *"네 눈에 보이는 걸 그려봐."*

나는 여자아이들을 그렸다. 비비언, 내털리, 앨리슨을…….

내가 나중에 그린 그림들과는 거리가 멀었다. 터치가 거칠어 마치 어린아이가 그린 그림처럼 조악한 수준이었다. 그림 속 아이들은 실제와 전혀 닮은 구석이 없었다. 하지만 나는 그 아이들이 누군지 알고 있었고, 그것만으로도 내 몸이 낫기에 충분했다.

6개월 입원한 끝에 퇴원했지만 나는 여전히 정신질환 약을 먹고 있었고, 일주일에 한 번씩 병원을 방문해 치료를 받았다. 무려 5년 동안 치료는 계속되었고, 지금까지 이어지고 있지만 정신건강 치료센터에서보다는 좋은 효과를 거두지 못했다. 쉬블리 박사는 내게 장식이 달린 팔찌를 선물했다. 팔찌에 달린 장식품은 세 마리의 정교한 새였다.

"이 팔찌를 일종의 부적이라고 생각해." 쉬블리 박사는 팔찌를 내 손목에 채워주며 말했다. *"뭐든 긍정적으로 생각하고 적극적으로 실천해. 긍정의 힘을 결코 과소평가해서는 안 돼. 혹시라도 또 환각이 보이면 이 팔찌를 만지면서 눈에 보이는 게 전부는 아니라고, 네게 아무런 영향도 미치지 못할 거라고 소리를 질러. 넌 사람들이 생각하는 것보다 더 강하다는 사실을 만천하에 알려."*

내가 병원 치료 과정을 모두 마치자 부모님은 집에서 먼 사립학교를 그만두게 한 다음 집에서 가장 가까운 공립학교로 전학시켰다. 새로운 친구들도 생겼고, 정식으로 그림을 그리기 시작했다. 그 결과 나는 점차 안정을 찾게 되었다.

그 이후로는 비비언과 내털리, 앨리슨을 한 번도 본 적이 없었다. 그들은 내 그림 속에만 존재하게 되었다. 그들을 그림 속에 가둔 셈이었다.

나의 정신장애 진단과 정신병원 입원 이력은 나만이 몰래 간직한 비밀이었다. 하지만 프래니는 내가 숨긴 정신병원 이력을 찾아냈다. 프래니가 보유한 재산과 정보력이라면 그리 놀라운 일도 아니었다. 지금 나를 바라보는 프래니와 테오의 눈길 속에서 호기심이 꿈틀거리고 있다. 마치 내가 금방이라도 달려들어 물어 뜯기라도 할 것처럼.

"정신과 치료를 받았던 이력을 왜 말해주지 않았니?"

"아주 오래전 일이었어요." 내가 말한다.

"물론 오래전 일이긴 하지." 테오가 말한다.

프래니가 덧붙인다. "우리는 네가 과거의 이력 때문에 따돌림을 받거나 부당한 처우를 당하는 걸 바라지 않아. 오두막에 감시카메라를 설치한 걸 너에게 진작 말해주었어야 하는데 너무 늦었어."

나는 그들이 도대체 무슨 말을 하고 싶은 건지 알 수가 없다.

내가 고교 시절 정신병원에서 몇 년간 치료받았던 이력을 문제 삼아 나를 감시해도 전혀 문제가 없다고 생각하는 발상 자체가 이상했다.

"개인적으로 불만이 크지만 층층나무 오두막에 감시카메라를 설치한 걸 선의로 받아들일게요. 캠프에서는 무엇보다 안전이 가장 중요한 덕목이니까요. 저의 안전을 지켜주기 위한 선택으로 이해할게요. 우리들 가운데 어느 누구도 15년 전과 같은 상황이 되풀이되길 바라지 않을 테니까."

나는 테이블에서 일어나 두 개의 동상 사이로 빠져나온다. 프래니와 테오가 내 뒷모습을 보고 있을 것 같지만 돌아보지 않는다.

*****

테오가 뒤에서 나를 따라오는 발소리가 들려온다. 어차피 테오가 날 따라잡겠지만 나는 최대한 빠른 속도로 걷는다. 나는 갑자기 왼쪽으로 방향을 바꿔 테오를 따돌리려고 시도해본다. 길이 나 있지 않은 곳이다.

테오가 계속 뒤따라오며 큰 소리로 말한다. "에마, 나랑 얘기 좀 해."

나는 다시 전혀 다른 방향으로 발길을 옮긴다. 그러다가 나무뿌리에 발목이 걸리는 바람에 몸을 비틀거리다가 결국 바닥에 쓰러진다. 그나마 두껍게 덮인 낙엽이 쓰러질 때의 충격을 덜어준다. 몸을 일으키면서 주변을 둘러보니 어느새 또 다른 공터에 와 있다. 동상이 있는 공원처럼 깔끔하게 정리된 곳은 아니다. 아까 점심 식사를 한 공터와 달리 다시 숲으로 환원되어가는 과정에 놓인 곳이다.

그때 내 눈에 해시계가 보인다. 공터 한가운데에 해시계를 만들어둔 의도가 무엇인지 알 수 없다. 기울어진 대리석 기둥 위에 구리로 만든 원형 물건이 놓여 있다. 세월이 흘러 구리가 푸른색으로 변해 표면에 새겨진 로마 숫자와 나침도가 도드라져 보인다. 해시계의 중심에 라틴어로 쓴 글이 있다.

옴네스 불네란트; 울티마 네카트(Omnes vulnerant; ultima necat)

마지막 거짓말

고등학교 라틴어 시간에 배운 적 있는 문장이다. 내가 이 문장을 아직 기억하는 이유는 처음 그 의미를 알게 되었을 때 몸에 전율이 일 만큼 깊은 인상을 받은 탓이다.

시간은 상처만 주다 결국 죽음을 가져온다.

내가 해시계에 새겨진 문장을 음미하고 있을 때 뒤따라온 테오가 나에게로 다가선다.

"난 당신과 더는 얘기하기 싫어요." 내가 말한다.

"너의 심정을 이해해. 너에게 사전에 얘기하고 동의를 구했어야 마땅한 일이었어. 백 퍼센트 우리 잘못이야."

"잘못을 인정한다니 다행으로 받아들여야 하는 거예요?"

"난 그저 네가 지난 일을 극복하길 바라는 입장이야." 테오가 말한다. "예전처럼 너의 친구 입장으로 돌아가고 싶어."

"나는 다 나았어요. 이제 정말 괜찮아요."

"그럼 다행이고. 늦었지만 내가 사과할게."

테오가 마지못해 하는 사과에 나는 다시 화가 난다. "내가 정신장애로 병원 치료를 받은 전력이 있어 나를 믿지 못하겠다면 도대체 왜 여기에 초대했어요?"

"어머니가 너랑 함께하길 원했어." 테오가 말한다. "15년이 지난 일이야. 우리는 네가 어떻게 변해 있을지 예상할 수 없었지. 특히 15년 전 벌어진 일을 생각하면 더욱 그래. 네 말대로 캠프에서는 우리 사이의 신뢰도 필요하지만 안전이 무엇보다 중요해."

"내가 층층나무 오두막을 같이 쓰는 아이들에게 뭔가 해코지를 할 거라고 생각했어요?"

"넌 15년 전 내가 비비언과 앨리슨, 내털리의 실종과 깊은 관련이 있다고 진술했어. 그 일을 생각해보면 현재 내 입장이 어떤지 조금이나마 이해해줄 수 있을 거야."

나는 몸을 휘청거리다가 해시계를 손으로 짚으며 겨우 중심을 잡는다. 손가락에 잡힌 구리의 느낌이 차고 매끄럽다.

"내가 머무는 오두막에 감시카메라를 설치하고, 내 정신병원 기록을 뒤진 이유가 그 일 때문이었어요? 오래전, 내가 경찰 조사를 받을 때 당신이 그 아이들의 실종과 깊은 연관이 있을 거라고 진술했기 때문인가요?"

테오는 손으로 머리를 쓸어 넘긴다. "그때 넌 어린아이였지만 네가 말도 안 되는 진술을 하는 바람에 내가 큰 고통을 겪은 건 명백한 사실이야. 그때 네가 담당 형사 앞에서 털어놓은 진술은 근거가 전혀 없었지."

"그래요, 나도 내 잘못을 인정해요. 근거가 턱없이 부족했음에도 마치 내 진술에 대단한 신빙성이 있는 것처럼 굴었으니까. 내 진실이 잘못되었다는 걸 한참 나중에야 깨닫고 심하게 자책했던 기억이 나요. 하지만 그때 난 너무 어렸고, 갑작스러운 사고가 발생해 두려움이 컸을 뿐만 아니라 머릿속이 무척이나 혼란스러웠어요."

"아무튼 너의 진술 때문에 경찰이 나를 얼마나 들볶았는지 모를 거야. 캠프의 별장에 빌어먹을 FBI까지 들이닥쳐 나에게 범죄 사실을 있는 그대로 털어놓으라고 윽박질렀어. 내가 계속 혐의를 부인하자 거짓말탐지기까지 동원해 조사를 벌였지. 그 당시 쳇은 열 살인 어린아이였음에도 거짓말탐지기 조사를 받았으니까 어떤 분위기인지 짐작이 될 거야. 그 일이 있은 이후 쳇은 거의 일주일 동안 겁에 질려 눈물을 흘렸어. 그 모든 일들이 네가 나를 아무런 근거도 없이 용의자로 지목했기 때문에 벌어지게 된 불상사야."

테오의 얼굴이 붉게 달아오르면서 뺨에 난 흉터가 더욱 도드라져 보인다.

"그때 난 내 진술 때문에 당신을 비롯한 다른 사람들이 어떤 피해를 보게 될지 전혀 알지 못했어요." 내가 말한다.

"그 당시 우린 친구였어. 넌 왜 아이들의 실종과 내가 깊이 관련되었을 거라 생각한 거야?"

나는 할 말을 잃고 테오를 빤히 쳐다본다. 내가 왜 테오를 용의자로 지목했는지, 또 내게 자문해야 한다는 사실에 나는 화가 치민다. 물론 테오가 비비언과 내털리, 앨리슨을 사라지게 만든 범인이라고 생각한 근거는 전혀 없었다. 다만 테오의 알리바이가 나에게 완벽한 결백을 입증해주지 않은 건 분명했다.

"내가 왜 그런 증언을 했는지 알잖아요." 내가 말한다.

그렇게 말하고 나서 나는 다시 테오를 공터에 두고 먼저 걷기 시작한다. 몇 번 길을 잘못 들고, 나무뿌리에 걸려 넘어질 뻔했던 위기를 겪고 나서야 나는 캠프로 향하는 길을 찾아낸다. 나는 화가 풀리지 않은 상태로 층층나무 오두막까지 걸어간다. 사실 테오보다는 나를 캠프에 초대한 프래니에게 더욱 화가 난다. 하지만 나는 여전히 캠프로 다시 돌아온 건 좋은 결정이었다고 생각한다.

나는 층층나무 오두막으로 돌아와 문을 연다. 오두막 안에서 뭔가 튀어 오르더니 위로 날아오른다. 정체모를 새가 창문에 붙어 날개를 퍼덕이는 소리를 낸다. 자세히 보니 까마귀 세 마리다. 칠흑 같은 깃털의 까마귀들이 무리 지어 날다가 천장에 부딪히자 까악 까악 소리를 낸다.

그러다가 한 마리가 별안간 내게 달려든다. 날카로운 까마귀 발톱이 내 머리칼을 스친다. 다른 녀석들도 곧장 내 얼굴로 날아든다. 까마귀의 검은 눈이 나를 빤히 바라본다. 날카로운 부리를 위아래로 벌리고.

나는 머리를 감싸면서 바닥에 엎드린다. 까마귀들은 계속 까악 까악 기분 나쁘게 울어대며 오두막 벽에 몸을 부딪힌다. 바닥에 몸을 찰싹 붙인 나는 문고리로 손을 뻗어 문을 활짝 연다. 내가 출입문으로 향하자 녀석들은 오히려 창문 쪽으로 날아간다. 유리창에 심하게 부딪힌 녀석들은 연달아 끔찍한 소리를 낸다.

나는 왼손을 허공에 대고 휘저어 까마귀들을 출입문 쪽으로 유도한다. 내 손목에서 팔찌가 위아래로 오르내린다. 내 팔찌에서도 세 마리의 새가 움직이는 것처럼 보인다. 까마귀 한 마리가 열린 문을 찾아내 그리로 돌진하자 즉시 다른 한 마리가 뒤따른다. 세 번째 까마귀가 천장에 부딪히는 소리가 들리더니 새된 소리가 터져 나온다. 녀석도 끝내 밖으로 사라져 비로소 오두막은 고요해진다.

나는 바닥에 누워 숨을 고르면서 마음을 가라앉힌다. 까마귀들은 나를 공격하려던 의도가 아니었다. 녀석들은 뜻하지 않게 오두막에 갇힌 게 두려웠을 뿐이다. 아마도 호기심을 느껴 오두막 안으로 들어왔으나 나가는 방법을 찾지 못해 몹시 당혹스러웠을 것이다.

별안간 까마귀들이 유리창에 부딪히던 소리가 떠오른다. 그렇게 끔찍한 소리가 날 줄은 미처 몰랐다. 나는 자리에서 일어나 창문을 바라본다.

오두막 창문은 내내 닫혀 있었는데 까마귀는 어떻게 안으로 들어왔을까?

마지막 거짓말

15

충충나무 오두막 바닥은 물론 미란다와 사샤의 침대에도 까마귀 깃털이 흩어져 있다. 까마귀들이 떨어뜨린 깃털을 치우는 데 무려 10분이나 걸린다.

창문이 내내 닫혀 있었는데 까마귀들이 어떻게 오두막 안으로 들어왔는지 설명이 되지 않는다. 대략 세 가지 가능성이 있다. 첫 번째, 까마귀들이 천장에 뚫린 구멍을 통해 안으로 들어왔다. 눈에는 보이지 않지만 천장에 까마귀들이 드나들 수 있는 구멍이 있다. 두 번째, 아이들 가운데 누군가 문을 열어두는 바람에 까마귀들이 안으로 들어왔을 가능성이 있다. 지나가던 누군가가 무심코 오두막 문을 닫는 바람에 까마귀들은 어쩔 수 없이 안에 갇히게 된 것이다. 세 번째, 누군가 까마귀들을 일부러 오두막 안에 풀어놓았을 가능성이 있다. 까마귀가 세 마리이고, 내 팔찌에 장식한 새의 숫자와 일치한다.

뭔가 이상하다는 생각을 떨쳐버릴 수 없다. 감시카메라, 내가 샤워를 하고 있을 때 샤워장 안을 들여다본 사람, 오두막에 들어온 까마귀들이 차례로 내 머리를 어지럽힌다. 나는 머리가 혼란스러운 상태에서 벗어나고 싶어 오두막 밖으로 나가 잠시 산책을 하며 기분 전환을 시도하기로 마음먹는다.

나무 트렁크를 열고 트래킹 신발을 찾는다. 비비언이 반으로 접어 숨겨두었던 종이가 눈에 들어온다. 종이를 집어 드는 내 손이 떨린다. 오늘 벌어진 일들을 스트레스 탓으로 여기고 싶지만 나는 모든 진실을 알고 싶다.

비비언이 남긴 종이가 나를 긴장하게 만든다. 접은 종이 속에서 흘러나온 사진 탓이기도 하다. 물끄러미 사진을 들여다보던 나는 그녀의 눈을 보는 순간 다시 한번 전율을 느낀다. 엘리너 오번이라는 여자는 이 사진을 찍을 때 과연 무슨 생각을 하고 있었는지 궁금하다. 그녀는 미치광이가 될까봐 두려워하고 있었을까? 세상에 존재하지 않는 뭔가를 보고 있었을까?

나는 사진을 옆으로 치우고 비비언이 그린 지도를 다시 한번 자세히 들여다본다. 나이팅게일 캠프, 미드나이트 호수, 호수 건너편 숲. 내 시선은 지도에 남긴 작은 X 표시에 머문다. 비비언이 그 자리에 X 표시를 한 이유가 있을 것이다. 그곳에 뭔가 있다는 뜻이다. X 표시가 되어 있는 지점을 직접 찾아가봐야 확실한 해답을 얻을 수 있을 듯하다.

나는 그곳에 가보기로 마음먹는다. 더 많은 정보를 찾아낼 출발 지점이다. 돌멩이 하나로 새 두 마리를 잡는 격이다.

나는 선크림, 소독약. 휴대폰, 물병, 지도를 배낭에 챙겨 넣고 오두막을 나선다. 나는 프래니와 테오가 나중에 볼 수 있도록 카메라를 향해 짐짓 반항적인 표정을 지어 보인다.

일단 식당에 들러 물병을 채우고, 혹시 배가 고플 경우에 대비해 바나나 한 개와 시리얼 바 하나를 챙긴다. 여자 두 명과 남자 한 명이 식당의 처마 아래 그늘에서 담배를 피우며 점심과 저녁 사이의 한가한 시간을 보내고 있다. 여자 하나가 손을 흔들어 보인다. 오늘 아침에 날 슬쩍 쳐다봤던 수염 기른 남자도 있다. 그의 앞치마에 붙은 이름표에 마빈이라고 쓴 글씨가 보인다.

마빈은 지금 멀리 떨어진 호수를 보고 있다. 호수에서는 오후 수영 강습을 진행하고 있고, 호숫가와 물속에는 수영복 차림의 학생들이 흩어져서 놀고 있다. 내가 보고 있다는 걸 눈치챈 마빈이 끈적이는 웃음을 짓는다.

"그냥 눈에 들어와서 보는 건 불법이 아니니까요." 마빈이 말한다.

그 말을 듣고 나니 마빈이 내가 샤워장에 있을 때 훔쳐본 유력한 용의자로 떠오른다. 사실 용의자는 마빈 한 사람뿐이고, 범인일 확률은 낮다. 마빈은 내가 샤워장으로 가기 전에 식당에서 일하고 있었다. 혹시 마빈이 곧장 내 뒤를 따라왔다고 해도 같이 일하던 사람들이 눈치챘을 가능성이 크다. 물론 애초에 나를 훔쳐본 사람이 아예 없었을 수도 있다.

어쩌면.

"불법이 아닐 수도 있죠, *마빈.*" 나는 그의 이름에 특별히 강세를 두어 말해 내가 이름을 알고 있다는 사실을 인지시킨다. "하지만 저 여자아이들은 당신의 딸과 같은 나이입니다."

마빈은 담배꽁초를 발로 비벼 끄더니 안으로 들어간다. 여자들은 낄낄대며 웃기 시작한다. 그 가운데 한 사람은 날 향해 고개를 끄덕여 보인다. 말은 하지 않지만 고맙다는 뜻이다.

나는 어깨에 배낭을 걸치고 호수를 향해 걷는다. 미란다가 인명구조 감시대 주변에서 어슬렁거리는 모습이 보인다. 미란다는 최대한 맨살을 많이 드러낸 비키니를 입고 있다.

오후 시간에 인명구조 감시대 책임을 맡은 담당자는 쳇이다. 미란다가 쳇의 주변에서 어슬렁거리는 이유다. 선글라스를 쓰고 호루라기를 목에 걸고 감시대에 앉아 있는 쳇은 어느 누가 보더라도 매력 넘치는 남자다. 미란다는 쳇을 올려다보면서 손가락으로는 머리칼을 꼬고, 발가락으로는 모래밭에 원을 그리고 있다. 다 좋은데 제발 민디의 눈에 띄지 말아야 한다는 생각이 든다. 엄연히 약혼자가 있는 쳇을 넘보는 행위는 나이팅게일 캠프가 절대로 용납하지 않을 테니까.

미란다의 바로 옆에는 사샤와 크리스털이 커다란 해변용 담요를 깔고 함께 누워 있다. 반바지와 캠프 전용 폴로셔츠 차림인 두 학생은 담요에 누워 만화책을 뒤적인다. 내가 그들에게로 다가서자 내 그림자가 담요 위로 떨어진다.

"누가 깜박 잊고 오두막 출입문을 열어둔 적이 있니?"

"아뇨." 사샤가 말한다. "오두막에 벌레가 들어오면 안 되기 때문에 밖으로 나올 때마다 늘 문이 제대로 잠겼는지 확인해요."

"아주 잠깐 동안이라도 문을 열어둔 적이 있어?"

"내 기억으로는 전혀 없어요." 크리스털이 대답한다. "그런데 무슨 일 있어요?"

까마귀 깃털을 전부 치웠으니 아이들에게 굳이 까마귀가 오두막에 들어왔었다는 말을 해줄 필요는 없다. 그런 말을 하면 괜히 사샤의 걱정이 한 가지 더 늘어날 뿐이다.

나는 대화 주제를 바꾸기로 한다. "너희들은 왜 수영 안 해?"

"수영하고 싶지 않아요." 크리스털이 말한다.

"저는 아직 수영할 줄 몰라요." 사샤가 말한다.

"너희들이 원한다면 내가 수영을 가르쳐줄 수도 있어."

사샤가 콧날을 찡그리자 안경이 위아래로 움직인다. "저 지저분한 물에서 수영을 하라고요? 고맙지만 사양하고 싶어요."

"어디로 가는 길이세요?" 크리스털이 내 배낭을 보더니 묻는다.

"카누를 타고 호수를 건너보려고."

"혼자서요?" 사샤가 묻는다.

"그럴 생각이야."

"그다지 좋은 생각 같지 않아요. 매년 카누와 카약 사고로 목숨을 잃는 사람이 87명이나 된대요. 제가 물놀이 사망사고 통계를 본 적이 있어요."

"난 수영을 잘하니까 괜찮을 거야."

"그래도 누군가 같이 가면 더 안전할 텐데요."

크리스털이 만화책을 탁 소리가 나게 덮어버리더니 한숨을 크게 내쉰다. "미스 위키피디아 양이 방금 전 하신 말씀은 우리도 따라가고 싶다는 간접 표현입니다. 우리는 지금 몹시 지루한 상태이고, 이제껏 단 한 번도 카누를 타본 적이 없거든요."

"제가 하고 싶은 말을 크리스털이 대신 해주네요." 사샤가 말한다. "하긴 저랑 궁합이 아주 잘 맞는 편이죠."

"너희들이 나랑 같이 가는 건 그리 좋은 생각 같지 않아. 호수를 건너는데 시간이 제법 오래 걸릴 거야. 호수 건너편에 도착하면 등산도 해야 하고."

"전 등산 경험이 없어요. 그래서 더 하고 싶어요." 크리스털이 말한다. "제발 저희도 같이 가면 안 될까요?"

사샤는 나를 향해 눈을 깜박여 보인다. 사샤의 속눈썹이 안경 속에서 파르르 흔들린다. "제발 부탁해요."

내 계획은 호수를 건넌 다음 비비언이 지도에 표시해둔 장소를 찾아내는 게 1차 목표다. 그다음은 그 지역을 중심으로 일대를 조사해볼 생각이다. 사샤와 크리스털을 데려갈 경우 속도가 현저히 느려질 수밖에 없다. 그렇지만 의무감이 내 발목을 잡는다. 프래니는 나이팅게일 캠프를 다시 여는 목적이 아이들에게 대자연 속에서 새로운 경험을 할 수 있는 기회를 마련해주기 위해서라고 했다. 프래니에게 화가 나 있긴 하지만 그 생각은 높이 사줄 만하다.

"좋아." 나는 두 아이에게 말한다. "어서 구명조끼를 챙겨입고 카누를 물에 띄울 수 있도록 도와줘."

아이들은 내가 시키는 대로 카누 보관 선반 옆에 걸려 있는 지저분한 구명조끼를 꺼낸다. 구명조끼를 착용한 아이들은 내가 선반에서 카누를 꺼내는 걸 돕는다. 카누는 보기보다 무거워 다루기 쉽지 않다. 우리는 너무 힘들어 잔뜩 인상을 찌푸린 상태로 카누를 호숫가로 옮긴다. 크리스털이 앞쪽에 서고, 내가 뒤를 받친다. 사샤는 가운데에 섰는데 몸은 보이지 않고, 물가를 향해 걸어가는 두 다리만 보일 뿐이다.

우리가 어찌나 힘겹게 보였던지 미란다가 쳇에게 보내던 관심을 방해한다. 미란다가 우리에게로 다가와 말한다. "어디 가는 거야?"

"카누 타러 가." 사샤가 말한다.

"호수를 건너고 등산도 할 거야." 나는 아이들이 호수를 가로질러 건 널 만큼 노질을 하고도 더 해야 할 임무가 있다는 사실을 알면 포기하 지 않을까 기대하며 말한다.

미란다가 얼굴을 찌푸리며 말한다. "저는 왜 안 데려가요?"

"너도 함께 가고 싶니?"

"별로 가고 싶진 않지만……."

미란다는 말꼬리를 흐리며 말을 끊지만 전하고자 하는 뜻은 명확했 다. 미란다는 혼자 남아 있고 싶지 않다. 나는 미란다의 기분이 어떤지 알 것 같다.

"너도 같이 가려면 어서 옷을 갈아입고 구명조끼도 챙겨 입고 와." 나 는 미란다에게 말한다. "우린 여기서 기다리고 있을 테니까."

인원이 한 명 더 추가되면 카누 한 척이 더 필요하다. 미란다가 층층 나무 오두막으로 반바지와 운동화를 가지러 간 사이 크리스털과 사샤 그리고 나는 두 번째 카누를 물가로 옮긴다. 미란다가 돌아오자 우리는 카누에 오른다. 미란다와 크리스털이 함께 타고, 나는 사샤와 함께 카 누에 오른다. 나는 노로 바닥을 밀어 호수 안쪽으로 나아간다.

우리 배에서 노 젓는 일은 대부분 내가 한다. 나는 뒤쪽에 앉아 열심 히 노를 젓는다. 내 앞에 앉은 사샤는 노를 무릎에 올리고 있다가 내가 카누의 방향을 바로 잡아야 할 필요가 있을 때 말하면 얼른 물속에 노 를 집어넣는다.

"호수 물이 얼마나 깊을까요?" 사샤가 묻는다.

"나도 모르지만 꽤 깊을 거야."

"30미터쯤 될까요?"

"깊은 곳은 그쯤 되겠지."

사샤의 눈이 안경 속에서 점점 커지더니 자기도 모르게 노를 잡지 않은 손으로 구명조끼를 두드린다. "선생님은 수영을 잘하시잖아요?"

"그래, 잘하는 편이야." 나는 말한다.

카누로 호수를 건너는 데 30분이 걸린다. 호수에 비친 소나무의 삐죽삐죽한 모습이 우리를 그다지 반가워하지 않는 것처럼 보인다. 수면 바로 아래로는 계곡물이 들이닥쳤을 때 물속에 잠긴 나무들의 잔해가 아직 남아 있다. 나뭇잎들이 떨어져 나가고, 오랜 세월이 흐르는 동안 하얗게 변한 나뭇가지들은 신선한 공기를 붙잡으려고 애쓰지만 손이 닿지 않는 모습이다. 함께 뒤엉킨 팔다리들 사이로 갈색 물고기들이 헤엄쳐 다닌다. 가뭄으로 호수 수면이 낮아져 수중의 나뭇가지들이 카누의 바닥을 긁어댄다. 마치 관 안에 갇혀 있는 사람이 밖으로 기어 나오려고 손톱으로 뚜껑을 긁어대는 소리 같다. 그러고 보니 나뭇가지가 아니라 유령에 가깝다. 껍질과 잎이 모두 사라진 나뭇가지들은 이제 살짝 부딪치기만 해도 맥없이 꺾어진다.

마침내 호수 기슭이 우리의 눈앞에 다가선다. 나이팅게일 캠프 쪽의 기슭처럼 땅이 평탄하지 않고 거칠게 융기한 오르막이다. 오르막길은 완만한 숲길로 이어진다. 소나무들이 만들어낸 연녹색 벽이 호수에서 바람이 불 때마다 파도처럼 일렁인다. 카누의 오른쪽 호수를 내려다보니 절반 정도 물속에 잠긴 바위들이 고개를 삐죽 내밀고 있다. 바위들이 산에서 하나씩 굴러떨어져 호수에 차례로 뛰어든 것 같다. 오랜 세월 비바람에 깎인 암벽이 절벽을 형성한 모습이다. 절벽 위 능선을 따라 서 있는 나무들이 당장이라도 뛰어내릴 듯 호수 쪽으로 위태롭게 기울어져 있다.

"저게 뭐죠?" 미란다가 낡은 구조물을 가리키며 말한다.

온갖 잡초들에 둘러싸인 목재 구조물이 눈에 들어온다. 벽과 바닥은 허물어져 가고 있고, 지붕은 한쪽으로 기울어져 있다. 대략 위치를 보니 비비언의 지도에서 오두막으로 표시해둔 지점이다.

내가 구조물 쪽으로 노를 젓기 시작하자 미란다도 뒤따라온다. 호숫가에 도착해 카누에서 내린 우리는 구명조끼를 벗어 카누에 내려놓는다. 그런 다음 카누를 땅 위로 끌어올려 물에 휩쓸려가지 않도록 한다.

"선생님, 지금 뭘 보는 거예요?" 사샤가 묻는다.

"이 지역 지도."

"이제 어디로 가려고요?"

"나도 아직 어디로 갈지 정하지 않았어."

나는 눈앞을 막아선 숲을 보고 얼굴을 찌푸린다. 나무들이 울창한 숲은 어둡고 적막해 왠지 으스스한 느낌을 풍긴다. 호수를 건너오긴 했지만 무엇을 더 해야 할지 알 수 없다. 비비언의 지도가 무엇을 의미하는지 여전히 수수께끼일 뿐이다.

나는 비비언의 지도를 보며 호수에서 구조물이 있는 곳까지 손으로 선을 그려본다. 일단 북동쪽 방향으로 걷다가 북쪽으로 좀 더 걸어가면 비비언이 X로 표시해둔 곳에 다다를 수 있을 것 같다.

나는 비로소 우리가 가야 할 길을 정했다. 아침에 캠프를 떠나면서 휴대폰에 다운로드해둔 나침반을 열고 북동쪽 방향이 어딘지 이리저리 돌려본다. 비로소 방향을 잡은 나는 야생화를 꺾어 손에 들고 숲속으로 전진하기 시작한다. 미란다와 사샤, 크리스털이 뒤따른다.

15년 전

"가자." 비비언이 말했다.

"어디에 가는데?"

나는 침대에 누운 자세로 캠프를 떠날 때 챙겨온 《러블리 본즈》를 읽고 있었다. 책에서 눈길을 떼고 고개를 돌려보니 비비언이 오두막 문 앞에 서 있었다. 비비언은 목에 빨간 손수건을 두르고, 앨리슨의 밀짚 모자를 머리에 쓰고 있었다.

"모험을 떠나려고." 비비언이 말했다. "어딘가에 묻힌 보물을 찾아내야지."

나는 그 말에 흥미를 느껴 읽던 책을 당장 덮고 침대에서 나왔다. 비비언은 뭐든 생각대로 추진하는 스타일이었다.

"너도 앨리슨이 자외선을 쐬면 피부가 어떻게 되는지 알 거야. 앨리슨과 내털리는 오두막에 남고, 나랑 너 둘이서만 가자."

비비언은 우리가 어디에 가려고 하는지 말해주지 않았다. 난 그냥 앞장선 비비언을 따라 걸었다. 비비언은 미드나이트 호수 근처에 세워둔 카누에 오르더니 곧장 호수를 건너기 시작했다. 나는 비비언과 보조를 맞춰 열심히 노를 저었다.

"카누를 처음 타보니?" 비비언이 물었다.

"노를 저어가는 보트를 타보긴 했어." 난 비비언에게 말했다.

"호수에서?"

"센트럴파크 호수에서. 내 친구 헤더와 마리사가 동행했지."

나는 헤더가 보트를 심하게 흔들다가 물에 빠진 이야기를 하려다가 그만두었다. 비비언의 언니 캐서린이 호수에 빠져 목숨을 잃었다는 이야기가 떠올랐기 때문이다. 비비언은 언니를 죽음으로 몰고 간 사고에 대해서는 일절 말해주지 않았다. 심지어 언제 사고가 일어났는지도. 물론 나는 그 이야기를 화제에 올리고 싶은 마음은 없었다. 나는 참나리꽃이 피어 있는 풀밭 근처 호숫가에 도착할 때까지 아무 말도 하지 않았다.

비비언은 꽃을 꺾어 꽃다발을 만들었다. 숲으로 들어서자 비비언이 꽃잎을 뜯어 땅에 떨어뜨리기 시작했다.

"숲길로 들어설 때면 언제나 빵 조각으로 길을 표시해두어야 해." 비비언이 말했다. "그래야 돌아갈 때 헷갈리지 않고 길을 찾아낼 수 있거든. 내가 캠프에 처음 왔을 때 프래니가 가르쳐준 방식이야. 아마 내가 숲에서 길을 잃을까봐 걱정되었나봐."

"왜?"

"내가 여기저기 많이 헤매고 돌아쳤으니까."

비비언은 캠프에서 준비한 프로그램에 맞출 수 없을 만큼 적극적인 성격이었다. 테니스 강좌나 미술공예 시간은 비비언과 맞지 않았다. 나는 그런 수업 시간에 비비언이 몹시 지루한 듯 긴 한숨을 내쉬는 모습을 자주 보았다.

비비언은 꽃잎을 한 장 더 떨어뜨렸고, 나는 고개를 뒤로 해 꽃잎이 우리가 지나온 길을 표시해놓은 모습을 바라보았다. 오렌지색 작은 꽃잎들이 우리가 무사히 돌아갈 수 있도록 해주는 길 안내자였다.

"두 진실, 한 거짓말." 비비언이 꽃잎을 뜯어내 땅으로 던지며 말했다. "내가 먼저 할게. 첫 번째, 지하철을 탔는데 어떤 남자가 내 앞에서 별안간 바지를 내린 적이 있다. 두 번째, 내 침대 매트리스 아래에 납작한 위스키 병이 숨겨져 있다. 세 번째, 난 수영을 할 줄 모른다."

"두 번째." 내가 말한다. "위스키병을 몰래 숨겨두고 술을 마실 정도였다면 내가 몰랐을 리 없잖아."

학교를 마치고 집에 돌아갔을 때 엄마 입에서 풀풀 나던 술 냄새가 떠올랐다. 엄마는 술 냄새를 숨기려고 껌을 씹었지만 소용없었다. 혹시 술 냄새는 숨길 수 있을지 모르겠으나 눈빛이 붉고 희미해지는 건 숨길 방법이 없었다.

"넌 관찰력이 좋은 편이야." 비비언이 말했다. "그래서 네가 이걸 보면 매우 좋아할 거라고 생각했어."

우리는 커다란 떡갈나무 아래에 도착했다. 억센 나뭇가지들이 사방으로 넓게 펼쳐져 시원한 그늘을 만들어주고 있었다. 나무껍질에 새겨진 X자가 눈에 들어왔다. 층층나무 오두막에 있는 비비언의 나무 트렁크 뚜껑에 새긴 이름처럼 X자가 크고 진했다. 바닥에 잔뜩 쌓인 떡갈나무 낙엽 아래에 있는 뭔가가 눈에 들어왔다.

비비언이 낙엽을 걷어내자 나무 상자가 모습을 드러냈다. 수많은 세월이 흐르는 동안 뚜껑에 덧댄 판자가 벗겨졌고, 군데군데 곰팡이가 피어 하얗게 변질되어 있었다. 언뜻 보기에 나무상자가 아니라 누더기처럼 보였다.

"멋지지?" 비비언이 나를 보며 말했다. "진짜 골동품 같잖아."

손가락으로 나무 뚜껑을 쓸어보니 표면에 자그마한 굴곡이 느껴졌다. 처음에는 세월이 흐르는 동안 비바람을 맞아 자연스레 생긴 흔적이라 여겼는데 자세히 살펴보니 나무 뚜껑에 글씨가 새겨져 있었다. 다만 글씨가 많이 닳아 원래의 형체를 알아보기 힘들었다. 나무 뚜껑 가까이 눈을 갖다 대고 썩은 부위에서 풍기는 곰팡이 냄새를 실컷 맡고 나서야 글씨를 온전하게 읽을 수 있었다.

CC

"이 상자는 어디에서 찾았어?"

"작년 여름에 호숫가로 밀려왔어."

"그냥 우연히 발견했어?"

비비언은 뭐 그리 기분이 좋은지 계속 능글맞게 웃었다. "그래, 우연히. 그래서 이 상자를 여기에 숨겨두었지. 자, 얼른 뚜껑을 열어봐."

나는 나무 뚜껑을 들어 올렸다. 나무 상자가 물을 머금고 있어서 내 손길에 으스러지지는 않을지 걱정스러웠다. 녹색 벨벳이 뭔가를 감싸고 있었다. 벨벳이 너덜너덜해져 시커멓게 늘어진 가죽처럼 보였다.

상자 안에 가위가 여러 개 들어 있었다. 가위의 손잡이 구멍 주변이 화려하게 꾸며져 있고, 날이 황새 다리처럼 좁아지는 골동품 가위였다. 원래는 은색 가위가 분명한데 변색이 많이 되다보니 자동차 엔진 오일

색처럼 보였다. 가위 중심부에 있는 나사에 잔뜩 녹이 슬어 있었다. 가위를 집어 들고 벌리려고 해보았지만 녹이 슬어 있어서인지 꼼짝하지 않았다.

"누가 사용하던 가위야?"

"나무 상자 아랫면에 이름이 쓰여 있어." 비비언이 뚜껑을 닫고 나서 나무 상자를 뒤집었다. 상자 안 가위들이 일제히 앞으로 쏠리며 덜컹거렸다.

"보여?"

상자 아랫면에 희미한 글씨가 보였다.

⟨피스풀 밸리⟩의 재산입니다.

"어쩌다가 이 상자가 호수로 흘러왔을까?"

비비언이 어깨를 으쓱했다. "누군가 호수에 던졌겠지. 아마도 수십 년 전에."

"프래니에게 물어봤어?"

"아니, 내가 가위가 든 상자를 발견했다는 사실을 비밀로 하고 싶어. 현재까지는 나 말고 어느 누구도 이 상자의 존재를 몰라. 이제 너만이 나랑 비밀을 공유하게 된 거야."

"다른 사람들에게는 비밀로 했다면서 나에게는 왜 이 상자를 보여주었어?"

비비언이 몸을 숙이더니 앞으로 흘러내린 내 머리를 귀 뒤로 쓸어 넘겨주며 말했다. "이번 여름에는 내가 네 언니가 되어주기로 했잖아. 벌써 잊었어?" 비비언이 말했다. "언니들은 다들 그렇게 해. 언니는 자기만 아는 비밀을 동생과 공유하지. 언니와 동생은 다른 사람들은 모르는 비밀을 서로 나눠 가지는 사이야."

16

나는 가급적 직선 코스로 걸으려고 애쓰며 눈으로는 나침반을 계속 확인한다. 나침반을 보지 않을 때는 누군가 혹시 덤불에 숨어 있지는 않은지 주변을 유심히 살핀다. 캠프에서 멀리 떨어진 곳이지만 누군가 우리의 일거수일투족을 지켜보고 있다는 기시감이 든다. 나는 사람이 숨을 수 있을 만큼 커다란 풀숲이 보일 때마다 의심스러운 눈길로 주시한다.

'정신 차려.' 나는 마음속으로 말한다. '이곳에는 우리 네 사람밖에 없어.'

그래봐야 안심이 되기는커녕 오히려 더욱 마음이 불안해진다. 내 불안한 마음을 아는지 모르는지 아이들은 아무 말이 없다. 크리스털과 사샤는 내 뒤에 바짝 붙어 걷고 있다. 사샤는 눈에 들어오는 나무의 이름을 재잘대며 걷는다.

"사탕단풍, 너도밤나무, 스트로부스 소나무, 자작나무."

미란다는 꽃에서 꽃잎을 떼어내 일정한 간격으로 뿌리고 있다.

"왜 꽃잎을 떼어내 바닥에 뿌려야 한다고 했죠?" 미란다가 묻는다.

"우리가 지나온 길을 표시하려고." 내가 말한다. "그래야 돌아갈 때 길을 쉽게 찾을 수 있을 테니까."

"어딜 가는 건데요?" 크리스털이 묻는다.

"이제 거의 다 왔어. 가보면 알게 될 테니까 조금만 참아."

우리는 경사가 그리 가파르지 않은 오르막을 오르고 있다. 길에 낙엽이 잔뜩 쌓여 있어 얼마나 가파른지 실감할 수 없다. 다리에서 통증이 일고, 호흡이 가빠지고 나서야 오르막이라는 사실을 알아차린다. 이제 길은 훨씬 더 가파르게 변한다. 우리는 숨을 헐떡이며 계속 앞으로 나아간다. 손을 뻗으면 잡히는 나뭇가지들을 세게 움켜쥐고 우리의 몸을 더 높은 곳으로 끌어올린다.

"이제 그만 돌아가고 싶어요." 크리스털이 숨을 헐떡이며 말한다.

"저도요." 사샤가 말한다.

"조금만 더 가면 돼. 이제 다 와가는데 포기하면 나중에 크게 후회할지도 몰라." 나는 아이들을 달랜다. "우리 지금부터 20년 후에는 무얼 하며 살고 싶은지 털어놓아볼까? 오로지 진실만을 말하기야."

나는 점점 걸음이 느려지는 사샤를 바라본다. "너부터 시작해봐, 사샤. 20년 후에 무슨 일을 하면서 살게 될지."

"하고 싶은 일이 너무 많아서 문제죠." 사샤는 안경을 위로 올리며 말한다. "교수, 과학자, 우주비행사가 되고 싶어요. 화성 탐사도 해보고, 평생 별과 우주를 연구하며 살았으면 해요."

"다음은 크리스털 차례야."

사실 크리스틸은 물을 필요조차 없다. 뭐라고 대답할지 우리 모두 잘 알고 있으니까.

"마블에서 일하고 싶어요. 제가 창안한 슈퍼히어로 시리즈를 그릴 수 있다면 더욱 좋고요. 지구를 구하는 멋진 영웅을 계속 만들어내야죠."

"만화를 각별히 좋아하는 이유가 뭐야?" 사샤가 묻는다.

"그냥 어릴 때부터 즐겨 보았어. 아마 지금껏 나온 슈퍼히어로 시리즈는 대부분 봤을 거야. 사실은 우리가 슈퍼히어로를 친근하게 생각하는 이유가 있어. 우리처럼 어딘가 좀 이상해 보이는 아이들이 자라 슈퍼히어로가 되거든."

"난 너처럼 이상하지 않아." 미란다가 끼어든다.

"그럼 *너만* 뺀 우리라고 해두지." 크리스틸이 미란다를 달래듯이 말한다. "우리의 운명에 결정적인 영향을 미칠 만큼 중대한 일이 발생하게 되면 우리처럼 평범한 사람들도 얼마나 더 강해질 수 있는지 깨닫게 되지. 그럼 우린 스스로 뭐든 할 수 있다는 자신감을 갖게 되고, 어려움에 처한 사람들을 돕게 되는 거야."

"난 만화책이나 그림책보다는 일반적인 책이 더 좋아." 미란다는 말한다. "그림이 없는 책."

미란다는 크리스틸과 사샤를 추월해 비탈길에서도 별로 힘들어하지 않는 나와 나란히 걷는다.

"작가가 되려고?" 나는 미란다에게 묻는다. "책 읽기를 좋아해서 해본 말이야."

"삼촌처럼 형사가 되고 싶어요." 미란다가 말한다. "범죄 사건을 소설로 쓰는 작가보다는 실제로 해결하는 형사가 되길 원해요."

"그런 형사를 슈퍼히어로라고 하는 거야." 크리스털이 매우 만족스러워하며 말한다.

미란다는 앞장서서 성큼성큼 걸어 올라가 오르막이 완만해진 길에서 조바심치며 우리를 기다린다. 우리는 평평한 곳에서 잠시 쉬며 주변 경치를 감상한다. 숲을 가득 채운 나무들의 꼭대기 위로 파란 하늘이 보인다. 나는 나무 그늘을 벗어나 바위투성이인 곳으로 걸어간다. 깎아지른 절벽이 눈앞으로 다가오는 순간 나는 어질어질한 현기증이 느껴져 가까이 있는 나무를 한쪽 팔로 끌어안고 잠시 마음을 진정시킨다.

미란다가 감탄하며 휘파람을 분다.

"세상에!" 크리스털이 과장된 목소리로 말한다. 감탄 이상의 경외심이 느껴질 정도다.

나는 아이들의 눈길을 따라가다가 놀란 이유를 깨닫는다. 우리는 지금 카누에서 본 절벽 꼭대기에서 아래를 내려다보고 있고, 눈에 들어온 경치는 말로 표현하기 힘들 만큼 환상적이다. 미드나이트 호수가 아래로 펼쳐져 있고, 햇빛을 받아 윤슬이 반짝인다. 호수가 멀리 댐 가까이에서 좁아지는 곳까지 한눈에 들어온다. 호수 건너편 나이팅게일 캠프도 보인다. 여기서 보니 캠프가 손바닥 크기에 불과하다.

주머니에서 지도를 꺼내 재빨리 훑어본다. 비비언은 지금 우리가 서 있는 절벽을 그리지 않았다. 그 대신 삐죽삐죽한 삼각형 바위들은 표시해두었다. 호수를 등지고 돌아서보니 삐죽삐죽한 바위들이 보인다.

바위가 열 개도 넘는다. 바위들은 가까이 다가갈수록 더욱 커지면서 무게감이 뚜렷이 느껴진다. 커다란 바위들이 줄지어 오르막을 형성하고 있다.

"이 바위들은 분명 산꼭대기에 있었을 거야." 사샤가 키보다 두 배쯤 큰 바위 위로 오르려고 애쓰며 말한다. "빙하시대에는 산꼭대기에 얼어붙어 있다가 얼음이 녹으면서 언덕을 굴러 내려와 여기에서 멈춰선 거지."

비비언의 지도를 거듭 확인해본 결과 우리가 찾던 곳이 바로 여기다.

나는 바위 하나를 지나 다른 바위 쪽으로 걸어간다. 그때 내 눈에 높은 곳에 있는 바위 하나가 보인다. 다른 바위들보다 적어도 두 배는 더 크다. 바위는 거대한 묘비처럼 하늘로 솟아 있다. 마치 바위로 이루어진 깎아지른 절벽 같다. 바위 사이 거대한 틈에서 나무 한 그루가 자라고 있다. 나무의 뿌리가 그 어디에도 정착하지 못하고 흙을 찾아 뻗어 있다.

사샤는 바위틈까지 올라가 나무에서 뻗어나간 가지를 쳐다보고 있다. 그 아래에 선 크리스털이 말한다. "거기서 뭐해?"

"그냥 탐험해." 사샤가 말한다.

"바위 위는 위험하니까 올라가지 않는 게 좋겠구나." 내가 말한다. "미란다는 어디 있니?"

"저, 여기 있어요."

미란다의 목소리가 거대한 바위 뒤에서 메아리처럼 울린다. 내가 바위 뒤편으로 가는 동안 사샤와 크리스털도 합류한다. 바위를 돌아가 보니 바위 옆쪽에 거대한 틈이 하나 더 보인다. 사람이 충분히 기어들어 갈 수 있을 만큼 큰 틈이다.

미란다가 거대한 틈 안쪽을 들여다보고 있다. "바위 안에 뭐가 있는지 궁금해서 들여다보고 있어요."

"곰이나 뱀이 있으면 어쩌려고?" 사샤가 말한다.

"애들아, 위험한 일이 생길 수도 있으니까 탐험은 이제 그만, 알았지?"

"네, 선생님." 크리스털이 말한다.

"알겠습니다." 사샤가 덧붙인다.

미란다는 손을 허리에 올리고 화난 표정을 짓는다. "탐험하러 온 게 아니었어요?"

나는 호기심을 자극하는 뭔가가 눈에 들어와 미란다의 질문에 답할 겨를이 없다. 미란다 뒤쪽 멀리 떨어진 지점에 폐가로 보이는 빈집이 한 채 있다. 무너진 벽과 기울어진 나무 기둥이 보인다.

나는 폐가를 향해 언덕을 기어오르기 시작했고, 아이들도 뒤따른다. 가까이 다가가서 보니 헛간이나 농막으로 사용하던 집으로 보인다. 이제는 집의 흔적만 남아 있을 만큼 허물어졌지만 사각형 집터를 눈으로 확인할 수 있다. 근처 경사진 땅에 있는 지하 저장고는 원래의 형태를 많이 유지하고 있다. 자연석으로 벽을 세웠고, 벽 중간쯤에 나무 문이 있다. 문은 꽉 닫혀 있고, 녹슨 빗장이 채워져 있다.

"기분이 으스스하네." 사샤가 말한다.

"멋진데." 미란다가 말한다.

"오싹한 분위기야." 크리스털이 말한다. "마치 《반지의 제왕》에 나오는 집 같아."

나는 더욱 불길한 이야기를 떠올리고 있다. 수몰된 계곡에서 살아남아 숲에 숨어 사는 생존자들이 복수를 꿈꾸고 있다는 이야기. 케이시가 들려준 이야기에는 확인되지는 않았지만 아주 작은 진실의 씨앗이 들어 있을지도 모른다. 누군가 이 숲에서 살았거나 살고 있다. 집터와 지하 저장고가 그 사실을 증명해준다. 이곳에 살았던 사람들이 케이시가 들려준 이야기에 나오는 생존자들일 거라는 증거는 없지만 온몸에서 소름이 돋는다.

나는 50미터쯤 떨어진 곳에 있는 커다란 떡갈나무를 바라본다. 아주 거대한 나무로 큰 가지들이 사방으로 넓게 뻗어 있다. 떡갈나무의 밑동에 낯익은 글씨가 새겨져 있다.

X

15년 전, 비비언이 나를 데려갔던 나무는 아니다. 그때는 집터와 지하 저장고를 본 기억이 없다. 그때 본 나무와 지금 X 표시가 되어 있는 나무는 확연히 다르다. 하지만 나무에 글자를 새긴 사람은 같다는 느낌이 든다.

나는 아이들에게 말한다. "금방 돌아올 테니까 너희들은 잠시 여기에서 쉬고 있어."

"호빗이 사는 곳 같은 지하 저장고에 들어가봐도 될까요?" 미란다가 묻는다.

"위험한 일이 생길 수도 있으니까 안으로 들어가지 말고 그냥 밖에서 보기만 해."

내가 거대한 떡갈나무로 걸어가 나무 밑동 주변을 살피는 동안 아이들은 무너진 집터 주변을 맴돌고 있다. 나무 밑동 주변 바닥을 발로 밟고 다니는 동안 둔탁한 소리가 난다. 땅속에 뭔가 숨겨져 있다.

나는 무릎을 꿇고 땅을 덮은 잡초와 낙엽을 걷어낸다. 그다음 손가락으로 흙을 긁어내자 축축한 갈색 나무판자가 보인다. 오랫동안 땅속에 묻혀 있어 나무판자 색이 변질된 상태다. 흙을 좀 더 긁어내자 나무판자 아래에서 벌레 몇 마리가 기겁하고 놀라 달아난다. 나무판자 아래에 자그마한 공간이 있고, 그 안에 뭔지 모를 물건을 단단히 포장해놓은 노란색 장바구니가 들어 있다.

장바구니에 손을 넣어보니 비닐이 만져진다. 흔히 냉장고에서 사용하는 비닐 지퍼 백이다. 지퍼 백에 가죽 장정의 일기장이 보인다. 장바구니 안쪽을 들여다보니 다른 지퍼 백 하나와 안에 든 머리카락 한 올이 보인다. 장바구니를 바닥에 내려놓고 조심스럽게 일기장을 꺼낸다. 표지를 넘기자 누군가 쓴 글씨가 보인다. 비비언의 글씨다.

"거기서 뭐 하세요?" 미란다가 소리친다.

나는 일기장을 얼른 덮은 다음 배낭에 집어넣는다.

"여기에 뭐가 있을까 해서 와봤는데 아무것도 못 찾았어. 이제 그만 돌아가자." 나는 그렇게 둘러댄다.

내가 찾은 물건들을 전부 배낭에 넣고 나서 텅 빈 장바구니는 다시 구멍에 넣고 나무판자를 그 위에 덮는다. 흙과 낙엽을 밀어 나무판자 위를 덮은 나는 비비언의 비밀이 안전하게 지켜지기를 바란다. 비비언은 나이팅게일 캠프 사람들의 눈에 띄지 않도록 호수를 건너와 반대편 숲에 일기장을 숨겨두었다. 그만큼 일기장의 내용이 중요하다고 판단했기 때문일 것이다.

15년 전

"두 진실, 한 거짓 게임을 계속할까?" 비비언은 노를 저어 캠프로 돌아오면서 말했다. *"이번에는 네가 진실을 털어놓을 차례야."*

비비언은 나보다 나이도 많고 힘도 더 셌다. 나는 비비언과 보조를 맞추려고 쉴 새 없이 노를 저어야 했다. 아무리 노를 열심히 저어도 힘의 균형이 맞지 않아 카누는 곧장 앞으로 시원스럽게 나아가지 못하고 자꾸만 좌우로 곡선을 그리며 주춤거렸다.

"노 젓기도 힘든데 지금 꼭 게임을 해야 하는 거야?" 나는 힘겹게 숨을 몰아쉬며 물었다.

"아니, 지금 꼭 할 필요는 없어." 비비언이 말했다. *"그런데 넌 게임을 잘 못하더라."*

앨리슨이나 내털리가 나를 어떻게 평가하든 신경 쓰지 않았다. 나에게 유일하게 중요한 건 비비언의 평가였다. 비비언이 나에게 게임을 못한다고 하자 기분이 좋지 않았다.

"첫 번째, 우리 엄마는 술에 취해 엘리베이터에서 기절한 적이 있다." 내가 말했다. "두 번째, 나는 남자애랑 키스해본 적이 없다. 세 번째, 나는 테오가 지금껏 본 남자들 가운데 가장 잘생겼다고 생각한다."

"그건 반칙이야." 비비언이 노래를 부르듯이 말했다. "세 가지 다 거짓이 아니잖아."

술에 취한 엄마는 엘리베이터를 *기다리던* 중 기절했다. 나는 엘리베이터 앞에 쓰러진 엄마가 코를 살짝 골고 카펫에 침을 흘리며 잠든 모습을 보았다.

"그래, 괜찮아. 이번 한 번은 그냥 넘어갈게." 비비언은 노 젓기를 멈추고 노를 물속에서 꺼내 카누에 내려놓았다. "넌 내 차례 때 제대로 맞추지 못했어."

"다 맞혔는데?" 내가 말했다. "매트리스 아래에 숨겨둔 술병은 없었잖아. 수영 못하는 건 내가 두 눈으로 직접 봤고."

"네가 잘못 알았던 거야."

비비언이 갑자기 일어나 옷을 벗기 시작했다. 셔츠 안에 수영복 대신 색을 맞춘 진주색 브래지어와 팬티를 입고 있었다. 비비언의 예쁜 속옷이 오후의 눈부신 햇살을 받아 밝게 빛났다. 내가 뭐라고 대꾸하기도 전에 비비언은 호수로 뛰어들었고, 그 바람에 카누가 심하게 흔들렸다. 나는 카누를 양손으로 붙잡고 흔들림이 멈출 때까지 버텨야 했다.

비비언이 버터를 자르는 칼처럼 물을 가르며 헤엄쳤다. 비비언의 팔 동작은 매우 *빠르고* 우아했다. 햇볕에 탄 등이 팔을 앞으로 뻗을 때마다 곧게 펴졌다. 두 팔이 리드미컬하게 움직이고, 발이 강하게 물을 찰

때마다 비비언의 몸이 앞으로 쑥쑥 나아갔다. 비비언의 머리칼이 커피 속으로 퍼지는 크림처럼 하늘거렸다. 그야말로 아름다운 인어가 헤엄치는 모습과 흡사했다.

"잠깐!" 내가 말했다. "수영을 그렇게 잘하는 줄 몰랐어."

비비언은 입꼬리를 올리면서 웃었다. 립글로스를 바른 입술이 핑크빛으로 빛났다.

비비언이 다시 물속으로 들어갔다가 입에 물을 가득 머금고 나와 입술 사이로 뿜어냈다.

"지난번에는 수영을 못해 허우적대는 바람에 테오가 가까스로 구해 주었잖아?" 내가 물었다.

"눈에 보이는 게 전부가 아니야. 그날은 내가 쇼를 좀 했을 뿐이야."

나는 그날 벌어졌던 일을 생각해보았다. 물에 빠진 비비언이 팔을 휘저을 때마다 튀어 오르던 물방울, 불안한 눈길로 그 모습을 지켜보던 아이들, 잔뜩 겁을 집어먹은 듯 왕방울 만하게 커졌던 비비언의 눈이 떠올랐다.

"난 그때 언니가 물에 빠져 죽을까봐 얼마나 걱정했는데." 내가 말했다. "거기 있던 아이들 모두 그렇게 생각했을 거야. 왜 그런 쇼를 했어?"

"쇼가 필요한 상황이었으니까. 왜, 내가 쇼를 좀 하면 안 되니?"

"사람들을 속여 놀라게 하는 건 게임과는 엄연히 다르잖아!"

비비언은 한숨을 푹 쉬더니 카누로 올라왔다. "세상에서 벌어지는 일들은 대부분 게임이야. 넌 아직 어려서 모르겠지만 내 눈에는 그렇게 보여. 게임에서 이길 수 있는 방법이 거짓말밖에 없을 때 넌 어떤 선택을 할래? 거짓말이 유일한 방법이라면 달리 선택할 이유가 없잖아?"

17

저녁 식사 시간은 고문이다. 음식이 형편없을 거라 예상했지만 오늘 따라 지나치게 맛이 없다. 저녁 식사 메뉴는 묽은 슬로피 조*에 감자튀 김이다. 나는 온종일 거의 아무것도 먹지 않았지만 감자튀김만 먹고 있 다. 감자튀김에는 기름이 잔뜩 흐른다. 현재 나의 가장 큰 관심은 어서 오두막으로 돌아가 비비언이 숨겨둔 일기장에 무슨 내용이 들어 있는 지 알아내는 것이다. 일기장을 은밀하게 보려면 혼자 있을 시간이 필요 한데 좋은 기회가 주어질지 의문이다.

저녁 식사를 건너뛰고 싶지만 가뜩이나 의심 어린 눈길을 보내는 아 이들의 호기심을 더는 부추기고 싶지 않다. 카누를 타고 호수를 건너갔 다가 돌아오는 길에 아이들은 여러 가지 곤란한 질문을 던져 나를 곤혹 스럽게 했다. 아이들은 우리가 캠프를 나서 굳이 호수 건너편까지 다녀

*간 소고기에 양파와 토마스 소스 등을 첨가한 것을 빵에 넣어 먹는 음식

온 이유에 대해 따져 물었다. 다들 내가 어렵사리 둘러댄 대답을 도저히 신뢰하지 않는 얼굴이다. 나는 아이들이 캠프파이어에 갈 때까지 비비언이 남긴 일기장을 읽는 걸 미루기로 했다.

오늘 저녁에는 리베카를 포함해 강사들과 지도교사들이 비슷한 시간에 식사하러 와서 테이블이 가득 찬다. 리베카는 다른 사람들과 조금 떨어진 곳에 홀로 앉아 휴대폰을 들여다보고 있다.

케이시는 지도교사들끼리 '잘까 찰까 살까' 게임하는 걸 흥미롭다는 듯이 지켜보고 있다. 15년 전에 나도 비비언, 내털리, 앨리슨과 자주 했던 게임이다. 그때 비비언은 게임 이름을 더욱 자극적이고 노골적으로 바꾸었다. '섹스할까 결혼할까 죽일까'로.

지도교사들이 나이팅게일 캠프에 있는 남자들을 게임에 대입시켰다. 정말이지 유치하고, 성차별적인 게임이었다.

"쳇이랑 자고, 청소부는 차고, 테오랑 결혼할래." 이름이 킴인지 제니카인지 헷갈리는 지도교사가 말한다.

"그분은 청소부가 아니라 관리인이야." 다른 지도교사가 말한다.

"그래, 가장 바람직한 호칭이 관리인이지." 케이시가 지도교사들에게 말해준다. "오래전부터 해리스 가문에서 관리인으로 일했으니까. 분위기가 좀 으스스하긴 해도 매력이 전혀 없진 않아. 난 그 사람과 잘래."

지도교사들은 다들 아연실색한 듯 입을 동그랗게 벌린다. "쳇과 테오를 마다하고요?"

"민디가 쳇이 바람피우도록 놔둘 리 없잖아." 케이시는 나를 팔꿈치로 찌른다. "테오는 오래전부터 에마가 발을 걸쳐 두고 있고."

"전혀 사실과 다르니 오해 말아요." 내가 서둘러 말한다. "테오와 난 전혀 상관없으니 신경 쓰지 말고 선택해요."

"두 분이 숲속으로 소풍 가서 점심 식사를 같이했다는 소문이 돌던데요."

테이블 끝에 앉아 있던 리베카가 그 말을 듣고 고개를 든다. 리베카는 깜짝 놀란 듯 눈을 동그랗게 뜨고 나를 바라보다가 다시 휴대폰으로 눈길을 돌린다.

"특별한 의미를 부여할 필요 없어요. 그냥 캠프와 관련해 잠시 얘기를 나누었을 뿐이니까." 내가 말한다.

"물론 그럴 테지." 케이시가 그렇게 말하더니 내게 몸을 기울이고 속삭인다. "뜨거운 얘기는 나에게만 들려줘."

그때 민디가 식당으로 들어서더니 우리가 앉은 테이블로 곧장 다가오는 모습이 보인다. 얼굴에 설핏 미소를 띠고 있지만 그다지 기분 좋은 얼굴은 아닌 듯하다. 민디는 웃으면서 낫을 휘두를 수 있는 여자다.

"안녕, 에마." 민디는 극히 건조한 목소리로 나에게 인사한다. "앞으로 오후 내내 아이들을 데리고 자취를 감추려면 미리 귀띔이라도 해주세요. 선생님이 학생들을 데리고 호수를 건너 사라졌다는 소식을 듣고 프래니가 많이 걱정했어요."

"반드시 그렇게 해야 한다는 규칙이라도 있나요?"

"규칙은 없어요." 민디가 말한다. "다만 줄곧 지켜온 관례죠."

"같은 오두막을 쓰는 아이들과 카누를 타고 호수를 건너가 봤어요. 혹시 내가 무엇을 했는지 기록해둬야 한다면 아이들과 카누를 타고 호수 건너편에 다녀왔다고 적어놓으면 되겠네요."

나는 민디도 감시카메라 건에 대해 알고 있으리라 짐작한다.

민디가 말한다. "이미 경험을 통해 잘 아시겠지만 일부 여학생들이 보이지 않을 경우 캠프 운영을 총괄 관리하는 프래니의 입장으로는 걱정이 클 수밖에 없죠."

민디는 그대로 서서 내가 어떤 말로 받아칠지 듣고 싶어 하는 눈치다. '내가 어떻게 반응하는지에 따라 상대의 태도가 달라진다.' 비비언의 전술 교과서에 나오는 내용이다. 나는 변칙적인 반응을 선택한다.

"그렇게 서 있지 말고 우리 같이 식사해요." 나는 평소와 달리 짐짓 쾌활한 목소리로 말한다. "감자튀김이 정말 맛있네요."

나는 감자튀김 하나를 집어 들고 민디를 향해 내민다. 눅눅해진 끄트머리에서 기름이 뚝뚝 떨어진다. 민디는 애써 혐오감을 감추며 감자튀김을 바라본다. 민디는 고교 시절 이후 트랜스 지방이 함유된 음식은 전혀 먹지 않았을 것이다.

"고맙지만 난 별장으로 돌아가 봐야 해요."

***

나는 아이들이 캠프파이어에 참가하려고 오두막을 나설 때까지 기다렸다가 배낭에서 과자를 꺼내 들고 침대에 눕는다. 견과류 과자를 먹으면서 비비언의 일기장을 펼친다.

첫 번째 페이지에 비비언이 손 글씨로 직접 쓴 날짜가 있다.

15년 전, 비비언이 캠프에 온 첫날이다.

나는 숨을 깊이 들이마셨다가 내뱉고 나서 비비언의 일기를 읽기 시작한다.

6월 22일

　나이팅게일 캠프에서 또 6주를 보내야 한다. '상원의원 부부'인 부모님은 내가 캠프에 가는 걸 적극적으로 바랐지만 난 전혀 달갑지 않다. 부모님은 내가 브리트니, 퍼트리샤, 케리와 함께 유럽에 가서 난잡한 시간을 보내는 대신 캠프에 가기를 바랐다. 내가 친구들과 암스테르담에 여행가서 대마초를 구하려고 디제이로 활동하는 남자아이들의 수염 덮인 입술을 빨아대는 것보다야 캠프가 훨씬 낫다고 생각했을 테니까.

　사람들은 내가 캠프를 좋아한다고 여기지만 내막을 몰라서 하는 소리다. 내게 나이팅게일 캠프는 생각만 해도 끔찍한 곳이다. 하지만 나는 캠프에 와야만 하는 이유가 있다. 아빠가 즐겨 보는 시시한 영화에 나오는 대사처럼 나에겐 아직 할 일이 남아 있다.

　내가 그 일을 잘 마무리할 수 있을까?

　이번 여름 내내 머릿속에서 맴도는 질문이다. 집에서 떠나기 전 나는 캐서린이 죽고 못 살던 8번 매직볼을 앞에 두고 물어봤다. 어떤 식으로 물어 보든 대답은 항상 예스였다.

　내일이면 몇 년째 똑같은 내용을 반복하는 F의 연설을 또 들어야만 한다. F는 10억 달러를 가진 부자인데 서민처럼 보이려고 애쓰는 모습을 보면 정말이지 애처로울 정도다. 빌어먹을! 난 어설픈 연기에 속지 않는다.

　앨리슨도 캠프에 왔다. 우리랑 오두막을 같이 사용할 네 번째 학생은 아직 누군지 모른다. 아래층 침대를 그냥 비워두었으면 좋겠다. 만약 누군가 꼭 같이 방을 써야 한다면 테오였으면 좋겠다. 맙소사, 테오는 정말 괜찮아 보인다. 느낌표 열 개는 붙여도 될 만큼.

　겉모습에 정신이 팔려서는 안돼. 넌 할 일이 있어. 테오는 그 일과 상관없다.

추가1 : 저녁 식사를 마쳤음에도 아직 네 번째 학생은 도착하지 않았다. 제발 아예 오지 않기를 빈다.

추가2 : 네 번째 학생이 방금 왔다. 겁을 주든지 친구로 삼아야 한다. 어느 쪽으로 할지 아직 결정하지 못했다.

6월 23일

오늘 새로 합류한 아이에게 친절하게 대했다. 이 캠프는 겁쟁이들이 견디기에 수월한 곳은 아니니까.

새로 합류한 아이의 이름은 '에마'다. 정말 귀여운 아이다. 어리고 순수하다. 다만 왠지 심리적으로 불안정해 보인다. 갓 태어난 새끼 고양이처럼. 에마를 보면 내가 그 나이였을 때가 생각난다. 겉으로 보기에는 '마이 리틀 포니' 같은 외모지만 잘 가르치면 정말 끝내주는 아이가 될 수도 있어 보인다. 어젯밤에는 에마가 나를 죽일 듯이 노려보며 대들었다. 그 모습을 보고 내 속이 다 짜릿했고, 크게 감동했다. 캐서린 언니가 죽은 뒤 내게 대든 아이는 에마가 처음이다. 내가 제자리를 찾아가는 것 같은 그 느낌이 그리웠다. 무리에서 유일하게 알파걸 노릇을 하는 건 힘드니까.

에마를 좋아하지만 테오를 그 아이에게 빼앗길 수는 없다. 우정은 또 다른 문제다. 내가 사는 동안 어렵게 배운 교훈이다.

양궁 수업을 마친 뒤 캠프를 수색했다. 내가 미처 가보지 못한 빅 L을 포함해 살살이 살폈다. 별장 안까지 들어가 볼 수 있었는데, 주위를 서성거리다가 케이시에게 들켰다. 다른 지도교사였다면 어떻게든 안으로 들어갔을 텐데 케이시 앞에서는 어림없다. 케이시는 이상하게 보일 만큼 캠프에 헌신적이다. 학생 때에도 자주 와놓고 두 해 연속 지도교사로 캠프에 오는 게 정말 처량 맞아 보이기도 한다.

케이시는 분명 테오에게 푹 빠진 거야. 그를 좋아하는 게 분명해.

케이시는 기회만 있으면 테오에게 적극적으로 달려든다. 작년에는 내가 테오 앞에서 애교를 떨었더니 마치 그가 자기 소유물이라도 된다는 듯이 화를 펄펄 냈다. 케이시는 그때부터 나를 캠프에서 쫓아내지 못해 안달이 났다. 애처로운 일이다.

6월 24일

캠프에 온 지 이틀째 되는 날 에마는 생전 처음 생리를 경험했다. 그 아이는 영화 〈캐리〉의 주인공처럼 피 묻은 손가락을 보여주며 나를 깨웠다. 내가 처음 생리했을 당시가 떠올랐다. 그날은 그야말로 멘붕 상태였는데 처음부터 끝까지 침착하게 챙겨준 캐서린 언니 덕분에 무사히 넘길 수 있었다.

엄마는 어디 있었냐고? 물론 술에 취해 있었지.

엄마는 내가 생리를 시작한 사실을 6개월이 지나서야 알게 되었다. 가사도우미가 귀띔해주지 않았다면 계속 모르고 지나갔을 수도 있었다.

캐서린 언니가 나에게 그랬듯이 난 힘든 상황을 겪고 있는 에마를 도왔다. 영화 〈캐리〉 식으로 말하자면 난 슈 스넬 역을 해냈다. 캐리를 도운 덕분에 슈 스넬은 끝까지 살아남았다.

6월 26일

오늘 오후, 나는 호수에서 혼신의 연기를 했다. 물에서 익사할 뻔했던 혼신의 연기. 미리 계획한 일은 아니고, 그냥 즉흥적인 연기였다. 내 연기는 오스카상을 받을 만큼 완벽했다. 지역 수영대회 접영 100미터 우승 전력이 있는 수영 선수 출신의 익사 연기는 흠잡을 데 없었다. 더욱 실감 나게 하려고 어쩔 수 없이 물을 들이켜야 했고, 물에 사는 미생물들이 내가 일기를 쓰는 지금도 배 속에서 헤엄치고 있을지 모른다. 하지만 명연기를 펼친 가치는 있었다. 내가 원하던 반응을 끌어냈으니까.

익사라는 주제로 이야기가 나온 김에 프래니의 남편 얘기를 잠깐 해보자. 올림픽에 나갈 수 있을 정도로 수영을 잘하는 선수 출신이 호수에 빠져 죽었다면 뭔가 이상하지 않은가? 당연히 이상하다.

6월 28일

빌어먹을! 빌어먹을! 빌어먹을!

드디어 빅 L 진입에 성공했다. 점심시간을 이용해 들어갔는데, 학생들과 지도교사들이 모두 식당에 가 있는 시간이었다. F와 해리스 가문 사람들은 뒷마당 테라스에서 식사하고 있었다. 그 시간이면 지켜볼 사람이 없다는 사실을 확인하고 안으로 들어갔다.

나는 F가 그곳에 뭔가를 숨기고 있을 거라 짐작했고, 당연하지만 내 예측은 빗나가지 않았다. 나는 서재에서 로티에게 발각되기 전까지 겨우 사진 한 장을 손에 넣었다. 로티는 짐짓 아무렇지 않은 표정을 지었지만 F에게 보고할 게 뻔했다. 난 지금 몹시 겁이 난다. 매우 좋지 않은 상황이다.

***

누군가 오두막 문을 두드린다. 비비언의 일기에 흠뻑 빠져 잠시 현실

세계를 떠나 있던 나는 깜짝 놀란다.

"누구세요?"

"쳇이에요. 혹시 무슨 문제라도 있어요?"

나는 비비언의 일기장을 베개 아래에 재빨리 숨기고 차분하게 말한다. "아니, 난 아주 좋은데요."

쳇이 문을 열고 안을 들여다본다. 쳇의 머리가 흘러내려 눈을 가린다. 쳇이 머리칼을 쓸어 올리며 말한다. "잠시 들어가도 될까요?"

"네, 들어와요."

오두막 안으로 들어온 쳇이 내 나무 트렁크에 앉는다. 긴 다리를 쭉 뻗고 팔짱을 낀 자세로. 생물학적으로 전혀 연관이 없음에도 쳇은 테오와 외모가 비슷하다. 두 사람 다 운동선수처럼 키가 크고 체격이 좋아 무슨 옷을 입어도 잘 어울린다. 부유한 상류층 분위기를 물씬 풍기지만 두 사람 다 해리스 집안에 입양되었다.

"캠프파이어에 오지 않아 혹시 무슨 일이 있는지 걱정되서 와봤어요." 쳇이 말한다.

"누가 보냈어요? 프래니? 테오?"

"내가 스스로 결정해서 찾아왔어요. 당신에게 말할 것도 있고 해서. 당신을 캠프에 초대하고, 오두막에 감시카메라를 설치한 건 모두 내 생각이었어요."

나는 깜짝 놀라 자리에서 일어나 앉는다. 잠시 전까지만 해도 쳇이 나를 기억하고 있는지 궁금했는데 정말 놀랄 수밖에 없는 상황이다.

"프래니의 생각이 아니었어요?"

"내가 엄마에게 그런 생각을 하도록 만들었죠." 쳇이 씩 웃는다. 매력적인 웃음이다. 테오와 쳇의 공통적인 매력이다. "감시카메라는 예방 차원에서 설치했어요. 참고삼아 말하지만 감시카메라는 내가 설치하자고 했고, 엄마와 테오는 내 주장에 설득되었을 뿐이에요. 나는 당신이 묵는 층층나무 오두막을 주의 깊게 지켜볼 필요가 있다고 생각했어요. 혹시라도 벌어질지도 모를 불상사에 대비해 미리 예방 조치를 해둔 거죠."

쳇은 충분한 예의를 갖춰 말하고 있었지만 내가 캠프에서 벌어진 사건 때문에 한동안 정신과 치료를 받은 사실을 알고 있고, 그 사실을 염두에 두고 있다는 걸 알 수 있다. 이런 식이면 이번 주말이 되기 전에 캠프에 온 사람들 모두가 내가 지난날 벌어진 일에 충격을 받아 정신과 치료를 받은 사실을 알게 될지도 모른다.

"너무 기분 나쁘게 생각하지 말아요." 쳇이 말한다. "당신은 부당하게 감시당하고 있다는 느낌을 받았을 거예요. 그 심정 충분히 이해하고, 그 점은 정말 미안하게 생각해요. 나 말고 우리 가족 모두가 미안해하고 있어요. 원한다면 벤을 시켜 당장 카메라를 철거하도록 할게요."

나는 당장 감시카메라를 철거하라고 요구하고 싶지만 오늘 아침 샤워장에서 벌어진 일—아니 벌어졌을지도 모르는 일—을 생각하면 당분간 그대로 두는 편이 나을 것 같다.

"감시카메라는 그냥 두어도 괜찮아요." 나는 쳇에게 말한다. "그 대신 왜 나를 캠프에 초대할 생각을 했는지 말해주었으면 해요."

"그 사건 이후 당신이 경찰 조사를 받을 때 테오 형이 사라진 아이들과 깊은 관련이 있었다고 진술한 것 때문이에요." 쳇이 말한다. "난 당신이 왜 그런 진술을 했는지 궁금했고, 다시 만나면 이유를 듣고 싶었어요."

나는 경찰 조사를 받을 때 테오가 사라진 아이들과 뭔가 관련 있어 보인다고 진술했고, 이후에도 그 말을 취소하지 않았다. 내가 그렇게 진술한 이유는 테오를 의심할 만한 나름의 근거가 있었기 때문이다. 그 이후에도 진술을 철회하지 않은 이유는 내가 테오에게 고통을 가한 건 분명한 사실이지만 적어도 거짓 진술을 하지 않았고, 만약 사과할 경우 내 진술이 거짓이었다고 인정하는 것이나 다름없었기 때문이다. 그 생각은 여전히 유효하고, 사과할 마음이 없다.

"나는 진술을 번복할 생각이 없고, 사과할 필요성을 느끼지 않아요." 나는 말한다. "다만 내 의도와는 달리 내 진술 때문에 테오 선생님이 겪은 고통에 대해서는 몹시 안타깝게 생각해요."

쳇은 한 손을 들어 올리더니 좌우로 내젓는다. "사과를 받자고 당신을 캠프에 초대한 건 아니었어요. 당신이 우리의 초대를 받아들여 캠프에 와 있다는 사실만으로도 충분히 의미 있으니까."

내가 나이팅게일 캠프에 다시 와주길 간곡히 바란 프래니의 뜻을 이제야 알 수 있을 듯했다. 프래니는 내가 캠프에 다시 참가하면 지난날처럼 안전하고 즐거운 명소로 거듭나게 될 거라고 했다.

"내가 참가한다고 사람들이 캠프가 안전한 곳이라고 생각할까요?"

"당신도 알다시피 테오 형은 한동안 매우 힘든 시간을 보냈어요. 경찰은 계속 형을 용의선상에 올려두고 범행을 자백하라고 압박을 가했죠. 형이 범행을 저질렀다는 아무런 증거도 없는데 비비언의 아버지는 형을 범인으로 몰았고, 언론 역시 범죄자 취급했어요. 형은 견디기 힘든 날들을 보냈고, 사람들의 따가운 시선 때문에 더는 하버드대학에 다닐 수 없게 되었죠. 그 이후로 형은 약과 술에 빠져들었어요. 실종사건이 터진 지 딱 일 년이 된 7월 4일 독립기념일에 형은 대형 사고를 저질 렀어요. 뉴포트에서 열린 파티에 갔다가 약에 취한 형이 페라리를 운전 하다가 나무를 들이받은 거예요."

나는 그제야 테오의 뺨에 난 상처의 원인을 알게 되었다.

"형이 목숨을 건진 건 기적이었죠." 쳇이 말을 잇는다. "그야말로 운 이 좋았지만 나는 사실상 형이 자살을 시도했던 거라고 생각해요. 형은 인정하지 않았지만 몇 달 동안 차라리 죽길 바라는 사람처럼 자신을 내 팽개치고 살았으니까요. 사고 이후 다행히 형은 점차 정신을 차리기 시 작했고, 시설에서 6개월을 보내고 나서 하버드로 돌아갈 수 있게 되었 어요. 계획보다 2년 늦긴 했지만 결국 목표했던 의사가 될 수 있었죠. 모든 일이 정상궤도로 회복되기 시작하면서 우리 가족들 역시 과거에 더는 얽매이지 말고 새로운 길을 걷기로 했어요. 어머니와 형은 내가 너무 어려서 아무것도 기억하지 못한다고 생각하지만 전혀 아니죠. 난 모든 일을 생생하게 기억해요. 난 비록 어렸지만 내 유일한 형제가 끔 찍한 고통을 겪는 모습을 가까이에서 지켜보았고, 앞으로도 결코 잊을 수 없을 거예요."

쳇은 말을 멈추고 깊게 숨을 들이마신다.

"테오 선생님이 그처럼 심한 고통을 겪었는지 미처 몰랐어요. 비록 늦었지만 이제라도 진심으로 사과하고 싶어요." 난 여전히 내 진술이 잘못되었다고 인정하지는 않았다. 다만 테오가 내 진술 때문에 겪은 고 통을 외면할 수는 없었다.

"난 아직도 당신이 왜 형을 범인으로 지목했는지 그 이유를 모르겠어 요." 쳇이 말한다. "이미 지난 일이고, 우리가 힘겨운 날들을 견뎌내고,

다시 평범한 일상을 찾은 사실이 무엇보다 중요하지만요. 우리가 과거에 사로잡혀 있다면 이 캠프를 다시 열 생각은 못 했겠죠. 내가 털어놓은 말을 너무 기분 나쁘게 받아들이지 않았으면 해요."

나는 기분 나쁜 정도가 아니라 불쾌하다. 얼마나 화가 치미는지 쳇을 똑바로 바라볼 수 없어 말없이 바닥만 내려다보고 있다.

"당신이나 우리 모두 이제 그 일에 더는 발목 잡혀서는 안 되잖아요." 쳇이 자리에서 일어서며 말한다. "이제 과거는 모두 잊고 미래로 나아가야죠. 당신을 만나면 그 얘기를 해주고 싶었어요. 우리가 다시 캠프에 모인 이유이기도 하죠. 이 캠프가 우리 모두에게 도움이 되길 바라요."

18

　나는 쳇이 돌아간 뒤 다시 비비언의 일기장에 빠져든다. 쳇이 나에게
한 말이 오히려 긴장을 풀어준다. 테오는 시설에서 6개월을 보냈고, 나
또한 그랬다. 나이팅게일 캠프를 떠나고 나서 우리가 일 년 동안 겪은
고통의 과정은 거의 비슷했다. 유일한 차이가 있다면 우리가 맞닥뜨린
악마가 달랐을 뿐이다.

　내가 맞닥뜨린 악마는 비비언, 테오 앞에 나타난 악마는 나다.

　테오가 겪은 고통은 없던 일이 될 수 없다. 15년 전에 바로 잡을 기
회가 있었지만 이미 지나갔다. 다만 비비언, 내털리, 앨리슨이 실종된
비밀을 밝혀낼 수 있다면 앞으로 나는 트라우마에 시달리지 않을 수 있
다. 테오에 대한 여전한 의심 또한 한방에 날려버릴 수 있다. 테오가 모
든 혐의를 벗고 자유로워져야 나도 이 캠프에서 놓여날 수 있다.

　나는 비비언의 일기장을 펼친 다음 다시 내용에 집중한다.

6월 29일

내가 옳았다. 로리는 F에게 말했고, 점심 식사 후 F는 나에게 미친 듯이 화를 냈다. 심지어 F는 상원의원(아버지)에게 전화하겠다며 위협했다.

그 인간이 그런다고 눈 하나 깜짝할 것 같아? 그 인간은 내 일에 털끝만큼도 관심이 없어.

F는 내게 사생활의 경계를 존중할 필요가 있다고 했다. 나는 사생활의 경계 따위는 당신의 가랑이에 밀어 넣으라고 말해주고 싶었다. 나는 고개를 숙이고 있었고, 끝내 그 말을 내뱉지 못했다.

나쁜 소식 : F는 뭔가 의심하고 있다.

좋은 소식 : 나는 이제 곧 F의 지저분한 비밀을 찾아낼 수 있다.

나는 진실을 안다. 정말 무섭다.

7월 1일

에마에게 말해줄까 생각 중이다. 내게 무슨 일이 벌어질 수도 있는 가능성에 대해 누군가에게 말해둘 필요가 있을 것 같다.

7월 2일

에마에게 말하지 않기로 했다. 내가 사정을 털어놓으면 에마가 위험해질 수 있다. 나는 입으로 말하는 대신 에마를 숲속 비밀 창고에 데려가 힌트만 주기로 했다. 작년 여름, 본격적으로 이 조사를 시작할 수 있는 단서가 되어준 물건을 보여줄 경우 에마는 흥미를 보일 것이다. 내가 캠프에서 쫓겨날 수도 있는 상황에 대비한 조치이다. 에마에게 힌트를 주면 내가 시작한 일을 계속 이어갈 수도 있다. 에마가 그럴 필요성을 느낀다면 충분히 가능한 추측이다.

결국 내 예상이 옳았다는 걸 확인했다. 에마는 흥미를 보였으니까. 내가 상자를 열자마자 에마의 눈이 호기심으로 빛났다.

난 에마에게 내가 수영을 잘한다는 사실을 보여주었다. 에마가 반드시 알고 있어야만 하는 사실이다. 첫 번째, 내 시신(신이여, 용서하소서)이 호숫가로 밀려올 경우 에마는 경찰 조사 때 내가 수영을 매우 잘한다고 진술해야 하니까. 두 번째, 에마는 사람들이 말하는 모든 걸 무조건 믿어서는 안 된다는 사실을 배워둘 필요가 있으니까. '두 진실, 한 거짓 게임'은 그냥 시시한 게임이 아니다. 사람들이 어떻게 살아가고 있는지 엿볼 수 있게 하는 게임이다. 세 번째, 나는 에마의 가슴을 아프게 할 필요가 있다. 어쩌면 이미 마음에 금이 가 있을지도 모른다.

내가 추측한 대로 에마는 나에게 단단히 화났다. 당연한 일이고, 에마는 오늘 하루 종일 나를 무시하며 지내고 있다. 정말 마음 아프다. 에마에게 해주고 싶은 말이 많다. 인생은 결코 호락호락하지 않다는 것. 인생이 나에게 주먹을 날리기 전에 내가 먼저 날려야 한다는 것.

에마는 자기만이 부모로부터 존중받지 못한다고 생각한다.

에마는 언니가 죽은 지 2개월 만에 상원의원 부부(부모)가 워싱턴 D.C.로 떠나버리고 뉴욕에 홀로 남겨진 기분이 어떤지 알 수 있을까? 버림받은 기분이란 그런 거야.

에마가 하루만 뿌루퉁한 기분으로 지내다가 잊었으면 좋겠다.

내가 내일 꽃을 주면 에마는 다시 나를 좋아할 거야.

7월 3일

1800년대 여자들이 정신병원에 간 이유는?

히스테리, 고집, 부도덕한 행위, 색정증, 질투, 나쁜 친구 사귀기, 자위, 소설 읽기(!), 말발굽에 머리를 차였을 때.

말발굽에 머리가 차인 걸 빼고, 과거 기준으로 볼 때 요즘 여자들은 모두 정신병자다. 여자들을 정신병자로 모는 건 남자들이 여자를 짓누르는 나름의 방식이었다. 여자들이 마음에 들지 않을 경우 미치광이로 몰아 정신병원에 보내버리면 그만이었으니까. 여자들이 남편과 잠자리를 해주지 않아도 정신병원에 보냈다. 섹스를 좋아해도 정신병원에 가둘 이유가 되었다.

추가1

다들 지금은 시대가 바뀌었으니 그런 일이 벌어지지 않을 거라고 믿겠지? 캐서린 언니가 죽은 뒤 상원의원은 날 가두려고 했다. 내가 언니의 죽음을 추모하는 게 잘못이라도 되는 듯이. 내 슬픔이 정신질환이라도 되는 듯이.

모든 여자는 미쳤다. 미친 사실을 감추지 못하면 위험하다.

150.97768 WEST

164

마지막 거짓말

이제 난 망했어. 내가 일기장을 꺼내놓은 걸 깜박한 거야. 캠프파이어에 갔다가 돌아왔더니 내털리와 앨리슨이 내 일기를 읽고 있었어. 그다지 놀랍지는 않았지. 그 아이들은 이번 주 내내 내 일기장을 엿보려고 기회를 노렸으니까. 훔쳐보는 재미가 나름 쏠쏠했을 거야. 내털리의 허벅지가 너무 두꺼워 레슬러처럼 보인다거나 앨리슨의 얼굴이 너무 창백해 알비노처럼 보인다는 말을 쓰지 않아서 얼마나 다행인지 몰라. 그 아이들이 자기에 대해 쓴 내 일기를 봤더라면 얼마나 끔찍했을지 생각만으로도 아찔해.

나는 지금 쓰고 있는 페이지를 펼친 채로 두어 내털리와 앨리슨이 자기들에 대해 쓴 부분을 읽도록 내버려둘까 유혹을 느꼈지만 곧 단념했어. 일기장을 꼭꼭 숨겨두는 게 최선이라는 결정을 내렸지. 일기장을 오두막에 두는 건 이제 전혀 안전하지 않아.

추가

일기장아, 새로운 집에 온 걸 환영해. 너를 어디에 숨겨두었는지 잊지 않도록 지도를 그리고 있어.

7월 4일

호수를 건너 여기까지 오는 데 오전 절반이 흘렀어. 되돌아가려면 더 오랜 시간이 걸릴 거야. F가 이미 내가 사라진 사실을 눈치챘을지도 몰라. 그 여자는 어디에나 밀고자를 두고 있으니까. 케이시에게 지시해 매일 밤 내가 무얼 하고 있는지 거듭 체크하라고 했을 거야.

이제 좀 더 있으면 일일이 신경 쓸 필요가 없는 문제들이야.

내가 비밀을 찾아냈으니까. 그 마지막 한 조각이 모든 이야기를 하나로 연결시켜주고 있어.

이제야 비로소 무슨 일인지 감이 잡혀. 나는 진실을 알고 있고, 어떤 방식으로 폭로할지가 고민되는 문제일 뿐이야.

한 가지 예기치 않은 문제가 생겼어. 내털리와 앨리슨이 나랑 함께하고 싶어 해. 난 그 아이들한테 모든 사실을 털어놓을 작정이야. 왜냐하면 그 아이들이 돕지 않으면 나 혼자서는 이 일을 마칠 수가 없으니까. 나 혼자서도 충분히 가능할 거라 생각했는데 아니었지.

그냥 이대로 포기하고 모든 걸 잊을 수도 있겠지. 그런 일이 결코 없었다고 치부하고 아무 일도 없었다는 듯이 살아갈 수도 있을 거야. 그런 일을 겪은 사람들 대부분이 포기를 선택했겠지.

그들은 끔찍한 잘못을 저질렀고, 마땅히 책임져야 해. 그들에게 책임을 물어야 정의가 실현되는 거야. 그런 일을 복수라고 하든 인과응보라고 하든 전혀 관심 없어.

나는 그들이 저지른 잘못을 추궁하고 싶을 뿐이야. 그냥 무시하고 넘길 수 없는 일이야. 반드시 바로 잡아야 해.

난 체질적으로 이런 일을 그냥 넘기지 못해.

그래서 난 무서워.

19

비비언이 쓴 일기는 여기까지다. 일기장의 3분의 2는 아무것도 쓰지 않은 공백이다. 혹시 뒤에 일기가 더 있을지도 모른다고 생각해 한 페이지씩 들춰보았지만 더는 없다.

일기를 읽고 나자 머리가 혼란스럽고, 어지럽고, 겁이 난다. 비비언은 뭔가를 찾고 있었다. 난 비비언이 찾고 있는 게 무엇이고, 무엇을 찾아냈는지 모른다. 비비언이 그린 지도는 이 일기장에 먼저 그린 다음 나중에 뜯어낸 것으로 보인다. 일기장을 숨긴 장소에 대한 일기와 7월 4일 일기 사이 한 페이지가 일기장에서 떨어져나간 상태다. 배낭에서 지도를 꺼내 찢어진 페이지에 맞춰보니 딱 맞는다.

일기를 처음부터 다시 꼼꼼하게 읽어보며 의미를 되새겨보려 하지만 이해가 되지 않는 부분이 많다. 비비언은 늘 자신의 생각을 숨기지 않고 명확하게 밝히는 아이였다. 그런 비비언이 뭔가를 비밀로 간직했어야만 했던 이유가 뭔지 궁금했다. 이번에는 비비언의 일기를 마지막 문장부터 시작해 거꾸로 읽어나간다.

그래서 난 무서워.

서로 알고 지낸 시간은 짧았지만 비비언은 내 앞에서 늘 솔직한 감정을 드러냈고, 무엇이든 두려워하지 않았다. 마지막 일기는 7월 4일 아침에 썼고, 두 가지 새로운 의문이 고개를 든다.

비비언이 두려워한 건 무엇일까?

일기에 적은 날짜로 판단해보건대 비비언은 7월 3일 밤에 일기장을 땅에 묻은 것 같다. 추측컨대 비비언은 다른 아이들이 세상모르고 자고 있을 때 오두막을 빠져나갔을 것이다. 비비언은 그 전날 밤에도 몰래 밖에 나갔다가 돌아온 적이 있다.

내가 그 사실을 기억하는 이유는 수영과 관련해 거짓말한 비비언에게 단단히 화가 나 있었기 때문이다. 비비언이 거짓말을 한 이유가 특히 화를 돋우었다. 테오가 내게 관심을 보이는 걸 차단하려고 비비언은 물에 빠지는 쇼를 벌인 것이다. 테오가 내게 수영을 가르치면서 가끔 두 팔로 안거나 격려의 말을 속삭이자 비비언은 견딜 수 없어 물에 빠진 시늉을 했다. 테오가 나에 대한 관심을 거두고 자길 봐주길 바라면서.

그날 난 단단히 화가 나 비비언을 보고도 알은체하지 않았다. 그날 저녁 식사 시간에는 비비언이 알려준 대로 가장 늦게 식당에 갔고, 혼자 앉아 음식을 먹었다. 미지근한 미트로프와 식어서 딱딱해진 감자 요리가 전부였다. 캠프파이어 시간에 나는 내 또래 아이들 사이에 앉았다. 캠프파이어가 끝나자마자 오두막으로 돌아와 곧장 침대에 누웠다. 내털리와 앨리슨은 두 진실, 한 거짓 게임을 했고, 비비언은 아직 돌아오지 않은 상태였다. 나는 계속 눈을 감고 자는 척했다.

비비언은 오두막 안으로 몰래 들어오려고 했지만 세 번째 마루 널빤지가 삐걱거리는 바람에 실패했다. 나는 눈앞이 흐릿해 보였지만 자리에서 일어나 앉았다. *"어디 갔다 와?"*

"화장실에 다녀오는 길이야." 비비언이 말했다. *"혹시 내가 이 시간에 화장실에 가는 것도 마음에 안 드니?"*

비비언은 그 말을 하고 나서 곧장 침대로 올라갔다.

다음 날 아침 일어나보니 내 머리맡에 작은 꽃다발 하나가 놓여 있었다. 꽃잎이 파란색인 물망초로 꽃잎들 한가운데에서 노란색 별이 빛났다. '나를 잊지 말아요.'가 물망초의 꽃말이라는 건 나도 알고 있었다.

꽃다발을 내 나무 트렁크에 넣어두었다. 비비언이 꽃다발을 가져다 두었다고 말한 적은 없지만 나는 알았다. 비비언이 화해하고 싶다는 뜻으로 두고 간 선물이라는 걸. 나는 비비언을 용서하고 다시 좋아하게 되었다.

비비언은 내 감정을 잘 알았다. 비비언이 나에 대해 쓴 일기를 읽다보면 어떻게 내 감정을 그토록 정확하게 감지하는지 놀라울 정도다. 비비언의 일기에서 부모에 대해 써놓을 글을 읽고 나서야 나는 비로소 그 마음을 이해할 수 있었다. 비비언과 내가 성장기에 겪은 일들은 유사한 점이 많았다. 자녀에 대한 관심과 애정은 늘 뒷전이고 일만 앞세우는 부모를 두었다는 점이 그랬다. 나는 부모의 무관심 속에서 언제나 외롭고 쓸쓸했기에 누군가에게 조금이라도 관심을 받으면 기쁨을 느꼈다. 그러니 캠프 주변에서 꺾어 만든 물망초 꽃다발 정도면 마음이 쉽게 풀어질 수밖에. 비비언도 나처럼 꽃다발 하나 정도면 마음을 푸는 편이었다.

일기장을 더 읽다보니 많은 의문점이 생긴다.

나는 비비언이 정신질환에 대해 써둔 부분을 펼친다. 비비언이 쓴 일기 가운데 나를 뼛속까지 뒤흔드는 부분이다. 글을 읽으면 마치 비비언이 내게 직접 말하듯이 느껴진다. 비비언은 마치 내가 정신병원에 입원해 고생하게 되리라는 걸 미리 예측한 것 같다는 기분이 든다.

비비언은 왜 그런 내용을 찾아본 걸까? 그리고 어디서 알게 되었을까?

비비언이 그 일기를 썼던 날을 생생히 기억한다. 나는 캠프에서 사용하는 민트그린 색 포드를 타고 시내에 나가는 길이었다. 테오가 운전석, 비비언이 오른쪽에 앉아 있어 그 사이에 앉은 나는 몸이 꽉 낀 상태였다. 테오는 운전을 하느라 다리를 벌리고 있어 그의 단단한 허벅지가 계속 내 다리를 접촉했다. 테오의 다리가 밀착될 때마다 심장이 요란하게 뛰었다. 시내에 도착했을 때 비비언이 구입할 물건이 있다고 말하면서 혼자 자리를 뜰 때만 해도 그다지 신경 쓰지 않았다.

나는 일기장을 넘긴다. 비비언이 적어둔 여러 개의 숫자가 적혀 있다.

150.97768 WEST

164

처음에는 그 숫자들이 지도에서 어느 특정한 위치를 가리킨다고 생각했는데 휴대폰의 나침반 앱을 확인해보니 150도는 남동쪽을 가리킨다는 걸 알게 되었다. 그렇다면 위치를 나타내는 숫자가 아니라는 뜻이다. 무슨 뜻인지 정확하게 아는 사람은 비비언뿐이겠지만 왜 숫자를 써두었는지 이유가 궁금하다. 어쨌든 일기를 보는 동안 비비언이 나를 한 걸음씩 앞으로 나아가도록 한다는 느낌을 받는다. 비비언이 오래전에 알아냈던 비밀을 내가 알 수 있길 바란다는 느낌이 든다.

내가 휴대폰 카메라로 숫자들을 촬영하려는 순간 오두막 문이 열리더니 미란다, 크리스틸, 사샤가 안으로 들어선다. 아이들이 갑자기 나타나는 바람에 나는 일기장을 베개 아래로 숨긴다. 이번에는 동작이 재빠르지 못해 아이들이 내가 무얼 숨겼는지 눈치챈 듯하다.

"갑자기 뭘 숨긴 거예요?" 사샤는 베개 아래로 삐죽 나온 일기장 모서리와 내가 아직 손에 들고 있는 휴대폰을 번갈아보며 묻는다.

"아무것도 아니야."

"이상해요." 미란다가 말한다. "선생님은 조금 전 포르노를 보다가 들킨 사람처럼 허둥댔어요."

"포르노라니, 말도 안 돼." 나는 잠시 말을 멈추고 아이들의 표정을 살핀다. 아이들은 내 말을 전혀 믿지 않는 눈치이고, 나는 성가신 질문을 더 많이 받게 될까봐 진실의 일부를 말해주기로 한다. "난 지금 숫자를 해독하려고 해. 일종의 암호지."

미란다의 얼굴이 수수께끼를 풀 생각에 금세 환해진다. "어떤 암호인데요?"

나는 휴대폰으로 찍은 사진을 흘끔 보고 나서 숫자를 읽어준다. "150.97768 WEST라고 하면 무슨 뜻 같아?"

"간단하네요." 미란다가 말한다. "듀이십진분류법이잖아요. 도서관에 있는 책들을 보면 그런 식으로 번호가 붙어 있어요."

"확실해?"

미란다는 자못 억울하다는 표정으로 나를 바라본다. "선생님, 왜 그러세요? 제가 이래봬도 인생의 절반을 도서관에서 보냈다는 걸 알아두세요."

미란다의 말대로라면 비비언이 시내에 도착하자마자 테오와 나를 남겨두고 혼자 쇼핑하러 간다면서 어딘가로 갔을 때 도서관에 들렀을지도 모른다. 도서관에서 원하던 책을 찾아냈고, 그 책의 분류번호를 일기장에 적어둔 것인지도.

비비언의 일기에 가서는 안 될 곳에 갔다는 내용이 있다. 일기에 빅 L로 표기해놓은 부분은 캠프의 별장이고, F는 프래니다. 그 정도는 누구나 쉽게 알 수 있다. 안타깝게도 비비언은 가서는 안 될 곳에 가서 무얼 찾아냈고, 무얼 어렵사리 훔쳐냈는지 적어두지 않았다.

비비언이 남긴 일기가 나를 불안하게 만든다. 별장을 기웃거리는 비비언을 발견한 프래니의 반응을 생각하자 온몸에 한기가 돈다. 내가 아는 프래니는 절대로 그런 행동을 할 사람이 아니다. 그래서 나는 혹시 비비언이 과대망상에 빠진 건 아닌지 의심해본다. 게다가 비비언이 무슨 일이 벌어질 경우에 대비해 나에게 모든 사실을 말해주고 싶다고 쓴 글을 보면 마음이 애잔해진다.

나는 이제 곧 F의 지저분한 비밀을 찾아낼 수 있다.

비비언이 일기에 써놓은 글을 보면 뭔가 끔찍한 일이 있었는데, 그 일이 프래니와 연관되어 있다거나 어두운 비밀과 관련되어 있다는 증거는 아직 찾아내지 못했다는 뜻이다.

나는 진실을 알아.

비비언, 내털리, 앨리슨에게 무슨 일이 벌어졌는지 알아낼 가능성이 조금이나마 커졌다. 그 대신 내 뱃속에서는 단단한 고통의 덩어리가 만들어지고 있다. 걱정이 눈덩이처럼 커진다. 나는 비비언도 일기장에 마지막 문장을 쓸 때 지금 내가 겪고 있는 감정을 느꼈으리라 생각한다.

그래서 난 무서워.

나 역시 무섭다.

나도 모르는 사이에 내가 뭔가 불길한 일, 아니 위험한 상황에 맞닥뜨렸을지 모르기 때문이다. 나는 오랜 세월 궁금해하던 사실들에 대해 답을 얻어내려 하고 있다. 나는 이렇게 계속 비밀을 캐내지만 어렵사리 알아낸 내용이 마음에 들지 않을지도 몰라 두렵다.

20

꿈에 비비언이 등장한다. 왠지 영화처럼 보이는 장면이다. 아버지가
아직도 일요일 오후에 즐겨 보는 범죄영화의 한 장면 같다. 비비언은
내 그림 속 등장인물처럼 숲속을 뛰어다닌다. 그러다가 황량한 섬에서
가위를 들고 있다. 마지막으로 카누를 탄 비비언이 힘차게 노를 저어
수면 위를 가득 채운 안개 속으로 들어간다. 안개는 무섭게 소용돌이치
면서 비비언을 덮친다.

나는 캠프에 울려 퍼지는 기상 음악 소리를 듣고 잠에서 깨어난다.
놀랍게도 밤새 한 번도 깨지 않고 모처럼 단잠을 잤다. 내 눈썹이 파르
르 떨리며 아침 햇빛을 맞는다. 미처 눈을 다 뜨기도 전에 나는 오두막
의 하나뿐인 창문에서 누군가 안을 엿보고 있다는 걸 알아차린다.

순간적으로 숨이 막혀 호흡을 가다듬는 사이 창문의 그림자는 어디
론가 사라진다. 눈으로 추적해봤지만 대단히 빨라 누군지 알 수 없다.

그림자가 사라지고 나서야 나는 침을 꿀꺽 삼키고 나서 숨을 돌린다. 아이들을 깨워 괜히 겁먹게 하고 싶지 않다. 언제 잠이 깼는지 사샤가 맞은편 침대 위층에서 눈을 가늘게 뜨고 나를 바라보고 있다. 사샤도 창문에 붙어 있던 누군가를 보지 못했다는 걸 알 수 있다. 사샤는 베갯 잇처럼 하얘진 얼굴로 침대에 앉아 있는 나를 주시한다.

"얼굴이 창백해요." 사샤가 말한다.

"나쁜 꿈을 꾸었어."

"어느 책에서 봤는데 잠들기 전에 뭔가 먹으면 악몽을 꾼대요."

"아, 그래? 좋은 정보네." 나는 일기장 때문에 비비언이 등장하는 꿈을 꾸게 된 사실을 잘 알면서도 그렇게 말한다.

창문에 붙어 있던 그림자는 분명 꿈이 아니다. 샤워장에서 벌어졌던 일은 내 상상이거나 햇빛의 장난일 수도 있다. 하지만 방금 전 창문에 붙어 있다가 사라진 그림자는 내 눈으로 직접 보았다.

누군가 *창문 밖*에서 오두막 안을 살피고 있었어.

나는 내 뒤를 캐고 있는 누군가의 존재를 느낀다. 창문 밖에서 윙윙거리는 소리가 난다. 내 심장이 그 소리에 반응해 빠르게 뛴다.

누군가 샤워장에서 나를 훔쳐보고, 오두막 안에 고의적으로 까마귀들을 집어넣고, 오두막 밖에 감시카메라를 달고, 조금 전에는 창문 밖에서 나를 지켜보고 있었다.

몸이 떨리고 살갗이 따끔거린다. 아이들이 없다면 비명을 내지르고 싶다. 나는 침대에서 빠져나와 창문 쪽으로 걸어간다.

"어딜 가시게요?" 사샤가 속삭인다.

"화장실."

물론 사샤를 진정시키려고 던진 거짓말이다. 여전히 심장이 뛰고, 몸이 덜덜 떨리지만 나는 밖으로 나가 혹시 창문 근처에 누군가 있는지 확인해본다. 이미 10여 명의 여학생들이 기상 음악 소리를 듣고 오두막을 빠져나와 비틀거리는 걸음으로 하루를 시작하고 있다. 아이들은 나를 보자마자 멈춰 서더니 내 얼굴을 빤히 바라본다. 머리를 한쪽으로 기울이거나 완전히 놀란 표정을 짓고 있다. 여학생 몇몇이 추가로 소동에 참가하더니 똑같은 행동을 한다. 아침 첫 담배를 손가락 사이에 끼우고 지나가던 케이시도 동참한다.

　그 순간 나는 알아차린다. 그들은 나를 보고 있는 게 아니다. 그들의 시선은 내 뒤쪽 오두막을 향해 있다. 나는 다른 사람들이 보고 있는 걸 나도 보길 원하는지 확신하지도 못하면서 천천히 돌아선다. 조금 두렵고 놀란 표정을 짓는 걸 보니 별로 좋지 않은 일이라는 느낌이 든다. 하지만 호기심은 내 몸을 계속 돌게 만들었고, 결국 나는 층층나무 오두막의 앞을 보고 선다.

　출입문에 빨간색 페인트가 칠해져 있다. 아직 미처 마르지도 않은 상태다. 나무 문 위로 흘러내리는 붉은 페인트가 마치 핏자국처럼 보인다. 대문자로 크고 진하게 쓴 페인트 글씨는 갈비뼈 사이를 파고드는 칼처럼 날카롭다.

거짓말쟁이

프래니가 연설을 하려고 여학생들로 가득 찬 식당 앞에 서 있다.

"제가 실망했다고 말한다면 매우 절제된 표현일 겁니다." 프래니는 말한다. "나이팅게일 캠프에서는 그 어떤 기물 파손도 허용될 수 없습니다. 기물 파손을 한 당사자는 즉시 짐을 꾸려 캠프에서 떠나야 합니다. 하지만 여러분들 모두 캠프에 온 지 며칠 되지 않았고, 어쩌면 아직 모든 규칙을 숙지하지 못했을 수도 있습니다. 층층나무 오두막 출입문에 페인트로 글씨를 쓴 사람은 어서 앞으로 나오세요. 지금 나오면 책임을 묻지 않고 계속 캠프에 머물 수 있도록 하겠습니다. 만일 지금 나오지 않았다가 나중에 발각될 경우 평생 이 캠프를 방문하지 못하도록 조처하겠습니다. 페인트를 칠한 사람이 있으면 당장 나와 사과하세요. 그러면 더 이상 잘못을 묻지 않겠습니다."

침묵이 흐르는 가운데 가끔 기침 소리와 식당 의자를 끄는 소리만이 들려온다. 어느 누구도 층층나무 오두막 문에 페인트를 칠한 사실을 선뜻 털어놓지 않는다.

나는 페인트를 칠한 사람이 누군지 반드시 알아내야 한다. 나는 문 옆에 서서 학생들의 얼굴을 찬찬히 바라본다. 대부분 불만이 가득한 표정으로 고개를 푹 숙이고 있다. 크리스털과 사샤는 결백하기에 두려울 게 없다는 듯 눈을 크게 뜨고 앞을 바라보고 있다. 미란다는 범인이 누군지 반드시 밝혀내겠다는 듯이 화난 얼굴로 학생들의 표정을 일일이 살펴보고 있다.

로티와 테오, 쳇, 민디도 학생들처럼 식당에 와 있다. 민디는 눈에 불을 켜고 좌중을 둘러보는 나를 향해 눈살을 찌푸린다. 내가 캠프 분위기를 부드럽게 하고자 애쓰는 민디의 계획을 공식적으로 망친 셈이니까.

"저의 실망감이 자꾸 커지고 있습니다." 프래니는 제법 오랜 시간이 흐른 뒤에 말한다. "아침 식사 후 여러분들 모두는 각자의 오두막으로 돌아가길 바랍니다. 우리가 상황을 정리할 때까지 오전 수업은 취소하 겠습니다."

프래니는 그 말을 끝으로 식당을 나간다. 로티가 내 어깨를 톡톡 두 드리더니 말한다. "에마, 우리랑 같이 가자."

나는 로티를 따라 미술공예관으로 향한다. 해리스 가족이 모두 안으 로 들어서자 로티가 문을 닫는다. 오두막 문에 칠한 페인트를 본 순간 부터 왼손의 떨림이 멈추지 않고 있다. 내 손목을 감싸고 있는 새들이 달가닥거린다.

"에마, 혹시 누가 그런 짓을 저질렀는지 의심이 가는 사람이 있니?" 프래니가 묻는다.

"그런 사람은 없어요."

가장 중요한 단서는 지금 층층나무 오두막 문에서 지워지고 있는 페 인트 글씨인지도 모른다. 범인은 학생이 아니라 이 방에 있는 누군가일 수도 있다. 하지만 내 직감은 이 방에 있는 어느 누구도 범인이 아니라 고 말하고 있다. 해리스 가족은 나를 다시 캠프로 부른 사람들이다. 이 캠프의 주인인 해리스 가족이 그런 장난을 칠 까닭이 없다. 날 쫓아내 고 싶으며 당장 떠나라고 하면 그만일 테니까.

나는 누군가 창문에 달라붙어 오두막 안을 염탐했다는 이야기를 프래 니에게 털어놓아야 할지 잠시 고민한다. 프래니가 과연 믿을 수 있는 인 물인지 확신이 서지 않는다. 지금 이 자리에 있는 사람들 모두 내가 확 실한 증거를 확보하지 않는 한 무슨 말을 한들 믿어주지 않을 것 같다.

프래니는 작은아들 쳇에게로 고개를 돌린다. "카메라를 확인해봤니?"

"네." 쳇은 머리칼을 쓸어 넘기며 말한다. "카메라에 아무것도 찍히지 않은 게 이상해요. 아주 작은 움직임만 감지해도 카메라는 즉시 녹화를 했어야 마땅하거든요."

"누군가 분명 오두막 밖에 있었어요." 내가 말한다. "저절로 페인트 글씨가 써질 리 없잖아요."

"지금은 카메라가 정상적으로 작동하니?" 프래니는 점점 날이 서가는 내 목소리와 달리 차분하게 묻는다.

"네, 지금은 작동하고 있어요." 쳇이 대답한다. "간밤에 카메라가 제대로 작동하지 않았다면 누군가 미리 손을 댄 거라고 볼 수밖에 없어요. 사다리를 타고 올라가 센서에 테이프를 붙여두면 되니까요."

"혹시 녹화된 영상이 남아 있지 않을까?" 테오가 말한다.

쳇은 고개를 저으며 말한다. "카메라는 밤 9시에 자동으로 작동되었다가 새벽 6시에 꺼지도록 설정되어 있어. 누군가 밤 9시가 되기 직전에 카메라에 손을 댔고, 새벽 6시에 녹화 파일을 빼냈다는 뜻이야."

그 순간 프래니는 특유의 짙은 녹색 눈으로 나를 바라본다. 살짝 흐려지긴 했지만 여전히 프래니의 눈길에 갇혀버린 느낌이 든다.

"혹시 다른 사람에게 카메라에 대해 얘기한 적 있니?"

"아뇨. 하지만 제가 말하지 않는다고 사람들이 전혀 모를 거라고 단정할 수는 없지 않을까요? 누구든 저처럼 우연히 카메라가 설치된 걸 알아차릴 수도 있으니까요."

"페인트로 쓴 글씨에 대해 이야기해보죠." 테오가 말한다. "페인트의 출처를 알 수만 있다면 범인을 찾을 수도 있을 것 같은데요."

"에마가 그림을 그리니까 페인트를 가장 쉽게 구할 수 있지 않나요?" 민디가 큰 소리로 말한다.

"캔버스에 그림을 그릴 때는 페인트가 아니라 유화 물감을 써요." 나는 너무나 황당한 주장이라 민디를 쏘아보며 말한다. "유화 물감은 페인트와 달리 아래로 흘러내리지 않아요. 출입문에 쓴 글씨는 아크릴 도료 페인트로 쓴 것 같아요."

"그 페인트는 주로 어디에 쓰지?" 테오가 묻는다.

나는 케이시의 작업 공간이 있는 곳을 바라본다. 그곳에 캐비닛과 온갖 재료들이 놓여 있다.

"주로 공예작품을 만들 때 사용하죠." 내가 말한다.

나는 둥근 테이블을 돌아 벽면에 붙여놓은 캐비닛으로 다가간다. 캐비닛 문을 열자 플라스틱 페인트 통이 가득 들어 있다. 반투명 플라스틱이어서 페인트 색깔을 알 수 있다. 빨간색이 가장 많다. 근처 쓰레기통을 살펴보니 중간 크기 붓이 버려져 있다. 빨간색 페인트가 붓에 묻어 있다.

"여길 보세요." 내가 말한다. "누군가 여기 있는 페인트와 붓으로 오두막 출입문에 글씨를 써놓은 것 같네요."

"오늘 아침 일찍 누군가 여기에 몰래 들어와 페인트와 붓을 가져다가 오두막 출입문에 글씨를 썼다는 뜻이네." 테오가 말한다.

"어제 마지막으로 나간 사람이 깜박 잊고 문을 잠그지 않았다면 모를까 평소대로라면 문이 잠겨 있었을 거예요." 로티가 말한다.

"열쇠는 누가 가지고 있죠?" 쳇이 묻는다.

"열쇠는 나와 프래니 그리고 벤이 갖고 있어요." 로티가 말한다.

"로티와 내가 그런 짓을 할 리 없잖아." 프래니가 말한다. "벤은 페인트 글씨가 발견되었을 때 이미 출근한 이후였고."

"그렇다면 문이 열려 있었다는 뜻이네요." 테오가 말한다.

"어제 모두들 점심 식사를 하러 갔을 때 에마가 다른 작업 공간을 기웃거리는 걸 봤어요." 민디가 말한다.

좌중의 시선이 내게로 쏟아졌고, 나는 별안간 풀이 죽는다. 나는 뒤로 한 걸음 물러서다가 의자에 걸려 풀썩 주저앉는다. 민디는 잔뜩 찡그린 얼굴로 나를 바라본다.

"내가 오두막 문에 페인트로 글씨를 써놓았다고 생각하세요?" 내가 묻는다. "도대체 무슨 이유로 내가 그런 짓을 했다고 보는데요?"

"지금껏 당신이 보여준 행동만 봐도 이유는 충분히 설명되지 않을까요?"

그 말을 내뱉은 사람은 민디지만 이 자리에 있는 모두의 머릿속에 똑같은 생각이 떠올랐을 수도 있다. 비록 민디처럼 입 밖으로 내뱉지는 않았지만 눈빛을 보니 모두들 그렇게 묻고 있는 듯하다. 그들이 나를 용서했을 수는 있어도 신뢰하는지 여부는 또 다른 문제이다.

"난 에마를 믿어요. 이제부터 우리가 해야 할 일은 누가 이런 짓을 했는지 찾아내는 겁니다." 테오가 말한다.

캠프에 있는 누군가가 끊임없이 나를 살피고 있다. 샤워장에서 나를 몰래 훔쳐보고, 오두막에 까마귀 세 마리를 집어넣고, 창가에서 오두막 안을 엿보고, 출입문에 페인트로 글씨를 쓴 사람이 있다.

그는 누구인가?

모두들 자리를 뜨고 있지만 나는 의자에서 꼼짝달싹할 수가 없다. 테오가 밖으로 나가기 전에 뒤돌아서서 나를 걱정스레 바라본다.

"괜찮아?" 테오가 말한다.

"괜찮지 않아요."

나는 내 캔버스에서 물감으로 채색해주길 기다리는 비비언, 내털리, 앨리슨의 모습을 떠올린다. 내가 캠프에 다시 온 이유 가운데 하나는 그들이 등장하는 그림을 계속 그릴 수 없기 때문이다. 그들에게 무슨 일이 있었는지 알아낼 수만 있다면 나를 옭아매고 있는 부담감을 떨쳐버릴 수 있으리라 생각했다. 최대한 빨리 그들이 사라진 비밀을 밝혀내야 한다.

"잠시나마 캠프를 벗어나고 싶어요."

"어디로 가고 싶은데?" 테오가 묻는다.

"시내." 나는 비비언의 일기장과 책을 떠올리며 말한다.

15년 전

트럭이 오래되다 보니 라디오의 수신 상태가 좋지 않았다. 트럭의 스피커에서 흘러나오는 음악에 온갖 잡음이 섞여 들려왔다. 유일하게 수신 가능한 라디오 채널에서는 계속 컨트리 음악만이 흘러나왔다. 모처럼 나이팅게일 캠프를 벗어난 우리의 짧은 외출에 스틸 기타와 바이올린 소리가 동반자로 자리했다.

"시내에 나가 뭘 사야 한다고?" 테오가 트럭이 캠프 출입문을 통과하고 나서 물었다.

"위생용품이 필요해요." 비비언이 말했다. "여자들이 쓰는 물건."

"그래, 이제 대충 뭔지 알겠어." 테오가 고개를 주억거리며 말했다. "넌 뭐가 필요하니, 에마?"

"난 그냥 동행하는 거예요."

전혀 예상하지 못한 외출이었다. 나는 물망초 꽃다발에서 떨어진 꽃가루가 손에 묻어 씻으려 하고 있었는데 내털리와 앨리슨이 나타났다.

"비비언이 좀 보자는데." 앨리슨이 말했다.

"왜?"

"이유는 말하지 않았어."

"어디 있는데?"

내털리는 미술공예관 쪽으로 고갯짓을 해보이고 나서 식당으로 들어갔다.

미술공예관으로 갔더니 비비언과 테오 그리고 민트색 픽업트럭이 있었다. 비비언은 차 안에 앉아 있었고, 테오는 팔짱을 끼고 차창에 몸을 기대고 서 있었다.

"얼른 타." 테오가 말했다.

나는 둘 사이에 끼어 앉았다. 울퉁불퉁한 비포장도로를 달리는 동안 테오의 허벅지가 계속 내 다리에 닿았다. 운전대를 돌릴 때면 테오의 팔뚝에 난 솜털이 내 살갗을 간질였다. 그럴 때마다 심장이 두근거리고 온몸이 감전이라도 된 듯 찌릿했다. 시내로 가는 동안 길이 구불구불해 그런 상황이 계속 반복되었다. 시내라고는 해도 중심도로가 있는 자그마한 마을이었다. 오래된 상점들과 빨간색, 하얀색, 파란색이 섞인 깃발을 포치에 걸어둔 모습이 보였다. 우린 내일 아침에 마을 중심도로를 통과하는 퍼레이드가 있고, 밤에는 불꽃놀이가 열린다는 안내문을 붙여놓은 공보 게시판 앞을 지났다.

테오는 트럭을 세웠고, 나는 차에서 내려 쭈그리고 있던 몸을 풀었다. 비비언이 도로 건너편 잡화점을 향해 걸어가며 말했다. "한 시간쯤 개인적인 볼일이 있으니까 나중에 봐요."

마지막 거짓말

"한 시간?" 테오가 되물었다.

"모처럼 쇼핑도 하고, 잠시 혼자만의 자유시간을 가져보려고요. 선생님과 에마는 어디 가서 점심을 먹든지 해요."

비비언은 그 말을 하고 나서 잡화점 안으로 사라졌다. 밖에서 보니 비비언은 선글라스 판매대 앞에 멈춰 서서 하트 모양 선글라스를 써보고 있었다.

테오가 나를 보며 물었다. "배고프니?"

나는 고개를 끄덕였다.

우리는 식당에 들어가 창가 자리에 앉았다. 테오는 치즈버거와 감자튀김, 바닐라 밀크셰이크를 주문했다. 밀크셰이크만 빼고 나도 테오와 같은 음식을 시켰다. 비비언이라면 절대로 먹지 않을 음식이었다. 음식이 나오길 기다리는 동안 나는 도로를 오가는 차들을 물끄러미 바라보았다.

테이블 맞은편에 앉은 테오를 볼 때마다 그가 샤워하는 모습을 훔쳐보던 기억이 떠올랐다. 테오는 내가 몰래 훔쳐보고 있다는 사실을 전혀 모르고 샤워에 열중했다. 그때 생각만 하면 얼굴이 저절로 뜨거워졌다.

주크박스에서 흘러나오는 오래된 노래를 들으며 나는 테오와 단둘이 시간을 보낼 수 있게 된 건 비비언이 의도적으로 준비한 작전이라는 느낌이 들었다.

"캠프에서 지낼만해?" 테오는 음식이 나오자 물었다.

"네, 재미있어요." 나는 감자튀김을 조금 깨물며 말했다.

"어머니가 들으면 정말 좋아하실 대답이네."

테오가 햄버거를 크게 한 입 베어 물었고, 입가에 케첩이 묻었다. 나는 얼른 손가락으로 닦아주려다가 참았다. "나도 캠프 생활을 좋아하는데 안타깝게도 올여름이 마지막이 될 것 같아. 내년에는 병원에서 인턴으로 근무해야 하니까."

"의사가 되려고요?"

"소아과의사가 되고 싶어."

"사람들의 병을 치료하는 건 정말이지 대단한 일이라고 생각해요."

"넌 커서 뭐가 되고 싶니?"

"화가가 되고 싶어요."

그림에 흥미를 느끼긴 했지만 사실 그때까지 내 장래 직업을 화가로 정한 적은 없었다. 그냥 테오가 화가라는 직업을 좋아할 것 같아 그렇게 둘러댔을 뿐이다.

"에마 데이비스, 화가 이름으로 제격이네." 테오가 나를 향해 씽긋 웃어 보였고, 나는 두 다리가 떨릴 만큼 가슴이 설렜다. "네가 화가가 되어 전시회를 열면 꼭 갈게."

테오의 그 말이 내 인생 계획을 결정했다고 해도 과언이 아니다. 우린 캠프가 끝나도 서로 연락을 주고받으며 자주 만나고, 사랑하는 사이로 발전하고, 함께 미래를 꿈꾸고, 내 열여덟 번째 생일에 첫 섹스를 하게 될 것이다. 로맨틱한 촛불을 밝힌 방에서. 내가 미대에 진학할 때쯤 테오는 레지던트 생활을 마치고 본격적으로 의사의 길을 걷게 된다. 우리는 축복 속에 결혼하고, 모두가 부러워하는 커플이 된다.

내 머릿속에서 그런 시나리오가 그려졌다. 그 당시에는 너무 순진한 탓에 현실에서도 충분히 가능한 일이라고 생각했다. 나는 나이에 비해 조숙하고 나름 똑똑한 아이라고 믿었으니까.

테오가 밀크셰이크를 마시려고 할 때 내가 먼저 몸을 숙여 빨대를 빨았다. 나도 모르게 불쑥 저지른 짓이었고, 경망스러운 행위였다. 내 얼굴이 빨대에 남은 복숭앗빛 립글로스처럼 빨개졌다. 나는 거기에서 그치지 않았다. 단 1초라도 진지하게 생각했다면 도저히 해서는 안 될 짓을 했다. 나는 괜히 마음이 들떠 생각하길 포기했고, 마음이 바라는 대로 즉각 행동으로 옮겼다. 눈을 감고 입술을 내밀어 테오와 키스하자 혀에서 느껴지던 바닐라 맛이 입술까지 퍼졌다. 테오의 숨결은 뜨거운 반면 입술은 차가웠다. 따뜻하고, 차갑고, 달콤하고, 떨리는 느낌이 합쳐져 내 몸을 한없이 들뜨게 했다.

키스를 하고 나서 나는 눈을 뜰 수 없었다. 테오의 무덤덤한 반응을 보고 실망해 가슴 설레는 마법의 순간을 너무 일찍 끝내고 싶지 않았다.

테오가 부드러운 말투로 마법의 순간에 종지부를 찍었다. "정말 기분 좋은 느낌이었어. 하지만……."

"키스를 어떻게 하는지 궁금했어요." 나는 불쑥 그렇게 말했다. 눈은 여전히 제대로 뜨지도 못한 상태였고, 심장이 요동치다가 아예 뒤틀리는 느낌이었다. "그러니까 마음에 담아둘 필요 없어요."

테오는 말없이 몸을 의자 등받이에 기댔고, 그제야 눈을 뜬 나는 창문 쪽으로 고개를 돌렸다.

비비언이 시야에 들어왔다. 비비언의 갑작스러운 등장에 나는 몹시 당황했다. 비비언이 착용한 선글라스에 식당 유리창이 비쳤고, 입가에 번진 미소가 모든 걸 말해주고 있었다. 우리가 잠시 전 무얼 했는지 다 보았다는 뜻이었다.

21

시내에 다녀올 핑계를 찾다가 깜박 잊고 챙겨오지 않은 알레르기 약을 사러 다녀와야 한다고 둘러댔다. 이번에는 어쩔 수 없이 거짓말을 했다. 그렇게 둘러대야 층층나무 오두막에 잠시 들러 배낭과 비비언의 일기장을 챙겨갈 수 있으니까. 오두막 문에 쓴 페인트 글씨는 이미 지워버린 상태다. 문에서 나는 테레빈유 냄새가 코를 찌른다.

테오는 15년 전처럼 민트색 픽업트럭을 타고 운전해 시내로 가고 있다. 핸들을 한 손으로 잡은 테오는 다른 팔을 창문 밖으로 내밀고 있다. 조수석에 앉은 나는 나이팅게일 캠프를 떠나는 순간부터 숲에 시선을 고정시키고 있다. 나뭇가지 사이로 빛이 반짝인다. 테오가 내가 담당 형사에게 털어놓은 진술 때문에 극심한 고통을 받았다는 사실을 알게 된 이후 단둘이 있게 된 건 처음이다. 나는 테오를 어떻게 대해야 할지 알 수가 없다. 병원에서 6개월 지낼 때 테오도 나처럼 몹시 외로웠을지, 얼굴의 상처를 볼 때마다 내가 떠오르는지 궁금하지만 침묵이 적절해 보인다.

트럭이 울퉁불퉁한 비포장 구간을 지날 때 덜컹덜컹 흔들리며 서로의 다리가 닿는 바람에 나는 차창이 있는 쪽으로 멀찍이 떨어져 앉는다.

"미안해요. 나 때문에 큰 고통을 겪었다고 들었어요." 내가 어렵사리 침묵을 깨고 말한다.

긴장되고 혼란스러운 기분이다. 테오도 답답한 침묵을 견디기 힘들었는지 불쑥 말한다. "그냥 돌아가면 안 될까?"

나는 몹시 혼란스러워 이맛살을 찌푸린다. "캠프로 돌아가자는 뜻이에요?"

"15년 전, 우리가 캠프에서 처음 마주친 그 순간으로 돌아갔으면 좋겠다는 뜻이야." 테오는 짐짓 우리가 처음 만난 순간처럼 환한 미소를 지어 보인다.

테오는 역시 관대한 사람이다. 어쩌면 그가 운전하던 차가 나무를 들이받고 전복되는 순간 모든 고통과 분노도 날려버렸을지도 모른다. 어쨌든 테오는 나보다 포용력이 큰 사람이다. 타인 때문에 고통을 받게 되면 나는 복수심에 불타는데 테오는 분노를 삭이려고 애쓴다.

테오는 우리가 처음 만났던 그 순간으로 돌아가고 싶다고 하지만 정리되지 않은 과거는 현재에 찰싹 달라붙어 있다. 아직 의문투성이인 과거는 우리 뒤를 졸졸 따라오고 있다.

시내는 15년 전과 크게 달라진 곳이 없어 보인다. 잡화점 건물 입구를 장식했던 삼색 깃발이 보이지 않을 뿐이다. 폐업한 상점 두 곳이 중심가의 분위기를 망가뜨리고 있고, 사라진 식당 대신 던킨도너츠가 입

주해 있다. 잡화점은 그대로 남아 있지만 가맹점으로 바뀌어 건물의 외장에 가게 이름이 빨간 글씨로 요란하게 장식되어 있다.

"잡화점에 갔다가 도서관에 잠깐 들렀다가 가려고요. 업무용 메일을 확인해야 하거든요. 캠프에서는 와이파이가 잘 터지지 않아 메일을 확인하기 힘들어요."

나는 내 계획을 조심스레 말한다.

테오가 내 말을 받아 말한다. "그럼 도서관에서 한 시간 후에 보는 것으로 해."

테오는 트럭의 시동을 걸어둔 상태로 나를 지켜보고 있다. 나는 그리 바쁠 것도 없으면서 서둘러 잡화점 안으로 들어간다. 돌아갈 때 잡화점에서 산 물건을 담은 쇼핑백이 없으면 테오가 의아하게 여길 수도 있는 만큼 뭔가 구입할 게 없는지 매장을 휘둘러본다. 휴대폰 보조 배터리가 눈에 들어와 네 개를 구입했다. 내가 하나를 사용하고, 나머지는 같은 오두막에서 지내는 아이들에게 줄 생각이다. 프래니는 결코 알 수 없다. 혹시 알아차린다고 해도 신경 쓰지 않는다.

계산대 앞에 선 나는 회전 판매대에 걸린 선글라스들을 발견한다. 계산대 앞 거울을 통해 손님들은 선글라스를 쓴 자신의 모습이 잘 어울리는지 볼 수 있다. 회전 판매대를 둘러보고 있는데 눈에 익은 선글라스가 휙 지나간다.

빨간 플라스틱, 하트 모양 테.

오래전 비비언이 시내에서 산 선글라스와 동일한 제품이다. 그날 나는 차를 타고 캠프로 돌아가는 동안 비비언이 무슨 생각을 하고 있는지 궁금했다. 그때 비비언은 머리칼이 바람에 흩날리고 있음에도 아랑곳하지 않고 창문을 통해 바깥을 하염없이 내다보고 있었다.

나는 선글라스를 착용하고 판매대 거울을 보며 잘 어울리는지 확인한다. 나보다는 비비언에게 더 잘 어울리는 선글라스가 분명하다.

나는 잡화점에서 구입한 보조 배터리들을 배낭에 집어넣는다. 선글라스를 머리카락에 고정하고 가장 중요한 행선지인 도서관으로 향한다. 도서관은 중심도로에서 한 블록 안쪽에 있다. 도서관 안으로 들어선 나는 긴 테이블 앞에 앉은 노인들을 지나 안내데스크로 향한다. 친절한 성품인 사서 다이애나가 내게 논픽션 코너를 가리켜 보인다. 나는 곧 150.97768 WEST를 찾아 책을 뒤적인다.

놀랍게도 조현병과 조현병 치료에 관한 서적을 모아둔 선반에 문제의 책이 끼워져 있다. 책의 주제부터 이미 나를 불편하게 만든다. 책 제목이 《어두운 시대 : 1800년대의 여성 그리고 조현병》이고, 저자는 어맨더 웨스트다.

하얀 바탕 표지에서 검은 글씨 제목이 도드라져 보인다. 책을 처음 출간한 1970년대 분위기를 물씬 풍긴다. 책은 내가 한 번도 들어본 적 없는 대학교 출판부에서 나왔는데 비비언이 이 책의 존재를 어떻게 알게 되었는지 궁금할 따름이다.

나는 한적한 구석 자리로 가서 책을 펼친다. 책을 선반에 다시 꽂아두고 밖으로 걸어 나가 테오와 함께 캠프로 돌아가고 싶은 유혹을 느꼈지만 결코 그럴 수는 없다.

비비언이 이 책에서 무얼 봤는지 찾아내야 한다.

첫 번째 페이지에서 젊은 여인의 오래된 사진을 발견한다. 여인의 다리에는 뼈와 피부만 남아 있고, 뺨은 수척하고 머리칼은 헝클어졌지만 눈빛만큼은 강렬하게 빛나고 있다. 부릅뜬 눈은 사진사에게 자신의 처지를 널리 알려달라고 애걸하는 것 같다.

나는 충격을 받아 쏟아져 나오던 공기가 목에 걸려 기침을 토한다.

사진 아래에 희미해서 더 슬퍼 보이는 설명이 붙어 있다. *성명 미상의 정신병원 환자, 1887.*

더는 사진을 보고 있을 수 없어 다음 페이지로 넘긴다. 나도 사진을 잠깐밖에 보지 못한 사람들 가운데 하나가 된다. 수많은 사진과 짜증 나는 글이 있다. 남편에게 학대당해서, 가족들이 원하지 않아서, 사회가 그들을 격리하길 원해서 시설에 갇힌 여성들의 이야기가 나온다. 일상적인 구타, 굶주림에 대한 하소연, 몇 달 동안 햇빛을 보지 못해 피부를 철선솔로 문지른 얘기도 들어 있다.

환자들의 끔찍한 모습을 볼 때마다 나는 숨이 막히면서 내가 얼마나 운이 좋은 사람인지 새삼 느낀다. 나도 백 년 전에 태어났더라면 이 책에 나오는 여자들 가운데 하나가 되었을 수도 있다. 책에 등장하는 여자들 대부분은 생이 다하는 순간까지 슬픔과 혼란 속에서 고통받았지만 내 조현병 증세는 일시적이었고, 지금은 거의 치료되었다.

30분 동안 책을 훑어보다가 164페이지를 펼친다. 비비언이 일기장에 써둔 페이지다. 한 페이지를 다 채운 사진이 있다. 백 년 전에 찍은 사진답게 흐릿한 모습이다. 정신병원에 갇힌 이름 모를 여인들의 사진과 달리 이 사진은 빅토리아 시대 양식 건물 앞에 서 있는 한 남자를 소개하고 있다.

젊은 남자는 키도 크고 몸집이 두툼하다. 매끈하게 다듬은 콧수염과 검은 눈동자의 소유자로 한 손은 모닝코트 옷깃을 잡고 있고, 다른 손은 조끼 주머니에 넣은 모습이다. 뒤쪽으로 보이는 3층 높이 벽돌 건물 꼭대기 층에 지붕창이 나 있고, 굴뚝처럼 생긴 작은 탑들이 지붕을 꾸미고 있다. 창문은 아치형이고, 지붕의 작은 탑 꼭대기에 수탉 모양 풍향계가 설치되어 있다. 건물 왼쪽의 추가로 증축한 부분은 1층으로 되어 있고, 창문도 없고, 잔디도 고르게 정리되어 있지 않다.

담쟁이덩굴이 건물을 타고 오르고 있고, 햇빛이 비치는 창문은 불투명해 보인다. 에드워드 호퍼의 그림 〈철길 옆의 집〉을 떠올리게 하는 풍경이다. 영화 〈사이코〉에서 범인이 등장하는 집도 그 그림에서 영감을 얻었다는 설이 있다. 세 건물 모두 평범하면서도 뭔가 으스스한 분위기를 풍긴다.

사진 아래에 설명이 붙어 있다.

〈피스풀 밸리〉에서 포즈를 취한 찰스 커틀러 박사. 1898년.

병원 이름이 15년 전 기억을 되살려낸다. 숲으로 간 비비언과 나는 상자의 바닥에 새겨진 〈피스풀 밸리〉라는 글씨를 본 적이 있다.

〈피스풀 밸리〉

그 당시 그 이름을 보고 궁금해했던 게 기억난다. 비비언도 분명 궁금하게 여겨 〈피스풀 밸리〉가 뭔지 알아보려고 도서관을 찾아가게 되었을 것이다. 그 결과 비비언은 〈피스풀 밸리〉가 정신병원이라는 사실을 알아냈을 것이다.

그 당시 비비언도 지금 나처럼 크게 놀랐을까? 나는 비비언도 눈앞에 펼쳐진 책을 보면서 어떻게 의료용 가위가 든 상자가 〈피스풀 밸리〉 정신병원에서 미드나이트 호수까지 밀려오게 되었을지 몹시 궁금했을 것이다.

가슴이 뛰고 두 다리에 경련이 인다. 누군가 책의 두 단락에 연필로 밑줄을 그어놓은 부분이 눈에 들어온다. 아마도 비비언이 그랬을 공산이 크다. 비비언은 필요하다면 도서관의 책에도 밑줄을 그을 수 있는 성격이었으니까.

***

19세기 말이 되면서 정신질환에 시달리는 환자들을 치료하는 문제를 두고 새로운 모색이 이루어졌다. 도시에 위치한 정신병원은 빈곤층 환자들로 붐볐고, 병원 환경과 수용 시설 개선에 대한 발전적 모색이 이루어지고 있다고는 해도 환자들은 여전히 비참한 환경을 감수해야 하는 처지였다. 게다가 제대로 의료 교육을 받은 적도 없고, 급여도 신통찮은 정신병원 간호사들이 환자들을 지나치게 가혹하게 다루고 있는 실정이었다.

돈 많은 부자들은 환경이 극도로 열악한 정신병원 대신 저명한 의사들이 개인적으로 개설해 운영하는 정신병원을 이용하는 추세였다. 흔히 정신병원이 아니라 휴양센터로 알려진 곳으로 추문이 퍼져나갈 위험이 없는 한적한 시골의 숲속에 자리하고 있었다. 부자들은 툭하면 사고를 치거나 말썽을 피우는 자제들을 휴양센터에 보내 보살핌을 받게 하는 경우도 허다했다.

일부 진보적인 의사들은 휴양센터 시설을 일반인들에게도 개방해 병원의 서비스 격차를 줄여야 한다고 주장했다. 그런 진보적인 의사들 가운데 찰스 커틀러 박사는 뉴욕과 보스턴의 정신병원에서 근무한 경력이 있는 인물이었다. 그는 도시의 공공 병원에서 가장 열악한 의료 서비스를 받고 있는 환자들을 모아 법적인 보호자 신분을 획득한 다음 뉴욕 북부에 위치한 〈피스풀 밸리〉 정신병원에 수용했다. 뉴욕에서도 악명 높은 정신병원 의사가 쓴 일기에 따르면 찰스 커틀러 박사는 부자들뿐만 아니라 가난한 여성들을 치료해줄 수 있는 병원을 설립하고자 애써왔다고 했다.

내가 책에서 읽은 이 부분이 비비언이 일기에서 언급한 내용이 틀림없지만 이 글이 프래니와 어떤 관련이 있는지 아직 감이 잡히지 않는다.

비비언은 왜 프래니가 정신병원 문제와 깊은 관련이 있다고 생각했을까?

그 질문에 대한 답을 찾아내려면 비비언처럼 별장을 뒤져봐야 한다. 로티가 나타나 방해하기 전 비비언은 서재에서 분명 뭔가를 발견했다. 그게 뭔지는 몰라도 비비언은 서재에서 발견한 뭔가를 토대로 도서관에서 이 책을 찾아 읽게 되었다.

'*빵 조각으로 지나온 길을 표시해야 해.*' 비비언이 내게 했던 말이 생각난다. '*그래야 돌아갈 때 길을 찾기 쉽지.*'

비비언이 나를 위해 남긴 흔적만으로는 만족스럽지 않다. 나는 누군가의 도움이 더 필요하다.

휴대폰을 꺼내 마크의 전화번호를 누른다. 마크는 즉시 전화를 받았지만 주변의 소음 탓에 목소리가 제대로 들리지 않는다. 마크의 뒤쪽에 음식 만들기에 열중하는 요리사들의 모습이 보인다.

"많이 바쁜 시간인가봐?"

"점심시간이라 난리야." 마크가 말한다. "딱 1분 정도 통화가 가능해."

나는 곧바로 용건을 말한다. "뉴욕 공공도서관에서 사서로 일하는 사람과 사귄 적 있지?"

"그래, 그 친구 이름이 빌리야. 약간 멍청한 친구인데 맷 데이먼처럼 잘 생겼지."

"아직 그 사람과 연락하고 지내?"

"가끔 연락해. 도대체 뭐가 그리 궁금해서 도서관 사서인 그 친구가 필요하다는 거야?"

"당신이 빌리에게 뭔가 부탁하면 흔쾌히 들어줄까?"

"아마 들어줄 거야."

"혹시 〈피스풀 밸리〉 정신병원에 대해 들어봤어?"

"갑자기 정신병원 이야기가 왜 나와? 당신이 가 있는 캠프와 정신병원이 도대체 무슨 관계인데 그래?"

나는 비비언이 쓴 일기장 이야기를 들려준다. "비비언이 사라지기 전에 뭔가 대단한 비밀을 찾아낸 것 같아. 누군가 외부로 새어 나가면 절대로 안 되는 비밀을 꼭꼭 숨겨두고 있었는데 비비언이 찾아냈겠지."

"모르긴 해도 지난날 정신병원이라면 숨기고 싶은 비밀이 많았을 거야."

마크는 휴대폰을 얼굴 가까이 가져간다. 내 눈에 보이는 건 가늘게 뜬 마크의 한쪽 눈뿐이다.

"당신 지금 어디 있어?"

"동네 도서관이야."

"지금 당신을 지켜보는 사람이 있어." 마크는 휴대폰을 더욱 가까이 가져간다. "누군지 모르지만 정말 *잘생긴* 사람이야."

내 눈은 휴대폰 아래쪽 구석으로 향한다. 테오가 3미터 정도 떨어진 곳에서 팔짱을 끼고 이쪽을 바라보고 있다.

"이제 그만 끊어야 해." 나는 마크에게 그렇게 말하고 전화를 끊는다.

테오의 얼굴은 호수처럼 잔잔해 무슨 생각을 하고 있는지 감정을 읽을 수 없다.

"이제 그만 돌아갈까?" 테오는 아무런 감정도 드러나지 않는 목소리로 말한다. "아직 볼일이 더 남았어?"

"아니, 다 끝났어요."

나는 책을 원래 있던 서가에 꽂아두고 소지품을 챙긴다. 책의 내용들은 내 기억 속에 고스란히 입력되어 있다.

도서관에서 나오는 길에 나는 선글라스를 착용한다. 오후의 강렬한 햇볕이 내리쬐고 있기도 했지만 테오 앞에서 내 표정을 숨기기 위해서다. 테오의 표정은 내가 마크와 이야기를 나누는 모습을 본 뒤로 한 번도 바뀌지 않았다.

"선글라스가 멋지네." 테오는 트럭에 오르면서 말한다.

"고마워요." 테오의 말이 칭찬처럼 들리지는 않았지만 나는 의례적으로 고맙다고 인사한다.

우리는 어색한 침묵을 유지하는 가운데 캠프로 돌아간다. 테오는 사교적인 태도가 몸에 밴 사람이라 웬만해서는 어색한 분위기를 만들지 않는다. 비비언의 일기장이 나를 편집증에 빠뜨린 것인지도 모른다. 비비언, 내털리, 앨리슨에게 벌어진 일을 생각하면 약간의 편집증은 그리 나쁘지 않을 수도 있다.

캠프에 가까이 다가와서야 테오는 침묵을 깬다. "그해 여름과 관련해 물어볼 말이 있어."

나는 테오가 언젠가 내 진술에 대한 말을 꺼내리라 예상했다. 그 문제는 우리 사이에 가로놓인 철조망이다. 괜히 손을 뻗었다가는 날카로운 가시에 찔려 상처를 입을 수도 있다. 나는 대답 대신 비비언이 자주 그랬듯이 창문을 내리고 머리를 헝클어뜨린다.

"우리가 이 픽업을 타고 시내에 함께 갔던 날 기억나?" 그 말을 한 테오가 얼굴을 간질이며 지나가는 따뜻한 바람 속으로 한숨을 푹 내쉰다.

"내가 식당에서 선생님 입술에 키스한 날인데 당연히 기억하죠."

테오는 피식 웃었지만 나는 웃을 수 없다. 내 어린 시절의 가장 수치스러운 기억 중 하나이다.

"넌 그냥 호기심 때문에 키스했다며 얼렁뚱땅 넘어갔지." 테오는 턱수염을 문지르며 무슨 말을 해야 할지 잠시 생각한다. "넌 장난이었을지 몰라도 난 그때 기분이 정말 좋았어. 그 당시 네가 어린 학생만 아니었다면 내가 더 열정적인 키스로 응했을 거야."

나는 갑자기 그날처럼 대범해진다. 선글라스 때문인지 좀 더 직설적이 되는 게 가능하다.

"그럼 지금은 어때요?"

테오가 미술공예관 건물 뒤 공터에 트럭을 세운다.

"지금은 뭐?"

"난 이제 어린 학생이 아니잖아요. 지금 내가 키스하면 열정적으로 받아줄 용의가 있어요?"

테오의 얼굴에 미소가 번진다. 마치 15년이라는 시간을 거슬러 올라간 느낌이다. 테오는 열아홉 살이고, 세상에서 가장 잘생긴 남자다. 나는 열세 살이고, 테오에게 흠뻑 빠져 있다. 테오를 흘끔거리며 볼 때마다 심장이 폭발할 듯이 요동친다.

"네가 그때처럼 키스하면 그 질문에 대한 답을 알게 될 거야." 테오가 말한다.

테오가 활짝 웃으면서 입술을 벌리고 키스하길 기다리는 자세를 취한다. 나는 키스하는 대신 차에서 내리며 말한다. "지금은 키스하기에 적절한 때가 아닌 것 같아요."

지금은 테오에게 신경 쓰느라 집중력을 떨어뜨릴 시점이 아니다. 비비언이 찾아내려고 했던 게 뭔지 서서히 윤곽이 드러나고 있는 이때 키스 문제로 집중력을 흐트러뜨려서는 안 된다. 키스 상대가 아무리 테오라고 해도. 내가 테오와의 키스를 간절히 바라왔다고 해도.

22

그날 저녁 층층나무 오두막 룸메이트들과 식당 밖 야외 테이블에서 함께 저녁을 먹는다. 다들 층층나무 오두막 출입문에 페인트로 글씨를 쓴 사람이 누군지 궁금해한다. 아이들 사이에서 '거짓말 게이트'라는 명칭까지 붙었다. 내가 생각하기에도 케이시와 리베카를 비롯한 다른 강사들도 페인트 사건과 관련된 이야기를 나누고 있을 테니 밖에서 식사하는 편이 훨씬 낫다. 그들과 이야기를 나눌 기분이 아니다.

"오늘 오후에 어디 갔었어요?" 사샤가 묻는다.

"시내에 다녀왔어."

"왜요?"

"왜긴?" 미란다가 쏘아붙인다. "선생님은 잠시나마 캠프에서 벗어나고 싶었을 거야."

사샤가 미트로프와 으깬 감자를 담은 쟁반 위로 날아다니는 파리를 손을 저어 쫓으며 말한다. "캠프에 온 학생이 그랬을까?"

"강사님들 가운데 그런 짓을 할 사람이 있을까?" 크리스털이 말한다.

"어떤 아이들은 에마 선생님이 범인이라고 주장해요." 사샤가 말한다.

"그 아이들이 잘못 짚은 거야." 내가 말한다.

미란다의 표정이 굳는다. 미란다는 엉터리 주장을 편 아이들을 혼내 줄 준비가 된 표정으로 말한다. "에마 선생님이 오두막 문에 *거짓말쟁이*라고 쓸 이유가 없잖아."

"그럼 다른 사람은 그럴 만한 이유가 있어?" 사샤가 묻는다.

미란다는 내가 미처 대답하기도 전에 까칠하게 말한다. "그냥 원래부터 나쁜 년들이 있기 마련이지."

저녁을 마치고 나는 아이들에게 일회용 보조 배터리를 나누어준다. "급할 때 사용해." 나는 아이들이 스냅챗, 캔디크러쉬 그리고 크리스털이 좋아하는 슈퍼히어로로 영화를 볼 때 보조 배터리가 유용하게 쓰일 것을 알면서도 그렇게 말한다. 아이들은 보조 배터리를 받게 되어 무척이나 기쁜 듯 다들 캠프파이어에 가면서 기분 좋은 표정을 짓는다.

캠프파이어장은 오두막에서 멀리 떨어진 숲속의 둥근 풀밭에 자리 잡고 있다. 원형 풀밭 한가운데에 모닥불을 피우는 자리가 만들어져 있다. 우리가 도착했을 때는 이미 모닥불이 활활 타오르고 있고, 불길에 휩싸인 통나무들이 천막처럼 삼각형 형태를 이루고 있다.

우린 모닥불 근처 벤치에 함께 나란히 앉는다. 쳇이 학생들에게 꼬챙이에 꿴 마시멜로를 나누어준다.

"선생님이 우리 나이 때 캠프에 오셨던 거네요." 사샤가 묻는다.

"그랬지."

"그때도 캠프파이어를 했어요?"

"물론이지." 나는 불에 구운 마시멜로를 꼬챙이에서 뽑아 입에 넣으며 말한다. 뜨거운 설탕에 혀를 살짝 데었지만 기분이 그리 나쁘지는 않다.

15년 전, 캠프에 처음 왔을 때 나는 캠프파이어를 좋아했다. 활활 타오르는 모닥불은 적당할 정도로 위협적이었다. 나는 모닥불의 열기를 느끼길 좋아했고, 불이 하늘로 솟구치는 모습을 보는 것도 좋았다. 어느 시점이 되면 불타는 통나무에서 툭툭 소리가 났고, 결국 무너져 내리면서 작은 불꽃들을 하늘로 날려 보내는 장관을 이룬다.

"처음 왔을 때 캠프가 마음에 들지 않았다고 하셨죠?" 미란다가 묻는다.

"캠프가 아니라 여기에서 벌어진 일이 마음에 들지 않았지."

"그 당시에도 누군가 이상한 짓을 했어요?"

"아니." 내가 말한다.

"미드나이트 호수에 귀신이 산대요." 사샤가 말한다.

"헛소리." 크리스털이 터무니없는 말이라는 듯 콧방귀를 뀐다.

"아이들 셋이 사라진 사건이 벌어진 이후 미드나이트 호수에 귀신이 산다는 소문이 나돌기 시작했나봐."

나도 모르게 몸이 긴장한다. 사샤가 사라진 여학생들에 대해 이야기하고 있다. 비비언, 내털리, 앨리슨. 나는 그 사건이 이번 캠프에 온 학생들에게 알려지지 않길 바랐지만 이미 널리 퍼진 듯했다.

"그 아이들이 어디에서 사라졌다는 거야?" 크리스털이 눈을 동그랗게 뜨고 묻는다.

"여기 캠프에서." 사샤가 대답한다. "나이팅게일 캠프가 한동안 문을 닳았던 이유야. 캠프에 왔던 세 아이가 숲에서 종적도 없이 사라진 거야. 지금껏 돌아오지 않은 걸 보면 이미 목숨을 잃었다고 봐야겠지. 그 아이들의 영혼이 숲을 떠돌고 있대. 보름달이 뜨면 그 아이들이 나무 사이를 돌아다니면서 오두막으로 돌아가는 길을 찾으려고 온통 숲을 헤매다닌다는 거야."

충충나무 오두막 아이들 이야기가 널리 알려지는 건 피할 수 없는 일이다. 이제 그 아이들 이야기는 뷰캐넌 해리스가 계곡에 물을 채워 마을 사람들을 수장시켰다는 이야기와 마찬가지로 나이팅게일 캠프의 불길한 전설이 되고 있었다. 나는 캠프에 온 학생들이 침낭 속에서 몸을 옹송그린 채 잔뜩 겁먹은 눈빛으로 밖을 내다보면서 사라진 아이들에 관한 이야기를 속삭이는 모습을 상상한다.

"죄다 거짓말이야." 크리스털이 말한다. "누군가 캠프에 음산한 공포 분위기를 조성하려고 지어낸 이야기에 불과해. 영화 〈식스 센스〉에서처럼 그저 귀신들이 등장하는 멍청한 이야기일 뿐이야."

미란다가 휴대폰을 꺼내더니 귀에 대고 통화하는 척한다.

"여학생 귀신들한테서 전화가 왔네." 미란다가 키득거리며 사샤에게 말한다. "그 아이들 말이 넌 끔찍한 거짓말쟁이래."

***

아이들은 모두 잠자리에 들었지만 나는 여전히 잠들지 못하고 깨어 있다. 가뜩이나 더운 날씨인데 창문을 걸어 잠그는 바람에 오두막 안으로 한 줄기 바람도 새어들지 않는다. 나는 아이들에게 답답하고 덥더라도 문을 걸어 잠가야 한다고 했다. 오늘 아침에 겪은 수상한 일을 아무렇지 않은 듯 그냥 무시하고 넘길 수는 없으니까.

나는 당장이라도 누군가 창문 앞에 나타날 것 같아 마음이 초조하고 불안하다. 분명 누군가 나를 수시로 도발하고 있고, 그 작자의 다음 계획을 몰라 답답하다. 내가 창문을 주시하는 동안 하늘에서 마른번개가 번쩍인다. 번개의 섬광이 일정한 간격을 두고 오두막을 비췄고, 카메라 플래시처럼 벽을 강렬한 흰색으로 물들인다.

눈부신 빛이 터지는 순간 나는 창문에서 뭔가를 본 느낌이 든다. 번개의 섬광이 너무 순간적이라 단정할 수는 없다. 그냥 잠시 힐끗 보였다가 사라졌다.

순간적으로 내 눈에 잡혔던 장면이 착시였으면 좋겠다. 어쩌면 나무 그림자에 불과할지도 모른다. 하지만 다시 번개가 치고 오두막 안에 섬광이 잠시 머물 때 뭔가 눈에 들어온다.

창문 밖에 분명 누군가 있다.

얼굴을 볼 수 없지만 소녀 같다. 섬광이 소녀 뒤쪽에서 비치자 실루엣이 보인다. 왠지 눈에 익은 모습이다. 가냘픈 목과 어깨, 길게 늘어뜨린 머리, 균형 잡힌 몸매.

틀림없는 비비언이다.

내가 15년 전 알던 모습 그대로이고 조금도 변하지 않았다. 내 그림 속에 꼭꼭 숨겨야만 했던 비비언이 그림에서처럼 하얀 드레스 차림으로 서 있다. 손에는 물망초 꽃다발을 들고 있다.

내 겁먹은 심장이 두근거린다. 나는 손으로 팔찌를 힘껏 잡아당긴다.

"난 네가 가짜라는 걸 알아." 나는 속삭인다.

더욱 힘주어 잡아당기자 팔찌가 피부를 파고든다. 팔찌의 새 모양 장식물이 서로 부딪힌다.

"넌 날 어쩌지 못해."

팔찌를 더욱 세게 잡아당기자 장식물이 달그락거리는 소리가 난다.

"나는 네가 아는 것보다 더 강해."

팔찌가 더는 견디지 못하고 손목에서 스르륵 빠져나간다. 손목에서 풀린 팔찌를 잡아 손으로 꽉 쥔다. 다시 번개의 섬광이 일며 오두막을 밝힌다. 순간적으로 눈부시게 환해졌던 오두막이 금세 암흑세계로 바뀐다. 이제 창밖에는 아무도 없다.

비비언은 오늘 밤은 아니더라도 곧 다시 올 거야.

"나는 네가 아는 것보다 더 강해." 나는 주문처럼 그 말을 되뇐다. *"나는 네가 아는 것보다 더 강해."*

나는 두근거리는 가슴, 뻣뻣이 굳은 팔다리, 망가진 팔찌를 꼭 쥔 손으로 그 말을 계속한다. "나는 네가 아는 것보다 더 강해."

그 말을 주문처럼 되뇌면 잠이 들곤 했는데 지금은 다시 정신이 말똥말똥해지며 더욱 무서운 말이 머릿속에서 울려 퍼진다.

난 미치지 않아. 난 미치지 않아. 난 미치지 않아.

15년 전

나는 식당 지붕 위에 설치된 스피커에서 기상 음악 소리 대신 울려 퍼진 애국가 〈성조기여 영원하라〉를 들으며 잠에서 깨어났다. 잠결에도 어렴풋이 오늘이 미국의 독립기념일이라는 사실이 떠올랐다. 비비언은 애국가 소리가 울려 퍼지는 동안에도 꿋꿋이 자고 있다. 내가 위층 침대로 올라가 비비언을 깨우자 내 손을 쳐내며 말했다. "날 가만 내버려 둬. 좀 더 자야 해."

나는 어쩔 수 없이 혼자 야외 화장실에 가서 샤워하고 양치질을 했다. 아침 식사를 하러 식당에 갔더니 독립기념일을 맞아 특별 음식이 제공되었다. 블루베리와 딸기 그리고 휘핑크림으로 줄무늬 장식을 얹은 팬케이크였다. 아이들이 프리덤 핫케이크라 부르는 음식이었다.

비비언은 끝내 식당에 나타나지 않았다. 비비언이 오지 않자 내털리는 자연스럽게 팬케이크를 한 접시 더 가져와 먹었다. 내털리의 입가에

핏자국처럼 딸기 소스가 묻었다.

앨리슨은 팬케이크를 포크로 세 번 떠먹고 나서 말했다. "아, 배불러. 고작 이렇게 먹는데 왜 살이 찌는지 모르겠어."

나는 아무 생각 없이 팬케이크를 3분의 2쯤 먹었다. 일전에 테오와 함께 시내에 나갔던 일이 떠올랐다. 내가 테오에게 키스한 걸 본 비비언이 입가에 웃음을 머금고 있던 모습도 생각났다. 비비언이 아직 단한 번도 그 이야기를 꺼내지 않아 기분이 꺼림칙했다. 나는 캠프파이어 때나 잠들기 직전에 비비언이 그 얘길 꺼낼 거라고 생각했지만 내 예상은 빗나갔다. 두 진실, 한 거짓 게임을 할 때 써먹으려고 아껴두는 것인지도 모른다. 내털리와 앨리슨이 있는 자리에서 그 이야기를 해야 나에게 가장 큰 창피를 줄 수 있을 테니까.

비비언은 지금껏 친언니처럼 나를 따뜻하게 보듬어주고, 아낌없이 잘해주었다. 강하고 멋지고 똑똑한 비비언은 내가 이 낯선 캠프에서 유일하게 기댈 수 있는 언니였다.

"비비언 언니는 뭔가 기분 나쁜 일이 있나봐. 왜 식사하러 안 올까?" 내가 말했다.

"우린 친구가 되기 전부터 비비언에 대해 알고 있었어. 같은 동네에 살고 학교도 같았으니까." 내털리가 말했다.

앨리슨이 동의한다는 뜻으로 고개를 끄덕였다. "우린 오랫동안 서로 알고 지냈기 때문에 비비언을 어떻게 다루어야 하는지 알아."

"비비언의 기분이 좋지 않을 때는 가만 내버려 두는 게 최선이야." 내털리가 말했다. "기분이 풀릴 때까지 건드리지 않아야 한다는 뜻이야."

***

오전 나머지 시간에는 충충나무 오두막 언니들과 떨어져 지냈다. 언니들은 상급반 양궁 수업을 받으러 갔고, 나는 미술공예관 건물에서 내 또래 아이들과 팔찌 장식 만들기 작업을 했다. 차라리 활을 쏘러 갔더라면 더 좋았을 거라는 생각이 들었다.

점심 식사 시간이 되었고, 이번에는 비비언뿐만 아니라 내털리와 앨리슨도 나타나지 않았다. 점심 메뉴는 샌드위치였는데 나는 혼자 청승맞게 식사를 하느니 굶기로 작정하고 충충나무 오두막으로 향했다. 미처 오두막에 도착하기도 전에 세 사람이 소리치며 싸우는 소리가 번갈아 들려왔다.

"날 가르치려고 하지 마!" 내털리가 크게 소리 질렀다. "넌 오늘 아침에 어디에 다녀왔는지 우리에게 아무런 얘기도 안 했잖아."

"내가 어디에 다녀왔든 너희들과 무슨 상관인데?" 비비언이 소리쳤다. "중요한 건 너희들이 거짓말을 했다는 거야."

"그래, 우리가 미안했어." 앨리슨이 달래는 투로 말했다. "이미 백 번도 넘게 미안하다고 했잖아."

"그 정도로는 안 된다고 했을 텐데."

문을 열었더니 내털리와 앨리슨이 아래층 침대에 나란히 앉아 있었다. 비비언은 붉게 달아오른 얼굴로 두 아이 앞에 서 있었다. 내털리는 필드하키 경기에서 상대방을 막으려는 듯이 가슴을 앞으로 내밀고 있는 모습이었다. 앨리슨은 흘러내린 머리칼로 얼굴을 가린 상태로 몸을 움츠리고 있었다. 모르긴 해도 흘러나온 눈물을 감추려는 자세 같았다.

내가 오두막 안으로 들어서자 세 사람 모두 내게로 몸을 돌렸다.

"무슨 일 있어?" 내가 물었다.

"아무것도 아니야." 앨리슨이 대답했다.

"넌 신경 쓰지 않아도 돼." 내털리도 말했다.

"지금 우리 셋이 정리해야 할 일이 있어. 우리 셋이 풀어야 할 문제니까 넌 밖에 나가 있다가 나중에 들어와, 알았지?"

나는 어쩔 수 없이 오두막을 나왔다. 어디로 가야 할지 막막해 캠프 한가운데로 걸어가다가 로티와 마주쳤다. 로티는 흰색 티셔츠에 체크무늬 셔츠를 덧입었고, 긴 머리는 곱게 땋아 뒤로 내린 모습이었다. 로티는 층층나무 오두막 안에서 벌어지는 아이들의 언쟁을 귀 기울여 듣고 있었다.

"저 아이들이 심한 언쟁을 벌이고 있어 오두막에 못 들어가고 있니?" 로티가 물었다.

"그런 셈이죠."

"이제 곧 언쟁을 끝내고 널 안으로 들여보낼 줄 거야." 로티는 번쩍이는 눈빛으로 나와 오두막 문을 번갈아 바라보았다. "캠프 생활은 처음이니?"

나는 고개를 끄덕였다.

"나도 외동딸이라 캠프 생활을 처음 해보고 나서 많이 놀랐단다."

"선생님도 캠프에 학생으로 오신 적 있어요?"

"거의 매년 캠프에 왔어." 로티가 말했다. "매년 여름 오두막에서 한두 번씩 꼭 싸움이 벌어져. 좁은 공간에서 서로 몸을 부대끼며 지내다 보면 자연스럽게 벌어지는 현상이야."

"이번처럼 심하게 싸우는 건 처음 봐요." 나는 층층나무 오두막 언니들이 목청을 돋우며 싸우는 바람에 크게 놀랐다. 비비언의 뺨이 붉게 달아오르고, 앞으로 흘러내린 머리칼로 반짝이는 눈물을 감추려고 애쓰던 앨리슨의 모습이 뇌리에서 좀처럼 사라지지 않았다.

"기분이 좋아지는 곳이 있는데 나랑 같이 갈래?"

로티는 내 손을 잡고 캠프 한가운데에 있는 별장 건물을 지나 뒷마당 테라스로 이어지는 계단으로 다가갔다. 프래니가 계단 꼭대기에서 난간에 기대 호수를 바라보고 있었다.

"에마." 프래니가 말했다. "무슨 일 있어? 여긴 웬일이니?"

"층층나무 오두막에서 아이들끼리 심한 언쟁이 벌어졌어요." 로티가 대신 말했다.

프래니는 고개를 흔들었다. "그런 일이 어디 한두 번이라야 말이지. 이제는 그리 놀라지도 않아."

"제가 가서 언쟁을 뜯어말릴까요?"

"아니야." 프래니가 말했다. "이제 곧 지나갈 거야. 늘 그랬으니까."

우리는 함께 미드나이트 호수를 바라보았다. 미드나이트 호수는 햇빛에 물든 모습으로 우리 앞에 장엄하게 펼쳐져 있었다.

"정말이지 늘 볼 때마다 새로운 느낌으로 다가오는 풍경이야." 프래니가 말했다. "여기서 풍경을 보고 있으면 기분이 저절로 좋아져. 사실은 우리 할아버지가 즐겨 하시던 말씀이야."

나는 호수 건너편을 바라보았다. 이 호수가 백 년 전에는 존재하지 않았다는 사실이 믿기 어려웠다. 호수를 둘러싼 나무와 바위들이 이전부터 늘 그 자리에 존재해온 듯이 생각되었다.

"정말 선생님 할아버지가 미드나이트 호수를 만들었어요?"

"뷰캐넌 해리스 할아버지는 이곳을 둘러보고 나서 즉시 호수를 만들어야겠다고 생각했다고 해. 할아버지는 그 즉시 호수를 만들 계획에 착수했고, 좋은 방법을 찾아냈지. 정말이지 획기적이고 혁신적인 방법이었어." 프래니는 호수가 만들어내는 풍경을 다시 한번 감상하며 숨을 깊이 들이마셨다. "넌 이 모든 풍경을 그저 맘껏 즐기면 돼. 그나저나 캠프 생활을 해보니 어때?"

"아주 좋아요."

나도 캠프가 좋았다. 비비언이 나를 카누에 태워 호수를 건너가 그녀가 마련해둔 비밀 장소에 데려가기 전까지는 그랬다. 왠지 그때 이후 이해할 수 없는 일들이 연이어 벌어졌고, 지금은 머리가 혼란스러울 지경이었다. 비비언이 왜 내털리와 앨리슨을 목소리 높여 질책하는지 알 수 없었고, 그냥 순순히 받아들이는 두 사람의 태도도 쉽게 이해되지 않았다. 게다가 테오를 생각하면 자꾸 무릎에서 힘이 빠져 달아났다.

프래니에게 사실대로 털어놓을 수 없는 부분이라 나는 그저 고개를 끄덕이며 웃음으로 얼버무릴 수밖에 없었다.

"그래, 캠프 생활이 마음에 든다니 나도 좋구나." 프래니가 웃으며 말했다. "이제 오두막에서 있었던 불쾌한 일은 잊도록 해라. 무엇이든 너를 힘들게 하는 일이 있으면 그냥 버티지 말고 나를 찾아와 상의하길 바란다. 어느 누구라도 캠프 생활에 애로사항이 있어서는 안 되니까."

23

나는 새벽에 잠을 깬다. 내 손가락들은 여전히 망가진 팔찌를 쥐고 있다. 밤새 몸을 뒤척이며 잠을 설친 탓인지 머리가 무겁고 허리와 어깨가 쑤신다. 나는 침대를 빠져나와 내 나무 트렁크에서 수영복과 수건, 가운, 선글라스를 챙겨 든다.

화장실에서 수영복으로 갈아입고 호수로 걸어가 마침내 물속으로 헤엄쳐 들어간다. 물에 몸을 담그자 내 몸이 비로소 깨어나는 느낌이 들면서 움츠렸던 어깨와 팔다리가 펴진다.

나는 테오에게 배운 대로 배영 자세로 물에 누워 자맥질을 한다. 자욱한 안개와 하늘의 구름도 지금 내 기분처럼 잿빛이다. 나는 구름 뒤에 숨은 햇빛을 찾으려 하지만 눈에 들어오지 않는다.

비비언의 환영을 본 건 그리 놀라운 일이 아니다. 사흘 동안 오직 비비언만 생각했으니 그럴 만했다. 비비언의 환영이 아니라 나를 지속적으로 훔쳐보는 누군가를 찾아내야 한다.

나는 숨을 깊이 들이마시고 호수 깊이 잠수해 들어간다. 나와 하늘 사이에 있는 물 표면이 심하게 흔들린다. 나는 더 깊은 곳으로 잠수해 들어가 아무도 날 발견하지 못하게 하고 싶다. 거의 2분 동안 잠수를 하다 보니 호흡이 가빠온다. 나는 힘껏 팔다리를 휘저으며 수면 위로 솟구친다. 물 밖으로 나오자 누군가 멀리서 감시하는 느낌을 떨쳐버릴 수 없다. 내 몸의 신경과 근육이 잔뜩 긴장한다.

호수 기슭에 누군가 앉아 있다. 이틀 전 나랑 리베카가 앉아 있던 바로 그 자리에 앉아 있는 사람은 프래니다. 그녀는 가운 차림에 나바호 족 담요를 어깨 위에 두르고 있다. 내가 헤엄쳐 물가로 향하자 그녀가 나를 발견하고 손을 흔든다.

"일찍 일어났네." 프래니가 큰 소리로 말한다. "나만 일찍 일어나는 줄 알았더니 동지가 있었군그래."

나는 수건으로 몸의 물기를 닦고, 가운을 입고, 선글라스를 쓰는 동안 아무 말도 하지 않는다. 프래니는 우연히 나를 만나 반가워하지만 나는 그녀가 내심 못마땅해 마음이 시큰둥한 상태다. 내 머릿속은 오로지 비비언의 일기장에 대한 생각으로 가득 차 있다.

한시바삐 비비언의 비밀을 찾아내야 해.

민디가 열심히 내가 층층나무 오두막 문에 페인트로 글씨를 썼다고 주장할 때 프래니는 내 편이 되어주지 않았다. 그 일은 프래니를 더는 신뢰하지 못하게 만들었다.

프래니가 말한다. "어제 일 때문에 나에게 화난 걸 알아. 아무리 화났더라도 잠시나마 내 말동무를 해줄 아량을 너에게 기대해도 괜찮겠지?"

프래니는 옆자리를 손으로 두드린다. 프래니의 친근하고 다정한 모습이 그녀에 대한 반감을 거두어들이게 한다. 비비언의 일기장을 보면 프래니가 많은 비밀을 숨기고 있다고 기록되어 있지만 과연 그런지는 알 길이 없다. 어쨌거나 비비언은 과장스런 말과 행동을 좋아했으니까.

나는 프래니 옆에 앉긴 했지만 대화에는 일절 응하지 않는다. 현재 상황에서 내가 해낼 수 있는 최선이다.

"네 수영 실력이 부러워. 나도 이 호수에서 많은 시간을 보냈지. 해가 떴다가 질 때까지 하루 종일 호수에서 첨벙거리며 놀았어. 더글라스에게 그 몹쓸 일이 생긴 이후로는 호수에 대한 생각이 많이 달라졌지."

프래니가 언급한 사람은 더글라스 화이트다. 프래니의 남편인 더글라스는 테오와 쳇을 입양하기 전에 죽었다. 비비언이 쓴 일기장 내용이 슬그머니 머릿속에 떠오른다.

올림픽에 나갈 수 있을 만큼 수영을 잘하는 사람이 물에 빠져 죽었다는 게 이상하지 않아?

프래니는 이야기를 이어 나갔다.

"이제 호수에서 하루 종일 수영하며 놀던 시절은 갔어." 프래니는 말한다. "요즘 난 호수에 들어가기보다는 호수 주변에서 벌어지는 여러 가지 일들을 살피고 있어. 그러다 보면 사물에 대한 문리도 트이면서 새로운 관심이 생기니까. 예를 들어 오늘 아침에 난 저 매를 보고 있었어."

프래니는 뒤로 누워 한쪽 팔꿈치로 몸을 지탱한다. 그녀의 다른 손이 호수 위를 맴도는 매를 가리킨다.

"물수리야." 프래니가 말한다. "호수에서 근사한 먹이를 찾고 있겠지. 오래전에 우리가 사는 해리스 빌딩 거실 창문 밖에 송골매가 둥지를 튼 적이 있어. 그 당시 어린아이였던 쳇이 송골매에 푹 빠져버린 거야. 하루는 쳇이 몇 시간 동안 창밖을 내다보면서 송골매의 알들이 부화하길 학수고대했어. 마침내 초고리 세 마리가 태어났지. 새끼 매를 흔히 초고리라고 불러. 초고리들이 어찌나 작은지 꿈틀대는 솜덩이 같더군. 쳇은 마치 자기 자식이라도 태어난 양 기뻐하며 펄쩍펄쩍 뛰었지. 쳇의 송골매에 대한 애정은 그리 오래가지 않았어. 그런 아이는 뭔가에 쉽게 매료되기도 하고, 또 쉽게 실망하기도 하니까."

물수리가 갑자기 호수로 돌진하더니 두 발로 수면을 훑는다. 다시 하늘로 날아오르는 물수리의 발에 물고기 한 마리가 붙잡혀 있다. 물고기가 아무리 몸부림치며 꿈틀거려도 물수리의 발톱을 벗어나긴 힘들다. 물수리는 방해받지 않고 혼자 평화롭게 먹이를 먹으려고 멀리 떨어진 호숫가로 향한다.

"캠프를 다시 열고자 한 이유가 뭐죠?"

프래니는 한 번 숨을 쉴 수 있을 정도로 말을 멈추었다가 대답한다. "15년이라는 세월은 어떤 장소를 마냥 비워두기에는 너무나 긴 시간이거든."

"캠프를 더 빨리 열지 그랬어요?"

"캠프를 열 마음의 준비가 그리 쉽게 되지는 않았어."

"그럼 이번에는 왜 캠프를 열 준비가 되었다고 생각했는데요?"

프래니는 호수를 바라보며 깊은 생각에 빠진 얼굴로 입을 오물거리다가 드디어 말한다. "내가 앞으로 할 얘기는 입조심이 필요해. 다른 사람에게 절대로 말하지 않겠다는 약속과 더불어."

"약속할게요." 내가 말한다. "절대 입 밖에 내지 않을게요."

"사실 난 죽어가고 있어."

내 심장을 누군가 순간적으로 꽉 쥐는 느낌이 든다. 마치 물수리가 달려들어 나를 채가는 기분이다.

"난소암이야." 프래니가 말한다. "그것도 말기. 담당 의사는 앞으로 남아 있는 날들이 8개월쯤 될 거래. 그 얘기를 들은 지 4개월이 지났으니 앞으로 얼마나 더 살 수 있을지 계산이 나올 거야."

"아무리 말기라도 치료받을 방법이 있지 않을까요?"

프래니는 엄청난 자산가다. 분명 여러 경로를 통해 뛰어난 의사들과 첨단 의료기기를 갖춘 병원을 알아봤을 것이다.

프래니는 고개를 저으며 말한다. "치료받기에는 너무 늦었어. 암세포가 다른 장기에도 전이되었으니까. 이제 의사들이 내게 해줄 수 있는 의료 조치는 죽음의 순간을 조금 늦추는 정도에 불과해."

나는 프래니가 차분하고 침착하게 죽음을 받아들이는 모습에 놀란다. 나도 모르게 눈물이 나와 코를 훌쩍거린다. 나는 이제 비비언처럼 프래니의 비밀 하나를 알게 되었다. 시간은 우리에게 끊임없이 상처를 가하다가 죽음으로 막을 내리게 한다.

"정말 마음이 착잡하네요. 뭔가 조금이라도 돕고 싶은데 방법이 없어 더욱 슬퍼요."

프래니는 마치 내 할머니가 그랬듯이 내 무릎을 토닥인다. "슬퍼하지 않아도 괜찮아. 나는 운이 정말 좋은 사람이었으니까. 오래 살았고, 흡족한 삶이었어. 난 그 정도면 충분하다고 생각해. 내 인생에서 불운한 일이 있다면 딱 한 가지야."

"무슨 일인데요?"

"15년 전, 너도 잘 알다시피 이 캠프에서 세 아이가 사라지는 사건이 있었어. 그 일만 생각하면 지금도 가슴이 무너져 내릴 듯 안타깝고 괴로워." 프래니가 말한다.

"그 아이들에게 무슨 일이 벌어졌는데요?"

"정말 뭔지 모르겠어. 그 아이들이 사라질 이유가 없는데 사라졌으니까."

"어떻게 되었을 거라는 추측은 가능하잖아요."

"추론에 매달리는 건 좋지 않아. 그 아이들이 실종되었을 때 수많은 추측이 난무했지만 결국 그 어떤 주장도 진실과는 동떨어져 있었지. 안타깝지만 이미 벌어진 일이고, 자꾸 되새김질 해봐야 어느 누구에게도 도움이 되지 않아."

그들이 실종된 후 나이팅게일 캠프는 즉시 폐쇄되었다. 프래니의 잘못을 추궁하는 사람들이 많았고, 그동안 쌓아 올린 좋은 평판은 일시에 비난으로 바뀌었다. 테오는 용의자로 지목돼 수년간 고통을 겪었다. 게다가 비비언, 내털리, 앨리슨의 부모는 나이팅게일 캠프 책임자인 프래니를 업무 태만으로 고소했다. 양측 합의로 소송은 취하되었지만 피해자 가족에게 얼마나 많은 합의금이 전달되었는지 알려지지 않았다.

"내 인생의 마지막 여름을 이 캠프에서 보내고 싶었어." 프래니는 말한다. "캠프를 다시 열게 된 중요한 이유 가운데 하나였지. 다시 캠프를 열고 성공적으로 일을 치를 수 있다면 15년 전 벌어진 암울한 사건이 가한 고통을 조금이나마 잊을 수 있을지 모른다고 생각했어. 그렇게 된다면 나는 매우 흡족한 기분으로 눈을 감을 수 있을 거야."

"그런 이유라면 당연히 캠프를 다시 열어야죠." 내가 말한다.

"나도 그렇게 생각해." 프래니가 대답한다. "만약 또 안 좋은 일이 벌어져 캠프를 망친다면 난 지난날의 상처를 조금이나마 어루만져줄 유일한 기회를 잃는 셈이 되겠지."

비비언의 일기장이 내 머릿속을 가득 채운다.

비비언은 분명 프래니를 의심하고 있었어.

"그런 불상사가 벌어지면 안 되겠죠." 나는 비비언의 일기장과 관련해 불편한 감정을 숨기며 짐짓 쾌활하게 말한다. "제가 지금껏 만나본 학생들은 모두들 하나같이 멋진 시간을 보내고 있다고 하더군요."

프래니는 호수에 가 있던 시선을 거두어 날 바라본다. 그녀의 녹색 눈은 병마에 시달리고 있는 중이지만 여전히 맑다. 그녀는 마치 내 속마음을 읽으려는 듯 주의 깊게 나를 바라본다. "넌 어떠니? 너도 멋진 캠프 생활을 누리고 있니?"

"그럼요." 나는 그렇게 대답했지만 프래니의 녹색 눈을 마주 바라볼 용기가 나지 않았다. "아주 즐거워요."

"그래, 정말 다행이네." 프래니가 말한다. "나도 아주 기뻐."

프래니의 목소리에서 진심으로 기쁜 기색이 느껴진다. 호수 건너편에서 갑자기 찬 바람이 불어와 온몸이 서늘해지는 느낌이 든다. 나는 가운을 여미며 별장 쪽을 바라본다. 로티가 별장 밖으로 걸어 나오는 모습이 보인다.

"괜찮으세요?" 로티가 소리친다.

"난 괜찮아. 에마와 이야기를 나누고 있었어."

"아침 식사를 해야 할 시간이에요."

"가시죠." 나는 프래니에게 말한다. "저도 오두막에 가서 학생들을 깨워야 하거든요."

"쳇과 송골매 이야기를 하다가 말았지." 프래니가 말한다. "그 얘기는 새끼 송골매들이 알에서 나오고 얼마 지나지 않아 종결되었어. 쳇은 아기 새들에게 푹 빠졌고, 틈만 나면 보러 갔지. 아기 새들을 진심으로 사랑했어. 그럴 때는 정말 좋았는데 쳇은 미처 예기치 못한 일로 큰 충격을 받게 되었지. 아기 새들이 배가 고파지자 어미 송골매는 당연히 먹이를 구하러 나서게 되었어. 쳇은 둥지를 떠난 어미 송골매가 하늘 높이 날아올라 먹잇감을 찾느라 선회하는 모습을 보았지. 그날 어미 송골매의 날카로운 눈에 들어온 먹잇감은 비둘기였어. 불쌍한 비둘기는 전혀 위기감을 느끼지 못하고 센트럴파크로 날아가고 있었지. 어미 송골매는 바람처럼 날아가 비둘기를 낚아채 둥지로 가져온 거야. 쳇은 어미 송골매가 날카로운 부리로 비둘기를 잘게 찢어 새끼들에게 한 조각씩 먹이는 모습을 보았어."

나는 프래니의 이야기를 들으며 몸을 떤다. 퍼덕이는 날개와 눈처럼 허공에 흩날리는 비둘기의 깃털을 상상하면서.

"어미 송골매를 비난할 수는 없지." 프래니는 무미건조하게 말한다. "어미 송골매는 응당 해야 할 일을 했을 뿐이니까. 아기 새들의 배를 채울 먹이를 구해주고, 늘 따스하게 보살펴주는 건 어미의 의무니까. 쳇은 아기 새들이 서로 먼저 먹이를 받아먹으려고 부리를 치켜들고 끼루룩대는 모습을 지켜보게 된 거야. 그 결과 송골매의 진정한 본성이 뭔지 알게 되었지. 그날 쳇은 아이 특유의 순수성을 잃게 되었어. 결코 되찾을 수 없는 순수였지. 그런 일이 벌어진 이후 우리는 송골매 가족 이야기를 더는 하지 않게 되었어. 가끔 쳇은 송골매 가족을 너무 가까이에서 지켜본 걸 후회한다고 말했지. 차라리 보지 않았더라면 좋았을 거라면서."

프래니는 힘겹게 몸을 일으킨다. 그 단순한 동작을 하기에도 얼마나 힘겨워하는지 몸이 떨린다. 나는 난간처럼 가늘어진 프래니의 팔을 슬쩍 본다. 프래니는 담요를 여며 다시 몸을 덮으며 말한다. "좋은 아침이 되길 바라, 에마."

프래니는 별장을 향해 천천히 걸어간다. 나는 그 자리에 혼자 남아 송골매 가족 이야기를 되뇐다. 어쩌면 프래니가 들려준 송골매 가족 이야기는 나를 위협한 것일 수도 있다는 사실을 깨닫는다.

24

오전에 미술 수업을 진행하는 동안 나는 엉뚱한 곳에 신경 쓰느라 집중하지 못한다. 학생들은 오늘 그리기로 한 정물 주위에 원형으로 이젤을 배치한다. 테이블, 꽃병, 꽃다발이 오늘 수업 시간에 그릴 정물이다. 나는 학생들이 그리는 그림을 살펴보지만 내 신경은 온통 손목에 찬 팔찌에 가 있다. 나는 케이시에게서 색깔 실을 얻어 망가진 팔찌의 걸쇠를 임시방편으로 고쳤다. 어찌나 허접하게 고쳐놓았는지 올여름은 고사하고 과연 오늘 저녁까지 버텨낼 수 있을지 의문이다.

리베카와 사진을 배우는 학생들이 숲에서 행진하듯 걸어 미술공예관 건물로 돌아오고 있다. 케이시와 공예반 학생들은 가느다란 가죽 목걸이에 구슬을 꿰고 있다. 학생들의 얼굴에 호기심이 어려 있다. 그들 가운데 한 학생은 내가 15년 전에 무얼 했는지 알고 있다. 내가 머지않아 다시 기억하게 될 분명한 사실을.

나는 미란다 옆에 서서 그림을 얼마나 그렸는지 확인하면서 다시 한 번 팔찌를 만지작거린다. 미란다의 시선이 내 손목으로 향하는 느낌이 들어 팔찌에서 손을 떼고 창밖을 바라본다. 미술공예관 건물에서는 별장 건물이 일부 보인다. 해리스 가족 사람들이 별장 주변을 오가는 모습이 눈에 들어온다. 민디와 쳇은 무엇 때문인지 모르지만 서로 옥신각신하며 식당으로 향하고, 테오가 달리기로 그녀들을 따라가고 있다. 잠시 후 로티가 호수 쪽으로 프래니를 안내하는 모습이 보인다.

별장은 지금 비어 있다.

프래니의 이야기가 다시 내게 돌아와 귀에 대고 속삭인다.

쳇은 아기새들이 서로 먼저 먹이를 받아먹으려고 부리를 치켜들고 끼루룩대는 모습을 지켜보게 된 거야. 그 결과 송골매의 진정한 본성이 뭔지 알게 되었지.

프래니의 경고를 마음 깊이 담아둘 필요가 있다. 내가 모든 의문의 해답을 찾아낸다고 해도 결말이 좋으리라는 보장은 없다. 하지만 시도해보지 않고는 알 수 없다. 나는 의문에 대한 해답을 찾고자 다시 캠프에 왔다. 나는 오래전부터 비비언의 환영에 시달려왔다. 심지어 어젯밤에도. 주어진 기회를 놓쳐서는 안 된다.

"나는 따로 볼일이 있어 잠시 다녀올게요." 나는 학생들에게 말한다. "내가 자리에 없더라도 계속 그림을 그리고 있어요."

나는 미술공예관을 나와 층층나무 오두막으로 급히 달려가 휴대폰과 충전기를 챙긴다. 빨리 움직이는 것과 남들의 눈에 띄지 않는 것 중에서 무엇이 더 중요한지 판단이 서지 않는다. 나는 잠시 엉거주춤 서 있다가 서둘러 별장으로 향한다. 남들이 눈에 띄지 않으면서 최대한 빨리 일을 끝내야 한다.

내가 층층나무 오두막에 다녀오는 동안 혹시 누군가 별장으로 돌아왔을 수도 있기에 빨간색 현관문을 두드린다. 계속 아무런 반응이 없어 문고리를 잡아 돌린다. 나는 혹시 누군가 날 지켜보지는 않는지 의식하며 주변을 둘러보지만 아무도 없다. 별장 안으로 들어간 다음 나는 문을 닫고 복도와 거실을 지나 왼쪽 서재로 들어간다.

서재 한가운데에 책상이 있고, 바닥부터 천장까지 닿는 책장이 비치되어 있다. 책상 뒤쪽 벽면에는 사진을 넣은 액자가 빼곡히 걸려 있다. 마치 제대로 관리되지 않고 있는 박물관 같다. 책상 위 티파니 램프 덮개에는 약간의 먼지가 끼어 있다. 다이얼 전화기에는 더욱 두터운 먼지가 끼어 있다. 여러 해 동안 손대지 않았다는 뜻이다.

나는 책상 뒤쪽에 콘센트가 있어 충전기를 꽂는다. 그런 다음 어디서부터 뒤져봐야 할지 궁리한다. 어딜 먼저 뒤져야 할지 결정하기 쉽지 않다. 비비언이 서재에서 뭔가를 빼내기 힘들었다고 쓴 일기가 떠오른다. 그렇다면 이곳에 여러 가지 가능성을 가진 단서가 있을 수도 있다는 뜻이다.

나는 책장으로 향한다. 다윈의 《종의 기원》, 오듀본의 《아메리카의 새》, 소로의 《월든》이 눈에 들어온다. 나는 두꺼운 보라색 책을 들고 표지를 살펴본다. 《북아메리카의 독성 식물》이란 제목의 책으로 재빨리 뒤적여보니 레이스처럼 생긴 하얀색 꽃들과 빨간 딸기, 녹색 버섯들 그림이 보인다.

나는 책상으로 관심을 돌려 전화기, 램프 그리고 압지, 달력을 주의 깊게 살펴보다가 세 개의 서랍을 열어보기로 한다. 첫 번째 서랍을 열어보니 흔히 볼 수 있는 펜 뚜껑과 종이 클립들이 보인다. 두 번째 서랍 안에는 폴더가 여러 개 들어 있다. 폴더 안에 든 서류들은 대부분 영수증이나 은행 관련 서류, 아주 오래전 이곳에서 공사를 할 때 받은 송장 따위다. 맨 아래 서랍을 열자 나무 상자가 하나 나온다. 비비언이 호수 건너편으로 나를 데려갔을 때 보여준 상자와 똑같이 생겼는데 다만 보관이 좀 더 잘되어 있다. 놀라울 만큼 크기도 같고 무게도 같다. 심지어 뚜껑에 새겨져 있는 머리글자도 같다.

CC

찰스 커틀러.

머리글자를 보는 순간 떠오른 이름이다. 상자 바닥에 익숙한 문구가 새겨져 있다.

〈피스풀 밸리〉의 재산입니다.

나는 상자 뚜껑을 열어 녹색 벨벳으로 장식한 내부를 확인한다. 상자 안에는 오래된 사진들이 들어 있다. 회색 옷을 입고 긴 머리를 뒤로 드리운 여자들. 모든 여자들이 엘리너 오번과 똑같은 자세를 취하고 있는데 다만 손에 빗을 쥐고 있지는 않다. 비비언은 이 상자에서 엘리너 오번의 사진을 찾아낸 게 분명하다. 나는 20여 장의 사진들을 자세히 살펴보다가 인물들의 획일적인 모습에 놀란다. 똑같은 옷, 배경이 똑같은 횅한 벽, 절망과 자포자기로 물든 눈동자.

엘리너 오번의 사진과 마찬가지로 모든 사진 뒷면에 이름이 적혀 있다.

헨리에타 골든, 루실 터니, 아냐 플랙슨.

사진에 등장하는 여자들은 〈피스풀 밸리〉 정신병원의 환자들이었다. 찰스 커틀러가 도시의 정신병원에서 빼내 〈피스풀 밸리〉 정신병원에 수용한 환자들. 나는 찰스 커틀러의 의도가 그리 고귀한 것이었는지 의심스럽다. 이름을 하나씩 읽어가는 동안 싸늘한 냉기가 내 온몸을 덮는다.

오번(Auburn), 골든(Golden), 터니(Tawny), 플랙슨(Flaxen)은 사진에 나오는 여자들의 성이 아니라 머리 색깔이다. 내 머릿속에서 여러 가지 서로 다른 생각이 떠올라 마구잡이로 충돌한다. 상자 안 가위, 비비언이 상자를 뒤집었을 때 났던 유리 깨지는 듯한 소리, 죄책감을 유발하는 영화 〈스위니 토드〉에 출연한 앨리슨의 어머니. 그녀는 〈스위니 토드〉에서 머리칼을 가발 제조업자에게 팔아넘기던 감시자의 자비로 정신병원으로 가는 역할을 맡아 연기했다.

찰스 커틀러는 가발공장에 환자들의 머리카락을 팔아넘겼다. 사진에 등장하는 환자들의 머리가 하나같이 길었고, 그 여자들이 소유한 것들 중에서 머리카락 색깔이 가장 중요해 보였다. 그 여자들의 성과 이름이 사진에 적혀 있지 않은 이유다. 머리카락을 팔아넘길 때 이름 따윈 그다지 중요하지 않았을 테니까.

나는 그 여자들이 찰스 커틀러에게 철저히 이용당하고 있다는 사실을 알고 있었는지 궁금하다. 환자가 아니라 상품으로 취급당한 그 여자들은 찰스 커틀러가 가발 제조업자에게 머리카락을 넘겨주고 받은 돈을 한 번도 구경하지 못했을 것이다. 놀랍고 끔찍하고 추악한 일이라 나는 잠시 슬픔을 견디기 힘들었고, 현관 입구에서 누군가의 목소리가 들려올 때까지 다른 사람이 별장 안으로 들어온 사실을 알아차리지 못했다.

"안에 누구 있어요?"

나는 흩어져 있는 사진들을 추슬러 다시 상자에 집어넣고 재빨리 뚜껑을 덮는다. 내 팔찌에 매달린 장식들이 부딪히며 소리가 난다. 나는 그 소리를 숨기려고 손목을 배에 붙인다.

"누구 있어요?" 또다시 누군가의 목소리가 들려온다.

"저예요." 나는 책상 서랍을 닫는 소리가 들리지 않길 바라며 큰 소리로 대답한다. "에마 데이비스."

서재 출입문 앞에 로티가 서 있다. 로티는 나를 발견하고 깜짝 놀란 표정을 짓는다.

"휴대폰 충전 좀 하려고요. 민디가 필요하면 여기서 충전하라고 했거든요."

"프래니가 널 보지 않아서 다행이야. 프래니는 캠프에서 휴대폰 사용을 자제하길 바라거든." 로티는 슬쩍 뒤를 돌아보며 프래니가 없는지 확인한다. 그러더니 마치 나와 공모자라도 된 양 눈빛을 반짝이며 살금살금 서재 안으로 들어온다. "내가 요즘 학생들은 휴대폰을 잠시도 손에서 떼어놓길 싫어한다고 말했지만 프래니는 들은 척도 하지 않았어."

로티는 내가 서 있는 책상 가까이 다가온다. 그녀는 내가 서재에서 무얼 하고 있었는지 다 알고 있을지도 모른다. 나에게 대놓고 말은 못하더라도 프래니처럼 은근히 위협이 되는 말을 할 수도 있다.

로티는 책상 뒤 벽면을 가득 채운 사진에 관심을 둔다. 사진들은 알 수 없는 순서에 따라 걸려 있고, 컬러 사진과 흑백 사진이 혼재되어 있어 마치 벽을 가득 채운 콜라주처럼 보인다. 미드나이트 호수 앞에서 당당한 모습으로 포즈를 취한 남자를 찍은 사진이 눈에 들어온다. 사진

오른쪽 아래에 숫자가 보인다. 1903년.

"저 분이 바로 프래니의 조부인 뷰캐넌 해리스야." 로티가 말한다.

뷰캐넌 해리스는 덩치가 엄청나게 크다. 넓은 어깨, 툭 튀어나온 배, 크고 불그스레한 뺨이 인상적이다. 숲에 들어찬 아름드리나무들을 베어내 큰 재산을 모은 그는 댐을 만들어 물을 막아두었다가 일시에 터뜨려 미드나이트 호수를 만들었다.

로티는 새처럼 생긴 여자 사진을 가리킨다. 눈이 크고 입술은 큐피 인형처럼 생겼는데 체구가 큰 뷰캐넌 해리스 옆에 서 있어 난쟁이처럼 작아 보인다. "프래니의 조모님이야. 아이를 낳다가 숨졌지."

"프래니의 남편은 호수에서 수영을 하다가 익사했다는 말을 들었는데 어쩌다 그런 일이 발생했죠?" 내가 묻는다.

"내가 캠프에서 일하기 전에 발생한 일이라 나도 자세한 건 몰라. 다만 내가 듣기로 프래니와 더글라스는 매일 늦은 밤에 호수에서 수영을 즐겼대. 그날 밤에도 그들 부부는 호수로 수영하러 나갔는데 나중에 보니 프래니 혼자 돌아온 거야. 프래니는 울먹이는 목소리로 호수로 들어간 더글라스가 끝내 밖으로 나오지 않았다고 했대. 프래니가 물속으로 들어가 남편을 찾아 헤맸지만 결국 실패했다는 거야. 사람들이 단체로 찾아 나섰지만 끝내 시신을 찾아내는 데 실패했어. 그렇게 힘들여 찾아 헤매고도 발견하지 못했던 더글라스의 시신이 다음 날 아침에 호숫가로 밀려 나온 거야. 그리고 보면 미드나이트 호수는 비극적인 사연이 많이 깃든 곳이야."

로티가 이번에는 목에 망원경을 걸치고 나무에 기대앉은 어린 여자아이 사진을 가리킨다. 흑백 사진으로 프래니의 어린 시절 사진으로 보인다.

그 옆에 미드나이트 호수에서 찍은 프래니의 또 다른 사진이 걸려 있다. 화려한 색상의 컬러 사진으로 몇 살 더 나이를 먹은 프래니가 호수를 배경으로 서 있다. 프래니 옆에 또 다른 소녀가 웃으며 서 있는 모습이 보인다.

"저분이 바로 우리 엄마야." 로티가 말한다.

나는 프래니와 함께 포즈를 취한 여자와 로티의 닮은 점을 금세 찾아낸다. 하얀 피부, 베티 데이비스를 닮은 눈썹, 뾰족한 턱을 향해 좁아지는 하트 모양 얼굴이 정말 비슷하다.

"두 분이 서로 알고 지낸 사이였어요?"

"두 분은 어린 시절부터 함께 자라다시피 했어. 우리 할머니가 프래니 어머니의 개인비서였거든. 그 전에 우리 증조부가 뷰캐넌 해리스 밑에서 일했지. 우리 증조부도 미드나이트 호수를 만들 때 옆에서 많이 도왔다고 하더군. 프래니가 열여덟 살이 되었을 때 우리 엄마가 그녀의 비서가 되었지. 엄마가 돌아가시자 프래니는 내게 엄마 대신 비서 일을 맡아달라고 부탁했어."

"그래서 비서로 일하겠다고 수락했어요?"

내 질문은 듣기에 따라 무례하게 들릴 수도 있다. 마치 로티가 원하지도 않는 비서 일을 넙죽 받아들인 사실을 넌지시 꼬집는 뜻으로 받아들일 수도 있으니까. 사실 나는 자신의 편의를 도모하기 위해 여러 대에 걸쳐 한 집안사람들을 비서로 고용한 걸 비판하고 싶었다.

"솔직히 그때 난 프래니의 비서가 되고 싶지 않았어." 로티는 뻣뻣한 태도로 말한다. "난 배우가 되고 싶었거든. 나는 프래니의 부탁을 단호하게 거절하려다가 겨우 정신을 추슬렀지. 그때 내 나이는 이미 30대였고 아르바이트 삼아 하는 웨이트리스 일은 수입이 변변찮아 먹고 살아가기가 빠듯했어. 게다가 해리스 가문 사람들은 내게 매우 친절한 편이었지. 나를 가족이나 다름없이 대했으니까. 난 성장기에 해리스 가문 사람들과 많은 시간을 보냈어. 테오와 쳇이 미드나이트 호수에서 보낸 시간을 합쳐도 나를 따라오지는 못할 거야. 나는 결국 프래니의 제안을 받아들였고, 그때부터 줄곧 함께해왔어."

로티에게 묻고 싶은 말이 많았다. 비서 일을 하는 게 그런 대로 행복한지, 해리스 가문에서 변함없이 잘 대해주는지, 그리고 무엇보다 중요한 질문 하나는 프래니가 책상 서랍에 정신병원에 수용되어 있는 환자들 사진을 보관하는 이유가 뭔지.

"어딘가에 케이시 사진도 있을 거야." 로티는 맨 아래쪽에 걸린 사진을 가리킨다. 나이팅게일 캠프가 전성기를 구가하던 시절 사진이다. 학생들이 테니스 코트에서 포즈를 취한 사진, 양궁장에서 활시위를 당기는 사진도 눈에 들어온다.

"케이시가 테오랑 찍은 사진이야."

로티는 두 사람이 호수에서 수영하는 사진을 가리켜 보인다. 테오는 인명 구조원용 호루라기를 목에 걸고 허리까지 오는 물속에 서 있다. 테오가 물속에서 안고 있는 사람은—내게 수영을 가르칠 때 나를 안고 있던 모습과 완벽히 똑같다—케이시다. 사진 속 케이시는 더없이 행복한 표정으로 싱그러운 젊음을 뽐내고 있다. 케이시가 나이팅게일 캠프에 학생으로 왔던 시절에 찍은 사진인 듯했다.

바로 위쪽에 두 소녀가 폴로셔츠를 입고 찍은 사진이 있다. 햇빛에 눈이 부신 듯 눈을 가늘게 뜨고 있다. 사진을 찍는 사람의 그림자가 사진 아래쪽에 길게 드리워져 있다. 마치 유령이 몰래 아이들에게 달려들고 있는 듯이 보인다.

사진 속 두 소녀 가운데 한 사람은 비비언이고, 다른 하나는 리베카다.

그 순간 내 심장이 차갑게 멈춘다. 맥박이 뛰지 않는 상태가 1초 정도 이어진다. 나는 사진 속 두 여학생이 얼마나 친해 보이는지 가늠해본다. 두 학생은 분명 억지로 웃는 게 아니라 활짝 웃음 짓고 있다. 비쩍 마른 팔을 서로의 어깨에 다정하게 걸치고. 서로 잘 알지 못하는 사이라면 절대로 나올 수 없는 사진이다.

"난 이만 가봐야 해요." 나는 재빨리 휴대폰과 충전기를 챙기며 말한다. "프래니에게 이르지 않을 거죠?"

로티는 고개를 젓는다. "프래니가 알아봐야 좋을 게 없지."

로티 역시 밖으로 나가려고 책상을 도는 순간 나는 휴대폰으로 비비언과 리베카가 함께 찍은 사진을 재빨리 촬영한 다음 서재를 나온다.

나는 별장 현관에서 테오와 쳇 그리고 민디를 만난다. 내가 마치 두 형제 사이로 뛰어든 것 같은 양상이다. 먼저 테오와 부딪히고 나서 곧장 쳇과 부딪혔다. 쳇이 내 팔을 잡고 넘어지지 않도록 부축해준다.

"하마터면 넘어질 뻔했잖아요." 쳇이 말한다.

"고마워요." 나는 휴대폰을 들어 보이며 말한다. "휴대폰 충전을 하러 잠시 들렀다가 돌아가는 길이었어요."

나는 밖으로 나와 캠프로 향한다. 오전 수업을 마친 학생들은 각자 오두막과 식당, 미술공예관으로 흩어진다. 층층나무 오두막 문을 열자 뭔가 열심히 읽느라 여념이 없는 아이들의 모습이 눈에 들어온다. 크리스틸은 만화책, 미란다는 애거서 크리스티의 추리소설을 읽고 있다. 사샤는 오래된 《내셔널 지오그래픽》을 읽고 있다.

"수업 중에 어디 가셨던 거예요?" 크리스털이 말한다. "다시 온다더니 결국 안 오셨잖아요."

"미안해. 개인적으로 문제가 생겨서 좀 늦었어."

나는 나무 트렁크 앞에 무릎을 꿇고 앉아 이 오두막을 거쳐간 사람들이 새겨놓은 이름들을 찾아본다.

"뭐 하세요?" 미란다가 묻는다.

"뭘 좀 찾고 있어."

"뭘 찾는데요?" 이번에는 사샤가 묻는다.

나는 오른쪽으로 몸을 기울이고 손가락으로 트렁크의 옆면을 어루만진다. 표면에 다섯 글자가 새겨져 있다. 바닥에서 손톱만큼 떨어진 위치다.

베카(Becca)

"리베카, 이 거짓말쟁이." 내가 말한다.

15년 전

7월 4일 독립기념일 캠프파이어는 다른 날에 비해 훨씬 뜨겁고 열광적으로 불타올랐다. 모닥불을 둘러싼 여학생들은 열띤 분위기 속에서 캠프파이어를 즐겼다. 층층나무 오두막 여학생들도 흥분이 감도는 축제 분위기에 녹아들었다. 비비언과 내털리, 앨리슨 사이에서 감돌던 미묘한 갈등의 조짐은 일단락되어 보였다. 그들은 저녁 식사 시간 내내 줄곧 웃으며 농담을 주고받았고, 모닥불 주위에 다정하게 둘러앉아 높이 솟아오르는 불꽃의 열기에 흠씬 취했다. 외로웠던 내 하루의 끝에서 그들이 나와 함께한다는 사실이 무엇보다 기뻤다.

우리는 지도교사들이 나누어준 폭죽에 불을 붙이고 이글거리며 타들어 가는 불꽃을 지켜보았다. 앨리슨이 폭죽으로 허공에 이름을 쓰기 시작했다. 비비언도 똑같이 따라 했다. 그때 갑자기 다연발로 울려 퍼지는 폭죽 소리가 하늘 가득 울려 퍼졌다. 하늘에서 덩굴손 모양 황금색 불꽃이 찬란하게 주변을 밝혔다. 연속적으로 불꽃이 터지면서 휘황찬란한 빛이 하늘을 가득 채웠다. 독립기념일을 맞아 근처 시내에서 진행하는 불꽃놀이와 나이팅게일 캠프의 캠프파이어가 동시에 어우러지며 환상적인 분위기를 만들어냈다.

비비언이 등 뒤에서 나를 껴안으며 귀에 대고 속삭였다. "정말 멋진 밤이야."

비비언이 불꽃놀이에 빗대어 다른 뭔가에 대해 말하고 있다는 느낌이 들었다. 이곳, 이 순간, 나에 대해.

"지금 이 순간, 이 자리, 나를 언제나 기억했으면 좋겠어." 비비언은 또 다른 폭죽이 터지면서 황금빛 물결이 하늘을 수놓는 동안 나에게 말했다. "약속할 수 있지?"

"물론이야." 내가 말했다.

"나를 잊지 않을 거지?"

"절대로 잊지 않아."

"그래, 착한 내 동생."

비비언은 내 정수리에 뽀뽀하고 나서 나를 안고 있던 팔을 살며시 풀었다. 불꽃놀이의 마지막을 장식한 피날레는 모닥불 주변에 모인 아이들을 열광하게 만들었다. 다연발 폭탄이 터지듯 요란한 굉음에 이어 크고 화려한 불꽃들이 하늘에서 춤을 추듯 뒤섞이며 황홀한 장면을 자아내는 모습을 지켜보면서 여학생들은 짜릿한 기분에 도취했다.

밤하늘을 황금빛으로 물들이던 불꽃은 모두 사라지고, 이제 넓은 하늘은 찬란한 불꽃 대신 점점이 박힌 영롱한 별들의 차지가 되었다.

"별들이 너무 예뻐." 나는 비비언도 같은 생각인지 물어보려고 뒤를 돌아보았다. 비비언은 벌써 어디론가 사라지고 없었다. 캠프파이어장 바닥에서는 활활 타오르던 모닥불이 잉걸불로 잦아들고 있었다.

25

나는 이번에도 캠프파이어에 가지 않는다. 피곤하다는 말은 결코 핑계가 아니다. 별장에 몰래 들어가 서랍을 뒤지느라 몹시 긴장한 탓인지 온몸의 기력을 소진해버린 상태이다. 나는 편안한 옷으로 갈아입고 침대에 누워 캠프파이어에 가는 아이들에게 재미있게 놀다 오라고 말한다. 아이들이 오두막을 떠나자마자 나는 휴대폰을 열고 마크가 보낸 이메일이 와 있는지 확인한다. 마크에게서 문자 메시지 하나가 와 있다.

미스터 도서관은 여전히 멋져. 내가 왜 그 친구랑 헤어졌는지 모르겠어.

나는 답장을 보낸다.

자꾸 한눈팔지 말고.

몇 분 뒤 나는 밖으로 나와 골든 오크 오두막으로 향한다. 나는 골든 오크 오두막을 사용하는 아이들이 캠프파이어장으로 떠날 때까지 잠시 기다린다. 마지막으로 오두막을 나오던 리베카가 나를 발견하고 자못 긴장한 표정을 짓는다. 뭔가 크게 잘못되었다는 걸 이미 알고 있는 눈치다.

"잠시 후에 뒤따라갈 테니까 먼저들 가 있어." 리베카는 같은 오두막을 쓰는 아이들에게 그렇게 말하고 나서 나를 향해 시큰둥한 목소리로 말한다. "도대체 뭐가 필요해서 왔니, 에마?"

"나에게 진실을 말해줘, 리베카 언니." 나는 휴대폰 화면을 열고 별장에서 찍어온 사진을 리베카에게 보여준다. 리베카와 비비언이 함께 찍은 사진이다.

리베카는 입을 꼭 다물고 고개를 끄덕이더니 다시 골든 오크 오두막으로 들어간다. 금방 나올 줄 알았는데 리베카는 밖으로 나올 기미가 보이지 않는다. 한참 후에야 리베카는 어깨에 가죽 가방을 둘러메고 밖으로 나온다.

"우리에게 필요한 보급품이야." 리베카가 말한다.

우리는 오두막 사이를 걸어 호수로 향한다. 황혼이 짙게 내린 가운데 하늘은 낮에서 밤으로 넘어가고 있는 중이다. 하늘에서 별들이 하나둘 떠오르며 반짝이기 시작하고, 달은 호수 반대편 하늘에 낮게 걸려 있는 상태이다.

리베카와 나는 호수 기슭에 있는 납작한 바위에 나란히 앉는다. 너무 밀착해 앉아 무릎이 닿을 지경이다. 리베카가 가죽 가방을 열더니 위스키 한 병과 폴더 하나를 꺼낸다. 리베카는 위스키를 병째 들고 한 모금 길게 마시더니 내게 건넨다. 나도 리베카처럼 위스키를 한 모금 길게 마시자 목구멍이 타는 느낌에 저절로 인상이 찌푸려진다.

"이 폴더에는 뭐가 들어 있어?"

"우리의 추억들." 리베카가 말한다.

폴더를 열자 여러 장의 사진이 보인다. "언니가 직접 찍은 사진이야?"

"15년 전에 내가 찍었어."

리베카가 어렸을 때부터 사진에 재능이 있었다는 사실을 인정하지 않을 수 없다. 사진 속 인물들은 하나같이 자기가 찍히는 줄도 모르고 영원의 순간에 박제되어 있다. 두 소녀가 모닥불 앞에 다정하게 앉아 있는 실루엣 사진이 보인다. 테니스를 치는 소녀 사진도 있다. 소녀의 하얀 치마가 펄럭이고, 건강미 넘치는 허벅지가 드러나 보인다. 소녀가 미드나이트 호수에서 헤엄치는 사진도 있다. 주근깨투성이 어깨, 바다사자처럼 매끈한 머리카락을 보는 순간 나는 앨리슨이라는 사실을 알아챈다. 앨리슨은 카메라 반대편을 보고 있고, 카메라 렌즈가 아니라 가까이 있는 누군가에게 집중해 있다.

비비언이 불붙은 폭죽으로 허공에 이름을 쓰는 사진도 있다. 리베카가 노출을 조정해 비비언이 허공에 쓴 글씨가 잘 보이도록 고난도의 기술을 선보인 사진이다. 하얀색 빛줄기가 어두운 허공에 매달려 있다.

VIV

15년 전, 7월 4일은 소녀들이 사라진 밤이다.

"맙소사!" 내가 말한다. "그럼 이 사진들은……."

"그래, 아마도 비비언이 이 세상에 남긴 마지막 사진일 거야."

나도 모르게 위스키에 손이 간다. 나는 다시 위스키를 한 모금 길게 마시고 나서 묻는다. "비비언과 무슨 일이 있었어? 내가 캠프에 온 그해 말고, 그 전 해에 캠프에 왔을 때 언니가 비비언과 층층나무 오두막에서 함께 지냈다는 걸 알아."

"그래, 우리 네 사람에게는 복잡한 역사가 있지." 리베카는 잠시 말을 멈추었다가 잇는다. "비비언과 나는 사실 이 캠프에서만 함께 어울린 사이가 아니야. 학교가 같아 우린 늘 함께 붙어 다녔지. 어떤 해에는 우리 반 아이들 절반가량이 이 캠프에서 함께 여름을 보낸 적도 있어."

"부자 년들 캠프 말이지?" 내가 말한다. "내가 다니는 학교에서는 나이팅게일 캠프를 그렇게 불렀어."

"그래, 듣기에 썩 좋지는 않지만 틀린 표현은 아니야. 이 캠프에 오는 아이들 대부분은 돈 많은 부잣집 년들이고, 나쁜 년들이 많았지. 비비언은 특히 그랬어. 캠프의 지배자이자 여왕벌이었지. 비비언을 선망해 좋아하는 아이들과 시기 질투해 미워하는 아이들이 각각 절반쯤 되었을 거야. 비비언은 자기가 아이들에게 관심의 대상이 되고 있다는 걸 알고 있었고, 그걸 즐겼지. 한때 난 비비언과 가까이 지냈고, 그러다보니 그 아이의 색다른 면을 많이 보게 되었어."

"비비언과 함께 찍은 사진을 보니 각별히 친한 사이 같던데?"

"한때는 정말 친한 사이였지. 우린 어른들에 대한 불만이 많은 반항기에 서로 알게 되었어. 우린 열네 살이었고, 한시바삐 지겨운 청소년기를 벗어나 어른이 되고 싶어 했지. 비비언은 일탈 행위를 즐겼어. 비비언을 좋아하는 아이들은 그 아이가 원하면 뭐든 가져다 바쳤지. 맥주, 대마초, 클럽에 출입할 수 있게 해주는 가짜 신분증 따위. 그러다가 비비언은 갑자기 모든 일탈 행위를 중단했어."

"비비언이 심경 변화를 일으킬 만큼 뭔가 중대한 일이 있었어?"

"나도 확실히는 몰라." 리베카가 말한다. "내 짐작으로는 캐서린 언니가 목숨을 잃은 뒤 정체성에 혼란이 찾아온 것으로 보여. 비비언이 언니 얘기를 해주었을 텐데?"

"비비언이 언젠가 언니 얘길 해준 적이 있어. 물에 익사해 죽었다면서?"

"어느 한겨울 밤이었지. 비비언의 언니 캐서린은 술에 잔뜩 취한 상태였는데 센트럴파크에 가고 싶었나봐. 캐서린은 조금이라도 빨리 가고 싶은 마음에 얼어붙은 호수 위를 걸었고, 도중에 얼음이 깨지는 바람에 물에 빠져 익사했어."

나는 비비언이 수영을 못하는 척하며 물에 빠진 연기를 했던 모습이 떠올랐다. 거짓으로 물에 빠진 비비언이 도와달라고 외치면서 팔을 허우적거릴 때 머릿속에서 분명 죽은 캐서린의 얼굴이 떠올랐을 것이다.

"캐서린의 죽음은 비비언을 큰 충격에 빠뜨렸어." 리베카가 말한다. "그 소식을 듣자마자 나는 비비언의 아파트로 달려갔어. 예상대로 비비언은 정신을 잃을 만큼 침통한 상태였지. 목청 높여 캐서린의 이름을 부르며 주먹으로 벽을 치기도 하고, 미친 듯이 머리를 잡아 뜯기도 했어. 나는 그 모습을 보면서 과하긴 해도 매우 아름다운 장면이라는 생각이 들었지. 너무나 인상적이어서 사진에 담아두고 싶을 정도였어. 내 생각이 좀 이상해 보이겠지만 그때 느꼈던 내 감정은 분명 그랬지."

사라진 여학생들이 계속 두꺼운 물감 뒤로 숨어 보이지 않게 하는 것보다는 이상하지 않은 일이다.

"캐서린이 그렇게 된 이후 우리 사이는 점점 멀어지기 시작했어." 리베카가 말을 잇는다. "나는 비비언의 친구이기에 해야 할 책임과 의무를 다했다고 생각해. 비비언을 위로해주러 집에 찾아가고, 장례식에 참석하고, 비비언이 다시 학교에 나오기 시작했을 때 늘 옆에 있어 주었으니까. 비비언이 나를 멀리하는 대신 그 아이들과 부쩍 가까워지고 있다는 느낌이 들었어."

"그 아이들이라면?"

"앨리슨과 내털리. 그 아이들은 원래 캐서린과 친구 사이였어. 캐서린과 같은 반이었거든."

"난 그 언니들이 비비언과 동갑내기라고 생각했는데?"

"아니, 비비언이 한 살 어려. 물론 비비언의 행동을 보면 한 살 어린 티가 전혀 나지 않지."

리베카가 손을 뻗어 내 무릎에 놓인 위스키를 가져간다. 대화를 이어가려면 신이 내린 묘약이 필요하다는 듯이. 리베카는 위스키를 길게 한 모금 마신다.

"캐서린이 죽기 전까지만 해도 비비언은 내털리와 앨리슨과는 어울리고 싶어 하지 않았어. 캐서린, 비비언, 내털리, 앨리슨, 나 그렇게 다섯 사람이 한자리에 모인 적이 더러 있었어. 그럴 때마다 비비언은 내털리와 앨리슨을 놀려대며 공격했지. 우린 마치 하나뿐인 권력을 차지하기 위해 만나기만 하면 피 터지게 싸우는 마피아 같았어. 진실게임 같은 놀이를 할 때도 우린 결코 장난이 아니었지."

"비비언 언니는 두 진실, 한 거짓 게임을 각별히 좋아했어."

"아마 캐서린이 그 게임을 좋아했기 때문일 거야. 비비언은 언니인 캐서린을 지극히 따랐거든. 캐서린이 그렇게 되고 나서 캐서린에 대한 비비언의 애틋한 감정이 내털리와 앨리슨에게로 옮겨간 느낌이 들었어. 나는 그해 여름 캠프 때 내털리와 앨리슨이 우리와 같은 오두막을 사용하게 된 걸 보고 그리 놀라지 않았어. 예상 가능한 일이었으니까. 다만 비비언이 나를 철저하게 따돌릴 줄은 미처 몰랐어. 내털리와 앨리슨이 있는 자리에서 비비언은 나에게 아예 눈길조차 주지 않았지. 마치 내털리와 앨리슨을 무조건 짝사랑하게 된 것 같았어. 캠프가 끝날 때쯤 비비언과 나는 식사를 하러 갈 때도 따로 갔고, 웬만하면 눈도 마주치지 않고 지낼 만큼 관계가 소원해졌지. 학교로 돌아가서도 마찬가지였어. 비비언 옆에는 늘 내털리와 앨리슨이 있었지. 한 해가 지나고 다시 여름 캠프에 가게 되었을 때 나는 이번에는 비비언과 같은 오두막을 쓰지 않게 되리라 예상했는데 역시나 그랬어. 비비언이 층층나무 오두막에서 나를 빼달라고 미리 손을 써둔 거야. 나는 어쩔 수 없이 다른 오두막에서 지내게 되었지.”

이제 날이 완전히 어두워져 하늘에서 별들이 반짝이고 있다. 캠프파이어를 마치고 돌아오는 아이들이 두런거리는 소리가 들려온다.

“15년 전에 진작 나에게 그런 귀띔을 해주었어야지.” 내가 따지듯이 말한다.

“내가 너에게 비비언을 가까이하지 말라고 했던 말 기억 안 나? 비비언이 결국 널 배신할 거라고 했잖아. 난 네가 나처럼 비비언의 꼬드김에 넘어가는 것 같아 말리고 싶었거든.”

나는 대답 대신 위스키를 한 모금 더 마신다.

“아니야. 난 언니랑 똑같은 처지는 아니었어.”

“너야말로 왜 말해주지 않았니? 나는 비비언과 내털리, 앨리슨이 사라지기 직전에 층층나무 오두막에서 무슨 말이 오갔는지 다 들었어. 그 당시 내가 머문 오두막이 층층나무 오두막과 가장 가까운 위치에 있었거든. 그날, 층층나무 오두막의 창문이 열려 있었고, 난 너희들이 하는 모든 얘기를 들었어."

내 심장이 전축에서 레코드판이 튀듯 멈칫거린다.

"그럼 층층나무 오두막 출입문에 글씨를 쓴 사람이 언니였어? 까마귀 세 마리를 오두막에 넣어두고, 틈만 나면 나를 살피고 감시하고 훔쳐보던 사람이 바로 언니였단 말이야?"

리베카는 내 손에서 위스키를 빼앗듯이 가져간다. 내가 한 말에 대한 공식적 부인이다.

"무슨 말도 안 되는 소리야?"

"아무튼 내가 이 캠프에 온 순간부터 몰래 따라다니는 스토커가 있어." 내가 말한다. "처음에는 내가 신경이 너무 예민해 과민 반응한다고 생각했는데 실제로 이상한 일이 벌어지고 있잖아."

"내가 널 따라다니면서 괴롭힐 이유가 없잖아." 리베카가 어이없어하며 말한다. "비비언과 내털리, 앨리슨이 사라지던 날 밤 난 네가 비비언에게 했던 말을 똑똑히 기억해. 그렇다고 널 비난하고 싶지는 않아. 내가 비비언에게 해주고 싶었던 말이었으니까."

나는 몸을 일으켰지만 균형이 잡히지 않는다. 리베카가 들고 있는 위스키병을 보니 3분의 1밖에 남지 않았다.

나는 술에 취해 비틀거리며 걷다가 리베카에게 소리친다. "앞으로 내 앞에서 얼씬거리지 마. 그날 밤, 언니가 들었던 말과 내가 비비언에게 했던 말은 뉘앙스 차이가 있으니까 뜻을 곡해해서는 안 돼."

리베카는 앞뒤 사정을 전혀 알지 못한 상태로 내가 하는 말을 들었으니까.

15년 전

"비비언 언니는 어디 있어?" 내털리에게 물었지만 아무런 대답 없이 어깨만 으쓱했다.

앨리슨도 마찬가지였다. "몰라."

"조금 전까지 여기 있었잖아?"

"오두막으로 돌아갔겠지." 내털리가 말했다.

잠시 후 우린 오두막으로 돌아왔지만 비비언은 없었다.

"비비언 언니를 찾아봐야겠어." 내가 말했다.

"비비언이 원하지 않을 수도 있어." 내털리는 모기에게 물린 다리를 손으로 긁으며 말했다.

나는 들은 척도 하지 않고 비비언을 찾아 나섰다. 비비언이 가 있을 만한 곳이라면 화장실밖에 생각나지 않았다. 야외 화장실에 가보니 문이 잠겨 있었다. 누군가 이 늦은 시간에 야외 화장실 문을 잠그고 샤워를 할 리 없었다. 나는 반신반의하며 야외 화장실 건물 옆으로 돌아갔다. 샤워장에서 물이 쏟아지는 소리가 났고, 간간이 여자의 야릇한 신음 소리도 섞여 들려왔다.

그때 그냥 돌아서서 오두막으로 돌아갔어야 했는데 호기심이 내 발목을 잡았다. 비비언이 전에 해준 말이 떠올랐다.

몰래 훔쳐볼 수 있는 기회가 주어졌는데 안 보면 바보지.

삼나무 널빤지 틈새 쪽으로 몸을 굽히고 안을 들여다봤다.

비비언이 샤워장 벽을 짚은 상태로 등을 보이고 서 있었고, 뒤쪽에 테오가 있었다. 테오의 두 손이 비비언의 손 위를 덮고 있었고, 몸이 한 치의 틈도 없이 바짝 밀착되어 있었다. 테오는 엉덩이를 쉴 새 없이 움직이면서 얼굴을 비비언의 목덜미에 묻고 낮은 신음을 발했다.

두 사람이 벌이는 행위를 보면서 내 가슴은 둘로 쪼개졌다. 심장이 산산이 부서지는 소리가 들리는 듯했다.

내가 큰 충격을 받고 돌아섰을 때 케이시가 담배를 입에 물고 서 있었다.

"에마?" 내 이름을 부르는 케이시의 입에서 담배 연기가 쏟아져 나왔다. "무슨 일이니?"

나는 고개를 저었지만 흘러내리는 눈물을 감출 수 없었다.

"무슨 일이야? 왜 울어?" 케이시가 거듭 물었다.

"아무것도 아니에요." 나는 대충 그렇게 둘러대고 층층나무 오두막이 아닌 미드나이트 호수로 달려갔다. 호수 기슭에 선 나는 하염없이 눈물을 흘렸다. 내 눈에서 떨어진 눈물이 미드나이트 호수에 방울방울 스며들었다.

한참 동안 울고 나서 층층나무 오두막에 돌아왔더니 비비언과 내털리,

앨리슨이 한자리에 모여 있었다. 그들은 바닥에 둘러앉아 두 진실, 한 거짓 게임을 하고 있었고, 비비언의 손에는 술병이 들려 있었다.

"한 모금 마실래?" 비비언이 술병을 내밀며 말했다.

나는 비비언의 젖은 머리와 분홍빛으로 상기된 피부, 그녀의 목걸이에 달린 로켓을 멍하니 바라보는 동안 견디기 힘든 증오심이 끓어올랐다. 이제껏 살아오면서 누군가를 그 정도로 심하게 증오했던 적은 없었다.

"됐어." 나는 시큰둥하게 말했다.

앨리슨은 나 때문에 잠시 중단했던 게임을 다시 시작했다. 그녀는 언제나 뻥튀긴 자랑을 늘어놓거나 듣기 민망할 정도로 멍청한 말을 내뱉기 일쑤였다. "첫 번째, 나는 앤드루 로이드 웨버 경을 만났다. 두 번째, 나는 지난 일 년 동안 빵을 먹은 적이 없다. 세 번째, 나는 마돈나가 부른 〈아르헨티나여 울지 마오(Don't Cry For Me, Argentina)〉가 패티 루폰이 부른 노래보다 더 낫다고 생각한다."

"두 번째." 비비언은 술을 한 모금 마시고 나서 말했다. "나랑은 상관없지만……."

앨리슨은 마음이 상한 티를 내지 않으려고 애쓰며 합창단원 같은 웃음을 지었다. "그래, 정답이야. 오늘 아침에 팬케이크를 먹었고, 캠프에 오던 날 아침에 엄마가 프렌치토스트를 만들어줘서 먹었거든."

"이제 내 순서야." 내가 말했다. "첫 번째, 내 이름은 에마 데이비스다. 두 번째, 나는 나이팅게일 캠프에서 여름을 보내고 있다."

나는 거짓말을 준비하기 위해 잠시 말을 멈췄다.

"세 번째, 나는 비비언과 테오가 샤워장에서 섹스하는 걸 보았다."

내털리는 크게 놀란 듯 손을 들어 벌어진 입을 틀어막았다. 앨리슨은 경악한 듯이 소리를 질렀다. "오, 맙소사! 에마의 말이 사실이야?"

비비언은 놀랍도록 차분한 태도를 유지하며 냉정한 눈빛으로 나를 바라보았다. "그래서 나에게 화났니?"

나는 비비언의 너무나 당당한 눈빛을 견딜 수 없어 고개를 돌리고 아무 말도 하지 않았다.

"지금 이 상황에서 화를 낼 사람은 오히려 나야. 네가 날 훔쳐보았다는 뜻이잖아. 넌 내가 섹스하는 모습을 변태처럼 몰래 훔쳐보았고, 지금 이 자리에서 발설했어. 너, 그 정도밖에 안 되는 사람이었니?"

나를 가장 당혹스럽게 만드는 건 놀랍도록 차분한 비비언의 태도와 전혀 흔들림 없는 말투였다. 필요한 만큼 적당히 경멸감을 섞어 상대를 주눅 들게 만드는 비비언의 특기가 유감없이 발휘되었다. 비비언은 내가 견디지 못하고 폭발하도록 만들기 위해 퓨즈에 불을 붙이고 있었다.

나는 비비언이 원하는 대로 폭발해주었다.

"내가 테오를 얼마나 좋아하는지 알고 있었잖아!" 나는 깜짝 놀랄 만큼 크게 소리를 질렀다. 멈출 수 없는 분노가 내 입을 폭죽처럼 터지게 했다. "언니는 테오가 언니보다 나에게 관심을 보이는 걸 견딜 수 없었고, 참다못해 그런 해괴망측한 짓을 벌인 거야."

"테오?" 비비언이 피식 웃었다. 말도 안 되는 소리라는 듯 짧게 터진 비웃음이었다. 비비언의 그 웃음소리가 잔인할 만큼 나를 초라하게 만들었다. "테오가 널 연애 상대로 관심을 보였다고 생각해? 맙소사! 넌 아직 아기일 뿐이야."

"난 아기일지 몰라도 언니처럼 나쁜 년은 아니야."

"그래, 난 나쁜 년이야. 넌 착각에 빠져 사는 구제 불능 망상증에 걸린 꼬맹이고."

나에게 흘릴 눈물이 더 남아 있었더라면 다시 한번 울음이 터졌을 것이다. 더는 흘릴 눈물이 남아 있지 않아 다행이었다. 나는 비비언을 가볍게 밀치고 침대로 올라가 모로 누운 자세로 무릎을 끌어안았다. 눈을 감고 깊게 숨을 들이쉬면서 가슴이 텅 빈 것 같은 끔찍한 느낌을 떨쳐버리려고 애썼다.

비비언과 내털리, 앨리슨은 나를 더 이상 자극하면 안 되겠다고 생각했는지 서로 은밀한 눈길을 주고받더니 밖으로 나갔다. 그 덕분에 나는 그들의 이야기를 들어야 하는 굴욕을 피할 수 있었다. 그들이 오두막을 나간 지 얼마 지나지 않아 나는 까무룩 잠들었다. 내 머리와 몸은 무의식이 내 고통을 치유하기 위한 최고의 묘약이라는 결정을 내렸고, 나는 충실히 따랐다.

한밤중에 잠에서 깨어났다. 나를 깨운 건 오두막 바닥의 널빤지가 삐걱거리는 소리였다. 잠이 깬 나는 침대에서 일어나 앉았다. 보름달의 환한 빛이 창문으로 스며들어와 어둠을 가시게 해주었다.

비비언과 내털리, 앨리슨은 달빛이 쏟아지는 창문을 지나 출입문으로 걸어갔다. 비비언이 내가 잠에서 깬 걸 발견하고 그 자리에 잠시 멈춰 섰다.

"한밤중에 어딜 가는 거야?" 내가 물었다.

비비언은 쓸쓸한 웃음을 흘렸다. 위로 살짝 구부러진 입술에서 기쁜 감정은 전혀 찾아볼 수 없었다. 슬픔과 후회, 나에게 사과하고 싶어 하는 감정이 느껴졌다.

"같이 가고 싶지만 넌 아직 너무 어려." 비비언이 말했다.

비비언이 검지를 들어 자기 입술에 댔다. 나에게 이제 침묵해달라는 요구였다.

나는 마지막 말을 했다.

그 말을 내뱉고 난 뒤 내가 내뱉은 말의 불쾌한 메아리가 오두막 안을 채웠고, 비비언은 밖으로 나가 영원히 사라졌다.

26

　나는 잔뜩 취한 상태로 걷고 있다. 아니, 좀 더 정확히 말하면 걷는 게 아니라 비틀거리고 있다. 한 걸음씩 힘겹게 발길을 떼어놓을 때마다 나뭇조각이 깔린 길이 발아래서 꿈틀거린다. 발에 힘을 주며 길이 더는 꿈틀거리지 않도록 애쓸수록 몸의 균형을 잡기 더욱 힘들다. 오랜 세월 술에 취한 엄마를 관찰하면서 익힌 몇 가지 요령이 그나마 도움이 된다. 스스로 뺨을 힘껏 때리고, 숨을 깊게 들이마시고, 정신을 집중하고, 눈을 크게 뜬다.

　나는 층층나무 오두막으로 가지 않고 무의식적으로 야외 화장실로 간다. 안으로 들어가지는 않은 대신 화장실 건물에 기대 잠시 정신을 잃는다. 눈을 감고 내가 애초에 여기에는 왜 왔는지 궁금해한다.

　나는 누군가 가까이에 있다는 걸 느끼고 눈을 뜬다. 누군가 화장실 모퉁이를 돌아 다가오는 모습이 보인다. 내 몸이 본능적으로 긴장한다.

케이시가 담배 연기를 깊이 빨아들였다가 나른하게 내뿜으며 나에게 말한다. "민디인줄 알았잖아."

나는 아무 말도 하지 않는다.

케이시는 담배꽁초를 바닥에 던지더니 발로 비벼 끈다.

"여기서 무얼 하고 있었어? 별일 없지?"

"네, 별일 없어요." 나는 리베카와 나눈 대화의 여진이 그대로 남아 참을 수 없을 만큼 슬픈 상태지만 꾹 눌러 참는다.

"너, 술 취했니?"

"안 취했어요." 내가 한 말은 마치 엄마가 흔히 그랬듯이 혀가 꼬여 발음이 정확하지 않다.

케이시는 황당하다는 듯이 고개를 젓는다. "민디에게 들키지 않도록 조심해. 네가 대낮부터 술에 취해있는 걸 알면 아주 난리를 칠 테니까."

케이시가 가고 나서 나는 샤워장의 삼나무 널빤지에 난 틈을 손가락으로 문지른다. 여전히 틈이 남아 있는지 눈을 가까이 대보았지만 이제는 진흙으로 막혀 있어 안이 들여다보이지 않는다. 나는 15년 전 내가 거닐었던 발자국을 되밟아보고 있다. 비비언이 캠프파이어장에서 모습을 감춘 이후 내가 갔던 장소로 가고 있다. 15년이 지났지만 나는 여전히 비비언과 테오가 샤워장에서 섹스하는 모습이 보이고, 그때 느꼈던 아픔이 고스란히 느껴진다. 소리는 들리지 않고 머릿속에서 무수히 반복되는 영상으로만 남은 기억의 고통이다.

양팔과 뒷덜미의 살갗에서도 떨림이 느껴진다. 누군가 뒤에 있다는 뜻이다. 케이시가 다시 돌아왔을 수도 있다. 아니, 민디일 수도 있다. 하지만 내 눈에 보인 상대는 비비언이다. 전체적인 모습은 아니다. 화장실 모퉁이에 있는 비비언의 일부만이 살짝 보인다. 바람에 흔들리는 금발 머리, 삼나무 널빤지를 스치고 지나가는 하얀 드레스. 비비언은 완전히 사라지기 전에 고개를 돌리고 나를 바라본다. 비비언의 매끈한 이마와 검은 눈동자, 앙증맞은 코가 내 눈에 들어온다. 그날 밤, 캠프에서 사라진 이후 자주 보았던 그 모습 그대로다.

나는 본능적으로 팔찌를 손으로 더듬어보지만 살갗밖에 만져지지 않는다. 팔찌가 사라졌다. 팔찌가 풀리지 않도록 끈으로 묶어 두었는데 어디론가 사라지고 없다.

나는 얼른 화장실 모퉁이로 시선을 돌린다. 비비언은 여전히 나를 바라보며 그곳에 서 있다.

'*난 미치지 않을 거야.*' 나는 생각한다. '*절대로 미치지 않아.*'

나는 왼쪽 손목의 살갗을 문지른다. 팔찌가 있을 때와 똑같은 마법이 이루어질 수 있도록. 전혀 도움이 되지 않는다. 비비언은 여전히 그 자리에서 나를 빤히 바라보고 있다. 아무 말 없이. 하지만 나는 계속 손목을 문지른다. 살이 뜨거워진다.

난 미치지 않을 거야.

팔찌가 어디론가 사라지고, 비비언이 눈앞에 보이고, 두려움이 물병 로켓처럼 등줄기를 타고 솟구친다.

나는 달린다.

난 미치지 않을 거야.

화장실에서 멀어지며 달린다.

난 미치지 않을 거야.

층층나무 오두막을 향해.

난 미치지 않아.

내 딴에는 빨리 달린다고 생각했지만 비틀거리다가 넘어지고 다시 일어서고 하면서 겨우 층층나무 오두막 앞에 도착한다. 나는 오두막 문을 열고 안으로 들어서자마자 방금 닫힌 출입문에 등을 기댄다.

사샤, 크리스틸, 미란다는 바닥에 둘러앉아 뭔가를 열심히 보고 있다. 내가 들어서자 아이들이 깜짝 놀란 표정으로 고개를 든다. 미란다가 얼른 읽고 있던 뭔가를 덮더니 내 침대 아래로 밀어 넣으려고 한다. 하지만 동작이 너무 느려 내 눈에 빤히 보인다. 나는 아이들이 뭘 읽고 있었는지 알 수 있다. 비비언의 일기장이다.

"이제 너희들과도 비밀을 공유하게 되었네." 나는 가쁜 숨을 고르며 천천히 말한다. 눈을 아래로 내리까는 아이들의 태도로 보아 이제 모든 비밀을 알게 되었다는 뜻이다.

"선생님 이름을 구글에서 검색해봤어요." 사샤가 손으로 미란다를 가리키며 말한다. "미란다가 그러자고 했죠."

"미안해요." 미란다가 말한다. "지난 이틀 동안 선생님의 행동이 너무 이상해 보여서 왜 그러는지 이유가 궁금했어요."

"너희들도 알게 되어서 차라리 다행이야. 너희들도 나이팅게일 캠프에서 무슨 일이 있었는지 알아야 할 자격이 있으니까."

취기와 피로감에 지친 나는 여전히 출입문에 등을 기대고 있다. 마치 흔들리는 배에 타고 있는 선원 같기도 하고, 술에 취해 몸을 제대로 가누지 못하던 엄마 같기도 하다. 나는 몸을 일으켜 세우려다가 실패해 내 트렁크 뚜껑 위에 털썩 주저앉는다.

"아마도 너희들도 나에게 물어보고 싶은 이야기들이 많을 거야." 내가 말한다.

"사라진 언니들은 어떤 분들이었어요?" 사샤가 가장 먼저 질문한다.

"너희 세 사람과 비슷하기도 했고, 다른 점도 있었어."

"그분들은 어디로 사라졌을까요?" 크리스털이 묻는다.

"나도 몰라." 내가 말한다.

하마터면 나도 그들과 함께 사라졌을 수도 있다. 비비언은 샤워장에서 테오와 섹스를 해 내게 큰 아픔을 주었지만 나는 계속 그녀의 친구로 인정받길 바랐다. 만일 비비언이 나에게 함께 가자고 했다면 기꺼이 따라나섰을 것이다.

"너희들이 본 일기의 내용이 전부는 아니야." 내가 말한다. "내가 개인적으로 조사해둔 내용이 더 있어."

위스키에 취한 상태로 15년 전 내가 밟았던 길을 다시 걸어보려다가 비비언의 환영과 마주친 상태라 내 감정은 엉망진창이다.

"우리 두 진실, 한 거짓 게임할까?"

나는 트렁크 뚜껑에서 내려와 바닥에 앉는다.

"첫 번째, 나는 루브르박물관에 간 적이 있다. 두 번째, 15년 전 나와 오두막을 같이 쓰던 세 명의 아이들이 오두막을 떠났다. 그 이후 아무도 그 아이들을 본 사람이 없다."

나는 말을 멈추고 지난 15년 동안 숨겨왔던 비밀을 털어놓기 전에 잠시 머뭇거린다. 비밀을 간직해야 한다는 내면의 외침이 들려왔지만 더는 감당하기 힘든 죄책감이 밀려와 진실을 털어놓게 만든다.

"세 번째, 아이들이 오두막을 떠나기 직전에 나는 말했다. 지금은 몹시 후회하는 말이다. 그날 이후 한 번도 내 머릿속에서 사라지지 않고 맴도는 말이다. *절대로 돌아오지 않았으면 좋겠어.*"

그 말을 내 입으로 내뱉은 순간이 떠오른다. 날카로운 칼날이 내 살을 가르고 심장을 도려내는 느낌이다.

"나는 비비언의 면전에 대고 절대로 돌아오지 않았으면 좋겠다고 말했어." 내가 말한다. "내가 비비언에게 마지막으로 한 말이야."

뜨거운 눈물이 눈가를 적신다. 그동안 나 혼자 몰래 숨겨왔던 슬픔과 죄책감이 한꺼번에 밖으로 쏟아져 나온다.

"그분들이 사라진 건 선생님이 했던 말 때문이 아니잖아요." 미란다가 나를 위로하며 말한다. "누구나 화가 나면 감정 섞인 말을 내뱉을 수 있어요. 그러니까 너무 자책하지 말아요."

사샤도 그 말에 공감한다는 뜻으로 고개를 끄덕인다. "그분들이 돌아오지 않은 건 결코 선생님 잘못이 아니었어요."

나는 그들이 나를 위로하려고 해주는 말이 고맙지만 정작 동의하긴 힘들어 멍하니 바닥만 바라본다. 나는 동정 받을 자격이 없다. 아직 고백하지 않은 말이 하나 더 있다. 지금껏 모두에게 비밀로 해온 말.

"그들은 다시 돌아왔어." 뜨거운 눈물이 내 뺨을 타고 흘러내린다. "오두막을 떠나고 나서 한참 후였지. 하지만 그 아이들은 오두막 안으로 들어올 수 없었어."

"왜요?" 미란다가 묻는다.

나는 이쯤에서 멈춰야 한다는 걸 안다. 하지만 이제는 돌이킬 수 없다. 나는 이제 비밀을 혼자 간직하는 게 두렵다. 비밀이 아니라 모두를 속이는 거짓말이다. 나는 이제 진실을 말하고 싶다. 어쩌면 그동안 나를 괴롭혀온 정신질환을 치료하는 방법이 되어줄지도 모른다.

마지막 거짓말

"내가 오두막 안에서 문을 잠그고 열어주지 않았기 때문이야."

"헉!"

미란다는 깜짝 놀란 듯 잠시 숨을 멈추더니 충격으로 놀란 가슴을 손바닥으로 쓸어내린다.

"선생님이 그분들을 오두막 안으로 들어오지 못하게 했다고요?"

나는 눈물을 흘리며 고개를 끄덕인다. 입가에 닿은 눈물방울에서 짭조름한 맛이 난다.

"그들은 문을 두드렸지만 난 오두막 안으로 들어오지 못하도록 열어주지 않았어. 아이들은 문고리를 잡고 흔들어대면서 제발 안으로 들어갈 수 있게 해달라고 애원했지."

나는 오두막 출입문을 바라보며 그날 밤 벌어진 일을 떠올려본다. 달빛을 받아 하얗게 빛나던 문이 흔들리던 모습. 나는 문을 두드리는 소리와 누군가 반대편에서 내 이름을 부르는 소리를 듣는다.

"에마."

비비언이다.

"어서 문을 열어, 에마. 나를 안으로 들어가게 해줘."

나는 아래층 침대에서 몸을 웅송그리고 누워 자꾸만 침대 구석으로 파고들었다. 턱까지 끌어올린 이불 속에서 문을 두드리는 소리를 떨쳐버리려고 애쓰면서.

"에마, 제발!"

나는 이불 아래에서 숨을 죽이며 미동도 하지 않았다. 문 두드리는 소리와 문고리가 덜컥대는 소리, 비비언의 목소리가 멀어질 때까지.

"그 아이들을 오두막 안으로 들어오게 할 수도 있었어." 내가 말한다.

"아니, 반드시 그래야만 했는데 그러지 않았어. 왜냐하면 그때 난 너무 어렸고, 질투심의 포로가 되어 있었고, 바보 같았기 때문이야. 만일 내가 그 아이들을 오두막 안으로 들어올 수 있게 했다면 지금 이 자리에 있겠지. 내가 그 아이들을 죽게 했다는 끔찍한 자책감에 시달릴 필요도 없었을 테고."

나는 손등으로 눈물을 닦는다.

"난 그동안 줄곧 사라진 아이들을 그림으로 그려왔어. 내가 그린 그림에는 그들이 모두 등장하지. 하지만 그들이 그림 안에 있다는 사실을 아무도 몰라. 내가 최대한 숨겨두니까. 그 이유는 나도 모르겠어. 나도 언제까지나 계속 사라진 아이들을 그릴 수는 없겠지. 그야말로 미친 짓이니까. 난 그해 여름에 무슨 일이 일어났는지 반드시 진실이 밝혀지길 바라. 그래야만 내 그림에서 그 아이들을 뺄 수 있을 테니까. 그렇게 되어야만 나 자신을 용서할 수 있을 테니까."

사샤, 크리스털, 미란다는 미동도 하지 않고 나를 바라보고 있다. 갑자기 아이들의 눈빛이 낯설게 느껴진다. 호기심과 두려움이 반반씩 섞인 눈빛이다.

"미안해." 내가 말한다. "내 안에 숨겨둔 비밀 이야기를 털어놓으면 가슴이 후련할 줄 알았는데 딱히 그렇지도 않네. 내일 아침이면 기분이 괜찮아질까?"

몸을 일으켜 세우는 순간 정신이 멍해지고 몸이 폭풍우가 몰아친 숲의 나무처럼 흔들린다. 아이들이 일어서기 시작한다. 나는 아이들에게 그냥 앉아 있으라고 손짓한다.

"내가 너희들의 즐거운 밤을 망치지 않게 해줘. 그러니까 나는 신경 쓰지 말고 계속 놀아."

나는 참기 힘든 졸음이 밀려들면서 몽롱한 눈길로 아이들을 응시한다.

"두 진실, 한 거짓 게임을 한 번만 더 하자." 미란다가 단호한 말투지만 두려워하는 기색을 숨기지 못하며 말한다. "내가 먼저 할게."

나는 침대에 들어가기도 전에 눈을 감는다. 아무리 애써도 눈이 저절로 감긴다. 15년 동안 몰래 품고 있던 비밀을 털어놓고 나니 감정 소모가 심해 너무 힘이 빠진다. 나는 더듬거리며 침대를 찾아 눕고 나서 매트리스와 베개를 손으로 만져 확인한다. 나는 공처럼 몸을 웅크린 상태로 가슴을 끌어안고 아이들을 등지고 눕는다. 나 자신이 창피하게 느껴질 때면 취하는 버릇이다.

"첫 번째, 난 코니아일랜드에서 놀이기구를 타고 나서 토한 적이 있다." 미란다의 목소리는 느리고 조심스럽다. 가끔 내가 잠들었는지 확인하느라 말을 잠시 멈춘다. "두 번째, 나는 일 년에 백여 권의 책을 읽는다."

나는 금세 까무룩 깊은 잠 속으로 빠져든다. 마치 내가 누운 침대 아래에 있는 문이 열리는 듯하다. 나는 기꺼이 아래로 곤두박질치며 무의식의 세계로 빠져든다. 혼곤한 잠 속으로 떨어지면서도 나는 미란다의 목소리를 듣는다.

"세 번째, 난 에마 선생님이 걱정스럽다."

사건은 계속된다. 당신은 거듭 비명을 지른다. 당신은 아무리 애써도 떠올리기조차 끔찍한 생각을 머릿속에서 지울 수가 없다. 당신의 끔찍한 생각 가운데 적어도 하나는 맞다. 그래서 당신은 한 번 더 소리를 질러 캠프 사람들을 깨운다.

물가에서 호수로 열 걸음이나 들어선 곳에 선 당신은 밀려드는 파도의 위력을 느낄 수 있다. 캠프 사람들 모두가 깜짝 놀라 당신을 향해 달려온다. 호숫가에서 평화롭게 노닐던 왜가리 한 마리가 우아한 날개를 펼치며 날아올라 당신이 내지르는 비명을 타고 높이 솟구친다.

프래니가 당신이 내지르는 비명을 듣고 별장 뒤쪽 테라스로 뛰어나온다. 그녀는 당신의 비명을 듣는 순간 벌써 뭔가 잘못되었다는 걸 알아차린 듯하다. 호수에 들어가 있는 당신을 금세 찾아낸 걸 보면 알 수 있다.

프래니는 흰색 잠옷 가운 자락을 펄럭이며 나무 계단을 달려 내려온다.

그다음에 눈에 띈 사람은 쳇이다. 쳇은 졸린 눈에 머리 상태가 엉망이다. 그는 불안해하는 눈빛으로 난간을 붙잡고 서서 계단 위에 그대로 멈춰 서 있다.

그다음에 보인 사람은 테오로 조금도 머뭇거리지 않고 곧바로 계단을 뛰어 내려온다. 테오는 사각팬티 차림이다. 아무리 다급한 상황이라고 해도 팬티 차림으로 달려오는 테오의 모습이 우스꽝스럽게 느껴진다. 테오에게 마음 상한 당신은 고개를 돌린다.

호숫가에 모인 사람들은 학생이든 지도교사든 모두들 안개 속에서 꼼짝도 하지 않고 서 있다. 몹시 두려운 한편 무슨 일인지 궁금해하는 얼굴들이다. 그들의 호기심이 냉랭한 바람처럼 당신에게 몰려든다. 당신은 아무리 끔찍한 일이 벌어져도 어떻게든 무슨 일인지 알고자 하는 그들의 호기심이 증오스럽다.

리베카도 그들 가운데 끼어 있다. 당신은 다른 어느 누구보다 리베카가 가증스럽다. 리베카는 무슨 일이 벌어지는지 기록하려는 의지가 강한 편이다. 카메라를 목에 건 리베카는 팔꿈치로 사람들 사이를 뚫고 맨 앞으로 나선다. 리베카가 셔터를 누르는 소리가 마치 납작한 돌멩이로 물수제비를 뜨듯 호수 전체로 퍼져간다.

프래니가 앞으로 나와 호숫가에서 아주 가까운 곳에 맨발로 서 있다.

"에마?" 프래니가 당신을 부른다. "왜 호수에 들어가 있니? 어디 다쳤어?"

당신은 대답하지 않는다.

"에마?" 이번에는 테오가 나선다. 당신은 여전히 테오를 제대로 바라볼 수가 없다. "어서 물에서 나와."

"넌 어서 별장으로 돌아가." 프래니가 쏘아붙이듯 테오에게 말한다. "내가 잘 해결할 테니까."

프래니는 거침없이 물속으로 들어와 당신을 향해 걸어온다. 당신처럼 힘겹게 물살을 헤치며 걷지 않는다. 프래니는 두 팔을 흔들고, 무릎을 높이

들어 올리면서 마치 병사처럼 당당하게 행진한다. 흰색 가운이 물에 젖고 있었지만 아랑곳하지 않는다. 프래니는 당신과 몇 걸음 떨어진 곳에 멈춰 선다.

프래니의 낮은 목소리는 몹시 긴장해 있지만 차분하다.

"에마, 도대체 무슨 일이야?"

"충충나무 오두막 아이들이 사라졌어요." 당신은 말한다.

프래니는 침을 꿀꺽 삼키고, 우아하게 곡선을 이루는 프래니의 목이 물결치듯 움직인다. "아이들 모두가?"

당신이 고개를 끄덕이자 프래니의 녹색 눈에 광채가 번득인다. 그제야 당신은 상황이 몹시 심각하다는 걸 절실히 깨닫는다.

사람들이 캠프 여기저기로 퍼져 당신이 이미 찾아본 곳들을 뒤진다. 캠프파이어장, 야외 화장실, 오두막. 테오는 오두막을 돌며 조심스럽게 나무 트렁크를 모두 열어본다. 마치 아이들이 그 속에서 장난꾸러기 도깨비처럼 튀어나오길 기대하면서.

수색은 아무런 성과 없이 끝났지만 당신은 그다지 놀라지 않는다. 당신은 텅 빈 오두막에서 혼자 잠을 깬 순간부터 알고 있었다.

테오를 중심으로 급조된 수색대가 숲속을 헤매고 다니면서 사라진 아이들의 이름을 소리쳐 부른다. 당신은 마음이 내키지는 않았지만 굳이 수색대를 따라나선다. 테오를 뒤따라가려고 애쓴다. 기온이 32도를 상회하는 날씨라 당신의 얼굴에는 땀이 송골송골 맺혀 있지만 당신의 몸은 오한에 떨고 있다.

당신은 캠프와 인접해 있는 숲을 수색한다. 숲속을 헤매고 다니면서 당신은 뷰캐넌 해리스가 100년 전 이곳을 헤매고 다녔던 모습을 상상한다.

마체테 칼과 고집스러운 낙천주의로 무장한 뷰캐넌 해리스는 새로운 길을 개척했다. 계곡에 물을 채워 미드나이트 호수를 조성한 건 정말 대단히 기발한 발상이자 획기적인 작업이었지만 아무런 가치도 없는 바보짓처럼 느껴지기도 한다. 다만 그런 생각들은 다음 모퉁이를 돌면 여학생 세 명이 죽은 시신으로 발견될 것 같은 불길한 느낌을 잠시나마 잊게 해준다.

온통 숲을 헤매고 다녔지만 여학생들의 자취는 오리무중이다. 그 어디에도 여학생들의 흔적이 보이지 않는다. 마치 그 아이들이 이 세상에 아예 존재하지 않았었나 하는 착각이 든다.

수색대는 점심시간 무렵 아무런 성과 없이 나이팅게일 캠프로 복귀한다. 학생들은 식당에서 눅눅해진 피자 조각을 접시에 담으면서 절룩거리며 식당으로 들어서는 당신을 바라본다. 그 학생들의 눈에서 다양한 감정들이 소용돌이치는 모습이 보인다. 당신에 대한 두려움과 복잡한 원망, 비난을 담은 눈길이다. 프래니가 앉아 있는 테이블로 걸어가면서 당신은 비난의 대상이 되었다는 걸 실감한다. 뒷덜미에서 마치 태양처럼 뜨거운 불길이 쏟아진다.

"뭔가 찾아낸 게 있니?" 프래니가 묻는다.

테오는 고개를 젓는다. 몇몇 아이들은 벌써부터 눈물을 흘리기 시작한다. 일부 학생들이 흐느끼는 소리가 주변으로 퍼져나가면서 식당 분위기를 우중충하게 만든다. 지금 눈물을 흘리는 아이들은 대부분 사라진 그들을 알지 못한다. 정작 평평 울어야 할 사람은 당신이다. 하지만 당신은 프래니를 바라보며 앞으로 어떻게 해야 할지 묻고 있다. 당신은 결코 울지 않는다. 헤아릴 수 없을 만큼 깊은 혼돈의 상황이지만 당신은 매우 차분하다.

"이제 경찰에 연락해야 할 순서인가?" 프래니가 말한다.

30분 후에도 당신은 여전히 식당에 남아 있다. 눈물을 훌쩍이던 여학생들과 눈가가 촉촉하게 젖어 있던 지도교사들은 이제 보이지 않는다. 식당 전체가 비어 있고, 당신과 주 경찰청 형사 한 명만이 남아 있다. 형사의 이름을 방금 들었지만 즉시 잊어버렸다.

"현재 몇 명의 학생이 사라진 겁니까?" 형사가 묻는다.

"프래니가 말씀드리지 않았나요?"

"당신 입으로 직접 듣고 싶군요." 의자에 앉은 형사는 몸을 뒤로 기대면서 팔짱을 낀다.

"모두 합해 세 명입니다." 당신은 말한다.

"당신과 같은 오두막에 묵고 있었나요?"

"네."

"아이들이 갈 만한 곳을 전부 살펴봤다고 확신하시나요?"

"이 지역 전체를 수색하지는 않았어요." 당신은 말한다. "하지만 캠프 내부와 인근 숲은 전부 뒤져봤습니다."

형사는 한숨을 푹 쉬더니 코트에 손을 넣어 펜과 수첩을 꺼낸다. "사라진 아이들의 이름을 말씀해주시죠."

당신은 잠시 망설인다. 학생들의 이름을 말하는 순간 실종 의혹은 실종 사건으로 굳어지기 때문이다. 세상에서도 그 아이들을 실종자로 인식하게 된다. 당신은 실종을 기정사실로 받아들일 준비가 되어 있지 않다. 마음이 초조해진 당신은 입 안의 볼살을 깨물며 뜸을 들인다. 형사는 당신을 주시하며 눈이 빠지도록 대답을 기다린다.

"데이비스 양?"

당신은 숨을 깊이 들이마신다.

"아이들 이름은 사샤, 크리스털 그리고 미란다입니다."

2부

그리고 하나의 거짓말

27

형사가 수첩에 아이들의 이름을 적어 넣는다.

"자, 처음으로 돌아가 봅시다." 형사가 말한다. "오두막에서 학생들이 사라진 사실을 인지한 순간이 언제입니까?"

15년 전, 사라진 아이들에 대해 꼬치꼬치 캐묻는 형사 앞에 웅크리고 있던 열세 살 소녀 시절로 되돌아간 느낌이다. 그때와 모든 상황이 너무나 비슷하다. 텅 빈 식당, 약간 신경질적인 형사, 끝없이 밀려드는 공포에 내 심신이 말할 수 없이 피폐해지고 있는 모습도 유사하다. 다만 그때와 지금은 내 나이도 다르고, 사라진 아이들도 다르다. 내 앞에 커피를 담은 머그잔이 놓여 있는 것도 다르다. 15년 전에는 오렌지주스가 놓여 있었다.

'지금 내 눈앞에서 펼쳐지고 있는 일들은 현실이 아니야.'

식당의 플라스틱 의자에 앉은 나는 제발 꿈이기를 기대하며 마음속으로 말한다.

기대와 달리 주변 상황은 조금도 달라지지 않고 그대로 계속된다. 갑자기 앞에 있는 형사의 이름이 떠오른다. 플린. 네이선 플린 형사.

'이건 현실이 아니야. 15년 전과 똑같은 일이 반복될 리 없잖아.'

15년 전, 세 명의 소녀가 사라진 오두막에서 이번에도 세 명의 소녀가 사라졌다고?

계산이 빠른 사샤라면 그런 일이 발생할 확률이 과연 얼마나 될지 금세 밝힐 수 있을 것이다. 나는 믿을 수 없다. 꿈이었다면 바닥과 벽이 내 바람대로 증발했을 텐데 플린 형사는 여전히 그 자리에 앉아 있다. 나는 내 손이 열세 살 시절 손이 아니라 성숙한 여자의 손이라는 걸 확인하면서도 현재 벌어지고 있는 일들을 도저히 믿을 수 없다.

'이건 현실이 아니야. 난 절대로 미치지 않을 거야.'

"데이비스 양, 질문에 집중해주길 바랍니다." 플린 형사의 목소리가 끝없이 방황하는 내 생각을 자른다. "충격이 얼마나 클지 이해합니다. 하지만 내가 묻는 말에 아무런 답변도 하지 않고 있는 동안 어디선가 헤매고 있을 아이들의 생존에 필요한 절대적인 시간이 낭비되고 있다는 사실을 명심해야 합니다."

그 말은 우물쭈물하는 내 마음을 흔들기에 충분하다.

"다시 한번 묻겠습니다. 아이들이 사라진 사실을 언제 인지했습니까?"

"잠에서 깨자마자요."

"그때가 몇 시였죠?"

나는 오두막에서 잠을 깬 순간을 떠올려본다. 불과 몇 시간 전인데 전생처럼 희미하게 느껴진다.

"새벽 5시가 조금 넘은 시간이었어요."

"늘 그렇게 일찍 일어납니까?"

"평소 집에서는 그렇지 않아요." 내가 말한다. "하지만 캠프에 있는 동안에는 계속 일찍 잠을 깼어요."

플린 형사는 내 말을 열심히 받아 적는다.

"아이들이 사라진 사실을 확인한 다음에는 어떤 조치를 취했습니까?"

"아이들을 찾으러 밖으로 나가 여기저기 헤매고 다녔어요."

"주로 어디에서요?"

"나이팅게일 캠프 전체를 돌며 아이들을 찾아 헤맸죠." 나는 커피를 한 모금 마신다. 어느새 커피가 미지근해져 있다. "야외 화장실, 식당, 미술공예관, 심지어 다른 오두막까지 모두 확인하고 다녔죠."

"그 어디에서도 아이들의 흔적을 발견할 수 없었습니까?"

"네." 대답하는 내 목소리가 갈라진다.

"호수에는 왜 들어갔습니까?"

나는 다시 한번 정신이 혼란스러워진다.

"형사님의 질문을 이해하지 못하겠는데요." 내가 말한다.

"해리스 화이트 부인은 오늘 아침에 호수에 들어가 있는 당신을 보았다고 진술했습니다. 당신이 오두막에서 아이들이 사라진 사실을 알아차린 후일 테죠. 아이들이 호수에 빠졌을 거라고 생각했습니까?"

호수에 들어가기로 결정한 순간의 기억이 희미하다. 나는 태양이 호수를 물들이며 떠오르는 장면을 상상한다. 찬란한 태양이 호수를 비추던 순간, 호수에 어린 빛이 안으로 날 끌어당긴다.

플린 형사는 거듭 묻는다. "아이들이 호수에 수영하러 갔다고 생각할 만한 이유가 있었나요?"

"제가 알기로 그 아이들 가운데 하나는 수영을 못해요."

수영을 못한다고 말한 아이가 크리스틸이었는지 아니면 사샤였는지 기억나지 않는다. 아무튼 아이들 가운데 어느 하나라도 물에 들어가 수영하는 장면을 본 기억이 없다.

"혹시 아이들이 호수에 들어가 있을지도 모른다고 생각했어요." 내가 말한다. "수영하지 않더라도 물속에서 그냥 서 있을 수는 있잖아요."

"*당신이* 호수에 서 있었던 것처럼 말인가요?"

"제가 왜 그랬는지 모르겠어요."

내 목소리는 자신감을 잃고 잦아들었고, 덩달아 내 몸도 움츠러든다.

"해리스 화이트 부인 말로는 당신이 비명을 질렀다던데요."

그건 기억난다. 나는 호수 위로 펼쳐지던 내 비명을 들었다. 내 비명에 놀라 날아오르던 왜가리도 보았다.

"두려웠어요." 내가 말한다.

"뭐가 두려웠는데요?"

"자고 일어나 보니 오두막을 같이 쓰는 아이들 모두가 사라진 거예요. 그러니 두려울 수밖에요."

"저라면 가장 먼저 아이들을 걱정했을 겁니다." 플린 형사가 말한다. "당신처럼 비명을 지르지도 않았을 거고요."

"아무튼 저는 그때 비명을 질러야 했어요."

내가 다시 캠프에 오기로 결정한 건 어리석었고, 15년 전과 똑같은 일이 또다시 벌어지고 있었다.

"혹시 비명을 지른 특별한 이유가 있습니까?"

나는 플린 형사의 어투에 당황해 자세를 고쳐 앉는다. 그는 약간의 불신과 의심이 뒤섞인 눈빛으로 나를 바라보고 있다.

　"딱히 없어요." 내가 말한다.

　"당신이 보살피던 아이들을 잃었으니 죄책감을 느꼈겠군요."

　"저는 아이들을 잃지 않았어요."

　"사라진 아이들 모두가 당신이 보살피던 아이들 아닌가요? 당신은 캠프 지도교사니까요."

　"지도교사가 아니라 미술 강사죠." 내가 말한다. "지도교사와 강사는 하는 일이 차이가 있습니다. 아이들을 만난 첫날 저는 서로 친구처럼 지내자고 했습니다."

　"실제로 그랬습니까?" 플린 형사가 묻는다. "친구처럼 지냈나요?"

　"네, 그럼요."

　"아이들을 좋아했습니까?"

　"네."

　"아이들과 어떤 문제로 갈등을 빚은 적은 없었습니까? 서로 의견이 맞지 않거나 싸우거나?"

　"전혀 없었습니다." 나는 강한 어조로 부인한다. "이미 말씀드렸다시피 아이들을 좋아했거든요."

　조바심이 나서 견딜 수가 없다. 아이들이 어딘가에서 길을 잃고 헤매다가 큰 부상을 당했거나 위험한 상황에 봉착했을 수도 있는데 담당 형사는 태연하게 나를 물고 늘어지고 있다.

　왜 시간을 낭비하지? 왜 아무도 아이들을 찾아 나서지 않지? 슬쩍 창문으로 식당 밖을 내다보니 경찰 순찰차 두 대와 어슬렁거리는 경관 몇 명이 보인다.

"지금 누군가 아이들을 찾고 있습니까?" 내가 따지듯이 묻는다. "수색 작전을 펼치고 있냐고요?"

"아마 열심히 수색 작전을 펼치고 있을 겁니다. 당신에게 추가로 물어볼 말이 있습니다."

"뭔데요?"

"사라진 아이들이 저마다 특이점이 있었나요? 혹시 수색에 참고할 정보가 있습니까?"

"크리스털의 이름은 C가 아니라 K로 시작해요." 내가 말한다. "혹시 도움이 될지 모르겠네요."

"분명 도움이 될 겁니다."

나는 아이들 얼굴 사진이 우유 포장지에 인쇄되어 있는 상황을 떠올린다. 아이들을 찾기 위한 숭고한 노력의 일환으로 볼 수 있지만 냉장고를 열었을 때 실종된 아이들의 사진을 보는 건 정말이지 끔찍하기 그지없는 일이다.

"다른 할 말은 없나요?" 플린 형사가 묻는다.

나는 두통이 심해 눈을 감고 관자놀이를 문지른다.

"사샤는 매우 똑똑한 아이죠. 아는 게 정말 많은 아이인데 곰이나 뱀을 몹시 무서워해요."

아이들이 지금 어디 있든 두려움에 휩싸여 있을 가능성이 크다. 숲에서 길을 잃으면 누구나 공포를 느낄 수밖에 없다. 아이들끼리 서로에게 위안이 될 수 있으면 좋겠다.

"미란다는 나이가 가장 많고, 용감한 편입니다. 그 아이 삼촌이 경찰이라고 했던 것 같아요. 지금은 할머니랑 살고 있다고 했어요. 부모에 대해서는 전혀 언급하지 않더군요." 나는 아이들에 대해 알고 있는 모든 사실을 털어놓아야 한다는 생각에 사로잡혀 계속 말한다.

갑자기 머리에서 한 가지 생각이 천둥소리처럼 다가온다.

"미란다가 휴대폰을 지참하고 있을 가능성이 있어요. 확신할 수는 없지만 미란다가 늘 휴대폰을 놓아두던 곳을 열어봤는데 없더군요. 혹시 휴대폰을 가져갔다면 수색 작업에 도움이 되지 않을까요?"

플린 형사가 몸을 벌떡 일으킨다. "분명 도움이 될 겁니다. 휴대폰 위치를 알 수 있는 GPS 기능이 있으니까요. 혹시 통신사가 어디였는지 아십니까?"

"그건 몰라요."

"그 아이 할머니에게 연락해 알아봐야겠네요." 플린 형사가 말한다. "아이들이 사라졌다고 생각하는 이유가 뭔가요?"

"지레짐작일 뿐 이유는 없어요."

"아이들이 사라진 이유가 있지 않을까요? 가령 아이들이 당신에게 화가 났다든지 호기심을 느끼고 뭔가를 찾아 나섰다든지."

"생각나는 게 없어요."

굳이 따져보자면 아이들이 오두막을 떠나고 싶게 만든 요인이 있었다. 어젯밤 나는 술에 만취해 울면서 계속 팔찌가 사라지고 없는 손목을 만지작거렸다. 지금 내 손목은 얼마나 심하게 문질러댔는지 피부가 붉게 변해 있다. 분명 제정신이 아니었고, 내 행위가 아이들을 두렵게 했을 수도 있다. 그때 분명 아이들 눈에는 두려움이 깃들어 있었으니까.

"형사님은 아이들이 단순 가출하듯이 캠프에서 사라졌다고 생각하세요?" 내가 묻는다.

"한 해 평균 2백만 명 이상의 청소년이 가출합니다. 거의 대부분이 조기에 발견되어 귀가하죠. 이번 경우도 범죄와 관련되어 실종되었다기보다는 아이들 스스로 가출한 게 아닌가 합니다."

플린 형사 역시 사샤가 입에 달고 사는 확률을 과도하게 신봉한다. 나는 아이들이 가출했다고 생각하지 않는다. 기억하기로 아이들은 가정이나 부모에 대한 불만을 토로한 적이 없다.

"저는 가출보다는 오히려 범죄 관련성이 커 보입니다."

"납치 사건을 염두에 두십니까?"

플린 형사가 갑자기 물어 숨이 막힌다.

"납치 가능성이 있지 않나요? 납치 사건의 경우 얼굴을 아는 면식범이 저지른 경우가 대부분이잖아요."

플린 형사는 재빨리 수첩에 내 진술을 적을 준비를 한다. "혹시 짚이는 사람이 있습니까? 납치와 관련해서요."

확실하진 않지만 의심해볼 여지가 있는 사람이 머릿속에서 떠오른다.

"혹시 주방 직원들을 만나봤나요?" 내가 말한다. "전에 주방 직원 가운데 한 사람이 호숫가에 있는 여학생들을 유심히 바라보고 있더군요. 그 사람의 눈빛이 심상치 않았어요."

"어떤 점에서요?"

"그 사람은 이제 열여섯인 여학생들을 은밀하게 관찰하는 걸 잘못된 행동으로 여기지 않는 눈치였어요."

"그 직원이 남자였나요?"

나는 고개를 끄덕인다. "앞치마에 붙은 이름표를 봤는데 이름이 마빈이었어요."

"그 사람을 만나봐야겠네요." 플린 형사가 내 말을 받아 적으면서 말한다.

"이제 15년 전 이야기를 해볼까요?" 플린 형사가 말한다. "그 당시 여학생 세 명이 실종되었고, 당신도 이 캠프에 있었다고요?"

플린 형사의 목소리에서 나에 대한 의심이 느껴진다.

"네, 있었어요. 그 아이들 가운데 어느 누구도 방금 전 형사님이 말씀하신 가출 청소년들과 달리 금세 발견되거나 집으로 돌아오지 않았어요."

"그 당시 어떤 여학생이 당신이 사라진 학생들 가운데 하나와 심하게 싸웠다고 진술했습니다. 그날 새벽에 여학생들이 오두막을 나서기 직전에요."

리베카가 경찰에 말했을 가능성이 크지만 나는 화낼 수 없다. 만일 나도 리베카와 같은 입장이었다면 똑같이 진술했을 테니까.

"싸웠다기보다는 의견 충돌이었죠." 나는 힘없이 말한다.

"서로 어떤 의견이 달랐습니까?"

"너무 오래돼 기억나지 않아요." 기억하고 있지만 나는 그렇게 말한다. 나는 테오와 섹스한 비비언이 미워 소리를 지르며 따지고 들었다.

"그때 그 여학생들은 왜 실종되었다고 생각하십니까?"

"제가 실종 전문가가 아니라서 잘 모르겠네요."

"그럼 왜 현재 사라진 학생들을 단순 가출이 아니라 실종으로 보십니까?"

"내가 아이들에 대해 비교적 잘 알고 있다고 믿는데 가출은 아닌 것 같아서요."

"15년 전에 실종된 여학생들에 대해서도 잘 알았잖아요? 그 여학생들은 어떻게 되었다고 보세요? 서로 화를 내고 싸울 정도였으니 서로에 대해 매우 잘 아셨을 텐데요."

"그들 가운데 *한 여학생*을 각별히 잘 알았죠."

나는 다시 한번 창밖을 내다본다. 서너 명의 경찰이 식당 주변을 어슬렁거리고 있다.

나는 이제야 플린 형사가 계속 아이들과 나와의 관계에 초점을 맞춰 질문하는 이유를 알 수 있을 듯했다.

나는 지금 피의자이자 *유일한* 용의자다.

"15년 전이나 지금이나 사라진 여학생들과 오두막을 같이 사용했을 뿐 난 이상한 짓을 절대로 하지 않았어요."

"15년 전이나 지금이나 상황이 지나치게 유사하다는 점을 당신도 인정하지 않을 수 없을 겁니다." 플린 형사가 말한다. "15년 전, 당신과 같은 오두막을 쓰던 여학생들이 모두 사라졌습니다. 당신만 제외하고요. 이번에도 당신과 같은 오두막을 쓰던 여학생들이 한밤중에 감쪽같이 사라졌습니다. 이 정도면 우연으로 보기 힘들지 않나요?"

"15년 전에 저는 겨우 열세 살이었어요. 열세 살짜리 소녀가 범죄를 저질렀다고 보시는 건가요?"

"저에게도 그 나이 또래 딸이 하나 있습니다." 플린 형사가 말한다. "그 아이가 어떤 생각을 하며 사는지 들으면 놀랄 정도입니다."

"저는 그림을 그리는 화가입니다. 캠프에서 아이들에게 그림을 가르치러 왔고요. 학생들을 해칠 이유가 전혀 없습니다." 나는 발작적으로 높아진 목소리와 머리가 지끈거리는 두통 때문에 얼굴을 찡그리며 말한다.

머릿속에서 훨씬 차분한 목소리가 내게 말한다. *'차분해져야 해, 에마. 정신 바짝 차려.'*

"15년 전에 있었던 사람이 저 혼자만은 아닙니다." 나는 말한다. "다른 사람도 많아요."

케이시도 15년 전에 캠프에 있었다. 물론 케이시가 특별한 이유 없이 학생들을 해치기는커녕 모기 한 마리라도 때려잡을 수 있을지 의문이다.

리베카도 있었다. 리베카가 비비언, 내털리, 앨리슨을 미워할 이유는 있다.

테오도 있었다. 비비언과 샤워장에서 섹스하던 그를 보았다. 내가 테오를 원망하며 가슴을 주먹으로 때린 일이 있다.

그 아이들은 지금 어디에 있어요? 도대체 그 아이들한테 무슨 짓을 한 거예요?

15년 전, 나는 테오를 의심했지만 나중에 알고 보니 그에게는 확실한 알리바이가 있었다.

프래니는? 비비언이 일기장에 쓴 글이 머릿속에 떠오른다.

나는 이제 곧 F의 지저분한 비밀을 찾아낼 수 있다.

나는 진실을 안다. 정말 무섭다.

"프래니를 다시 만나보셔야 할 것 같아요." 내가 말한다.

"왜요?"

"15년 전 사라진 여학생들 가운데 비비언이 있었어요. 비비언이 캠프의 비밀을 은밀히 조사하고 다녔다는 걸 알아요."

"가령 어떤 조사를 말하죠?" 플린 형사가 묻는다. 그의 얼굴이 초조해 보인다.

비비언이 비밀 일기를 비롯해 많은 단서를 남겨두긴 했지만 여전히 프래니가 뭘 숨기고 있는지는 알 수 없다.

"프래니만이 알고 있는 비밀이 있을 거라고 봐요."

"혹시 해리스 화이트 부인이 사라진 아이들에게 무슨 짓을 가했을 거라고 의심하는 건가요? 이번뿐만 아니라 15년 전에도?"

플린 형사의 말을 듣고 보니 정말이지 엉뚱한 상상 같다. 다만 프래니라면 설명 불가한 상황을 알 수 있는 유일한 사람이다. 내가 캠프에 다시 온 이후 내린 결론이기도 하다. 비비언은 캠프 설립과 관련된 비밀을 찾고 있었다. 아마도 〈피스풀 밸리〉 정신병원과 관련한 문제일 수도 있다. 비비언은 비밀을 알아내고자 애썼고, 내털리와 앨리슨에게 도움을 청했다. 그러다가 세 사람은 갑자기 사라졌다. 그들이 한꺼번에 사라진 건 결코 우연일 수 없다. 이번에는 내가 캠프로 돌아와 비비언의 행적을 조사하는 가운데 미란다와 크리스털, 사샤가 동시에 사라졌다. 이번에도 역시 우연일 수는 없다.

프래니가 과거의 시간 속에 꼭꼭 숨기고자 했던 비밀을 비비언이 찾아냈을 수도 있다. 그 일과 관련해 비비언이 납치되었을 수도 있다. 어쩌면 나도 이제 곧 비비언이 찾은 비밀을 알아낼 수도 있다. 아이들이 사라진 건 프래니가 내게 보내는 경고의 의미일지도 모른다.

프래니가 들려준 송골매 이야기가 다시 떠오른다. 프래니는 경고의 의미로 그 얘길 들려주었을까? 캠프의 비밀을 캐내려는 행위를 당장 중단하라고?

"내가 아이들을 어떻게 했을 거라고 생각하는 것보다는 차라리 프래니가 더 그럴듯해 보이지 않나요?" 내가 말한다.

플린 형사는 수첩을 내려놓고 손수건을 꺼내 이마를 닦는다. "해리스 화이트 부인은 이 캠프의 소유주이고, 매년 어마어마한 재산세를 내면서도 불평 한마디 하지 않는 분입니다. 세금을 줄여보려고 애쓰지도 않고, 기부도 정말 많이 하고요. 이 지역에서 가장 큰 병원 건물에 누구 이름이 붙어 있는지 아십니까?"

"내가 아는 건 내가 아이들에게 아무런 짓도 하지 않았다는 거예요." 내가 말한다. "나를 끌어들이지 말아요."

"무슨 일이 있었는지 아직 아무도 모릅니다. 다만 당신의 진술을 들어보니 당신이 용의자로 의심되는 게 사실입니다."

"이 캠프에서 뭔가 이상한 일이 벌어지고 있어요."

플린 형사는 기대감을 담은 표정을 지어 보인다. "가령 어떤 일이 벌어지고 있는지 설명해주실 수 있습니까?"

내가 바라지 않은 상황이 되어가고 있다. 플린 형사가 내 진술에 주목해 미란다, 크리스털, 사샤에게 무슨 일이 벌어졌는지 관심을 보이는 상황이다. 이제 다른 선택은 존재하지 않는다. 나는 플린 형사에게 모든 사실을 말해야 한다. 어쩌면 캠프에서 벌어진 모든 수상한 일, 몰래 샤워장 안을 엿보고, 오두막에 까마귀 세 마리를 넣어두고, 창문에서 오두막 안을 기웃거린 건 나를 타깃으로 겨냥하지 않았을 수도 있다. 어쩌면 내가 아니라 아이들 가운데 누군가를 노린 것일 수도 있다는 뜻이다.

"캠프에서 지낸 일주일 동안 이상한 일을 겪었어요." 내가 말한다. "누군가 샤워장을 훔쳐보기도 하고, 오두막에 까마귀를 넣어두기도 했습니다. 어느 날 아침 일찍 잠에서 깨어보니 누군가 창문 밖에서 오두막 안을 기웃거리고 있기도 했고요. 오두막 출입문에 페인트로 낙서도 했죠."

"언제 그런 일이 있었습니까?"

"이틀 전에요."

"낙서는 어떤 내용이었죠?"

"*거짓말쟁이*라고 쓰여 있었습니다."

플린 형사의 눈썹이 아치를 그린다. 내가 기대했던 반응이다. "흥미로운 낙서네요. 혹시 누군가 거짓말쟁이라고 낙서할 이유가 있을까요?"

"내 말을 아무도 믿지 않도록 하려고 그런 말을 써놓은 것으로 추정됩니다."

"혹시 당신이 의심을 받지 않으려고 그랬을 수도 있고요."

"형사님 눈에는 내가 그 아이들을 *계획적*으로 납치한 것으로 보입니까?"

"지금껏 당신 진술을 들어보니 의심해볼 여지가 충분해 보여요." 플린 형사가 말한다.

관자놀이가 타는 것 같은 두통이 인다.

이건 현실이 아니야.

난 미치지 않을 거야.

"누군가 우릴 지켜보고 있었어요." 내가 말한다. "그건 분명해요."

"당신의 말을 믿게 하려면 좀 더 확실한 근거가 필요합니다." 플린 형사가 말한다. "근거가 없을 경우 당신의 일방적인 주장일 뿐이니까요."

별안간 한 가지 생각이 머리를 스친다. 내가 지나치게 흥분해 간과했던 생각이다. 플린 형사의 나에 대한 부정적인 시각을 충분히 바꿔줄 수도 있다.

"감시카메라가 설치돼 있어요. 층층나무 오두막 문을 비추는 카메라."

28

감시카메라의 야간 투시 기능 덕분에 층층나무 오두막은 녹색으로 빛난다. 카메라의 촬영 각도가 층층나무 오두막을 위에서 아래로 내려다보는 화면이어서 현기증이 난다.

"동작 감지형 카메라입니다." 쳇이 설명한다. "카메라 센서에 움직임이 감지되어야 녹화를 시작합니다. 녹화한 디지털 파일은 자동으로 저장됩니다. 감시카메라를 설치한 날 밤에 찍힌 동영상을 멈춰둔 겁니다."

동영상에서 오두막 문이 열려 있다. 카메라 센서에서 움직임이 감지되어 녹화를 시작한 것이다. 녹색의 뿌연 화면이지만 누군가의 발과 부분적으로 드러나 있는 다리가 눈에 들어온다.

쳇이 두 번째 모니터로 시선을 옮긴다. 별장 지하실에 설치되어 있는 세 개의 모니터 가운데 하나다. 별장 지하실 대부분을 쌓아둔 상자와 거미줄 덮인 가구가 차지하고 있다. 다만 한쪽 구석에 하얀색 리놀륨을

깐 바닥이 있고, 철제 책상 위에 세 개의 모니터와 두 대의 컴퓨터가 놓여 있다.

쳇은 철제 책상 옆 의자에 앉아 있다. 프래니, 테오, 플린 형사 그리고 나는 쳇의 뒤에 서서 모니터를 들여다보고 있다.

"오두막 하나를 감시하기 위해 설치한 카메라치고는 과도한 정성이 들어갔네요." 플린 형사가 말한다.

"사실은 캠프 전체에 더 많은 감시카메라를 설치할 예정이었습니다. 보안상 이유로요."

쳇의 뒤에 선 프래니가 몸을 움찔한다. 크리스털, 사샤, 미란다가 오늘 밤까지 발견되지 않을 경우 캠프 일정을 계속 소화할 수 없다는 사실을 알고 있다. 자칫하다가는 프래니가 꿈꿔온 영광스러운 여름 캠프의 부활을 영영 기대할 수 없게 된다.

"감시카메라를 상시 생방송 체제로 바꿀 수도 있습니다." 쳇은 층층나무 오두막의 낮 광경을 보여주는 세 번째 모니터를 가리킨다. "모니터를 계속 지켜보고 있을 사람이 없어 대개의 경우 생방송은 꺼둡니다. 지금은 생방송 기능을 켰습니다. 혹시라도 아이들이 돌아올 경우에 대비해서요."

나는 아이들이 자신들에게 쏟아진 걱정스러운 눈길을 전혀 인지하지 못한 상태로 기나긴 하이킹을 마치고 밝은 모습으로 돌아올 거라는 희망을 품고 모니터를 응시한다. 케이시가 한 무리의 우는 여학생들을 이끌고 오두막으로 향하는 모습이 보인다. 민디가 아이들을 뒤따른다. 민디는 지나가면서 재빨리 카메라를 한 번 힐끔 쳐다본다.

"카메라에서 녹화한 파일은 이 폴더에 저장합니다." 쳇이 모니터 화면에서 폴더를 클릭해 연다. 폴더 안에는 일련번호와 이름이 붙은 10여 개의 파일이 있다. "파일명은 녹화가 이루어진 날짜와 시간, 분초에 따라 자동적으로 생성됩니다. 그러니까 여기에 있는 0630044833이라는 파일은 6월 30일 새벽 4시 48분 33초에 녹화되었다는 뜻입니다."

쳇이 파일을 클릭하자 동영상이 나오기 시작한다. 오두막 문이 활짝 열리고 내가 밖으로 나와 어색한 모습으로 움직인다. 나도 잘 기억하고 있다. 새벽에 가득 찬 방광을 비우러 야외 화장실로 향하던 모습이다.

"새벽 5시도 안 된 이른 시간에 부랴부랴 어딜 가는 겁니까?" 플린 형사가 묻는다.

"야외 화장실에 가는 거예요."

"어젯밤에 녹화한 파일도 있나요?" 플린 형사가 묻자 쳇이 폴더들을 확인한다.

"몇 개 있네요."

플린 형사가 내게로 고개를 돌린다. "새벽 5시쯤에 아이들이 사라진 걸 알아차렸다고요?"

"네." 내가 말한다. "어젯밤 제가 잠들 때까지만 해도 아이들은 전부 오두막에 있었어요."

"당신이 잠든 시간이 언제죠?"

나는 도저히 기억할 수 없어 고개를 흔든다. 위스키를 많이 마신 탓에 시간을 기억하기 어렵다.

"자정에서 4시 사이 파일이 하나 있습니다." 쳇이 말한다. "오늘 아침 4시 반에서 5시 반 사이에 찍힌 파일이 세 개 있고요."

"그 파일들을 보여주세요." 플린 형사가 말한다.

쳇이 1시가 지난 시간에 찍힌 첫 번째 파일을 클릭하자 층층나무 오두막이 모습을 드러낸다. 처음에는 아무런 움직임도 보이지 않아 카메라가 왜 오작동하는지 궁금한 생각이 든다. 그 순간, 뭔가 나타난다. 화면 구석에서 녹색과 흰색의 흐릿한 형체가 보인다. 엄마 사슴과 새끼 사슴이 화면 안으로 들어온다. 두 마리의 사슴이 조심스럽게 오두막 앞을 통과하는 동안 눈동자가 연한 연두색으로 반짝거린다. 녀석들이 오두막 앞을 지나가는데 20초가 흘러간다. 새끼 사슴이 하얀 꼬리를 흔들며 화면에서 벗어나자 카메라는 꺼진다.

"이번에는 새벽 5시 5분 전 정도에 찍힌 동영상입니다."

쳇이 파일을 클릭하자 모니터가 다시 밝아진다. 사슴이 보이지 않는 대신 층층나무 오두막 문이 천천히 열리고 있다. 미란다가 처음으로 모습을 드러낸다. 미란다는 고개를 밖으로 내밀더니 주변을 둘러보고 나서 아무도 없다는 사실을 확인한다. 폴로셔츠와 주머니 달린 반바지 차림의 미란다가 밖으로 살금살금 걸어 나온다. 손에는 휴대폰이 들려 있다. 사샤와 크리스털이 뒤따라 나온다. 크리스털은 플래시를 들었고, 둥글게 만 만화책을 반바지 뒷주머니에 꽂고 있다. 캡틴 아메리카 방패가 그려진 만화책 표지의 끄트머리를 알아볼 수 있다. 사샤는 물병을 들었는데, 오두막 문을 닫으면서 떨어뜨린다. 물병이 바닥을 구르다가 화면에서 사라진다. 사샤가 물병을 집으려고 시도하면서 잠시 화면에서 사라진다. 사샤가 다시 돌아오자 세 사람은 카메라의 존재를 알아차리지 못한 상태로 오두막 문 앞에서 뭔가 상의한다. 결국 아이들은 캠프의 중심부로 향하면서 화면에서 한 사람씩 사라진다.

맨 앞에는 미란다 그다음에는 크리스털, 맨 뒤에는 사샤가 따른다.

나는 언제가 혹시 그림으로 그릴 필요가 있을지도 모른다는 생각에 아이들이 떠난 순서를 기억해둔다.

"이 파일은 5분 뒤 영상입니다." 쳇이 다음 파일을 연다.

나는 이미 어떤 장면이 나올지 알기 때문에 화면을 볼 필요가 없다. 내가 지난밤 잠자리에 들 때 입었던 티셔츠와 반바지 차림으로 오두막에서 나온다. 나는 주위를 두리번거리며 한기를 막느라 양팔을 쓰다듬는다. 그런 다음 아이들이 사라진 쪽과 반대 방향인 야외 화장실을 향해 걸어간다. 이미 알고 있는 광경이지만 화면을 보는 동안 나는 큰 충격을 받는다.

5분.

빌어먹을! 아이들이 오두막을 떠난 시간과 내가 알아차린 시간이 불과 5분 사이라니?

나는 오늘 아침에 품었던 생각과 행동을 돌이켜본다.

내가 좀 더 일찍 일어났더라면, 아이들이 왜 오두막에서 사라졌는지 이유를 생각하느라 시간을 허비하지 말고 서둘러 찾아보았더라면, 화장실로 가는 대신 식당 쪽으로 갔더라면 적어도 아이들의 행방을 알 수 있거나 따라잡을 수 있었을지도 모른다.

화면 속 내 모습이 마치 잘못을 저지른 사람처럼 보여 더욱 당혹스럽다. 나는 아이들이 떠나고 나서 5분 후에 밖으로 나왔다. 물론 우연일 뿐이지만 내가 마치 적당한 인터벌을 두었다가 밖으로 나온 사람처럼 보인다. 내가 야외 화장실 쪽으로 간 건 설명이 된다. 동트기 전 찍힌 마지막 동영상을 보면 내가 다른 오두막 주변을 헤매다가 층층나무 오두막 앞을 지나가는 모습이 보이기 때문이다. 화면의 나는 입을 꽉 다

물고 있고, 눈빛에서 걱정이 묻어난다.

"저는 아이들을 찾아 헤맸어요." 나는 사람들이 질문하기 전에 먼저 말한다. "잠에서 깬 직후에 아이들이 사라진 걸 알았죠. 가장 먼저 야외 화장실을 확인했고, 다른 오두막들을 살펴보고 나서 캠프 반대편으로 갔어요."

"이미 말씀드렸다시피 당신이 품었던 생각과 행위를 증명할 방법이 없습니다." 플린 형사가 말한다. "당신은 아이들이 오두막을 나온 지 5분 만에 뒤따라 나왔습니다. 이제 어느 누구도 아이들이 어디로 사라졌는지 행방을 알 수 없고요."

"마치 제가 아이들을 어떻게 한 듯이 말씀하시네요? 제가 그런 짓을 할 이유가 없잖아요?"

나는 프래니, 테오, 쳇을 번갈아보면서 그들이 내 말과 행동을 변호해주길 바란다.

"평상시라면 이런 이야기를 하면서 마음이 편하지 않았을 겁니다. 누구에게나 혼자 간직해온 비밀이 있고, 과거에 비슷한 일을 겪었다면 더욱 그렇겠죠. 이런 상황에서 섣불리 에마를 변호할 수가 없네요. 에마, 내 마음을 이해해주길 바란다."

프래니는 나에게 미안한 표정을 지어 보이면서도 할 말을 다 한다. 나는 프래니가 내 과거에 대해 말하는 동안 고개를 돌려 외면한다.

"에마 데이비스 양은 정신적 질병으로 오래전에 입원 치료를 받은 적이 있습니다."

프래니가 말하는 동안 나는 세 번째 모니터를 유심히 바라보고 있다. 오두막 외부를 비추는 동영상이 흘러나오고 있다. 아이들은 보이지 않는다. 충충나무 오두막의 출입문만 히치콕 영화 속 각도로 보일 뿐이다.

"캠프에 참가한 강사들의 신원조사를 하다가 우연히 알게 된 사실입니다." 프래니는 계속 말한다. "나는 해리스 가문 담당 변호사들의 반대를 무릅쓰고 에마를 여름 캠프에 초대했어요. 에마가 학생들에게 해를 끼칠 사람으로 보지는 않았거든요. 그렇지만 예방 조치를 미리 해두었죠. 에마가 머무는 충충나무 오두막에 감시카메라를 설치해 두었으니까요."

"감시카메라가 찍은 동영상이 수사에 큰 도움이 될 겁니다." 플린 형사가 말한다.

"우린 수사에 적극 협조할 겁니다. 다만 아이들의 실종이 에마와 깊은 관련이 있다고 주장하는 건 너무 섣부른 예단으로 보입니다."

프래니의 그 말은 역설적으로 내가 아이들의 실종과 밀접한 관련이 있다는 뜻으로 들렸다.

나는 모니터 화면을 뚫어지게 바라본다. 화면에서 눈을 떼면 프래니를 봐야 하니까. 나는 프래니를 마주 볼 자신이 없다.

화면 속에서 소녀 하나가 나타난다. 등은 꼿꼿하고, 발걸음은 씩씩하다. 소녀는 오두막에 카메라가 설치돼 있다는 걸 알고 있다. 나는 소녀가 캠프에 온 학생일 거라고 생각한다. 어쩌면 식당 주변에서 어슬렁거리는 경찰들을 보려고 근처 오두막에서 몰래 빠져나왔을 수도 있다.

그 순간 나는 금발 머리와 하얀 드레스 그리고 목에 두른 로켓을 알아본다.

비비언이다. 모니터 화면에서 비비언이 보인다. 나는 너무나 큰 충격에 숨이 막혀 저절로 나지막한 신음을 흘린다.

쳇이 눈치채고 묻는다. "에마, 왜 그래요?"

마지막 거짓말

모니터 화면을 가리키고 있는 내 손이 심하게 떨린다. 비비언은 여전히 화면 속에서 카메라를 똑바로 응시하면서 수줍은 웃음을 짓고 있다. 마치 내가 보고 있다는 걸 잘 안다는 듯이. 비비언은 심지어 내게 손을 흔들어 보인다.

"다들 보이죠?"

"뭐가 보여?" 이번에는 테오가 의사 입장이라 걱정스럽다는 듯이 이맛살을 찡그린다.

"오두막 앞에." 내가 말한다. "그 아이가 있어요."

모든 사람이 모니터 화면을 향해 다가서며 내 시야를 가린다.

"도대체 뭐가 보인다는 거야? 내 눈에는 아무것도 안 보이는데." 테오가 말한다.

"사라진 아이들 가운데 누군가를 본 겁니까?" 플린 형사가 나를 향해 묻는다.

"비비언을 봤어요."

나는 사람들 틈으로 비집고 들어가 다시 모니터 화면에서 흘러나오는 동영상을 본다. 지금 화면에서 보이는 건 층층나무 오두막뿐이다. 어느새 비비언은 사라지고 없다.

나는 마음속으로 말한다. *이건 현실이 아니야. 난 미치지 않을 거야.*

나는 공황 상태에 빠져 몸에 아무런 감각이 느껴지지 않는다. 눈에서는 아무것도 보이지 않는다. 내 팔은 뭔가를 잡으려는 듯이 앞으로 뻗어나간다. 누군가 내 팔을 잡는다. 테오 아니면 플린 형사일 수 있지만 이미 늦었다. 나는 누군가 미처 부축할 새도 없이 지하실 바닥에 머리를 부딪치며 쓰러져 정신을 잃는다.

15년 전

미술공예관 테이블에 소매를 펼친 스웨터가 놓여 있다. 내가 입었으면 하는 옷을 펼쳐놓곤 했던 엄마의 방식과 비슷했다. 경찰은 스웨터를 입으란 게 아니라 주인이 누군지 확인하라는 뜻으로 테이블에 놓아두었다.

"누가 입던 옷인지 알아보겠니?" 가슴이 큰 여형사가 미소를 지으며 물었다.

하얀색 스웨터에는 프린스턴이라는 글씨와 오렌지색 호랑이가 박혀 있었다.

나는 고개를 끄덕였다. "비비언의 옷이에요."

비비언이 캠프파이어 때 입은 적이 있는 옷이다. 내가 그 옷을 입은 비비언에게 마시멜로처럼 보인다고 농담했던 기억이 난다. 비비언이 웃으면서 말하길 그다지 멋진 옷은 아니지만 밤에 모기의 공격을 막는 데 큰 효과가 있다고 했다.

여형사가 테이블 반대편 동료를 향해 눈짓했다. 그는 고개를 끄덕이고 라텍스 장갑을 낀 손으로 재빨리 스웨터를 접었다.

"그 옷은 층층나무 오두막에서 가져왔어요?" 내가 물었다.

여형사는 내 질문을 무시하고 나서 되물었다. "비비언이 오두막을 떠날 때 저 스웨터를 입고 있었니?"

"아뇨."

"기억을 잘 더듬어봐."

"더 생각할 필요가 없어요. 비비언은 저 스웨터를 입고 있지 않았으니까."

아이들이 사라진 지 하루가 지나면서 무사히 돌아오리라는 희망은 점차 시들해져가고 있었다. 캠프 분위기도 덩달아 암울해졌다. 경찰은 미술공예관을 임시 수사본부로 삼고 대대적인 수색대를 구성했다. 인근 마을에서 자원봉사자를 모집했고, 겨우 열세 살인 나를 상대로 비공식적인 신문을 진행했다.

어젯밤 나는 2인조 형사에게 번갈아 질문을 받으며 들볶였다. 형사들은 나에게 아이들이 언제 오두막을 떠났는지, 어떤 옷을 입고 있었는지, 비비언이 떠나기 전에 무슨 말을 했는지 물었다. 나는 대부분 질문에 솔직하게 답했지만 비비언이 밖으로 나가기 직전 내가 무슨 말을 했고, 오두막으로 되돌아왔을 때 문을 열어주지 않았다는 말은 끝내 숨겼다. 부끄러운 한편 죄책감이 컸기에.

오늘 나는 또 형사의 질문 공세에 시달리고 있다. 그나마 오늘 만난 여형사는 나에 대한 배려가 많았다. 여형사는 풍성한 가슴으로 나를 안

아주며 이제 곧 모든 게 괜찮아질 거라고 다독였다.

"난 널 믿어." 여형사가 말했다.

"비비언의 스웨터는 어디에서 찾아냈어요?"

"그건 수사 기밀이라 말해줄 수 없다는 걸 이해해주렴."

비비언의 스웨터는 다른 형사에게 인계되었다. 스웨터를 받아 든 형사 역시 라텍스 장갑을 착용하고 있었다. 스웨터를 상자에 집어넣는 동안 라텍스 장갑을 낀 형사의 손이 하얗게 빛났다.

"혹시 다른 아이들에게는 알리지 않고, 너랑 단둘이 뭔가 특별한 비밀을 나눠 가진 아이가 있었니?" 여형사가 물었다.

"다른 사람들에게 말했다면 비밀이 아니겠죠."

나는 일부러 신경질적으로 굴어서라도 여형사의 얼굴에서 나를 가엾게 여기는 동정심을 지워버리고 싶었다. 나는 동정 받을 자격이 없었다. 친절한 여형사는 학교에서 늘 자신을 선생님이 아니라 편한 친구로 여기고 고민이 있으면 뭐든 망설이지 말고 털어놓으라던 생활 지도교사처럼 행동했다.

"10대 때 가출하는 여학생들을 보면 남자 친구가 생긴 경우가 많아." 여형사가 말했다. "남자 친구가 생기면 여학생들은 가출 유혹을 받게 되나봐. 부모님이나 선생님에게 인정받기 힘든 남자 친구와 금지된 사랑을 하게 된 경우 가출 유혹은 더 강해지겠지. 혹시 사라진 아이들 가운데 너랑 남자 친구 이야기를 나눈 상대가 있었니?"

나는 내가 아는 사실을 어디까지 털어놓아야 할지 알 수 없었다. 그때는 솔직히 너무 어렸기 때문에 무슨 일이 벌어지고 있는지 내막을 몰랐다.

"그 아이들이 가출했다고요? 저는 그렇게 생각하지 않아요."

"그래, 아직은 가출인지 아닌지 단정할 수는 없어. 하지만 여학생들은 종종 집을 떠나 몰래 만나는 남자 친구를 보러 가기도 하지. 그 남자 친구가 여학생을 괴롭히는 악당일 경우 돌이킬 수 없는 실수를 범한 셈이 될 테고. 우리는 사라진 아이들이 다치지 않고 무사히 돌아오길 간절히 바란단다. 그러니까 그 아이들에 대해 아는 게 있으면 뭐든 숨기지 말고 털어놓아야 해."

나는 언젠가 본 적이 있는 영화 〈러블리 본즈〉가 떠올랐다. 첫 데이트를 앞둔 14세 소녀가 학교에서 돌아오다가 살해된 시신으로 발견된다. 소녀를 살해한 범인은 평범한 이웃집 남자였다.

"비비언은 남자 친구가 있었어요." 내가 말했다.

여형사의 눈이 순간적으로 커졌다가 이내 아무렇지 않은 듯 차분한 상태가 되었다.

"비비언이 만나던 남자 친구가 누군지 말해주겠니?"

"형사님은 그 남자 친구가 비비언을 해쳤다고 생각하세요?"

"아니, 그 남자 친구를 만나 조사해보기 전에는 섣불리 단정할 수 없지."

경찰은 사라진 아이들이 누군가에게 살해되었을 가능성을 염두에 두고 있는 게 분명했다.

"에마." 여형사가 말했다. "어서 비비언이 만나는 남자 친구 이름을 말해봐."

내 심장이 요란하게 뛰고, 아래윗니가 저절로 맞부딪혔다.

"테오." 내가 말했다. "테오 해리스 화이트."

나는 여형사에게 그 말을 하면서 차라리 테오가 아이들의 실종과 깊은 관련이 있기를 바랐다. 테오가 아이들을 납치 살해한 범인이라고 믿고 싶었다. 테오는 이미 나에게 깊은 상처를 준 사람이었다. 내 마음을 갈가리 찢어발기고도 정작 자신이 무슨 잘못을 저질렀는지 까마득히 모르는 사람.

"테오가 확실해?" 여형사가 확인하듯 물었다.

나는 결코 질투심 때문에 테오의 이름을 형사에게 알려주는 게 아니라고 나 자신을 설득했다. 아이들이 사라진 사건과 테오가 서로 깊은 관련이 있을 것이라는 추론은 충분히 말이 된다고 믿고 싶었다. 비비언, 내털리, 앨리슨은 내가 오두막 문을 열어주지 않았을 때 지도교사를 찾아갔어야 했다. 그들이 지도교사를 찾아가지 않은 이유는 규칙을 지키지 않고 늦게까지 무단 외출한 데다 술을 마셨기 때문일 것이다. 아이들은 고민 끝에 권위도 있고, 그들의 입장을 너그럽게 받아줄 유일한 인물인 테오를 찾아갔을 것이다. 이제 아이들은 사라졌고, 누군가에게 납치돼 살해되었을 가능성이 큰 상황이었다.

나는 나 자신에게 거짓말했다.

"확실해요." 내가 말했다.

나는 여형사에게 중요한 진술을 한 덕분에 임시 수사본부인 미술공예관을 떠나 층층나무 오두막으로 돌아갈 수 있게 되었다. 미술공예관 밖에는 경찰과 기자들이 장사진을 치고 있었고, 멀리 떨어진 곳에서는 수색에 나선 사냥개 울음소리가 들려왔다.

나는 층층나무 오두막으로 돌아가면서 경찰이 캠프에서 사용하는 트럭을 뒤지는 모습을 보았다. 평소 테오가 운전하는 트럭이었다. 수색대는 아무런 성과 없이 철수하고 있었다. 사라진 아이들을 찾는 데 도움을 주고자 자원한 마을 사람들이었다. 그들 가운데 몇몇 낯익은 얼굴들이 눈에 띄었다. 7월 4일 날 내 식판 접시에 팬케이크를 쌓아주던 식당 직원, 캠프에서 늘 뭔가 고치는 일을 하는 남자, 청바지와 땀에 젖은 티셔츠 차림인 테오의 수척한 모습이 보였다. 테오의 얼굴은 땀과 지저분한 흙이 묻어 엉망진창이 되었다.

나는 테오에게로 달려갔다. 테오 앞에 설 때까지 나는 내가 무얼 하려는 것인지 알지 못했다. 나는 비비언에게 화가 나면서도 두려워하고 있었고, 테오에게 화가 나면서도 좋아하고 있었다. 나는 주먹 쥔 양손으로 테오의 가슴을 여러 차례 때렸다.

"그 아이들은 지금 어디에 있어요?" 나는 울부짖었다. "도대체 그 아이들한테 무슨 짓을 한 거예요?"

테오는 몸을 움직여 내 주먹을 피하거나 움츠리지 않았다. 그는 이미 마음의 준비를 단단히 한 듯이 보였다. 그의 그런 태도는 내 마음을 더욱 혼란스럽게 했다.

테오는 의심받아 마땅한 사람이야.

29

이건 현실이 아니야.

난 미치지 않을 거야.

의식을 되찾은 순간 내 머릿속에서 떠오른 말들이 나를 깜짝 놀라 일어나 앉게 한다. 위층 침대를 박은 내 머리의 고통이 맥박처럼 퍼져나가다가 후두부 고통과 합쳐진다.

"이런!" 누군가 말한다. "조심했어야지."

나는 비로소 내가 어디에 있는지 깨닫는다. 층층나무 오두막 침대에 누워 있던 나는 이제 막 일어나려다가 위층 침대에 머리를 부딪쳤다.

테오가 내 나무 트렁크에 걸터앉아 내가 깨어날 때까지 시간을 보내며 사샤가 가져온 《내셔널 지오그래픽》을 읽고 있다.

손바닥으로 문지르자 이마의 통증은 금세 사라졌지만 후두부 통증은 여전했다.

"넌 별장 지하실에서 쓰러졌어." 테오가 말한다. "내가 널 부축하려고 했을 때는 이미 늦었지. 넌 쓰러지면서 바닥에 머리를 심하게 부딪쳤어."

침대에서 빠져나와 후들거리는 다리로 겨우 중심을 잡고 선다. 별장에서 나를 집어삼킨 어둡고 우울한 기분의 여진이 아직 남아 있다. 나는 우울한 기분이 조금이나마 가실 때까지 눈을 껌벅인다.

"아직 좀 더 쉬어도 괜찮아." 테오가 말한다.

테오와 함께 있는 자리에서 침대에 누워 편히 쉬는 건 불가능하다. 내 팔다리가 흥분과 고통, 피로감으로 쑤셔 온다. 오두막을 둘러보니 오늘 아침과 달라진 게 거의 없다. 사샤의 침대는 깔끔하게 정돈되어 있고, 담요 안에 숨은 크리스털의 곰 인형은 다리가 밖으로 삐져나와 있다.

"아이들은 아직 돌아오지 않았죠?"

테오는 진지하게 고개를 끄덕인다. 내 다리가 다시 기력을 잃고 떨리기 시작한다. 나는 미란다의 침대 끄트머리를 잡고 겨우 버티고 서 있다.

"플린 형사가 학생들 가족과 연락을 취해 그들이 캠프에서 사라진 사실을 알려주었대. 혹시 학생들에게서 어떤 연락이 오지는 않았는지 물어봤더니 다들 그런 일이 없다고 했다는군. 미란다의 할머니는 손녀에게 휴대폰이 있는지도 모르더래. 그러니 어느 통신사를 이용하는지 알턱이 없지."

"플린 형사가 주방 직원들과도 얘기를 나누어봤어요?"

"주방 직원들은 모두 옆 동네 중학교 식당에서 일하는 사람들이야. 여름방학에는 캠프에서 일할 수 있게 되어 다들 좋아하지. 매일 아침 식사를 하기 전에 출근하고, 저녁 식사가 끝나면 퇴근해. 어젯밤 캠프에 남아 있던 직원은 없었고, 오늘 아침에 특별히 일찍 온 직원도 없었나봐. 마빈 역시 그랬어."

나는 플린 형사의 수사를 돕고 싶었지만 내가 제공한 정보는 결국 아무런 도움도 되지 못한 듯했다.

테오가 보고 있던 《내셔널 지오그래픽》을 내려놓으며 말한다. "별장에서 넌 비비언을 봤다고 했어. 다른 사람들 눈에는 보이지 않는 비비언이 네 눈에만 보인다니까 정말 이상하잖아."

입이 바짝 말라 말을 하기 힘들 정도다. 나는 테오 옆에 있는 물병을 들고 목을 축이고 나서 헛기침을 큼큼한다. "난 분명 오두막을 찍은 동영상에서 비비언을 보았어요."

"혹시 환영을 본 건 아니고? 내가 본 모니터 화면에는 분명 아무도 없었거든."

"알아요. 가끔 그런 일이 있어요. 비비언이 간혹 내 눈에만 보여요. 내 눈에는 보이는데 다른 사람들 눈에는 보이지 않는다니 이제부터 비비언의 환영이라고 해야겠네요."

"트라우마야." 테오가 말한다. "넌 지난날 그 일 때문에 엄청난 스트레스를 받았고, 아직 완전하게 치유되지 않아 헛것을 보는 거야."

"내가 비비언을 보았다고 하자 엄마가 장기 치료가 필요하다며 정신과원에 입원시켰어요. 병원에서 충분히 치료를 받았으니 이제 다시는 비비언의 환영이 보이지 않을 거라 생각했는데 아직도 여전해요. 지금 이 자리에서도 보여요."

테오는 고개를 들고 나를 바라본다. 의사가 환자에게 나쁜 소식을 전

할 때 짓는 얼굴 표정이다.

"엄마와 난 널 다시 캠프에 초대하지 말았어야 해. 아무리 의도가 좋았다고는 해도 명백한 실수였지. 그렇다고 아이들이 사라진 일이 너 때문에 발생했다는 뜻은 아니야. 우리는 네가 다시 캠프에 참가할 경우 매우 긍정적인 효과가 있을 거라 기대했는데 결국 잘못 판단한 셈이었어."

"내가 이제라도 캠프를 떠났으면 하세요?"

"그래." 테오가 솔직히 말한다. "엄마와 난 네가 캠프를 떠나는 게 최선이라고 생각해."

"그전에 난 사라진 아이들을 찾아야 해요. 이렇게 혼자 떠날 수는 없어요."

"현재 아이들을 찾는 수색 작업이 진행 중이야. 두 개 조로 나누어 캠프 오른쪽 숲과 왼쪽 숲을 샅샅이 뒤지고 있어."

"나도 수색 작업에 합류할 수 있게 해주세요." 나는 여전히 비틀거리는 다리로 문가로 걸어가며 말한다. "나도 아이들을 찾는 데 힘을 더하고 싶어요."

"넌 숲을 헤치고 다닐 만큼 몸 상태가 좋지 않잖아. 대대적으로 수색 작업을 펼치고 있으니 곧 좋은 소식이 오겠지. 필요할 경우 수색 인원을 더 늘릴 거야. 앞으로 24시간 안에 이 일대를 전부 뒤질 테니까 너무 걱정하지 마."

15년 전에도 대대적인 수색 작업을 펼쳤지만 성과는 없었다. 그때 찾아낸 단서라면 고작 비비언이 입던 스웨터 하나뿐이었다.

"난 캠프에 남고 싶어요. 아이들을 다시 만날 때까지 떠나지 않을 거예요." 나는 고집을 피운다.

오두막 지붕에서 헬리콥터 소리가 요란하게 들려온다. 15년 전에도 익히 들었던 소리다. 헬리콥터가 오두막 지붕을 스치듯 저공비행을 하며 지나가는 동안 엄청난 굉음이 쏟아진다.

"어머니는 너를 믿지 않아." 테오는 헬리콥터 굉음에 목소리가 묻히지 않도록 목청 높여 소리친다. "솔직히 나도 어디까지 너를 믿어야 할지 모르겠어."

"맹세컨대 나는 사라진 아이들에게 그 어떤 해코지도 하지 않았어요."

"어떻게 장담하지? 넌 어젯밤처럼 엉망으로 취할 경우 무슨 짓을 했는지 아무것도 기억하지 못할 수도 있어."

멀어진 헬리콥터가 호수 위를 날고 있다. 헬리콥터의 굉음이 잦아들면서 오두막은 정적에 휩싸인다. 깊은 적막감이 흐르는 가운데 테오가 한 말이 귓전을 맴돈다.

"무슨 뜻으로 말한 거예요?"

"케이시가 어젯밤 화장실 근처에서 술에 만취한 너를 봤다고 하더군. 리베카에게 들었는데 캠프파이어가 열리고 있을 때 너랑 리베카가 단둘이 빠져 나와 위스키 한 병을 나눠 마셨다던데?"

"미안해요." 나는 믿을 수 없을 만큼 풀죽은 내 자신의 목소리를 듣고 깜짝 놀란다.

"학생들이 보면 어쩌려고 위스키를 잔뜩 마셨어?"

"잘못된 행동이었다는 걸 인정해요. 하지만 술을 마시고 아이들에게 해코지를 하지는 않았어요. 카메라에 찍힌 동영상을 봤잖아요. 내가 아이들을 찾아다니는 동영상."

"그 동영상만 보고 판단하자면 아이들을 찾으러 갔는지 따라갔는지 불분명해. 어느 쪽인지 알 방법이 없어."

"내가 어떤 사람인지 정말 몰라요? 내가 아이들을 해칠 사람이 아니라는 걸 잘 알잖아요." 나는 테오에게 말한다.

테오가 내 말을 믿어줄 까닭이 없다. 15년 전 내 진술 때문에 용의자로 몰려 큰 고통을 겪었으니까. 지금은 15년 전과 상황이 완전히 바뀌었다. 내 진술이 테오를 용의자로 만들었듯이 그의 증언 한마디면 경찰은 나를 의심할 수밖에 없는 상황이다. 캠프에서 나와 함께 지내던 아이들이 사라졌으니까.

나는 테오의 갈색 눈을 살피며 나를 봐주길 바란다. 테오가 만일 나를 본다면 그는 과거의 나를 알아볼 것이다. 툭하면 술에 만취해 헤롱거리는 스물여덟 살 여자가 아니라 그를 좋아하는 열세 살짜리 소녀를.

"제발 나를 믿어줘요." 나는 속삭인다.

잠깐의 시간이 흐른다. 겨우 1초쯤 지났을 뿐인데 마치 몇 분이 흐른 느낌이다. 나는 내 운명이 어느 쪽으로 기울지 판단할 수 없다. 그 순간 테오가 속삭인다.

"너를 믿어."

나는 기쁘고 감사한 마음에 크게 고개를 끄덕이며 터져 나오려는 눈물을 꾹 눌러 참는다.

그 순간 나는 테오에게 키스했고, 우리 둘 다 모두 놀란다. 15년 전에도 내가 먼저 키스했지만 그때보다는 좀 더 힘이 들어갔다. 그렇지만 이번 키스는 그때처럼 설레는 감정을 담고 있지 않다. 아이들이 사라지고 나서 나는 엄청난 무력감을 느꼈고, 이제 나는 마음을 기댈 안식처가 필요하다. 누군가에게 내 마음을 의지하길 갈망한다.

테오는 내가 입술에 힘주어 키스를 하고 있음에도 한동안 전혀 반응하지 않다가 이내 뜨겁게 호응한다. 나는 양 손바닥으로 테오의 가슴을 밀어낸다. 15년 전 테오에게 다가가 주먹 쥔 양손으로 가슴을 느닷없이 때렸던 기억이 머릿속에서 스쳐 지나간다. 테오가 두 팔로 나를 세게 끌어안으면서 더욱 몸을 밀착시킨다. 그가 내게 기분전환 상대가 되고 있듯이 나 또한 그에게 그런 상대가 되어주고 있는지도 모른다. 그가 내 목에 뜨거운 입을 맞추고, 그의 손길이 내 셔츠를 들추고 속살까지 파고들지만 그대로 내버려둔다.

헬리콥터가 요란한 굉음을 발하며 다가와 오두막 지붕 위를 지나는 동안 어찌나 시끄러운지 주변의 모든 소리를 단숨에 잠식해버린다.

테오가 나를 안아들고 내 침대로 간다. 나를 침대에 내려놓은 그가 셔츠를 벗자 많은 흉터가 눈에 들어온다. 적어도 열 개는 넘어 보인다. 어깨부터 배꼽까지 선연한 십자가 모양 흉터가 마치 짐승의 발톱 자국 같다. 나는 그가 겪은 사고를 생각한다. 금속판이 뒤틀리고, 유리가 부서지고, 날아온 파편이 피부를 찢어발기고 뼈를 부러뜨린다.

내가 그의 흉터를 만들었다.

내 몸 위로 올라온 테오의 몸은 무겁지만 따뜻하다. 그러나 이런 식은 아니다.

"제발 그만해요!"

내게서 떨어져 나가는 테오의 눈빛이 자못 혼란스러워 보인다. "왜 그래?"

나는 그에게서 몸을 빼내 멀찍이 떨어진다. 아무리 손을 뻗어도 그의 흉터를 어루만지거나 손가락으로 길이를 재보지 않을 수 있을 만큼.

"당신에게 할 말이 있어요." 이제 헬리콥터가 호수 위를 나는 소리가 들린다. 나는 소음이 잦아들기를 기다렸다가 말한다. "당신과 비비언에 대해 알아요."

"나랑 비비언에 대해 뭘 안다는 거야? 우린 아무런 사이도 아니었어."

"나에게 거짓말할 필요 없어요. 다 지나간 일이니까."

"거짓말이 아니야. 나는 네가 무슨 말을 하는지 모르겠다고."

"내가 다 봤어요. 당신과 비비언이 샤워장에서 함께 있는 모습. 그날, 내 가슴이 찢어질 듯 아팠다는 걸 모를 거예요."

"도대체 무슨 얘기야?" 테오가 힐난하듯 말한다.

"비비언과 내털리, 앨리슨이 사라진 밤."

테오는 그제야 나머지 이야기가 다 이해된다는 표정을 짓는다. 내가 왜 그런 진술을 했는지, 그 진술 때문에 그가 어떤 고생을 겪었는지.

테오는 침대에서 일어나 앉더니 턱을 문지른다. 그의 손가락이 까칠까칠한 턱수염을 쓰다듬는다.

나는 진실을 말하고 나면 기분이 좋아질 거라 생각했다. 안도감이 머리부터 발끝까지 적실 거라고. 하지만 오히려 죄책감만 커진다. 내가 더욱 옹졸해진 기분이 드는 한편 참기 힘든 슬픔이 밀어닥친다.

"미안해요." 내가 말한다. "그때 난 너무 어려 판단력이 없었고, 사라진 아이들이 걱정스러웠고, 당신이 비비언과 사랑을 나누는 모습을 보고 가슴이 찢어질 듯 아팠어요. 그때 여형사가 사라진 아이들 가운데 몰래 만나는 남자친구를 둔 아이가 있는지 묻더군요. 난 어리석게 깊이 생각지도 않고 당신이 비비언과 몰래 만난다고 진술했죠."

"난 그때 비비언을 만나지 않았어." 테오가 단호하게 말한다.

"내가 다 *봤어요*. 둘이 샤워장에 있는 걸."

"내가 아니라 다른 누군가를 봤겠지. 그 당시 비비언이 나에게 각별한 관심을 보이면서 유혹한 건 틀림없는 사실이야. 하지만 난 전혀 관심이 없었어."

나는 눈을 감고 그 순간을 다시 생각한다. 널빤지 사이에 눈을 대는 순간 쏟아지는 샤워기 물소리에 섞여 들려오던 야릇한 신음, 비비언의 젖은 머리칼이 뱀처럼 꼬이며 목으로 흘러내리던 모습, 그녀의 목덜미에 묻고 있던 그의 얼굴.

다시 생각해보니 남자의 얼굴을 실제로 보지는 않았다. 나는 전에도 샤워장에서 몸을 씻는 테오를 훔쳐본 적이 있었기에 당연히 그라고 생각했다.

"당신 말고 그럴 사람이 없잖아요." 내가 말한다. "캠프 전체를 통틀어 남자라고는 당신밖에 없었는데."

나는 말하는 동안 아차 하는 생각이 든다. 캠프에 테오와 나이가 엇비슷한 남자가 하나 더 있다. 언제나 자기가 맡은 일만 묵묵히 하는 사람, 바로 눈앞에 있어도 눈에 띄지 않을 만큼 조용한 사람.

"그럼 비비언을 상대한 남자가 캠프 관리인이었나 봐요." 내가 말한다.

"벤 말이군." 테오는 한숨을 뱉으며 말한다. "벤이 그때 그런 짓을 했다면 지금껏 무슨 짓을 해왔는지 의심해 봐야겠는걸."

30

"사라진 여학생들에 관해 묻겠습니다." 플린 형사가 말한다. "혹시 그 여학생들과 이야기를 나누어본 적이 있습니까?"

"아마 모르긴 해도 내 일터가 캠프다 보니 이야기를 나누지는 않았어도 얼굴을 마주친 적은 있을 겁니다. 여학생과 이야기를 나눈 기억은 나지 않네요."

"그럼 캠프에 온 여학생 어느 누구와 대화를 나누어본 적이 있습니까?"

"여학생들에게 내가 먼저 말을 걸어본 적은 없습니다. 다만 여학생들이 위치를 물으면 알려주거나 간단한 인사 정도를 나눈 적이 있습니다."

캠프 관리인 벤은 의자에 앉아 우리를 쳐다본다. 그의 시선은 우리의 얼굴에 잠깐씩 머문다. 나, 테오, 그 다음은 플린 형사다.

우리는 지금 미술공예관 건물에 있다. 식당에서는 아직 캠프에 남은 학생들과 강사들이 저녁 식사를 하고 있다. 나는 테오와 미술공예관 건물로 오는 동안 침울한 표정으로 줄지어 식당 안으로 들어서는 학생들을 보았다. 일부 학생은 여전히 눈물을 흘리고 있고, 대부분 큰 충격을 받은 듯 멍한 표정이다. 헬리콥터가 거듭 요란한 소리를 내며 캠프 위를 날아갈 때 하늘을 향해 고개를 드는 학생들의 눈빛에서 망연자실한 표정이 읽혔다.

우리는 머리 위에 소음을 내는 형광등이 매달려 있는 예전 마구간으로 자리를 옮긴다. 테오가 나와 몇 걸음 정도 거리를 두고 앉아 있다. 나는 여전히 테오를 전적으로 신뢰하지는 않는다. 그 역시 나를 깊이 신뢰할 수 없을 것이다. 하지만 우리는 지금 불편한 동맹 관계를 맺은 상태로 한 남자의 진술을 듣고자 자리를 함께하고 있다.

캠프 관리인의 이름은 벤 슈마허이다. 비비언과 섹스를 한 남자. 미란다, 크리스틸, 사샤가 혹시 어디에 있는지 알 수도 있는 사람이다. 나는 그가 아이들에게 무슨 짓을 했는지 털어놓을 때까지 매를 가하고 싶지만 취조는 플린 형사에게 맡겨두고 무슨 말이 오가는지 예의주시하고 있다.

벤은 분명 여학생 몇 명쯤은 쉽게 해칠 수 있을 만큼의 힘이 있어 보인다. 덩치도 크고, 인상도 험상궂고, 주로 바깥에서 일을 하는 탓에 손에 못이 박히고, 콧등이 햇볕에 검게 그을었다. 눈에 보이지는 않지만 셔츠 안에 감춘 큰 체구가 위압감을 풍긴다.

"오늘 아침 5시에 어디 있었습니까?" 플린 형사가 묻는다.

"주방에 있었습니다. 일할 준비를 해야 할 시간이니까요."

벤은 왼손에 결혼반지를 착용하고 있다. 플린 형사가 반지를 고갯짓으로 가리킨다. "혹시 부인께서 당신의 말을 확인해줄 수 있나요?"

"아내가 주방에 같이 있었으니까 그럴 수 있을 겁니다. 아내가 모닝커피를 마시기 전에는 늘 비몽사몽이라 정신을 못 차리긴 하지만 말이죠."

벤은 짐짓 여유 있게 웃지만 우리는 웃을 수 없다. 벤이 의자에 등을 깊숙이 기대면서 말한다. "그런데 저에게 왜 이런 질문을 하죠?"

"캠프에서 주로 하는 일이 뭡니까?" 플린 형사가 질문을 무시하고 묻는다.

"관리인입니다. 이미 말했는데요."

"관리인이라는 건 알지만 주로 어떤 일을 하는지 물었습니다."

"캠프에서 필요한 일이면 뭐든 닥치는 대로 합니다. 잔디도 깎고. 건물 수리도 하고."

"그러니까 전천후 관리를 하는군요."

"그렇죠." 벤은 능글맞은 웃음을 짓는다. "전천후 관리죠."

"캠프에서 언제부터 일했습니까?"

"나는 평생 해리스 가문을 위해 일해 왔습니다. 캠프에서 일할 때도 있고, 다른 일을 할 때도 있었죠."

"해리스 화이트 가문에서 얼마나 오래 일했죠?"

"15년쯤 됩니다."

"나이팅게일 캠프에서 불상사가 일어나 문을 닫은 15년 전 여름이 당신이 이곳에서 처음 일을 시작한 해였습니까?"

"네, 그렇습니다." 벤이 말한다.

"해리스 화이트 가문과는 어떻게 인연을 맺게 되었습니까?"

"고교를 졸업하고 일 년쯤 마을에서 이런저런 허드렛일을 하며 지내고 있었습니다. 그러다가 어느 날 해리스 화이트 부인께서 관리인을 구한다는 소식을 듣고 캠프를 방문했고, 결국 기회를 잡게 되었죠."

플린 형사는 테오에게로 고개를 돌리고 진술이 맞는지 확인한다.

"맞습니다."

"15년이면 제법 오랜 시간이죠." 플린 형사가 벤에게 말한다. "해리스 화이트 가문 관리인으로 일하는 게 마음에 듭니까?"

"괜찮은 일자리입니다. 돈도 제법 많이 받고, 우리 가족이 다 함께 잘 곳과 먹을거리를 얻을 수 있어 불만은 없습니다."

"해리스 화이트 가문 사람들은 마음에 듭니까?"

테오를 바라보는 벤의 표정이 무슨 의미를 담고 있는지 읽을 수가 없다. "그분들에게도 불만은 없습니다."

"자, 이제부터 다시 학생들 이야기로 돌아가죠." 플린 형사가 말한다. "아이들과 별달리 접촉이 없었다는 말은 확실한가요? 어떤 일을 하려면 오두막 안으로 들어가야 하는 경우도 있잖아요."

"벤이 층층나무 오두막 밖에 카메라를 설치했습니다." 테오가 말한다.

"아시다시피 층층나무 오두막은 사라진 아이들이 사용하던 곳입니다. 카메라를 설치할 때 혹시 그 아이들을 보았습니까?"

"아뇨."

"그 오두막에서 제일 나이 많은 학생이 미란다인데 캠프의 다른 직원은 그 아이를 알던데요."

"난 미란다라는 아이를 몰라요." 벤이 말한다. "캠프에서 나는 묵묵히 내 일만 하면서 지냈습니다."

"15년 전에도 묵묵히 주어진 일만 했습니까?"

"네."

"거짓말!" 플린 형사가 잠시 말을 멈추었다가 잇는다. "다시 한번 대답할 기회를 주겠습니다."

"내가 왜 거짓말을 한다고 생각하죠?"

"15년 전 사라진 여학생들 가운데 한 아이의 이름이 비비언 호손입니다. 적어도 그 학생 이름은 기억날 텐데요."

"실종된 아이들 가운데 하나였죠. 결국 찾아내지 못했고요."

"당신이 비비언과 부적절한 관계를 맺었다는 말을 들었습니다. 묵묵히 본인 일에만 충실했다는 주장과는 정면으로 배치되는 일이 아닐 수 없군요. 비비언과 관계를 맺은 게 사실인가요?"

나는 그가 부인하리라 기대한다. 벤은 입꼬리를 살짝 올리고 능글맞게 웃는다. "그 아이와 딱 한 번 성관계를 맺었습니다."

나는 벤의 히죽거리는 얼굴에 주먹을 한 대 날리고 싶은 충동을 억누르며 소리친다. "그때 비비언은 겨우 열여섯 살이었어요."

"난 겨우 열아홉 살이었고요." 벤이 말한다. "그 정도 나이 차이면 문제 될 게 없지 않나요? 난 현재 딸아이 셋을 키우고 있어서 미성년자 성폭행 관련 법률을 잘 알고 있습니다. 내가 한 짓이 불법은 아니었죠."

"당신은 비비언과 다른 두 아이가 함께 사라졌을 때 누군가에게 그런 일이 있었다는 사실을 말했나요?"

"경찰이 그 일을 알게 되면 틀림없이 나를 납치 살해범으로 엮으려고 들 텐데 입을 닥칠 수밖에요. 15년 전과 마찬가지로 또다시 캠프에서 아이들이 사라지는 사건이 벌어지자 나를 유력한 용의자로 보고 있는 거죠?"

"그 아이들과 관련이 있습니까?"

벤이 갑자기 벌떡 일어서는 바람에 의자가 뒤로 쓰러진다. 관자놀이에 혈관이 부풀어 오른 그가 두 주먹을 말아 쥔다. 플린 형사에게 분노의 주먹을 날리고 싶어 하는 눈빛이다.

"나는 딸을 셋이나 둔 아빠입니다. 만일 내 딸들이 사라진다면 아마나는 미쳐버릴 겁니다. 생각만 해도 눈앞이 아찔하네요. 내가 15년 전에 바보 같은 짓을 저지르긴 했지만 아이들을 어떻게 해보겠다는 생각은 결코 해본 적이 없습니다. 이제 쓸데없는 질문은 그만하고 당장 나가서 아이들이나 찾아보세요."

그제야 벤의 주먹 쥔 손이 풀린다. 쓰러진 의자를 다시 세우고 앉은 벤은 진이 빠진 듯 한숨을 토하고 나서 말한다. "궁금한 게 있으면 뭐든 물어보세요. 난 아무것도 감출 게 없으니까요."

"비비언과는 어쩌다 그런 사이가 된 겁니까?" 플린 형사가 묻는다.

"캠프에서 가끔 지나치는 그 아이를 봤습니다. 너무 예뻐서 눈에 띄지 않을 수 없었죠."

"비비언이 마음에 들었나요?"

"당연하죠. 그 아이는 예쁘기도 하지만 매사 활달하고 자신감이 넘쳤어요. 캠프에 온 아이들 가운데 가장 도드라져 보였죠. 일반적으로 예쁜 아이들은 대개 도도하고 오만하기 마련인데 비비언은 상냥했어요. 캠프가 열린 첫날 그 아이는 내게 다가오더니 자기소개를 하더군요. '작년에는 안 계셨던 분이죠?' 그렇게 말하더니 '캠프에는 언제 오셨어요? 주로 하는 일은 뭐예요?'하고 물었어요. 예쁜 여학생이 내게 관심을 보이니 마음이 들뜨고 기분이 좋더군요."

비비언의 유혹 전문가다운 행동이다. 비비언은 상대가 캠프 관리인이든 열세 살 소녀이든 가리지 않는다. 그녀는 상대에게 어떤 관심이 필요한지 정확하게 알고 있었으니까.

"비비언이 어느 날 점심시간에 나를 찾아왔고, 우리는 몇 분 동안 이야기를 나누었죠. 나는 비비언이 뭘 원하는지 금세 알 수 있었습니다. 그런 문제로 수줍어하는 아이가 결코 아니었으니까요."

"그래서 몇 번이나 성관계를 했는데요?" 플린 형사가 묻는다.

"딱 한 번이었어요."

"혹시 언제인지 날짜를 기억합니까?"

"그날이 독립기념일이었으니 7월 4일이었네요." 벤이 말한다. "그날은 휴일이라 쉬려고 했는데 해리스 화이트 부인이 초과 근무 수당을 지급해준다고 해서 열심히 일하고 있었어요. 학생들은 다들 캠프파이어에 가고 없었고, 일을 끝내고 집으로 돌아가려는데 비비언이 내 앞에 나타난 거예요. 그 아이는 아무 말도 하지 않고 나에게 다가오더니 느닷없이 키스했어요. 그러고 나서 가끔 내가 뒤따라오는지 확인하면서 앞장서서 걸어가더군요."

벤의 설명이 더는 필요 없는 상황이다. 나머지는 이미 알고 있으니까.

"7월 4일은 비비언과 다른 두 아이가 사라진 날입니다." 플린 형사가 말한다. "비비언과 관계를 맺은 이후에는 무얼 했죠?"

"비비언은 서둘러 옷을 챙겨 입고 떠났습니다. 친구들이 찾을 거라고 하면서요."

"그때 이후로 비비언을 본 적이 없나요?"

"네, 그렇습니다." 벤은 잠시 말을 멈추고 뒷덜미를 긁적이다가 생각에 잠긴다. "그런 셈이죠."

"그 이후에도 비비언을 봤다는 뜻입니까?"

"비비언을 본 건 아니고요." 벤이 말한다. "그 아이가 남긴 뭔가를 봤죠."

"무얼 봤는데요?"

"비비언이 떠난 뒤 곧장 야외 화장실에서 나와 차를 운전해 집으로 가다가 열쇠 뭉치가 사라진 걸 알게 되었습니다. 캠프에서 일할 때 반드시 필요한 열쇠 뭉치였어요."

"주로 어디에 필요했는데요?"

"캠프의 건물들을 드나들려면 문을 열어야 하잖아요." 벤이 말한다. "별장, 식당, 공구 창고, 화장실 열쇠였어요."

"오두막은요?" 플린 형사가 묻는다.

벤이 씁쓸하게 웃는다. "당신들은 내가 오두막 열쇠를 가지고 있었으면 하겠지만 그렇지는 않았어요."

플린 형사가 테오를 바라본다. 테오는 살짝 고개를 끄덕여 벤의 말이 사실임을 확인해준다.

"열쇠 뭉치를 화장실에 떨어뜨렸을 수도 있다고 생각했죠." 벤이 이야기를 계속한다. "다음 날 아침 캠프에 일하러 가보니 열쇠 뭉치가 별장 뒤 공구 창고에 있더군요. 창고 문은 열려 있고, 열쇠 뭉치는 자물쇠에 그대로 꽂혀 있었죠. 그때는 이미 비비언과 아이들 둘이 사라진 후였어요."

"당신은 비비언이 열쇠 뭉치를 공구 창고에 가져다 두었다고 생각합니까?"

"내 생각에는 우리가 화장실에 있을 때 비비언이 내 주머니에서 열쇠 뭉치를 빼돌린 것 같아요."

"공구 창고에는 뭐가 있었죠?" 플린 형사가 묻는다.

"말 그대로 일할 때 필요한 공구들이죠. 잔디 깎는 기계, 겨울이 되면 타이어에 감을 체인, 나무를 자르는 데 필요한 전기톱, 삽, 전지가위, 전기드릴, 망치 뭐 그런 공구들을 보관해두는 곳입니다."

"비비언은 왜 공구 창고에 들어가 보려고 했을까요?"

벤이 어깨를 으쓱해 보인다. "글쎄요, 그거야 나도 모르죠."

나는 안다. 비비언은 창고에 삽을 가지러 갔다. 일기장을 숨겨둔 구덩이를 팔 때 필요한 삽.

"우리에게 모든 사실을 있는 그대로 털어놓았어야죠." 테오가 말한다. "당신은 입을 꾹 다물었고, 우리 가족은 이제 더는 당신을 믿을 수 없게 되었어요."

테오를 노려보는 벤의 눈에 경멸감이 묻어난다.

"너 따위가 감히 나를 심판하려고 들지 마. 넌 나보다 모든 면에서 잘났다고 생각하지? 그래봐야 넌 어느 부잣집 여자가 고아원에서 빼내 입양시켜준 행운아일 뿐이야. 그러니까 넌 그냥 나보다 운이 좋았을 뿐이지 별로 잘난 건 없어."

테오의 얼굴에서 핏기가 싹 가신다. 심한 충격을 받았는지 화가 났는지 알 수가 없다. 테오가 반박하는 말을 쏟아내려는 순간 갑자기 밖에서 이상한 소리가 들려온다. 누군가 소리를 지르고 있다. 그 소리가 호수 위로 넓게 울려 퍼진다.

테오는 당황한 얼굴로 나를 쳐다본다. "쳇의 목소리야."

우리는 미술공예관 건물 밖으로 뛰어나간다. 플린 형사가 재빨리 일어나 맨 앞에서 달려간다. 식당에서 학생들이 소리를 듣고 몰려나온다. 쳇이 호숫가에 서서 물 위에 떠 있는 뭔가를 가리키고 있다.

카누다.

미드나이트 호수에서 안으로 100미터쯤 들어간 지점에 옆으로 누운 카누가 하나 떠 있다. 나는 호수로 달려가 물이 허벅지에 닿을 때까지 걸어간 다음 물속으로 뛰어들어 카누를 향해 헤엄친다. 테오와 쳇도 나처럼 물로 뛰어든다. 내 뒤쪽에서 그들이 헤엄쳐 오는 모습이 보인다.

내가 가장 먼저 카누가 있는 곳에 다다르고 나서 금세 쳇과 테오도 도착한다. 우리는 카누를 한 손으로 잡고 다른 손을 힘껏 저어 물가로 끌고 간다. 우리가 호수 기슭에 다다르자 사람들이 잔뜩 몰려든다. 플린 형사와 벤 슈마허도 다가온다. 지도교사들은 학생들이 물가로 몰려드는 걸 막아서고 있다. 저 멀리 별장에서는 프래니와 로티, 민디가 테라스에 나와 상황을 주시하고 있다.

카누 안은 비어 있다. 유일하게 보이는 건 안경 하나인데 렌즈가 깨져 거미줄처럼 금이 가 있다. 플린 형사가 손수건을 이용해 카누에서 안경을 집어 든다. "혹시 누구 안경인지 아시는 분 있나요?"

안경을 보는 순간 나는 큰 충격을 받아 몸이 휘청거린다. 다행히 쓰러지지 않은 나는 빨간 안경테를 노려보고 있다.

"사샤." 나는 작은 목소리로 말한다. "사샤의 안경입니다."

31

　오두막으로 돌아온 나는 정신이 몽롱한 상태로 침대에 누워 있다. 카누에서 사샤의 안경을 발견하고 나서 구토가 일어 즉시 화장실로 달려가야 했다. 구토를 하고 나서 30분 동안 몸을 씻으면서 펑펑 울었다. 나는 침대에 누워 크리스털의 곰 인형을 끌어안고 있고, 플린 형사는 측은하다는 듯이 나를 바라보고 있다.

　"카누를 경찰이 처리하도록 그냥 두었어야 합니다. 당신들이 카누를 호수 밖으로 끌어내느라 수고했지만 결과적으로 증거를 오염시킨 셈이 되었죠."

　플린 형사는 주머니에 손을 집어넣더니 투명 비닐백 하나를 꺼내든다. 그 안에 백랍으로 만든 새 세 마리가 매달린 팔찌가 들어 있다.

　내가 잃어버린 팔찌다.

　"당신이 이 팔찌의 주인이라고요?" 플린 형사가 말한다. "당신이 이 팔찌의 주인이라고 확인해준 사람이 셋이나 되더군요."

"어디서 찾았죠?"

"카누 안에서요."

나는 갑자기 욕지기가 치미는 걸 가까스로 참아내며 크리스털의 곰인형을 끌어안는다. 오두막 천장이 빙글빙글 맴을 돈다.

"이 팔찌가 왜 카누에 있게 되었는지 설명이 필요할 것 같네요." 플린 형사가 말한다. "당신은 카누를 향해 헤엄쳐 갈 때만 해도 이 팔찌를 손목에 차고 있지 않았습니다."

"팔찌를 잃어버렸어요."

"잃어버렸다고요? 정말 편리한 설명이네요."

"팔찌의 걸쇠가 부러져 임시로 고쳐 차고 다녔는데 어딘가에서 떨어뜨렸어요."

"팔찌를 떨어뜨린 게 언제 어디서인지 기억납니까?"

"팔찌를 떨어뜨릴 당시에는 전혀 몰랐다가 나중에야 없어진 걸 알게 되었어요."

"그럼 어쩌다가 이 팔찌가 호수 중간에 떠 있는 카누에서 발견되었을까요?" 플린 형사가 고개를 갸우뚱거린다.

"사라진 아이들 가운데 누군가가 우연히 팔찌를 주워 가지고 다니다가 카누에 떨어뜨렸을 수도 있지 않을까요?"

미란다는 어제 내가 미술 수업을 할 때 팔찌를 자주 만지작거리는 걸 보았다. 미란다가 어딘가에서 바닥에 떨어진 팔찌를 발견했고, 나중에 나에게 돌려주려고 주머니에 넣고 다니다가 카누에 떨어뜨렸을 수도 있다.

마지막 거짓말

"내가 팔찌를 잃어버린 건 아이들이 사라지기 전이었죠. 그러다가 사샤의 안경과 함께 카누에서 발견되었어요. 아이들을 납치한 사람이 저를 용의자로 몰아가려고 일부러 팔찌를 카누에 놓아두었을 수도 있지 않을까요?"

플린 형사의 의문을 풀어주기 위해 겨우 생각해낸 스토리지만 내가 생각하기에는 그런대로 앞뒤가 맞아 보인다.

"정말이지 당신의 말을 믿고 싶습니다." 플린 형사가 말한다. "하지만 당신의 말은 점점 더 신뢰하기 어려워지고 있어요. 당신이 있지도 않은 사람을 봤다고 주장해서 이런 말을 하는 게 아닙니다. 누군가 당신을 음해하려고 공작을 피웠다는 음모론 때문도 아닙니다. 오늘 아침, 당신은 프란체스카 해리스 화이트 여사가 뭔가 비밀을 숨기고 있다는 듯이 내게 말했습니다. 하지만 한 시간도 지나지 않아 당신은 관리인 벤을 범인으로 의심했고요."

"아직 범인이 누군지 밝혀지지 않은 이상 나를 포함해 누구나 의심받을 수 있지 않나요?"

플린 형사는 고개를 젓는다. "캠프 관리인의 부인을 만나봤습니다. 오늘 새벽 5시에 벤이 자택 주방에 있었다고 하더군요. 벤이 진술했던 대로입니다. 15년 전에도 당신은 테오 해리스 화이트와 관련해 전혀 확인되지 않은 진술을 했더군요. 아이들을 납치한 용의자로 테오를 지목했다고요?"

뜨거운 열기가 내 뺨을 태워버릴 듯 밀려든다.

"그 당시 그런 진술을 한 건 사실이에요." 내가 말한다.

"지금은 당신이 과거에 했던 진술을 믿지 않겠군요?"

나는 얼굴이 후끈 달아올라 바닥을 내려다본다. "그래요."

"테오를 의심하다가 결백하다고 생각한 게 언제부터인지 알 수 있을까요?" 플린이 말한다. "당신은 15년 전 진술이 잘못되었다는 사실을 공식적으로 인정한 적이 없고, 지금껏 철회하지도 않았어요. 당신의 진술 탓에 테오 해리스 화이트는 여전히 유력한 용의자로 남아 있습니다. 그리고 보니 두 분에게 공통점이 생겼네요. 용의자라는 점에서 말입니다."

나는 분노가 치밀어 올라 플린 형사가 빈정거리는 말을 더는 듣고 있을 수가 없다.

"나를 용의자로 몰아 수사하겠다는 뜻인가요?"

"아직 사라진 학생들을 찾지 못했습니다. 카누에서 당신의 팔찌가 발견되긴 했지만 학생들이 사라진 사건과 당신이 깊이 관련되어 있다고 단정하는 건 아직 무리겠죠. 팔찌에서 사라진 학생들의 혈흔이 발견되었다면 또 다른 문제겠지만요."

"추가 수사로 내 혐의가 명백하게 드러나지 않는 한 형사님은 이 오두막에 다시는 오지 마세요."

플린 형사에게 노골적인 반감을 드러내봐야 전혀 득 될 게 없었지만 그 말을 내뱉은 걸 전혀 후회하지는 않는다.

플린 형사는 조금 멋쩍은 표정을 지으며 말한다. "앞으로도 당신을 계속 지켜볼 겁니다. 당신이 죄를 짓지 않았다면 불안해할 필요가 없겠죠."

플린 형사만이 나를 감시하는 건 아니었다. 오두막 밖에 설치된 감시 카메라와 창문에서 어른거리는 비비언의 그림자가 나를 지속적으로 감시해 왔으니까.

미드나이트 호수를 수색하는 경찰 보트의 엔진 소리가 들려온다. 호수에서 카누가 발견되자 경찰은 보트를 띄우고 추가 수색 작업에 착수했다. 헬리콥터가 계속 호수와 숲의 상공에서 날아다니고 있었고, 오두막 지붕 위를 지날 때마다 오두막 전체가 통째로 흔들리는 느낌이 든다.

15년 전, 대부분 자원봉사자로 구성된 수색대가 오렌지색 조끼 차림으로 숲에서 수색 작업을 펼쳤다. 호수를 오가던 경찰 보트는 숲에서 비비언의 스웨터가 발견된 이후 수색을 중단했다. 그 무렵 프래니는 캠프 폐쇄를 선언했다. 두 번째 수색을 펼칠 때에는 경찰견들이 동원되었다. 사라진 학생들의 트렁크에서 꺼내온 옷을 경찰견의 코에 대주고 냄새를 맡게 했다. 경찰견들이 요란하게 짖어대며 호수 주변을 수색하는 동안 잔뜩 겁에 질린 여학생들은 서둘러 버스에 오르거나 부모가 운전해온 SUV에 올랐다.

나는 캠프에서 하루를 더 보내야 했다. 참고인 수사 때문이라고 했다. 다른 학생들이 모두 집으로 돌아간 캠프의 오두막 침대에서 24시간 동안 혼자 몸을 웅크리고 누워 온갖 두려움에 떨어야 했다.

누군가 오두막 문을 두드린다.

"들어오세요." 진이 빠져 직접 문을 열어줄 기력이 없는 상태이다.

리베카가 오두막 안으로 들어선다. 내가 위스키를 마시고 만취한 사실을 형사에게 귀띔해준 그녀가 얄미웠다. 내 시선은 리베카의 얼굴 대신 손에 든 카메라로 향한다.

"사진을 찍으려고 왔다면 당장 나가." 내가 말한다.

"내가 너랑 술을 마신 사실을 플린 형사에게 털어놓아 화난 걸 알아. 주변 상황이 너무 급박하게 돌아가는 바람에 겁이 나서 그랬어. 네가 경찰의 의심을 받게 될 줄은 미처 몰랐지. 그 바람에 나도 의심받는 상황이 되고 말았지만."

"언니와 함께 생활하던 오두막 학생들은 아무도 사라지지 않았잖아. 의심받을 일이 뭐있어?"

"그렇긴 하지만 이 캠프에 있었던 사람이라면 누구나 의심의 대상이 될 수밖에 없어. 이제라도 난 널 돕고 싶어."

"언니의 도움 따윈 필요 없어."

"아니, 넌 지금 도움이 절실히 필요한 상황이야." 리베카가 말한다. "사람들이 너에 대해 뭐라고 떠들어대는지 모르지. 모두들 네가 아이들을 어디론가 빼돌린 범인이라고 생각해. 15년 전, 네가 비비언, 내털리, 앨리슨을 사라지게 만든 방법을 이번에도 똑같이 구사했다고 의심하고 있어."

"언니도 그렇게 생각해?"

리베카는 고개를 저어 보인다. "오늘 아침에 나는 그동안 캠프에서 찍은 사진들을 확인해보기 시작했어. 혹시 우연히 찍힌 사진들 가운데 단서가 될 만한 사진이 있나 확인해보려고."

"나를 위해 탐정 놀이를 할 생각이라면 그만둬." 내가 말한다.

"정작 네가 탐정 놀이를 한다는 걸 다 알고 있어. 넌 아예 숨기지도 않고 탐정 놀이에 나섰다며? 네가 별장에 몰래 들어가는 걸 케이시가 봤다고 하던데."

나이팅게일 캠프에는 15년 전과 마찬가지로 온갖 소문이 난무한다. 사람들이 나에 대해 망상에 사로잡힌 정신병자이고, 아이들을 납치해 어디론가 빼돌렸다고 주장한들 딱히 입을 틀어막을 수 있는 방법이 없다.

"내 말을 믿지 않겠지만 별장에 몰래 들어간 건 아니야." 내가 말한다.

"그나저나 언니는 뭔가 흥미로운 단서를 찾아낸 게 분명해. 그러니까 나를 만나러 왔겠지."

리베카는 내 침대 옆에 앉더니 카메라에 찍힌 사진을 보여준다. 내가 미드나이트 호수에 들어가 멍하니 서 있고, 프래니가 나에게로 다가오고 있다. 정말이지 리베카의 촬영 실력은 놀라울 정도로 깔끔하다. 프래니의 잠옷 가운을 적시는 물까지 실감 나게 찍었다. 테오가 호수와 별장 사이에 사각팬티 차림으로 서 있다. 가슴의 흉터가 아침 햇살을 받아 도드라져 보인다. 하지만 나는 테오의 모습이 전혀 들어오지 않는다. 머릿속이 다른 관심거리로 가득 들어찼기 때문이다.

테오 뒤쪽으로 보이는 별장 뒷마당에 쳇과 민디가 서 있다. 쳇은 반바지에 티셔츠 차림이고, 민디는 멋진 나이트가운을 입고 있다.

"이 사진은 반대편에서 찍은 거야." 리베카가 말한다.

내 비명을 듣고 몰려온 학생들을 찍은 사진이다. 아직 잠이 덜 깬 학생들의 불그스레한 얼굴에 두려움이 깃들어 있다.

"학생, 지도교사, 강사를 모두 포함해 숫자를 세어보니 75명이야. 캠프의 최대 인원은 80명인데."

사진에 찍히지 않은 미란다, 사샤, 크리스털 그리고 나도 빠져 있다. 그때 나는 프래니의 손에 이끌려 미드나이트 호수에서 걸어 나오고 있었다. 다섯 번째 인물은 사진을 찍고 있는 리베카 본인이다.

"무슨 말을 하고 싶은 거야?"

"오직 한 사람만이 호숫가로 나오지 않았어." 리베카가 말한다. "이상하다고 생각되지 않아?"

나는 리베카의 손에서 카메라를 빼앗아 들고 화면을 들여다보며 누가 없는지 찾아본다. 로버타와 페이지가 걱정스러운 표정을 주고받는 모습이 보인다. 킴, 대니카 그리고 다른 세 명의 지도교사도 눈에 들어온다. 그들은 각기 오두막에서 함께 생활하는 학생들과 움츠린 자세로 서 있다. 그들 뒤쪽에 빨간 머리 케이시가 있다.

나는 나와 프래니는 호수 안, 테오는 잔디밭 위, 쳇과 민디는 별장에 있는 사진을 유심히 들여다본다. 그 사진에서 유일하게 보이지 않는 사람은 로티다.

"사진에 로티가 없네?"

"로티가 없는 걸 보고 나서 어떤 의문이 들었어?" 리베카가 묻는다.

내 비명을 듣고 캠프의 모든 사람들이 호숫가로 나왔는데 로티만 듣지 못했을 리 없다. 로티가 깊이 잠들면 천둥이 쳐도 듣지 못하는 사람일 수는 있다. 샤워 중이라 물소리 때문에 내 비명을 못 들었을 수도 있다.

그 순간 내 머릿속에서 팔찌가 떠오른다. 지금도 팔찌를 손목에 차고 있는 듯이 느껴진다. 내 손목에 찬 팔찌를 마지막으로 본 게 언제인지 떠올려본다. 별장 서재에서 서랍을 뒤지고 있을 때다. 그때 로티가 들어왔고, 나는 휴대폰 충전을 하러 왔다고 둘러댄 기억이 난다. 어쩌면 그때 별장 서재에 팔찌를 떨어뜨렸을 수도 있다. 나는 비비언의 일기장을 떠올린다. 그 일기장은 15년 전 무슨 일이 벌어졌는지 분석하려면 절대적으로 필요한 로제타석이다.

로티는 별장 서재를 염탐하는 비비언을 발견했고, 프래니에게 보고했다. 비비언이 그 일에 대해 간단하게 언급한 적이 있지만 별로 신경 쓰지 않았다. 그때는 프래니의 비밀에 온통 정신이 팔려 있었으니까.

이제 비비언의 간단한 언급이 비중 있게 다가온다. 나 역시 별장 서재에서 로티와 마주쳤다. 그때 로티는 자기 조상들이 수십 년 동안 해리스 가문에서 일했다고 말했다.

비비언이 해리스 가문의 어두운 비밀을 캐내고 있다는 사실을 알았다면 로티는 과연 어떤 행동을 취했을까? 내가 비비언처럼 해리스 가문의 비밀을 캐내려 하자 로티가 다시 행동에 나선 것일까? 카누에 놓아둔 팔찌는 로티가 내게 보내는 일종의 경고일까?

"로티는 무슨 상황인지 이미 알고 있었기에 거기에 오지 않았을 수도 있어." 내가 말한다.

15년 전

테오의 가슴을 주먹으로 때리고 난 뒤 나는 오두막 침대에 누워 오래
도록 눈물을 흘렸다. 어찌나 많이 울었던지 베개가 눈물로 흠뻑 젖어들
었다. 오두막 문이 열리는 소리에 고개를 들어보니 로티가 피자와 샐러
드, 오렌지주스가 담긴 쟁반을 내 트렁크 위에 내려놓았다. 아이들이
사라진 뒤 나는 아무것도 먹지 못했다.

"아이들이 돌아오는 모습을 보려면 음식을 잘 먹어야 해."

"아이들이 돌아올 거라고 생각하세요?"

"물론이지."

"그럼 그때까지 굶을래요."

"혹시 마음이 바뀌면 먹어. 쟁반을 두고 갈 테니까."

로티가 떠나고 나서 피자 냄새가 아무것도 먹지 않은 내 후각을 자극
했다. 피자를 집어 들고 두 입 먹었을 때 배 속 고통이 심해졌다. 허기

보다 더 날카로운 죄책감이 심장을 파고들었다.

난 아이들이 오두막을 떠나기 직전 비비언에게 다시는 돌아오지 말라고 악담을 퍼부었다. 그들이 잠시 오두막으로 돌아왔을 때 문을 잠그고 열어주지 않았다. 나를 담당한 여형사에게 테오와 비비언의 은밀한 관계를 털어놓았다.

비비언은 나보다 예쁘고 똑똑한 여학생이었다. 그 반면 나는 가슴이 납작한 열세 살 아이였다. 내가 테오였더라도 비비언을 선택했을 것이다. 그때 나는 사실 테오보다 나 자신을 더 증오했다.

늦은 밤에 프래니가 층층나무 오두막에 나타났을 때 나는 깜짝 놀랐다. 프래니는 전날 밤에도 슬리핑백과 약간의 간식, 보드게임을 챙겨와 오두막에 혼자 남은 나와 함께 있어 주었다. 잘 시간이 되자 프래니는 내 침대 옆 바닥에 슬리핑백을 펼쳤다. 자리에 누운 프래니는 부드럽고 낮은 목소리로 자장가 대신 비틀스 노래를 불러주었다.

"방금 네 부모님과 통화했다." 프래니가 말했다. "내일 아침에 캠프에 오셔서 너를 집으로 데려갈 거야. 오늘이 마지막 밤이니까 편안하게 자거라."

눈물 젖은 베개를 베고 누운 상태로 프래니를 올려다보던 나는 마음이 혼란스러웠다. "오늘 밤에도 여기서 주무시게요?"

"당연하지. 너를 혼자 자도록 내버려둘 수야 없잖아."

프래니는 전날 밤처럼 바닥에 슬리핑백을 펼쳤다.

"바닥은 불편하니까 비어 있는 침대에서 주무시면 되잖아요."

"언제고 아이들이 돌아올 수도 있으니까 침대는 비워두어야지."

나는 아이들이 문을 벌컥 열고 들어서는 모습을 상상했다.

"숲속을 헤매다가 길을 잃었지 뭐야. 앨리슨이 나침반 보는 법을 안다고 큰소리를 치더니 전혀 모르셔서 말이지." 내 상상 속에서 비비언이 말했다.

나는 정말 그랬으면 좋겠다고 생각하면서 오두막 출입문을 바라보았다. 내 상상 속에서처럼 아이들이 돌아왔으면 좋으련만 닫힌 문은 좀처럼 열리지 않았고, 나는 다시 울기 시작했다.

"이제 그만 뚝 그쳐." 프래니가 내 옆으로 다가와 앉으며 말했다.

"아이들이 너무 오랫동안 돌아오지 않고 있어요."

"그래, 알아. 하지만 우리는 끝까지 희망을 버려서는 안 돼."

프래니는 내가 울음을 그칠 때까지 등을 토닥여주었다. 내가 아프거나 토라졌을 때 엄마는 단 한 번도 프래니처럼 부드럽게 나를 달래준 적이 없었다. 그래서인지 프래니의 따스한 손길이 내 마음을 더욱 아프게 했다.

"에마, 내가 알고 싶은 게 한 가지 있어." 프래니가 내 귀에 대고 속삭였다. "넌 테오가 정말 아이들을 해쳤다고 생각하니?"

나는 그 질문에 아무런 대답도 할 수 없었다. 프래니가 질문한 의도를 모르지 않았지만 형사 앞에서 진술한 만큼 했던 말을 뒤집을 수는 없었다. 그 당시만 해도 내 진술이 거짓은 아니었다. 나는 테오가 비비언과 은밀한 관계를 맺고 있다고 믿었으니까. 지금은 내가 잘못 보았다는 사실을 알게 되었지만 그때는 정말 몰랐다.

내가 비비언, 내털리, 앨리슨이 다시 돌아왔을 때 오두막 안으로 들어오지 못하도록 한 건 명백한 잘못이었다. 아이들이 떠나기 직전 내가 비비언에게 악담을 퍼부은 것 역시 몹쓸 짓이었다.

내가 숨긴 거짓이 무거운 돌덩이가 되어 내 가슴을 짓누르는 바람에 숨을 쉴 수가 없었다. 나는 내가 숨긴 거짓을 모두 털어놓고 자유로워지거나 거짓의 무게에 익숙해지거나 선택해야 할 상황이었다.

"에마?" 프래니가 이번에는 좀 더 무거운 목소리로 말했다. "정말 테오가 범인이라고 생각해?"

나는 프래니의 거듭된 질문에 묵묵부답으로 일관했다.

"그래, 알았다."

프래니의 손가락들이 잠시 내 척추를 어루만지다가 사라졌다. 잠시 후 프래니는 양해의 말도 구하지 않고 오두막을 떠났다. 나는 기나긴 밤을 혼자 쓸쓸하게 보내야만 했다.

***

아침에 로티가 오두막에 와 나를 집으로 데려가려고 온 부모님이 캠프에 도착했다고 전해주었다. 나는 밤새 잠을 설친 탓에 아침 일찍부터 챙겨둔 짐을 여행 가방에 옮겨 담았다.

오두막 밖으로 나간 나는 너무나 조용해 유령 마을처럼 되어버린 캠프로 향했다. 식당 근처에 시동을 걸어둔 상태로 세워둔 우리 부모님의 볼보자동차 소리가 그나마 고요한 적막을 깨주었다.

엄마가 차에서 내려 차 트렁크를 열고 나서 마치 내가 슬리핑백에 오줌을 싸는 바람에 집으로 쫓겨 가기라도 하듯 로티에게 어색한 미소를 지어 보였다.

"프래니가 나에게 대신 작별 인사를 전해달라고 하셨어." 로티가 말했다. 나는 그 말이 거짓이라는 걸 모르지 않았다. "네가 집까지 무사히 돌아가길 바란다고 하더라."

그때 별장 현관문이 열리더니 형사 두 명과 테오가 밖으로 걸어 나왔다. 형사들이 양 옆에서 테오의 팔을 붙잡고 있었다. 나는 말없이 서서 형사들이 테오를 데리고 미술공예관 건물로 걸어가는 모습을 지켜보았다. 나를 발견한 테오가 애원하는 표정을 지으며 경찰에게 제대로 말해 주기를 간청하는 눈빛을 보내왔다.

나는 진술을 번복하는 대신 볼보 뒷자리에 올라 말했다. "아빠, 제발 빨리 가요."

차가 출발하려는 순간 별장 문이 다시 열리더니 쳇이 달려 나왔다. 쳇이 테오의 이름을 부르며 미술공예관으로 달려갔다. 뒤따라 나온 로티가 쳇의 팔을 낚아채 다시 별장으로 데려갔다.

나는 차창을 통해 로티와 쳇 그리고 나이팅게일 캠프가 시야에서 완전히 사라질 때까지 계속 지켜보고 있었다.

마지막 거짓말

32

나는 침대에 누운 상태로 크리스털의 곰 인형을 두 팔로 안고 로티 이야기를 누구에게 털어놓아야 할지 고민해본다. 원칙대로라면 경찰을 찾아가야 하는데 플린 형사가 내 말을 믿어주지 않는 상황이다. 프래니를 찾아갈까 생각해보지만 역시 신뢰가 가지 않는다. 테오도 해리스 가문에서 오래도록 일해 온 로티보다 내 말을 더 신뢰하기는 어려울 것이다.

나는 하늘이 짙은 어둠에 잠식되어가는 모습을 지켜보면서 어떤 선택을 해야 옳은지 거듭 생각한다. 헬리콥터가 15분 간격으로 요란한 굉음을 발하며 지나갈 때마다 창문 밖 나무들이 심하게 흔들리는 모습이 보인다.

누군가 문을 두드리는 소리가 나더니 잠시 후 민디가 식당에서 음식을 담아온 쟁반을 들고 안으로 들어선다.

"저녁 식사 가져왔어요."

음식의 면면을 보니 식당이 아니라 별장에서 가져온 게 틀림없다. 스테이크에서는 아직 김이 모락모락 나고, 로즈메리를 얹어 구운 감자는 침이 꼴깍 넘어가도록 먹음직스러워 보인다. 오두막에 음식 냄새가 가득 퍼지자 벌써 추수감사절이 된 느낌이다.

"먹고 싶지 않으니까 그냥 다시 가져가세요."

평소였다면 스테이크를 맛나게 먹었겠지만 지금은 음식을 먹을 기분이 아니다. 식당 음식이 형편없어 캠프에 온 이후로 거의 아무것도 먹지 못했지만 나는 음식 쪽으로 눈길조차 주지 않는다.

"와인도 가져왔어요." 민디가 피노 누아 한 병을 들어 보인다.

"와인은 한잔 마셔야겠네요."

"나랑 같이 마셔요." 민디가 말한다. "진짜 우울한 하루였어요. 학생들은 잔뜩 겁에 질려 있고, 이런 때일수록 차분한 심리 상태를 유지할 수 있도록 다독거려야 하는데 속수무책이에요."

민디가 와인의 코르크 마개를 쉽게 여는 걸 보면 별장에서 미리 따놓은 듯했다. 내가 와인 따개를 흉기로 사용할까봐 사전에 예방 조치를 취한 것일 수도 있다. 이제 보니 쟁반 위에 놓인 나이프와 포크도 플라스틱 제품, 와인을 따른 컵도 플라스틱 제품이다. 여차하면 흉기로 대체할 수 있는 물건 반입이 허용되지 않던 정신병원의 씁쓸한 기억이 떠오른다.

"자, 건배!" 민디가 와인이 든 컵을 들어 올리면서 말한다. "어서 마셔요."

나는 와인을 단숨에 마시고 나서 묻는다. "왜 저에게 특별대우를 해주는 거죠?"

민디는 크리스털의 침대에 앉아 나를 마주 본다. "프래니의 뜻이에요. 당신이 하루 종일 스트레스를 받았을 테니까 특별 대접을 해주어야 한다고 말했어요. 우리 모두에게 힘든 하루였지만 당신은 더욱 그럴 거라면서."

"왠지 또 다른 의도가 있어 보이는데요."

"프래니는 우리가 이 와인을 나누어 마시고 서로 편한 상대가 되길 바랐어요. 오늘 밤 이 오두막에서 당신과 함께 지내라고 하면서요."

"왜 그래야 하는데요?" 내가 묻는다.

"아마 당신과 같이 지내면서 감시하라는 의미일지도 모르죠."

결국 아무도 나를 믿지 않는다. 사샤, 크리스털, 미란다가 돌아오지 않을 경우 나는 용의자 취급을 받을 수밖에 없을 거라는 생각이 든다.

나는 컵에 와인을 한 잔 더 따른다.

"우리는 두 가지 가운데 하나를 선택할 수 있어요." 내가 말한다. "서로 아무 말도 하지 않고 가만히 앉아 있거나 서로 아무 것도 의식하지 말고 수다를 떨거나."

"차라리 수다를 떠는 편이 낫겠네요." 민디가 말한다. "너무 조용한 건 정말 싫거든요."

나도 내심 바란 대답이다. 민디에게 먼저 선택권을 준 이유이기도 하다. 민디는 자신이 선택한 만큼 말을 많이 하게 될 테니까.

"별장 분위기는 어때요?" 내가 묻는다. "모두들 어떻게 지내고 있어요?"

"다들 걱정이 많아요. 특히 프래니가 그렇죠."

"로티는 어때요?" 내가 묻는다. "로티는 늘 침착한 태도를 유지하잖아요. 힘든 상황에서는 그런 자세가 필요하죠."

"로티도 평소와 달리 걱정이 많아 보이던데요."

"그렇긴 하겠네요. 오랫동안 프래니를 위해 헌신적으로 일해 왔으니까 여러모로 마음이 아프겠네요."

"난 왠지 로티가 프래니에게 헌신적이라기보다는 그냥 의무적으로 일한다는 느낌이 들어요. 평상시 로티는 다른 직원들과 똑같이 프래니의 펜트하우스에 출퇴근해요. 아프면 병가를 쓰고, 틈틈이 휴가도 쓰죠. 내가 보기에 로티는 캠프에서 여름을 보내는 게 그리 달갑지 않아 보여요. 하긴 나도 마찬가지긴 하죠. 이왕 캠프에 왔으니 프래니에게 좋은 인상을 주려고 최선을 다하고 있긴 하지만요."

민디는 빈 컵에 와인을 가득 따른 다음 한 모금 마시더니 말한다.

"당신은 날 그다지 좋아하지 않죠?"

"당신이 나를 가택 연금하고 있으니 좋을 리 없잖아요."

"지금 말고 캠프에 처음 왔을 때는 어땠는데요?"

나는 아무 말도 하지 않는다. 무응답도 나름 대답이 될 테니까.

"그럴 줄 알았어요. 대학에 다닐 때 당신 같은 부류를 많이 봤어요. 예술가라 편견이 없는 척하지만 나 같은 사람들에 대해서는 제멋대로 평가를 내리죠. 당신은 아마도 나를 처음 보았을 때 학교에서 무리 지어 몰려다니길 좋아하는 골빈 여자인데 운 좋게 해리스 화이트 가문의 일원이 되었다고 생각했을 거예요."

"그럼 그런 부류가 아니었다는 뜻이에요?"

"난 당신이 예상한 대로 학교에서 무리 지어 다니던 골빈 여자가 맞아요. 오히려 그런 나를 부끄럽게 여기기보다는 자랑스럽게 생각하죠. 쳇 해리스 화이트 같은 남자의 관심을 끌 수 있을 만큼 예쁘고 매력적이라는 사실에 자부심을 느끼기도 하고요."

"당신이 예쁘다는 주장에는 나도 동의해요." 왠지 이런 대화를 나누는 게 나쁘지 않다. 와인 때문인지도 모른다. 아니면 오두막에 맴도는 비비언의 영혼이 그냥 편하게 얘기하라고 부추기는 것일 수도 있다.

"당신은 믿지 않겠지만 내가 쳇을 유혹한 게 아니라 그가 나를 귀찮을 정도로 따라다녔어요. 원래 난 뭐든 제멋대로인 부잣집 아들과의 데이트에는 관심이 없었거든요."

"하지만 당신도 제멋대로인 부잣집 딸 아닌가요?"

"천만에요. 난 펜실베이니아의 평범한 농가에서 자랐어요."

나는 민디가 부유한 집에서 태어났다고 짐작했는데 아니었다. 대형 로펌 변호사 딸이거나 내털리처럼 저명한 의사 딸이거나.

"펜실베이니아 시골구석에서 젖소를 키우는 농장이었죠." 민디는 와인을 한 모금 마시고 나서 다시 말을 잇는다. "유치원 때부터 고교를 졸업할 때까지 아침 일찍 일어나 소에게 먹이를 먹이고 우유를 짜야 했어요. 그 일이 정말 진저리나도록 싫었는데 어느 날 내가 제법 똑똑하고 예쁜 아이라는 사실을 깨닫게 되었죠. 그래서 고교 시절 내내 열심히 공부했고, 친구들과 잘 어울렸고, 손에서 소젖이나 소똥 냄새가 나지 않도록 깨끗이 씻고 최선을 다해 몸치장을 했죠. 그 결과 학생회장이 되었고, 아이들 사이에서 인기가 최고였어요. 졸업식 때 학생대표로 연설도 했고, 예일대에 진학한 이후로는 농장 출신이라는 사실을 굳이 이야기하고 다니지 않았죠. 쳇과 데이트를 시작한 이후에도 줄곧 그랬어요."

민디는 침대에 등을 기대더니 다리를 꼬고 편안한 자세를 취한다. 나는 민디가 이미 취했을지도 모른다고 생각한다.

"쳇이 프래니를 만나게 해주었을 때 엄청나게 긴장되더군요. 프래니가 내 속마음을 속속들이 꿰뚫어볼 것 같았거든요. 쳇의 차에서 내렸을 때 눈에 들어온 건물의 파사드에 해리스 화이트라는 성이 새겨져 있는 걸 보고 나서는 특히 더 긴장되었죠. 엘리베이터를 타고 건물 꼭대기로 올라갈 때까지 줄곧 몸이 얼어붙어 있었어요. 프래니는 온실에서 우리를 기다리고 있더군요. 혹시 온실에 가보셨어요?"

"네, 매우 아늑하고 예쁜 곳이더군요."

"*비정상인 공간이죠.*" 민디가 말한다. "하지만 모든 진실을 알고 나자 그다지 긴장할 것도 없었어요."

민디는 무슨 말인지 궁금하다는 듯이 바라보는 나를 외면하고 와인을 한 모금 더 마신다.

"모든 진실이라면?"

"적어도 지금 해리스 화이트 가문은 부자가 아니죠. 프래니는 해리스 빌딩을 오래전에 팔았어요. 프래니가 지금 소유하고 있는 부동산은 펜트하우스와 미드나이트 호수뿐이에요."

"그 정도만 해도 대단한 부자 아닌가요?"

"물론 그렇게 생각할 수도 있어요. 하지만 수십억 달러 자산가와 수천만 달러 자산가는 엄연히 차이가 크죠."

"프래니는 어쩌다가 그 많은 재산을 잃게 되었죠?"

"나이팅게일 캠프와 미드나이트 호수 때문이에요." 나는 민디가 층층나무 오두막의 좁은 실내를 둘러보고 있지만 무슨 뜻으로 말한 것인지 안다.

"나이팅게일 캠프와 미드나이트 호수를 끼고 있는 광활한 숲과 사라진 아이들이 악재가 되었어요. 나쁜 평판을 회복하려면 막대한 자금이 들죠. 프래니는 사라진 아이들의 가족과 합의를 보느라 거액을 써야 했어요. 쳇의 말로는 각각 1천만 달러를 합의금으로 주었을 거라고 하더군요. 내가 생각하기에도 프래니는 합의금을 아낌없이 풀었을 것 같아요. 자선단체에 기부할 때도 정말 손이 큰 편이거든요. 프래니의 선심은 결국 마음이 떠난 사람들로부터 호감을 되찾아오기 위한 고육지책이었죠. 게다가 테오의 사고 이야기는 아직 시작조차 하지 않았네요."

"나도 쳇한테 사고 이야기를 얼핏 들었어요."

"테오의 사고를 무마하느라 들인 비용도 어마어마했지만 하버드가 테오를 다시 받아들일 수 있도록 만드느라 들인 비용에 비하자면 푼돈이었다고 해요. 하버드는 살인 혐의를 받고 있는 학생의 복학을 허용하지 않으려고 했어요. 당신이 테오에 대해 제기한 문제 때문이라고 들었는데 너무 기분 나쁘게 듣진 말아요."

"기분 나쁘지 않아요. 모두 사실이니까."

"프래니가 하버드에 새 연구소 건물을 지어주고 나서야 테오의 복학을 허용했대요. 프래니는 하버드에 그 건물을 지어주느라 해리스 빌딩을 팔게 되었다고 해요. 쳇이 생각다 못해 나이팅게일 캠프와 미드나이트 호수 부지와 일대의 숲을 파는 게 차라리 낫겠다고 제안했는데 프래니가 끝까지 쳇의 의견을 수용하지 않았다고 하더군요. 내 추측으로는 땅이 팔리길 기다리다가는……."

민디는 자기도 모르게 프래니가 암에 걸려 죽어가고 있다는 사실을 말하려다가 끊은 눈치다. 나는 프래니가 암을 앓고 있다는 사실을 이미 알고 있었지만 민디의 자제력만큼은 존경하고 싶다. 민디가 해리스 화이트 가문의 비밀을 누설할 생각이 결코 없다는 걸 알게 되니 왠지 몰라도 다행스럽다는 생각이 든다.

"우리끼리 하는 얘기지만 해리스 화이트 가문의 재산이 크게 줄어들어 차라리 마음이 놓여요. 수천억 재산은 생각만으로도 감당하기 버거워 정신이 하나도 없거든요. 그렇다고 오해하지 말아요. 아직 남은 재산도 어마어마하게 많으니까. 펜실베이니아에서 젖소 농장을 운영해온 우리 가족은 단 한 번도 소유해본 적 없을 만큼 큰 재산이죠. 해리스 화이트 가문의 재산이 천문학적으로 많다고 느껴지면 내가 왠지 더 위축되고 가식적으로 굴어야 할 것 같은 기분이 들어서 싫어요. 다시 말하자면 내가 여전히 손에서 소똥 냄새가 나는지 수시로 걱정하게 된다는 뜻이죠."

민디는 두 손을 내려다보더니 침대 머리맡 탁자에 놓인 랜턴 불빛에 비춰본다.

"당신이 어떤 사람인지 내 멋대로 판단해서 미안해요." 내가 말한다.

"괜찮아요. 쳇을 만난 이후로 그런 평가에 익숙해져 있어요. 그렇다고 제발 사람들에게 내가 젖소 농장 집 출신이라는 소문은 내지 말아주세요."

"명심할게요."

"고마워요. 난 당신이 사라진 아이들에게 그 어떤 해코지도 하지 않았을 거라 믿어요. 그동안 당신이 그 아이들을 어떻게 대하는지 유심히 지켜봤거든요. 내가 봤을 때 당신과 그 아이들은 분명 서로 신뢰하고 존중하고, 좋아하는 사이였어요. 그 정도는 눈빛만 봐도 알 수 있죠."

민디가 아이들 이야기를 꺼내자 다시 걱정이 밀려든다.

마지막 거짓말

"아이들이 제발 무사히 돌아왔으면 좋겠어요." 나는 말한다. "꼭 그렇게 될 거라 믿어 의심치 않아요."

"나도 아이들의 무사 귀환을 빌고 있어요." 민디는 와인을 마저 마시고 나서 크리스털의 뭉쳐둔 이불 밑으로 기어들어 간다. "만약 아이들이 돌아오지 않을 경우 해리스 화이트 가문은 다시 한번 여론의 질타를 감내하면서 진흙탕 속에서 굴러야 할 거예요. 그런 일이 또 발생한다면 이번에는 수렁에서 빠져나오기 힘들 수도 있어요."

33

나와 함께 와인 한 병을 나눠 마신 민디는 곧 곯아떨어졌지만 나는 여전히 잠들기 쉽지 않다. 아이들에 대한 걱정과 혹시 잘못되었으면 어쩌나 하는 조바심과 두려움, 비비언이 또다시 찾아올지도 모른다는 불안감이 겹치면서 점점 더 정신이 말똥말똥해진다. 눈을 감을 때마다 사샤의 망가진 안경이 떠오른다. 안경이 없으면 제대로 앞을 보지 못하는 사샤가 어디선가 피를 흘리며 나뒹굴고 있을지도 모른다는 생각에 점점 걱정이 태산이다. 나는 크리스털의 곰 인형을 가슴에 꼭 안고 있다. 민디가 코 고는 소리가 가느다랗게 들려오다가 헬리콥터가 캠프 위 상공을 지날 때마다 단숨에 묻힌다. 자정이 가까워지는 시간, 내 휴대폰이 어둠 속에서 갑자기 깨어난다. 조용한 오두막에 벨 소리가 크게 울려 퍼진다. 마크의 전화다.

민디가 잠결에 불만을 토로한다. "전화벨 소리가 너무 커서 시끄럽잖아요."

나는 벨 소리를 끄고 속삭인다. "미안해요. 다시 자요."

휴대폰이 내 손에서 진동하더니 마크가 보낸 문자가 들어온다.

뭔가 좀 찾아냈어. 전. 화. 해!

나는 민디가 다시 가늘게 코를 골며 잠들기를 기다렸다가 침대를 빠져나와 살금살금 출입문 쪽으로 걸어간다. 문손잡이를 돌리는 순간 감시의 눈동자가 불을 켜고 지켜보고 있는 중이라 함부로 밖에 나갈 수 없다는 사실을 깨닫는다. 오두막 밖에 감시카메라가 설치되어 있고, 경찰이 별장 지하실의 모니터 앞에서 실시간으로 전송되어 오는 화면을 들여다보고 있을 테니까. 감시카메라에 찍혀 발각될 위험을 피하려면 창문을 타고 넘어 밖으로 나갈 수밖에 없다. 나는 탁자에 세워둔 랜턴을 미란다의 침대로 옮겨놓는다. 볼일을 마치고 돌아오는 길에 창문을 넘다가 탁자에 놓인 랜턴을 발로 차 쓰러뜨리면 곤란하니까. 나는 탁자 너머로 손을 뻗어 조심스럽게 창문을 열고 방충망도 연다. 탁자 위로 올라가 창밖으로 다리를 내밀기 전에 민디가 여전히 깊이 잠들어 있는지 확인한다. 나는 몸을 비틀어 창문틀에 배를 대고 누르면서 바닥을 향해 다리를 뻗는다.

창문을 통해 오두막 밖으로 나온 나는 카메라를 피하려고 다른 오두막 건물 쪽으로 바짝 붙어 서서 야외 화장실을 향해 걸어간다. 사람들의 눈에 띄지 않으려면 몸을 잔뜩 웅크리고 민첩하게 걸어야 한다.

나이팅게일 캠프와 미드나이트 호수 일대를 돌며 수색 작업을 펼치고 있는 헬리콥터가 문제인데 밖으로 나온 지 미처 1분도 되지 않아 지척에서 요란한 굉음이 들려온다. 나는 근처 오두막 벽에 몸을 밀착시킨다. 헬리콥터에서 길게 뻗어 나오는 두 줄기 서치라이트 불빛이 주변을 샅샅이 훑고 지나간다.

나는 헬리콥터가 미드나이트 호수 위로 날아갈 때까지 벽에 몸을 밀착시키고 움직이지 않는다. 헬리콥터가 멀어지고 나서야 나는 야외 화장실로 달려간다. 화장실 안으로 들어서 불을 켜고 혹시 다른 사람이 있을지도 몰라 일일이 노크를 하며 문을 열어본다. 다행히 화장실에 다른 사람은 없다.

화장실 안으로 들어가 문을 잠그고 마크에게 전화한다. 마크가 전화를 받았지만 수신 감도가 약해 중간 중간 잡음이 끼어든다.

"빌리 말로는 개인이 운영한 정신병원은 운영 실태를 조사하기 어렵다고 해. 특히 규모가 작고 시골에 있는 병원일수록 자료를 확인할 수가 없나봐. 그래서 생각다 못해 책, 신문, 역사 자료를 찾아보기도 하고, 시러큐스 대학 도서관에서 사진 자료를 찾아보기도 했대. 그 친구가 찾아낸 모든 자료를 정리해 당신 이메일로 보내줄게. 너무 오래된 자료는 상태가 안 좋아 스캔이 불가해 내가 다른 종이에 펜으로 옮겨 적기도 했어."

휴대폰에서 종이가 바스락거리는 소리가 들린다.

"빌리가 로어 이스트 사이드에 위치한 가발 회사 〈하디먼 브라더스〉 장부에서 〈피스풀 밸리〉의 찰스 커틀러라고 적힌 이름을 몇 건 찾아냈어. 혹시 들어본 이름이야?"

"찰스 커틀러가 바로 〈피스풀 밸리〉 정신병원을 설립한 인물이야. 그

빌어먹을 작자가 불쌍한 환자들의 머리칼을 잘라 가발 회사에 팔아넘기고 돈을 챙겼다는 뜻이네."

"디킨스 소설에 나오는 내용과 유사하네." 마크가 말한다. "이제야 가발 회사인 〈하디먼 브라더스〉가 찰스 커틀러에게 3회에 걸쳐 50달러씩 입금한 게 무엇 때문인지 설명이 되네."

"돈을 지불한 게 언제쯤이야?"

"1901년에 한 번, 1902년에 두 번."

"비비언이 도서관에서 찾아낸 어맨다 웨스트의 책 내용과도 일치해. 그 책에 1898년에 〈피스풀 밸리〉 정신병원에서 찍은 사진이 있었어."

"그 책에 혹시 〈피스풀 밸리〉 정신병원이 언제 문을 닫았는지 나와 있었어?" 마크가 묻는다.

"아니, 그건 왜?"

"빌리가 도서관에서 자료를 뒤지다가 1904년에 보도된 신문기사 하나를 찾아냈어. 헬무트 슈미트라는 남자에 관한 기사야. 혹시 들어본 적이 있는 이름이야?"

"아니, 전혀."

"헬무트 슈미트는 독일 이민자 출신인데 원래는 뉴욕에서 살다가 일 때문에 서부에서 10년쯤 혼자 지내게 되었나봐. 뉴욕으로 돌아온 헬무트는 정신병원에 입원했던 여동생 아냐가 어디로 사라졌는지 행방을 알 수 없어 여기저기로 찾아 헤매게 되었다고 해."

'아냐'라는 이름은 들어본 적 있다. 내가 별장에서 찾아낸 상자 안에 아냐의 사진이 들어있었다. 아냐의 머리칼이 금발이었던 것으로 기억한다.

"아냐는 자주 신경질적 분노를 일으키는 정신질환을 앓고 있었다고 해." 마크가 말한다. "그 말이 무슨 뜻인지 알지?"

물론 안다. 아냐는 희귀 정신질환을 앓고 있던 환자다.

"헬무트 슈미트가 서부에 가있는 동안 아냐의 병은 점점 더 악화되었고, 결국 〈블랙웰 아일랜드〉 정신병원에 수용되었나봐. 헬무트 슈미트가 어렵사리 그 병원을 찾아가보니 아냐는 이미 다른 곳으로 옮겨졌더라는 거야. 찰스 커틀러가 설립한 〈피스풀 밸리〉 정신병원으로."

"그래, 아냐가 수용되어 있던 정신병원이지." 내가 말한다.

"헬무트 슈미트는 〈피스풀 밸리〉 정신병원에서 아냐를 빼내오고 싶었지만 끝내 병원 위치가 어딘지 알아내지 못했고, 결국 언론을 통해 절절한 사연을 호소하게 된 거야."

"〈피스풀 밸리〉 정신병원이 그 어디에도 존재하지 않았다는 뜻이야?"

"아니, 〈피스풀 밸리〉 정신병원이 아예 사라져버린 걸 알게 된 거야."

'사라지다'라는 말의 느낌이 점점 더 부담스럽게 다가온다.

"정신병원이 사라지다니?"

"나도 믿어지지 않지만 실제로 그런 일이 있었나봐. 가령 각별히 외진 곳에 위치해 있던 정신병원이 사라질 경우 세상에 쉽게 알려질 수 있을까? 정신병원이 있던 마을에도 사람들이 살고 있긴 했지만 서로 교류할 일이 전혀 없었다면 병원이 사라진 사실을 쉽게 알긴 힘들었을 거야. 가뜩이나 마을 사람들이 흉흉한 소문이 도는 정신병원과 엮이길 꺼려했을 테니까. 마을 사람들이 아는 것이라고는 어떤 의사 부부가 〈피스풀 밸리〉 정신병원을 운영했는데 병원 건물과 부지가 일 년 전 어느 누군가에게 팔렸다는 사실 뿐이었지."

마지막 거짓말

"그게 다야?"

"빌리는 헬무트 슈미트와 그의 여동생 아냐에 관해 쓴 기사를 추가로 더 찾아내지는 못했어." 잠시 키보드를 두드리는 소리가 들린다. "방금 전 내가 당신에게 보낸 이메일에 빌리가 구해준 파일을 보냈어."

휴대폰이 손에서 진동한다. 이메일이 들어왔다는 뜻이다.

"이메일을 받았어."

"아무쪼록 많은 도움이 되길 바랄게. 그나저나 당신의 안위가 걱정스러워. 각별히 몸조심하겠다고 약속해줘."

"그래, 조심할게."

마크와 통화를 마치고 이메일을 확인한다. 마크가 보낸 첫 번째 파일은 내가 도서관에서 본 책에서 스캔한 두 페이지짜리 글이다. 한 페이지는 〈피스풀 밸리〉 정신병원에 대해 언급한 글인데 당연하지만 비비언이 쳐놓은 밑줄은 보이지 않는다. 다른 페이지는 찰스 커틀러가 병원 앞에 서 있는 사진이다. 그 다음 파일은 대부분 심리학 서적이나 정신질환 관련 학술지에서 복사한 문서들이다. 〈피스풀 밸리〉 정신병원이 조현병 치료를 위한 진보적인 병원 설립에 기여한 점에 대해 다룬 석사 논문도 들어있다.

여러 자료에서 스캔한 사진들을 정리해놓은 파일도 있다. 첫 번째 페이지에는 찰스 커틀러가 병원 밖에 서서 찍은 사진도 들어 있다. 사진 아래에 〈피스풀 밸리〉라고만 적혀 있어 정신병원이 아니라 숲속에 있는 별장으로 오인할 수도 있어 보인다. 두 번째 페이지에는 〈피스풀 밸리〉 정신병원 건물을 찍은 사진이 들어있다. 작은 탑과 풍향계가 붙은 고딕 양식 본채 건물 옆에 다양한 용도로 사용이 가능한 별채가 붙어 있다.

세 번째 페이지를 보던 나는 기겁하듯 놀라며 내 눈을 의심한다. 얼마나 놀랐는지 가슴이 두방망이질 친다. 〈피스풀 밸리〉 정신병원의 입구로 보이는 사진인데, 낮은 돌담 중간에 아치 모양 연철 출입문이 보인다.

내가 어제 테오의 트럭을 타고 시내에 다녀올 때 통과한 아치 모양 출입문과 똑같다. 지금도 나이팅게일 캠프를 빛내고 있는 바로 그 아치 모양 출입문이 원래는 〈피스풀 밸리〉 정신병원에서 사용하고 있었다니 내 혈관 속 피가 얼어붙는 느낌이다. 〈피스풀 밸리〉 정신병원이 있던 곳은 미드나이트 호수를 만들 때 수몰된 어딘가가 분명하다. 헬무트 슈미트가 병원을 찾아 헤맸지만 끝내 찾아낼 수 없었던 이유를 이제야 알 수 있을 것 같다. 그가 〈피스풀 밸리〉 정신병원으로 여동생 아냐를 찾으러 갔을 때는 이미 뷰캐넌 해리스가 병원 건물이 있던 곳을 미드나이트 호수로 바꿔놓았을 테니까.

나는 비비언이 찾아 헤맨 해리스 가문과 프래니의 비밀이 뭔지 알 수 있을 것 같다. 비비언이 별장 건물에 몰래 들어가 서재의 서랍을 뒤지고, 자기가 쓴 일기장이 엉뚱한 사람 손에 들어갈까봐 두려워 미드나이트 호수를 건너가 숨겨 둔 이유도 짐작이 된다. 비비언은 자신이 알아낸 비밀이 얼마나 중차대한 가치가 있는지 알고 있었기 때문이다. 미드나이트 호수에 잠겨 사라진 건 귀가 들리지 않는 사람들과 나병환자들이 사는 마을이 아니었다. 전설과는 달리 〈피스풀 밸리〉 정신병원이 물에 잠겨 사람들의 기억에서 완전히 사라지게 된 것이다.

34

늦은 시간이지만 나이팅게일 캠프에는 여전히 경찰들이 돌아다니고 있다. 그들이 미술공예관 건물 내부를 오가는 모습이 창문을 통해 보인다. 다수의 경찰이 건물 밖에서 커피를 마시거나 담배를 피우면서 사라진 아이들에 대한 소식을 기다리고 있다. 수색견의 일종인 블러드하운드 한 마리가 경찰의 발치에서 꾸벅꾸벅 졸고 있다.

내가 별장으로 걸어가고 있을 때 경찰과 개가 동시에 고개를 든다.

"어딜 가시죠?" 경찰이 묻는다.

"별장에 볼일이 있어서 가고 있어요." 나는 사실대로 말한다.

별장에 도착한 나는 즉시 현관문을 두드린다. 나는 내가 별장에 온 사실을 해리스 화이트 가문 사람들에게 당당하게 알리고 싶다.

쳇이 현관문 앞에 모습을 드러낸다. 잠을 설친 듯 눈이 빨갛게 충혈된 그가 머리칼을 옆으로 쓸어 넘기며 말한다. "오두막 밖으로 나와 마음대로 돌아다니면 안 된다고 했을 텐데요?"

"중요한 문제가 있어서 상의하러 왔어요."

"민디는 어디 있어요?"

"오두막에서 자고 있어요. 프래니는 지금 어디 계세요?"

프래니의 목소리가 거실에서 흘러나온다. "나, 여기에 있어. 무슨 일인데 그러니?"

나는 복도를 지나 거실로 들어간다. 프래니는 나바호족 인디언 담요로 몸을 감고 있다. 뒤쪽 벽에 걸린 골동품 무기들이 이전에는 느끼지 못했던 사악한 의미로 다가온다. 라이플총, 칼, 긴 창.

"너도 잠이 오지 않는 모양이구나. 그럴 만도 하지."

"급히 상의할 문제가 있어서 왔어요." 내가 말한다.

쳇이 거실로 들어와 나를 밖으로 나가게 하려고 팔을 잡아끈다. 프래니가 손짓으로 쳇을 제지한다.

"무슨 문제인데 그러니?"

"〈피스풀 밸리〉 정신병원에 대해 알게 되었어요. 그 병원 건물이 미드나이트 호수에 위치해 있었다는 걸 알아요. 비비언도 그 사실을 알고 있었던 것으로 보여요."

비비언도 미드나이트 호수에 관한 이야기를 케이시에게서 처음 듣게 되었을 것이다. 처음에는 그저 캠프파이어에서 흔히 오가는 이야기로 생각했을 수도 있다. 그러다가 어느 날 미드나이트 호수에서 가위가 들어있는 상자를 발견하게 되었고, 강한 의문을 갖게 되었다. 비비언은 의문을 해소하기 위해 별장에 몰래 들어가 조사를 했고, 시내로 외출해 도서관에서 책도 찾아보게 되었다.

비비언은 어렵사리 찾아낸 비밀을 만천하에 폭로하기로 마음먹었다. 내 생각이지만 비비언은 아마도 정신병원에 수용되어 있던 환자들과 연대감을 느꼈을 수도 있다. 환자들 모두가 비비언의 언니 캐서린처럼 물에 빠져 익사했을 테니까.

비비언은 놀라운 비밀을 알게 되었지만 터놓고 얘기할 사람이 없어 두렵고 외로웠을 것이다. 어쩔 수 없이 내털리와 앨리슨에게 비밀을 털어놓았고, 그 사실을 일기장에 기록해두었다.

그 아이들은 모르는 게 많을수록 더 좋아.

비비언과 마찬가지로 내털리와 앨리슨도 놀라운 진실을 공유하게 되었다. 그 와중에도 나에게는 그 사실을 끝까지 비밀로 했다. 그 이유를 잘은 모르겠지만 내 안전을 고려한 것으로 보인다. 이제야 나는 알 수 있다. 비비언은 혹시라도 발생할지도 모를 위험한 상황으로부터 날 보호하기 위해 최선을 다했다. 나를 따돌리기 위해 내가 그녀를 미워하도록 만들 수 있는 상황을 만들어내면서.

비비언의 작전은 끝내 성공을 거두었다.

"비비언은 내털리와 앨리슨에게만 비밀을 털어놓은 거예요." 내가 말한다. "결국 〈피스풀 밸리〉 정신병원의 비밀을 알게 된 세 사람이 한꺼번에 사라지게 되었죠. 과연 그 아이들의 실종을 우연한 사고로 치부해도 되는지 심각하게 의심되는 상황이고요."

프래니 앞에 우아한 도자기 찻잔이 놓여 있다. 찻잔에서 김이 모락모락 솟아오른다. 프래니는 찻잔을 들어올리긴 했지만 격렬하게 손이 떨려 차를 마실 수 없자 다시 내려놓는다. "나에게 무슨 말을 듣길 원하는지 모르겠구나."

"〈피스풀 밸리〉 정신병원이 어떻게 됐는지 말씀해주세요. 병원에 수용되어 있던 환자들은 미드나이트 호수가 만들어질 때 그대로 수몰되었죠? 내가 잘못 알고 있는 건가요?"

프래니는 몸에 두른 담요를 더욱 단단히 여미었지만 종이처럼 하얀 손이 점점 더 심하게 떨린다. 프래니가 급기야 손으로 여미고 있던 담요를 놓치는 바람에 바닥으로 떨어진다. 쳇이 바닥에 떨어진 담요를 집어 들더니 프래니의 어깨에 다시 걸쳐준다.

"그만 좀 하세요." 쳇이 소리친다. "당신은 이제 오두막으로 돌아가는 게 좋겠어요."

나는 쳇의 말을 무시한다. "정신병원에 여성 환자들이 다수 수용되어 있었다는 걸 알아요. 서재에 있는 사진을 봤으니까요."

나는 허락을 구하지도 않고 서재로 들어가 맨 아래 책상 서랍을 열고 나무 상자를 거실로 가져와 쾅 소리가 나도록 거칠게 테이블 위에 내려놓는다.

나는 나무 상자를 열고 사진 여러 장을 꺼낸 다음 프래니와 쳇이 볼수 있도록 그들의 눈앞에서 흔들어 보인다. "찰스 커틀러는 환자들의 머리를 최대한 기르게 했어요. 가발 회사에 환자들의 머리칼을 잘라 팔기 위해서였죠. 가뜩이나 참혹한 고통을 견디며 살아가던 여성 환자들은 어느 날 갑자기 미드나이트 호수가 만들어지면서 물속으로 사라버린 거예요."

프래니의 얼굴에 드리워졌던 두려움이 누군가를 불쌍하게 여기는 표정으로 바뀐다. "이제야 네가 왜 그리 괴로워했는지 알겠구나."

"어서 불쌍한 환자들에게 가해진 무자비한 폭력에 대해 솔직히 말씀해주세요!"

"아무 일도 없었어." 프래니가 말한다. "아무 일도 없었다니까."

나는 프래니의 얼굴을 자세히 살핀다. 나를 속이려는 의도는 보이지 않는다.

"무슨 말인지 모르겠어요." 내가 말한다.

"내가 자세히 설명해주는 게 빠르겠네."

로티가 잠옷 위에 실크 가운을 걸친 모습으로 다가온다. 그녀는 커피가 든 머그컵을 들고 있다.

"그래, 로티가 말해주는 편이 좋겠어." 프래니가 말한다.

로티는 나무 상자로 손을 뻗는다. "에마, 아마도 넌 아직 내 정확한 이름을 모르고 있을 거야."

"로티 아니었어요?"

"로티는 내가 어렸을 때 프래니가 지어준 별명일 뿐 이름이 아니야. 내 진짜 이름은 샬럿이야. 증조부 이름을 따서 지었지. 〈피스풀 밸리〉 정신병원을 설립한 찰스 커틀러가 내 증조부야."

나는 머리가 극도로 혼란스러워 잠시 몸을 비척거린다.

"증조부의 어머니가 정신질환을 앓았어." 로티가 말한다. "그러니까 내게는 고조모가 되겠지. 내 증조부인 찰스 커틀러는 정신질환으로 고생하는 어머니를 헌신적으로 보살폈지만 끝내 병을 고칠 수 없어 크게 낙담했지. 그 이후 찰스 커틀러는 자기 어머니처럼 정신질환으로 고통받는 환자들 치료에 매진하기로 결심했어. 처음에는 뉴욕에 있는 정신병원에서 의사로 일하게 되었지. 환경이 끔찍할 만큼 열악한 병원이었어. 매일이다시피 암울한 환경에 방치되어 있는 환자들의 병이 쉽게 나을 리 없었지. 환자들의 병이 점점 더 악화되어가는 모습을 보다 못한 찰스 커틀러는 가문 소유의 숲에 〈피스풀 밸리〉 정신병원을 설립하기로 마음먹었지. 10여 명의 여성 환자를 돌보기 위한 병원이었어. 찰스 커틀러는 자신이 일하던 정신병원의 환자들 가운데 상태가 가장 나쁜 환자들을 최초의 고객으로 선택하게 되었지. 주로 집이 가난해 전혀 보살핌을 받을 수 없는 환자들이었어. 가족도 없이 홀로 방치된 환자들이 〈피스풀 밸리〉 정신병원의 최초 고객이 된 거야.”

로티는 상자에 들어 있는 환자 사진을 손에 들고 마치 친구 사이라도 되는 양 흐뭇하게 바라본다. 사진 뒷면에 *줄리엣 아이리시 레드*라는 글자가 보인다.

“이미 각오는 했지만 병원 운영이 그리 쉽지 않았어. 찰스 커틀러 부부가 10여 명의 환자들을 전적으로 돌봐야 했으니까 이만저만 어려운 일이 아니었지. 사실 정신병원을 운영하자면 돈이 많이 필요했어. 환자들에게 먹일 음식, 옷가지, 의약품이 지속적으로 들어가야 했으니까. 증조부는 병원 운영이 날이 갈수록 어려워지고 있었지만 어떻게든 견뎌보려고 환자들의 머리칼을 잘라 가발 회사에 납품하는 아이디어를 짜내기도 했지. 물론 사전에 환자들의 동의를 구하고 추진한 일이야. 그렇게 어렵사리 일 년쯤 병원 운영을 해냈지만 〈피스풀 밸리〉 정신병원은 끝내 재정 문제로 문을 닫을 수밖에 없었어. 결국 증조부의 숭고한 도전은 실패로 막을 내리게 된 거야.”

로티는 두 장의 사진을 더 꺼낸다. 뒷면에 *루실 터너 그리고 헨리에타 골든*이라는 글자가 보인다.

“증조부의 도전은 비록 실패로 돌아갔지만 열악한 환경에서 정신병원을 운영하는 것에 대한 사회적인 각성을 촉발시키는 시발점이 되었지. 증조부는 오랜 친구가 개인 별장을 만들려고 넓은 숲을 찾고 있다는 걸 알게 되었어. 목재업으로 큰 부자가 된 뷰캐넌 해리스라는 분이었지. 증조부는 뷰캐넌 해리스가 운영하는 회사에서 일자리를 마련해주는 대가로 싼값에 땅을 넘겨주기로 했어. 오늘날까지 이어지고 있는 두 집안의 깊은 인연은 그렇게 시작된 거야."

"〈피스풀 밸리〉 정신병원은 어떻게 되었죠?"

"뷰캐넌 해리스가 미드나이트 호수를 만들기 위한 댐을 건설할 때까지 병원을 그대로 운영했단다." 프래니가 말한다. "미드나이트 호수가 만들어진 다음에는 병원을 폐쇄할 수밖에 없었지."

"증조부는 〈피스풀 밸리〉 정신병원에 입원했던 환자들을 돌봐줄 새로운 병원을 찾아주었어." 로티가 덧붙인다. "다행히 환자들 가운데 환경이 극도로 열악한 정신병원으로 되돌아간 사람은 없어. 증조부께서 병원의 환경을 최우선적으로 고려해 조치했으니까. 증조부는 환자들을 위해 최선을 다했어. 내가 아직 환자들의 사진을 보관해오고 있는 이유는 그 숭고한 공적을 기리기 위해서야. 그 환자들을 돌보기 위한 증조부의 헌신이 얼마나 컸는지 잘 알고 있기에 널리 자랑하고 싶었거든."

나는 엄청난 충격에도 두 다리로 버티고 서 있었지만 점점 더 감각이 무뎌졌다. 해리스 화이트 가문이 저지른 과거의 어두운 비밀을 캐내는 데 매몰되어 혹시 비비언의 생각에 오류는 없는지 점검해보지 못한 게 치명적인 실수다.

"그럼 비비언의 실종과 〈피스풀 밸리〉 정신병원은 아무런 상관도 없는 거네요?"

"전혀 상관없다고 봐야지." 프래니가 말한다.

"그동안 왜 〈피스풀 밸리〉 정신병원 관련 이야기들을 비밀로 해오셨어요?"

"우린 비밀로 한 적이 없어." 로티가 말한다. "오래된 이야기라 세월이 흐르면서 제멋대로 각색되고 살이 붙고 있다는 걸 알고 있었지만 굳이 나서서 바로 잡지 않았을 뿐이야."

"캠프에 온 학생들이 미드나이트 호수의 역사에 대해 제대로 알지도 못하면서 이러쿵저러쿵 수상한 괴담을 퍼뜨리고 있다는 걸 우리도 모르지는 않았단다." 프래니가 덧붙인다. "계곡 근처에 살던 마을 사람들이 수장되고, 귀신이 나오고, 정신병원에 입원한 환자들이 그대로 수몰되었다는 낭설이 마치 진실처럼 각색되어 떠돌았지만 우리가 끼어들 입장은 아니었으니까. 어차피 사람들은 진실보다 극적인 거짓말에 혹하는 법이거든. 만일 비비언이 〈피스풀 밸리〉 정신병원에 대해 궁금한 점이 많아 우리에게 물어봤다면 뭐든 충실하게 답변해주었을 거야. 뭐 그리 대단한 비밀을 캐낸다고 그 난리를 쳤는지 나로서는 이해 불가야."

나는 부끄러운 마음을 감출 길이 없어 얼굴이 화끈거린다. 결과적으로 나는 해리스 화이트 가족에게 또 한 번 상처를 가한 셈이다.

"모든 게 저의 불찰이었습니다. 진심으로 사과드려요." 나는 일단 그렇게 사과한다. "이제 오두막에 가봐야겠어요."

"에마, 잠깐만 기다려라." 프래니가 말한다. "따스한 차라도 한잔 마시고 가도 늦지 않을 테니까."

나는 프래니의 친절을 더는 받고 있을 수 없어 서둘러 별장을 나온다. 별장을 나온 나는 현관 앞 복도부터 뛰기 시작해 계속 달린다. 미술공예관 건물 밖에 서 있는 경찰들을 지나쳐 어둡고 조용한 오두막들을 지난다. 야외 화장실까지 뛰어간 나는 옷을 입은 상태로 샤워장 안으로 뛰어들어 그동안 참고 있던 눈물을 쏟는다.

화장실을 나왔을 때 숲속에 서 있는 소녀의 모습이 눈에 들어온다. 소녀가 입은 하얀 드레스가 달빛 속에서 빛난다. 비비언이다.

비비언은 가까운 숲에 서 있다. 캠프의 잔디밭에서 몇 걸음 떨어진 숲이다. 비비언은 나를 망연히 바라보다가 말없이 돌아서서 숲속으로 걸어간다. 비비언의 하얀 드레스 자락이 덤불을 스친다.

나도 숲을 향해 걷기 시작해 캠프와 숲의 경계 지점을 넘어선다. 내 발에 밟힌 나뭇잎과 잔가지가 부서진다.

"난 미치지 않을 거야." 난 계속 속삭인다. "난 미치지 않아."

35

나는 비비언을 따라 조각 공원으로 간다. 비비언은 며칠 전 프래니가 앉았던 의자에 앉는다. 조각상들이 우리를 둘러싸고 공허한 눈길을 보내고 있다.

"오랜만이야, 에마." 비비언이 조심스레 말한다. "너도 내가 보고 싶었니?"

비비언은 몸을 뒤로 기울이고 다리를 꼬더니 단정하게 두 손을 무릎 위에 올려놓는다.

"왜 다시 돌아왔어?" 내가 묻는다. "난 언니 없이도 잘 살아가고 있어."

"그림을 그릴 때 우리를 물감으로 덮어 숨기는 게 잘 지내는 거야? 사라지는 건 단 한 번으로 끝내고 싶은데 넌 계속 우리가 사라지도록 그림을 그리고 있어."

"이제 그런 그림은 그리지 않을 거야."

"아니, 잠시 멈추었을 뿐이지." 비비언이 말한다. "영원히 그만둔 건 아니잖아."

"요즘 내가 언니들이 등장하는 그림을 그리지 않아서 다시 나타난 거야?"

사실 난 오랜 전부터 그림을 그리면서 비비언의 접근을 차단해왔다. 그림을 그렸다가 번번이 물감으로 덮으면서. 이제 나는 그런 그림을 그리지 않기로 결심했는데 비비언이 다시 내 앞에 나타나 계속 그리길 바라고 있다. 비비언은 늘 여왕벌처럼 오두막을 지배했다. 우리는 비비언의 주변에서 윙윙거리며 그녀가 필요로 하는 걸 구해주고, 그녀의 변덕을 맞춰주고, 관심사를 채워주는 수벌 역할에 충실했다.

비비언은 물동이를 지고 있는 여인의 조각상 앞에 선다. 조각상은 토가를 비스듬히 걸치고 있다.

"내가 사라지면 좋겠니?"

그래. 내 앞에서 사라져서 다시는 돌아오지 않으면 좋겠어.

그 말을 실제로 내뱉지는 않는다. 비비언에게 차마 그런 말을 할 수는 없다. 내가 말하지 않았음에도 비비언은 알아듣는다.

"그 말을 들으니 옛날 생각이 나네." 비비언은 말한다. "넌 내가 오두막을 떠날 때 그 말을 했고, 결국 소원을 이룬 셈이네."

죄책감이 밀려와 달아나고 싶지만 몸이 마비된 듯 옴짝달싹할 수가 없다.

"내가 그 말을 한 건 사실이지만 진심은 아니었어. 그런 몹쓸 말을 해서 정말 미안해."

비비언은 어깨를 으쓱한다. "아무렴 어때. 네가 그런 말을 했다고 우리 사이가 변하지는 않아."

"우리 사이를 처음 같은 관계로 되돌려놓고 싶어."

"그래서 넌 캠프에 다시 왔잖아. 우리에게 무슨 일이 있었는지 알아내려고. 그 결과 너의 새로운 친구들에게 불행한 일이 생겼어."

비비언이 내가 새롭게 만난 아이들에 대해 언급하는 순간 나는 잔뜩 긴장한다.

나는 비비언을 내려다보며 말한다. "언니는 그 아이들이 어디에 있는지 알지? 내가 어디로 가면 그 아이들을 만날 수 있는지 말해줘."

"그래, 난 그 아이들이 어디에 있는지 알지만 너에게 말해줄 수는 없어."

"왜?"

"넌 내가 진짜 비비언이 아니라고 생각하잖아."

"그래도 말해줘."

"우리 모처럼 두 진실, 한 거짓 게임을 할까? 첫 번째, 네가 알아야 할 모든 걸 너는 이미 알고 있다."

"그러지 말고 아이들이 어디에 있는지 말해."

비비언은 고개를 젓고 나서 조각상의 어깨에 턱을 기댄다. "두 번째, 넌 새로운 친구들을 어디에서 찾을 수 있는지가 아니라 우리를 어디에서 찾아낼 수 있는지가 문제다. 나, 내털리, 앨리슨을."

"비비언 언니, 제발."

"세 번째, 우리가 어디에 있는지 너에게 말해줄 수는 없다. 하지만 너랑 약속할 수 있다. 만일 네가 우리를 찾아낸다면 다시는 네 앞에 나타나지 않을 것이다."

비비언이 순간적으로 조각상 뒤로 몸을 숨겨 잠시 보이지 않는다. 나는 비비언이 조각상에서 나오길 기다린다. 한참 동안 기다렸지만 비비

마지막 거짓말

언이 보이지 않아 나는 조심스럽게 조각상을 향해 걸어간다.

"비비언 언니, 거기에 없어?"

아무런 대답이 없다.

나는 비비언이 몸을 숨긴 조각상을 향해 다가간다. 조각상 앞에 도착한 나는 뒤쪽을 확인한다.

어느새 비비언은 사라지고 없다. 다만 비비언이 남긴 말이 마치 밝은 달빛처럼 공터 한가운데에서 떠돌고 있다. 두 진실과 한 거짓.

처음 두 문제에 대해서는 진실 여부를 알 수가 없다. 비비언이 낸 문제는 언제나 진실과 거짓을 판별하기 어렵다.

비비언이 낸 세 번째 문제는 적어도 거짓말이 아니길 바란다. 오로지 진실이기를 바란다.

36

나는 어렵사리 층층나무 오두막으로 돌아온다. 헬리콥터는 밤이 깊어지면서 수색을 중단했다. 미드나이트 호수의 보트들도 마찬가지다. 고요 속에 잠긴 호수가 교교한 달빛을 반사하고 있다. 다만 감시카메라는 여전히 나를 열심히 지켜보고 있다. 나는 나갈 때처럼 창문을 통해 오두막 안으로 들어간다.

민디는 여전히 코를 가느다랗게 골며 깊이 잠들어 있다. 나는 다시 사라진 아이들을 찾아 나서야 한다. 15년의 시간 차를 두고 사라진 아이들을 모두 찾아내야 한다.

비비언의 말—결국 내가 머릿속으로 떠올린 말이긴 하지만—이 탁자를 밟고 바닥으로 내려서는 동안 머리에서 떠나지 않는다.

넌 새로운 친구들을 어디에서 찾을 수 있는지가 아니라 우리를 어디에서 찾아낼 수 있는지가 문제다.

미란다가 했던 말이 떠오른다. 내가 잠에 빠져들었던 순간 얼핏 들었던 말이다.

난 에마 선생님이 걱정스러워.

날 걱정하던 미란다는 행동에 나선다. 성급하지만 자신감 넘치고, 미스터리 소설을 즐겨 읽는 미래의 형사 미란다는 마치 비비언처럼 다른 아이들을 이끌고 숲으로 향한다.

우리가 어디에 있는지 너에게 말해줄 수는 없다. 하지만 너랑 약속할 수 있다. 만일 네가 우리를 찾아낸다면 다시는 네 앞에 나타나지 않을 것이다.

비비언이 했던 그 말은 내가 오랜 죄책감에서 벗어날 수 있는 유일한 방법을 알려준 것이라고 본다.

비비언이 했던 또 다른 말이 떠오른다.

네가 알아야 할 모든 걸 넌 이미 알고 있다.

나는 비비언이 무엇에 대해 말했는지 알고 있다.

지도.

비비언과 아이들이 오두막을 떠났다가 다시 돌아왔던 이유는 지도가 필요해서인데 오두막 안에 있던 나는 출입문을 잠그고 열어주지 않았다. 비비언은 일기장을 숨긴 장소를 찾아내려면 자신이 직접 그린 지도가 필요했을 것이다.

나는 나무 트렁크를 열고 플래시를 꺼낸다. 그런 다음 손으로 더듬어 비비언의 지도를 찾아본다.

지도가 없다.

미란다와 아이들이 지도를 가져간 걸 보면 15년 전에 사라진 아이들을 찾아 나선 게 틀림없다. 나는 다시 창문을 넘어 오두막을 빠져나온 즉시 미드나이트 호수로 향한다. 호수에 도착한 나는 카누를 보관해두는 장소로 간다. 저 멀리 별장 건물을 보니 창문 하나만이 불을 밝히고 있다. 미드나이트 호수가 내려다보이는 2층이다.

나는 카누에 올라 호수를 건너고 있다. 카누가 맞은편 기슭에 닿을 때까지 헬리콥터나 보트가 나를 발견하지 않길 바라며 나는 힘껏 노를 젓는다. 호수를 직선으로 가로지르는 경로를 벗어나지 않으려면 휴대폰의 나침반 앱을 초 단위로 확인해야 한다.

호수 맞은편 기슭에 다가서고 있을 때 카누의 밑바닥을 긁는 소리가 들려온다. 플래시를 비춰보니 물속에 잠긴 나뭇가지들이 보인다. 나는 가능한 한 물속에 잠긴 나뭇가지들이 카누에 닿지 않도록 피해 가며 호수 기슭을 향해 노를 젓는다. 사슴 한 쌍이 호숫가에 있다가 플래시 불빛이 닿자 잠시 얼어붙은 듯 꼼짝하지 않다가 숲속으로 성큼성큼 뛰어 달아난다.

나는 호수 오른쪽 숲으로 플래시 불빛을 비춘다. 다양한 나무와 벌레들이 플래시 불빛 속에 드러난다. 날개를 치며 날아가는 올빼미 한 마리가 흐릿한 흰색으로 보인다. 나는 카누를 호수 기슭에 조심스럽게 대고 뛰어내린다.

나는 기억을 끌어모아 비비언의 일기장에서 X로 표시한 곳이 어딘지 떠올려본다. 그때 우리가 숲으로 얼마나 깊이 들어갔고, 어떤 길을 이용했는지 잘 기억나지 않는다.

플래시를 이리저리 비춰보면서 혹시 발자국이 남아 있는지 살펴본다. 바닥에 쌓인 낙엽들의 틈새에서 반짝이는 만화가 보인다. 가까이 다가가 보니 만화책 《캡틴 아메리카》에서 뜯어낸 한 페이지다. 크리스털이 즐겨보는 만화다. 누군가 만화책 종이가 날아가지 않도록 그 위에 돌멩이를 눌러 두었다.

아이들이 여기에 왔었어. 그것도 최근에.

만화에서 뜯어낸 한 페이지는 아이들이 호수와 카누가 있는 곳으로 돌아오는 길을 표시하기 위해 남겨둔 빵조각과 같다.

37

깊은 밤에도 숲은 고요히 잠들지 않는다. 숲속 깊이 들어갈수록 풀벌레들이 울어대는 소리, 온갖 산짐승들이 울어대는 소리, 밤새들이 지저귀는 소리가 저마다 뒤질세라 목청을 돋운다. 어디선가 덤불을 헤치는 소리, 나뭇가지를 밟아 부러뜨리는 소리가 들려온다. 누군가 내 뒤를 따라왔을 수도 있지만 한시바삐 아이들을 찾아야 하는 나는 잠시도 머뭇거릴 수 없다.

나는 플래시 불빛을 전후좌우로 비추어가며 크리스털의 만화책에서 뜯어낸 페이지가 어디에 있는지 살펴본다. 오르막이 시작되는 지점에 만화에서 뜯어낸 한 페이지를 더 발견한다. 이번에도 마찬가지로 돌멩이로 눌러놓았다. 50미터쯤 가다 보니 만화책 한 페이지가 또 있다.

나는 오르막을 오르는 동안 만화책에서 뜯어낸 종이를 다섯 페이지나 더 발견한다. 캡틴 아메리카는 지구를 지키는 불멸의 영웅답게 나를 더 높은 곳으로 인도한다. 꼭대기의 평평한 지역에 만화책 한 페이지가 더 있다. 플래시를 비춰보니 캡틴 아메리카가 방패를 들어 올려 총알을 튕겨내는 모습이 보인다. 캡틴 아메리카의 머리 옆 말풍선에 이런 말이 있다.

포기는 사절이야.

오르막을 다 오른 나는 그 자리에 멈춰 서서 플래시 불빛을 이리저리 비추며 주위를 둘러본다. 자작나무들이 플래시 불빛을 받아 하얗게 빛난다. 나는 지금 작은 언덕 꼭대기에 있고, 아래쪽을 내려다보니 미드나이트 호수가 보인다. 언덕 꼭대기에서 왼쪽으로 돌아 바위들이 줄지어 늘어선 곳으로 다가간다. 거기에서 다시 가파른 오르막이 시작된다. 오르막을 오르다 보니 《캡틴 아메리카》 만화 한 페이지가 또다시 눈에 들어온다. 나는 만화책에서 뜯어낸 종이들을 거듭 눈으로 확인하며 거대한 바위 위로 올라선다.

아이들은 여전히 눈에 들어오지 않는다. 이제는 《캡틴 아메리카》 만화책에서 뜯어낸 종이도 눈에 띄지 않고, 그 대신 바위, 나무, 낙엽으로 이루어진 울창한 숲만이 눈앞에 버티고 서 있다.

나는 눈을 감고 귀를 기울인다. 분명 무슨 소리를 들었다.

"얘들아?" 내 목소리가 멀리 퍼져 나갔다가 메아리가 되어 돌아온다. "얘들아, 어디 있니?"

깊은 정적 속에서 반가운 목소리가 들려온다.

"에마 선생님?"

미란다의 목소리가 분명하다. 미란다가 가까운 곳에 있다.

"그래, 나야." 나는 재빨리 대답한다. "너희들은 어디에 있니?"

"우린 지하 저장고에 갇혔어요." 이번에는 미란다가 아니라 크리스털의 목소리다.

미란다가 다시 나에게 구조요청을 한다. "선생님, 빨리 와줘요."

나는 플래시를 비추면서 앞으로 달려간다. 무작정 앞만 보고 달리다가 나뭇가지에 걸려 넘어지면서 양손과 무릎을 바닥에 찧는다. 나는 넘어진 상태 그대로 오르막을 기어오른다. 손으로 나무뿌리를 움켜쥐고 더 높은 곳으로 기어오르느라 안간힘을 쓴다.

그제야 무너져가는 집터가 시야에 들어온다. 나는 몸을 일으켜 세우고 지하 저장고로 달려간다. 지하 저장고 문 앞에 도착해 보니 누군가 문에 빗장을 질러 아이들이 밖으로 나오지 못하도록 가두어 두었다. 심지어 문 앞을 무릎 높이까지 오는 큰 바위로 막아두기까지 했다.

지하 저장고 문이 들썩인다.

"선생님, 어디에요?" 미란다가 소리친다. "어서 우릴 꺼내주세요."

"잠깐만 기다려!"

나는 문을 두드려 내가 왔다는 사실을 알리고 나서 빗장을 빼낸다. 미란다가 문을 조금 열지만 바로 앞에 놓인 커다란 바위에 막혀 밖으로 빠져나올 수가 없다.

"내가 바위를 치울 테니까 잠시만 더 기다려."

나는 양 손바닥을 바위에 대고 힘껏 밀어보지만 옴짝달싹하지 않는다. 이번에는 이를 앙다물고 끙 소리가 나도록 힘을 썼지만 요지부동이다.

그때 바닥에서 나뒹구는 나뭇가지가 눈에 들어온다. 지렛대로 사용해도 될 만큼 튼튼해 보인다.

나뭇가지를 바위 아래로 밀어 넣고 돌을 받친 다음 나뭇가지 반대편

끝을 아래로 힘껏 끌어당긴다. 바위가 아주 조금 움직인다. 나는 나뭇가지를 내던지고 또다시 바위를 힘껏 민다. 그제야 바위가 표나게 움직이며 막고 있던 문에서 완전히 벗어난다.

문이 활짝 열리면서 안에 갇혀 있던 아이들이 밖으로 쏟아져 나온다. 땀과 흙투성이인 아이들은 가슴을 활짝 펴고 신선한 공기를 들이마신다. 안경을 잃어버린 사샤는 앞이 잘 보이지 않는 듯 눈을 찡그린다. 사샤는 누구에게 맞았는지 코가 잔뜩 부풀어 올라 있고, 얼굴에 보라색 멍 자국이 선명하다. 얼굴에서 목 부위까지 말라붙은 피가 보인다.

"선생님이 와주셔서 정말 다행이에요." 사샤는 몹시 지쳤지만 나를 보자 안도한 얼굴이다.

나는 사샤의 어깨를 쓰다듬으며 어디 다친 곳은 없는지 확인한다. 먹을거리와 구급약품을 챙겨 오지 않은 게 몹시 후회된다. 심지어 물도 챙겨 오지 않았다. 그나마 내가 할 수 있는 일이라고는 티셔츠 옷자락으로 사샤의 얼굴에 말라붙은 피를 닦아주는 것뿐이다.

"우리가 여기에 얼마나 오래 있었어요?" 미란다가 땅바닥에 편하게 누우며 묻는다. "우리는 정오도 되지 않아 휴대폰이 꺼지는 바람에 시간이 얼마나 흘렀는지 알 수 없었거든요."

"하루가 꼬박 지났어."

크리스털이 깜짝 놀란 표정을 짓고 나서 미란다 옆에 털썩 주저앉는다. "빌어먹을!"

"도대체 무슨 일이 있었니?" 내가 묻는다.

"우리는 15년 전 캠프에서 사라진 선생님 친구분들이 어디에 있는지 궁금했고, 여기로 찾아온 거예요." 크리스털이 말한다. "미란다의 생각이었죠."

미란다는 몸이 기진맥진해 부끄러워할 겨를도 없어 보인다. "선생님을 돕고 싶었을 뿐이에요. 선생님이 비비언의 일기장을 발견한 이곳에 오면 추가적인 단서를 찾아낼 수 있을 거라 기대했죠."

"왜 내게는 아무런 귀띔도 하지 않고 너희들끼리 떠났어?"

"선생님이 우리가 여기에 오는 걸 허락해줄 리 없으니까요."

"어쩌다가 지하 저장고에 갇히게 되었는지 말해봐."

"누군가 갑자기 우리에게 달려들었어요." 미란다의 눈에 두려움이 어린다.

"그 작자의 얼굴을 본 사람이 아무도 없어?"

"그때 미란다와 크리스털은 지하 저장고 안에 들어가 있었어요." 사샤가 지하 저장고를 고갯짓으로 가리키며 말한다. "저는 밖에서 망을 보고 있었는데 누군가 갑자기 나타나 저를 마구 때렸어요."

사샤가 흐느껴 울며 무슨 일이 있었는지 이야기한다. 평소의 냉철한 어투는 어디론가 사라진 지 오래다. "안경이 바닥에 떨어지는 바람에 상대의 얼굴을 볼 수 없었어요. 상대는 저를 지하 저장고 안으로 밀어 넣고 나서 문에 빗장을 지르더군요."

누군가 아이들을 뒤따라와 지하 저장고에 가두었다. 아이들을 살려두었다는 건 여기에 다시 나타날 가능성이 크다는 뜻이다.

주머니에서 휴대폰을 꺼내 전화를 걸 수 있는 상태인지 확인한다. 안타깝게도 신호가 잡히지 않는다. 미란다가 왜 지하 저장고에 갇히는 즉시 휴대폰을 사용할 수 없었는지 비로소 이해가 된다.

"우린 캠프로 돌아가야 해." 내가 아이들에게 말한다. "여긴 너무 위험해. 너희들을 가둔 놈이 다시 나타나 해코지를 할 수도 있으니까."

미란다가 걱정스러운 표정을 지어 보인다. "그럼 지금부터 뛰어야 해요?"

"한시바삐 이 자리를 벗어나야 하니까 가능하면 뛰는 게 좋겠지."

그때 갑자기 환한 플래시 불빛이 내 얼굴에 쏟아진다. 나는 눈이 부
셔 앞이 보이지 않는다. 손을 들어 올려 빛을 차단하자 겨우 플래시 불
빛 뒤쪽에 서 있는 사람의 형체가 보인다. 키가 큰 남자가 플래시를 손
에 들고 다가온다.

"에마?" 테오가 말한다. "여긴 어쩐 일이야?"

38

테오를 이런 자리에서 마주하게 될 줄 미처 몰랐다. 내 눈에서 살짝 지진이 일어나는 느낌이 든다. 테오가 이 시간에 여기에 나타난 건 결코 우연일 수 없다.

"여긴 어쩐 일인지 물었잖아?"

"내가 할 질문을 당신이 먼저 하네요." 나는 목에 가시가 걸린 듯 목소리가 제대로 새어 나오지 않는다. "하지만 대답할 필요 없어요. 이미 답을 알고 있으니까."

테오는 지하 저장고에 가둔 아이들을 처리하려고 돌아온 게 틀림없다. 15년 전에도 테오는 비슷한 방식으로 비비언과 두 여학생을 영영 돌아오지 못하게 만들었을 수도 있다.

15년 전 내가 의심했던 일들이 정확하게 들어맞고 있어.

테오를 용의자로 지목한 걸 실수로 생각해왔는데 이제 보니 전혀 헛

짚은 게 아닐 수도 있다. 나는 경찰이 주시한 여러 용의자 가운데 적어도 테오는 범인이 아니길 간절히 바랐다.

지금은 아이들을 보호하는 게 우선이다. 나는 손에 든 플래시를 단단히 움켜잡는다. 대단한 무기는 아니지만 위기 상황에서 어느 정도 도움이 되어주길 기대하면서.

"미란다." 나는 최대한 침착하게 말한다. "우리가 얼마 전 함께 왔던 바로 그 장소에 카누가 세워져 있을 거야. 넌 사샤와 크리스털을 데리고 당장 카누를 세워둔 곳으로 가. 사샤가 걷지 못하면 업고서라도 데려가. 그렇게 할 수 있지?"

"네." 미란다의 대답에 두려움이 섞여 있다.

"카누가 있는 곳에 도착하면 나를 기다리지 말고 즉시 호수를 건너가. 단 1초도 머뭇거려선 안 돼. 최대한 빨리 노를 저어 캠프로 돌아가는 게 최선이야."

테오가 다시 내 얼굴에 플래시 불빛을 비춘다.

나는 아랑곳하지 않고 미란다에게 말한다. "미란다, 내 말 알아들었지?"

"네." 미란다가 이번에는 좀 더 단호하게 대답한다. 전력을 다해 뛰어갈 마음의 준비를 마친 느낌이다.

"좋아. 어서 가. 빨리!"

내가 마지막으로 내뱉은 말을 신호로 아이들이 달리기 시작한다. 사샤를 부축하고 있는 미란다도 최선을 다해 달린다. 크리스털이 그 뒤에서 느리게 달리고 있지만 얼굴에 결연한 태도가 엿보인다.

테오가 아이들을 따라잡으려고 해서 내가 그의 앞을 막아선다. 테오는 그 자리에 멈춰 서서 어깨를 으쓱해 보인다. 나는 그를 계속 꼼짝하지 못하도록 막아야 한다. 적어도 아이들이 무사히 호수를 건널 때까지.

"에마, 도대체 무슨 일이야? 나를 왜 막아서지?"

"몰라서 물어요? 당신은 아이들을 여기에 가두고 캠프로 돌아갔다가 다시 돌아왔어요. 설마 그걸 우연이라고 둘러대지는 않겠죠."

테오의 눈이 왕방울만 하게 커진다. "난 너를 뒤따라왔을 뿐이야. 별 장 2층에 있다가 네가 카누를 타고 호수를 건너는 걸 봤거든."

"그럼 나를 뒤따라올 게 아니라 경찰에 우선적으로 알렸어야죠."

"난 네가 범인이 아니길 바라니까." 테오가 말한다.

나는 테오를 용의자로 지목하고 나서 지난 15년 동안 느꼈던 죄책감 이 떠올랐다.

"왜 이런 짓을 저지르죠?" 내가 말한다. "15년 전 사건도 당신 작품 이죠?"

"정말이지 대실망이야. 내가 그런 짓을 저지를 사람으로 보여?"

나는 손에 잡은 플래시를 높이 쳐든다. 테오가 움찔한다.

"에마, 제발 말로 해." 테오가 말한다. "손에 든 플래시 좀 내려놓고 말로 하자니까."

"당신은 비비언을 원했지만 뜻대로 되지 않자 미쳐버린 거예요. 그래 서 비비언과 내털리, 앨리슨을 사라지도록 만든 게 분명해요."

"터무니없는 억측이야. 난 비비언을 원한 적이 없어."

테오가 내게로 한 걸음 다가선다. 나는 애써 두려움을 숨기면서 그 자리에서 꼼짝도 하지 않는다.

"이번에도 쉽게 빠져 나갈 자신이 있나봐요? 내 팔찌를 카누에 놓아 두고 나를 범인으로 몰아가려는 작전도 당신이 꾸몄죠?"

"난 그런 짓을 한 적이 없어. 섣불리 예단하지 마. 일단 우리가 같이 캠프로 돌아가서 따져 봐도 늦지 않을 거야."

테오가 한 걸음 더 다가선다.

"정말이지 거짓말을 천연덕스럽게 잘 하네요. 이제 당신이 주워섬기는 거짓말을 듣고 있는 것도 지긋지긋해요. 내 진술 때문에 당신이 겪었을 고통을 생각할 때마다 큰 죄책감을 느꼈는데 이제 보니 내가 옳았네요."

"네 말대로 난 큰 고통을 겪었지만 한 번도 널 탓한 적이 없어. 네 잘못이나 내 잘못이 아니었으니까."

"어찌나 천사처럼 말하는지 깜박 속아 넘어갈 뻔했잖아요. 당신은 정말 무서운 사람이에요. 어쩌면 말과 행동이 그리 다를 수 있죠?"

나는 갑자기 돌아서서 뛰기 시작한다. 불과 몇 초 만에 나를 따라잡은 테오가 내 팔을 세게 잡아당긴다. 내가 쏟아내는 비명이 어두운 숲속에 울려 퍼진다. 나는 내 비명의 메아리를 들으면서 플래시를 쥔 손을 테오의 머리를 향해 휘두른다.

테오가 비명을 지르며 내 팔을 잡고 있던 손을 놓는다. 나는 그 틈을 이용해 미드나이트 호수를 향해 달린다.

"에마!" 테오가 등 뒤에서 소리친다. "그러지 말고 나랑 얘기 좀 해!"

나는 계속 달린다. 가슴이 쿵쾅거리며 뛰고, 거친 숨소리가 들린다. 나무와 바위들이 사방에서 나를 향해 달려드는 느낌이다. 바위에 부딪치고, 밖으로 돌출된 나무뿌리에 걸려 넘어지면서도 나는 곧바로 일어나 달린다. 결코 멈출 수 없다.

이를 앙다물고 죽기 살기로 달렸지만 테오의 발소리는 점점 더 가까워진다. 이제 곧 따라잡힐 위기에 놓였다.

앞쪽 어둠 속에서 절벽이 보인다. 플래시로 비춰보니 절벽 아래쪽에 사람 하나가 들어갈 만한 작은 동굴이 있다. 지난번에 미란다가 기어들어 갔던 바로 그 동굴이다. 플래시로 동굴 안쪽을 비춰보니 1미터 이상 뚫려있다.

나는 플래시를 끄고 납작 엎드려 동굴로 기어든다. 입구가 매우 좁지만 아슬아슬하게 몸이 들어간다. 몸 위로 약 15센티미터의 공간이 있고, 좌우로는 거의 틈새가 없다.

테오의 목소리가 가까이에서 들려온다.

"에마, 동굴에 있다는 걸 알아. 어서 밖으로 나와." 동굴 바깥쪽이 갑자기 환해진다. 테오가 비추는 플래시 불빛이다.

나는 동굴 안쪽으로 더욱 깊숙이 기어든다. 동굴 바닥이 평평하지 않고 아래쪽으로 경사져 있다.

"에마, 어서 밖으로 나오라니까."

나는 계속 동굴 안쪽으로 미끄러져 들어간다. 동굴 아래쪽에서 물방울 떨어지는 소리가 들린다. 동굴의 경사가 점점 더 가팔라지고 있다. 나는 무릎과 손바닥을 바닥에 대고 브레이크 역할을 해주길 기대하지만 오히려 더 빨리 아래로 미끄러진다. 이제 내 몸은 걷잡을 수 없이 빠른 속도로 미끄럼을 타며 아래로 내려가고 있다. 손목에 걸려 있는 플래시를 켜자 회색 벽과 갈색 진흙 그리고 내가 지나온 긴 동굴이 보인다. 나는 아래쪽으로 계속 미끄러지다가 내 몸을 지탱하고 있는 바닥이 사라지면서 허공으로 떨어진다. 내가 지르는 비명이 동굴에서 메아리가 되어 돌아온다.

39

내 몸은 순식간에 물속으로 첨벙 빠져든다. 죽음의 공포를 떨쳐버리지 못하고 비명을 지르던 나는 속절없이 물속으로 가라앉는다. 물이 입으로 쏟아져 들어오면서 숨이 막힌다. 플래시는 물속에서도 다행히 작동한다. 플래시 불빛이 뻗어나가는 곳에 물풀 사이를 오가는 물고기들이 보인다.

마침내 바닥에 몸이 닿는다. 나는 힘껏 바닥을 박차고 위로 올라가 수면 밖으로 얼굴을 내민다. 그런 다음 가까스로 참고 있던 숨을 토하며 시원한 공기를 들이마신다.

주위를 둘러보니 나이팅게일 캠프의 식당과 얼추 크기가 비슷한 동굴 속에 있다. 플래시 불빛이 시커먼 물과 초승달 모양의 물웅덩이를 둘러싼 암벽을 비추고 있다. 플래시로 동굴 위쪽을 비춰보니 돔 모양 바위 천장에 매달린 종유석들이 보인다. 동굴의 모양이 흡사 짐승의 위장을 떠올리게 한다. 나는 어떤 짐승의 배 속으로 떨어진 느낌이 든다.

암벽 중간에 작은 동굴이 보인다. 내가 떨어진 동굴이다. 플래시를 아래위로 비추며 얼마나 높은 동굴에서 떨어졌는지 가늠해본다. 동굴이 있는 곳의 높이가 3미터쯤 되어 보인다.

나는 물이 차지 않은 바닥 쪽으로 헤엄쳐간다. 바닥으로 기어 올라간 나는 기력이 모두 빠져버린 상태라 그 자리에 그대로 주저앉는다. 주머니에 손을 넣어 휴대폰이 들어 있는지 확인한다. 방수 케이스에 넣어둔 휴대폰은 다행히 이상 없이 작동하지만 신호가 전혀 잡히지 않는다. 동굴 속에서 신호가 잡힐 거라 기대하지는 않았다. 혹시 기적처럼 연결될지도 모른다는 생각에 911로 전화를 걸어보지만 역시 먹통이다.

이제 동굴을 빠져나갈 방법을 스스로 찾아내야 한다. 플래시를 들고 암벽을 비춰보니 내가 올라가기에는 너무 가파르다. 경사가 거의 90도에 가깝다. 플래시로 동굴 구석구석을 비춰보니 물이 차 있거나 막힌 곳뿐이다.

성공을 기대하기 어렵지만 암벽을 기어오를 수밖에 없다. 암벽으로 손을 뻗어 잡을 데가 있는지 더듬어 보았더니 매끈한 표면이 닿을 뿐이다. 그나마 약간 돌출된 부분을 잡고 90센티미터쯤 기어올랐으나 더는 잡을 데가 없어 동굴 바닥으로 그대로 떨어진다. 두 번째 시도 때는 1미터 이상 올라갔다가 떨어지면서 꼬리뼈를 바닥에 부딪힌다. 날카로운 통증이 등줄기를 타고 뻗어 오르며 순간적으로 몸이 마비된다. 세 번째 시도 때는 그나마 손으로 잡을 곳이 많은 최적의 코스를 찾아본다. 그 결과 2미터 이상 올라갔지만 잡을 곳이 없어 더는 오르지 못한다. 오른팔을 위로 뻗었지만 손바닥에 매끈하고 차가운 바위 표면이 닿을 뿐이다.

팔과 어깨에서 점점 힘이 빠지면서 더는 버틸 수가 없다.

바닥으로 떨어질 때의 충격으로 내 몸 어딘가에서 뭔가 부러지는 소리가 들려온다. 나는 고통이 심해 비명을 지르지만 도와주러 올 사람은 없다. 내 고통은 멈추지 않고 계속되고, 비명도 끊이지 않는다. 이제 더는 기어오를 자신이 없다.

난 동굴에 갇혔고, 아무도 내가 여기에 있다는 걸 모른다.

이제 나는 비비언, 내털리, 앨리슨처럼 사라져야 한다.

40

새벽 4시쯤 지나 배터리가 다 닳아버리는 바람에 더는 플래시를 사용할 수 없다. 그나마 내가 시간을 아는 건 휴대폰 덕분이다. 동굴 안에 있다 보니 한 시간이 마치 세 시간처럼 느껴진다.

나는 휴대폰을 다시 주머니에 집어넣는다. 동굴이 얼마나 추운지 몸이 덜덜 떨리면서 아래윗니가 서로 맞부딪힌다. 나는 추위에 떠는 와중에도 졸음이 밀려와 꾸벅 꾸벅 존다. 휴대폰을 꺼내 시간을 확인해보니 4시 30분이다. 나는 어찌나 피곤한지 졸다가 깨기를 반복하다가 비교적 길게 잠이 든다.

추위를 느끼며 눈을 떠보니 언제 왔는지 비비언이 내 앞에 있다.

"이제야 잠이 깼네." 비비언이 말한다.

"내가 잠든 동안 줄곧 내 옆에 있었어?"

"아니, 여기저기 돌아다녔어."

"언니가 밖으로 나갔다가 다시 오두막에 돌아왔을 때 내가 안에서 문을 잠그고 열어주지 않았지. 정말이지 끔찍하기 그지없는 짓이었어. 그런 짓을 저지른 걸 깊이 후회해."

"네 마음을 이해해. 그때 넌 나에게 단단히 화가 나 있었잖아. 화가 나면 누구나 그럴 수 있어."

비비언이 나를 보며 웃는다. 내가 비비언을 친언니처럼 따를 때 자주 대한 웃음이다.

"그날 밤, 무슨 일이 있었던 거야? 테오가 그랬어?"

"내가 단서를 그렇게 많이 남겼는데 아직도 알아내지 못했니?"

"그냥 어떻게 되었는지 말해주면 안 될까?"

"네가 스스로 알아내." 비비언이 말한다. "아무튼 넌 과거에 너무 매몰되어 있는 게 문제야."

비비언은 동굴의 한쪽 벽을 가리킨다. 가느다란 빛이 암벽을 기어 다닌다. 그러다가 빛이 동굴 전체를 비춘다. 마침내 어둠은 사라지고 동굴 전체로 따뜻한 빛이 퍼져나간다. 빛은 엉뚱하게도 동굴 한가운데 있는 물웅덩이를 통해 쏟아져 들어온다. 황금빛에 분홍이 섞인 빛이라 물이 온통 반짝거린다. 휴대폰으로 시간을 보니 아침 6시다. 비비언은 어느새 사라지고 없다.

동굴로 빛이 새어 들어온다는 건 어딘가에 빠져나갈 구멍이 있다는 뜻이다. 나는 일어서서 빛이 가장 밝은 곳을 향해 걸어간다. 빛이 강하다는 건 동굴에서 바깥으로 곧장 연결되는 통로가 있다는 뜻이다. 동굴과 호수를 연결하는 수중 통로.

나는 물속으로 잠수해 들어가 빛이 들어오는 곳을 향해 헤엄쳐간다.

내 몸 하나가 겨우 통과할 수 있는 크기의 수중 통로가 보인다. 나는 수중 통로 입구로 다가가 황금빛에 분홍이 섞인 빛이 들어오는 쪽을 향해 헤엄치기 시작한다.

41

나는 숨이 가빠 폐가 비명을 지르는 가운데 마침내 수중 통로를 통과하는 데 성공한다. 이제는 동굴 속이 아니다. 암벽도 없고, 아침 햇살을 받아 황금빛으로 빛나는 호수에 다다라 있다.

나는 수면 위로 올라가 숨을 헐떡이며 청량한 공기를 들이마신다. 온몸의 힘이 거의 다 빠져 달아났지만 수면 위로 머리를 내밀 수 있을 정도는 남아 있다. 조금 휴식을 취하고 나면 캠프가 있는 저편까지 헤엄쳐갈 자신이 있다. 그 전에 사람들이 나를 찾아낸다면 그런 수고를 하지 않아도 될 테지만 과연 기대대로 될지 의문이다.

모터보트가 부르릉거리며 다가오는 소리가 들린다. 나이팅게일 캠프의 부두에 정박해 있던 두 대의 보트 가운데 한 대가 움직이고 있다. 너무 멀어 가물거리긴 하지만 보트를 모는 사람은 쳇이 분명하다.

나는 손을 흔들며 쳇의 이름을 소리쳐 부른다.

"쳇, 여기로 와요!"

쳇이 운전하는 보트가 내가 있는 쪽으로 다가온다.

"맙소사! 우리가 당신을 얼마나 찾아 헤맸는지 모를 거예요."

나는 보트를 손으로 잡는다. 쳇의 도움을 받아 보트로 기어 올라간
나는 그대로 쓰러져 꼼짝도 하지 않고 숨을 헐떡인다.

"아이들은 무사히 돌아왔어요?" 나는 힘겹게 숨을 고르며 묻는다.

"오늘 새벽에 돌아왔는데 탈수에 피로가 겹친 상태이고, 정신적으로
도 충격이 큰가봐요. 테오 형이 아이들을 병원에 데려갔다가 오겠다고
했어요."

나는 소스라치게 놀라며 일어나 앉는다.

"테오가 캠프로 돌아왔어요?"

"테오 형 말로는 당신이 아이들과 같이 있는 걸 발견하고 도우려고
했대요. 테오 형이 가까이 다가가자 당신이 느닷없이 공격을 가하고 숲
속으로 사라졌다고 하던데요."

"테오가 거짓말로 당신들을 속인 거예요. 아이들을 해친 사람이 테오
라고요. 테오를 아이들과 함께 두면 위험해요. 경찰에 전화해 그 사실
을 어서 알려야 해요."

휴대폰이 작동하고 있어 다행이다. 911에 전화를 걸려던 나는 얼굴
을 잔뜩 일그러뜨린 상태로 노를 머리 위로 치켜들고 있는 쳇을 발견
하고 깜짝 놀란다. 그 순간 쳇이 내 뒤통수를 후려친다. 갑자기 눈앞이
흐려지고, 머리가 윙윙 울린다. 나는 손에 들고 있던 휴대폰을 떨어뜨
리며 보트 바닥에 힘없이 쓰러진다.

마지막 거짓말

42

정신을 차리고 보니 보트는 어느새 어디론가 움직이고 있다. 모터 소리가 나고 얼굴에 가끔 물이 튄다. 나는 옆으로 쓰러져 있는 상태이고, 왼쪽 팔이 몸 아래에 깔려 있다. 보트 바닥에 쓰러질 때 어딘가에 부딪쳤는지 왼쪽 눈두덩이 심하게 쑤신다.

다리를 흔들고, 팔을 젓고, 손가락을 움직여보고, 눈을 깜박여본다. 모든 신체기능이 정상이라 다행이다. 쳇이 노를 휘둘러 내 뒤통수를 가격하던 마지막 순간에 팔에 힘을 다 싣지 않았을 수도 있다. 아니면 내가 운이 좋았거나.

모터 소리가 멎고, 보트가 속도를 늦추기 시작할 때 나는 바닥에 등을 대고 눕는다. 노를 손에 든 쳇이 나를 내려다보며 서 있다.

"캠프로 다시 돌아올 생각을 하다니 당신은 정말이지 믿기 힘들 만큼 뻔뻔스러워요." 쳇이 말한다. "난 당신이 돌아와서 기뻐요. 단지 그 정도로 멍청한 줄은 정말 몰랐어요."

"당신은 왜 나를 다시 나이팅게일 캠프로 초대했어요?"

"당신이 캠프에 오면 재미있을 것 같았거든요." 쳇이 말한다. "당신이 미쳐서 정신과 치료를 받고 있다는 걸 알고 있었어요. 난 직접 내 눈으로 당신이 얼마나 미쳤는지 보고 싶었죠. 까마귀를 세 마리 잡아다가 당신이 있는 오두막에 넣어 두고, 출입문에 페인트로 글씨도 쓰고, 창가에 서서 안을 들여다보고, 샤워를 할 때 훔쳐보기도 했어요."

쳇이 잠시 말을 멈추더니 내게 윙크한다.

"당신이 그 모든 고통을 견뎌낼 거라 기대하지 않았는데 의외로 잘 버티더군요. 당신을 범인으로 몰려면 증거가 더 필요했어요. 당신이 비비언이 보인다고 헛소리를 지껄일 때 사람들은 다들 당신을 정신 나간 미치광이로 봤을 거예요."

"나를 굳이 캠프로 불러놓고 그런 짓을 벌인 이유가 *뭐죠?*"

"당신은 더 큰 고통을 맛봐야 하거든요. 당신이 머물던 오두막 아이들이 사라졌을 때 나는 당신을 범인으로 몰기 위해 당신이 차고 다니던 팔찌와 사샤의 부서진 안경을 카누에 넣고 떠내려 보냈죠. 내가 바란 대로 당신 팔찌는 아주 훌륭한 역할을 해주었어요. 하긴 별장 밖에서 당신 손목에 찬 팔찌를 뜯어낼 때부터 여러모로 쓸모가 있을 거라 확신했죠."

쳇이 나를 향해 일그러진 미소를 지어 보인다. 그야말로 미치광이 웃음이다. 제정신이 아닌 사람은 내가 아니라 쳇이 분명하다.

"내가 층층나무 오두막 근처에 있던 모습을 찍은 감시카메라 파일을 지우고, 당신이 어제 아침에 오두막을 떠나던 모습을 담은 파일 이름을 바꿔두었죠. 내가 작은 비밀 한 가지를 알려줄게요. 아이들은 당신이 잠에서 깨기 5분 전에 오두막을 떠난 게 아니었어요. 적어도 당신이 눈을 뜨기 한 시간 전에 오두막을 떠났죠."

나는 팔꿈치로 바닥을 짚고 몸을 일으킨 다음 잠시 떨리는 몸을 안정시킨다. "나를 위해 그렇게까지 애쓰다니, 정말이지 이해할 수 없어요."

"당신이 테오 형의 삶을 망쳐버렸어요." 쳇이 으르렁거리며 말한다. "테오 형이 얼마나 괴로웠으면 스스로 목숨을 끊을 생각까지 했겠어요? 당신이 테오 형의 평판을 망쳐버렸고, 덩달아 해리스 화이트 집안에 대한 호감도 타격을 받았어요. 그 무렵 난 고교를 마치고 예일대에 들어갔는데 학생들 절반이 나에게 말을 걸지 않더군요. 사람들은 테오 형이 살인을 저질렀어도 돈이 많은 부자라서 무죄선고를 받았다며 수군거렸어요. 해리스 화이트 가문이 한때 부자였을지 몰라도 지금은 꼭 그렇지는 않거든요. 해리스 화이트 가문이 보유한 부동산이라고는 어머니가 사는 아파트와 나이팅게일 캠프, 별장 그리고 이 빌어먹을 미드나이트 호수뿐이거든요."

내 머리가 쪼개질 듯이 아파 온다.

쳇이 준비한 복수극이 결말을 향해 가고 있다. 쳇은 내가 테오를 용의자로 만들었듯이 나를 범인으로 만들려고 한다. 쳇은 내가 모든 걸 잃고 사람들이 보내는 의심의 눈초리 속에서 고통스럽게 살아가길 바라고 있다.

"당신을 죽이고 싶지 않았어요." 쳇이 말한다. "앞으로 15년 동안 끔찍한 고통을 받으며 살아가는 모습을 지켜보고 싶었죠. 지금은 계획을 수정했어요. 당신이 아이들을 풀어주는 바람에 계획을 바꿀 수밖에 없게 되었네요. 결국 당신이 선택한 결과니까 너무 억울해하지 말아요. 이제 난 당신을 15년 전 아이들처럼 영원히 사라지도록 만들려고 해요."

쳇은 내 셔츠 깃을 움켜쥐고 나를 바닥에서 일으켜 세운다. 나는 저항하지 않고 순순히 따른다. 쳇이 나를 보트 가장자리로 밀어붙이는 동안 나는 아무런 저항도 하지 않고 어정쩡하게 서 있을 뿐이다. 난 포기한 게 아니다. 그저 조만간 반드시 필요할 에너지를 축적하고 있을 뿐이다.

보트는 어딘지 알 수 없는 곳까지 와 있다. 호수 기슭이 움푹 파인 곳이다. 호숫가 나무들이 마치 요새의 벽처럼 호수를 둘러싸고 있다. 하늘에서 해가 떠오르고 있지만 안개를 물러나도록 하기에는 역부족이다.

보트에서 몇 걸음 떨어진 곳에 뭔가 비쭉 튀어나와 있다. 수탉 모양 풍향계다. 〈피스풀 밸리〉 정신병원 건물 꼭대기에 매달려 있던 풍향계와 똑같다. 다만 지금 눈에 보이는 풍향계는 녹이 잔뜩 슬어있고, 따개비가 다닥다닥 붙어 있다. 꼭대기에 풍향계가 매달려 있던 〈피스풀 밸리〉 정신병원 건물은 지금 미드나이트 호수 아래에 잠겨 있다. 물속을 들여다보니 진흙으로 뒤덮인 병원 지붕이 희미하게 보인다.

"당신도 이 장소를 알고 있다는 게 놀라워요. 아무리 참견하기 좋아하는 당신이지만 이 어려운 문제를 풀어낸 건 정말 대단해요."

호숫가의 말라붙은 진흙을 볼 때 원래 미드나이트 호수는 풍향계를 완전히 가릴 만큼 수위가 높았으나 최근 몇 해 동안 가뭄이 심해 일부가 드러나 보이게 되었다는 걸 알 수 있다.

"나는 10대 때 호수 아래에 〈피스풀 밸리〉 정신병원 건물이 그대로 있다는 사실을 알게 되었죠. 정신병원 건물이 아직 수면 아래에 남아 있다는 사실을 알고 있는 사람은 거의 없어요. 어머니나 로티도 모르고 있죠. 그 분들은 뷰캐넌 해리스 증조부님이 처음 땅을 인수했을 때 정신병원 건물을 철거했다고 알고 있더군요. 대부분의 해리스 화이트 가문 사람들이 알고 있는 것과 달리 뷰캐넌 해리스 증조부님은 정신병원 건물을 그냥 둔 상태로 수몰시켰죠. 이제 내가 여기에 당신을 수장하면 아무도 찾아낼 수 없을 거라는 뜻이에요."

심장이 쿵쾅거리며 뛰는 가운데 오싹한 공포가 밀려든다. 공포는 내 입을 막기보다는 오히려 목소리에 힘이 실리게 한다. "나를 죽인다고 당신에게 득 될 건 아무것도 없어요. 아직 늦지 않았으니 단념해요."

"아니, 늦었어요. 이제는 포기할 수 없어요."

"아이들이 당신 얼굴을 보지 못했다고 했어요. 게다가 다들 무사히 돌아왔으니 당신이 처벌받을 일은 없을 거예요."

나는 쳇과 싸워 이겨낼 힘이 없다. 쳇이 노를 한 번 더 휘두르면 모두 끝이다. 가능하면 대화를 이끌어내 시간을 벌어야 한다.

"결국 당신이 벌인 일은 아무도 몰라요. 당신과 나만이 알고 있을 뿐이죠. 난 당신이 한 일을 아무것도 모른다고 할게요. 당신이 원한다면 내가 아이들을 호수 건너로 데려가 가두었다고 진술할 수도 있어요. 당신은 내가 테오처럼 괴로워하는 모습을 보고 싶다고 했죠? 내가 교도소에 가 있는 모습을 상상해봐요. 그 안에서 내가 얼마나 괴로워할지."

문득 15년 전 기억이 떠오른다. 내가 나이팅게일 캠프를 떠나던 날 쳇은 눈물로 얼룩진 얼굴로 테오를 부르고 있었다. 어쩌면 그때 쳇은 나에 대한 복수를 결심했는지도 모른다. 그렇다면 쳇의 머릿속을 나에 대한 복수를 결심하기 이전의 소년으로 되돌려놓아야 한다.

"당신은 살인을 저지르기에는 너무 착한 사람이라는 걸 알아요. 오히려 나쁜 짓을 더 많이 저지른 사람은 당신이 아니라 나였죠. 착하게 살아온 당신이 나처럼 되는 건 옳지 않아요. 당신은 당신 아닌 다른 사람이 되지 말아야 해요."

내 말이 전혀 효과를 보지 못했는지 쳇이 노를 치켜들고 휘두를 준비를 한다. 나는 쳇이 노를 휘두르기 전에 그를 향해 몸을 날린다. 잔뜩 지쳐 있었는데 어디서 그런 힘이 솟았는지 모르겠다. 오늘이 내 인생의 마지막 날이 될지도 모른다는 공포와 절망이 최후의 발악이라도 하라고 힘을 모아준 것인지도.

보트 좌석에 발이 걸린 쳇이 몸을 비척거리다가 뒤로 넘어진다. 그의 손아귀를 벗어난 노가 보트 바닥에 나뒹군다. 내가 재빨리 노를 잡으려고 손을 뻗었지만 쳇이 좀 더 빠르다. 쳇이 한 손으로 노를 잡고 다른 손으로 내 뺨을 후려친다. 뺨에서 불이 난 듯 고통이 느껴지지만 내게 마지막 아드레날린을 제공한다. 나는 안간힘을 다해 보트 앞쪽으로 달아나 뱃머리로 기어오른다. 쳇이 뒤따라와 노를 높이 들어 올린다. 나는 눈을 감고 노가 내 머리에 떨어지길 기다린다.

그 순간 요란한 총성이 울린다. 내가 눈을 번쩍 뜬 순간 쳇이 손에 들고 있는 노가 박살 나 흩어진다. 나는 얼굴로 쏟아지는 노의 파편들을 피해 눈을 감는다. 보트가 한쪽으로 급격히 기운다. 내 몸도 보트를 따라 비틀거리다가 중심을 잡지 못하고 미드나이트 호수로 떨어진다.

43

호수로 떨어진 나는 수면에서 미처 1미터도 되지 않은 곳에서 뭔가에 부딪힌다. 무려 100년 이상 호수에 잠겨 있는 동안 이끼와 녹조류가 잔뜩 달라붙어 있는 건물의 목조 지붕이다.

내가 밟고 선 목조 지붕이 힘없이 갈라진다. 나는 다시 아래로 가라앉는다. 여전히 물속이지만 지금은 벽에 둘러싸여 있다. 〈피스풀 밸리〉 정신병원 건물 안이다. 나는 병원 천장에서 바닥으로 떨어지고 있다. 나는 바닥에 닿는 즉시 다시 물 위로 떠오르기 시작한다.

이끼가 덕지덕지 끼어 있는 창문 밖으로 희미한 빛이 일렁인다. 가느다란 빛일 뿐이지만 나는 병원의 실내를 둘러볼 수 있다. 건물의 벽, 천장, 문틀이 모두 부서지거나 한쪽으로 기울어져 있다. 문틀에서 떨어져 나온 문짝은 흐물흐물해져 종적을 알아보기 힘들다. 나는 짧은 복도와 계단이 보이는 쪽으로 헤엄친다. 계단 아래쪽에 현관이 입을 벌리고 있다.

현관문 왼쪽에 거실이 보인다. 벽이 무너져 내린 곳에서 줄무늬농어 한 마리가 맴돌고 있다. 나는 현관문을 통해 건물 내부에서 외부로 나온다.

폐가 불타오른다. 공기 흡입이 절실히 필요하다. 나는 수면 위로 헤엄쳐가다가 오싹한 공포에 휩싸인다. 분명 해골이다. 턱뼈는 사라지고 없고, 눈구멍은 하늘을 보고 있다. 주위에 더 많은 뼈가 보인다. 구부러진 갈비뼈와 손가락뼈가 보이고, 몇 걸음 떨어진 곳에 두 번째 해골이 보인다.

사라진 소녀들이다.

뼈 주위에서 희미하게 빛나는 금목걸이와 하트 모양 로켓이 눈에 들어온다. 로켓 한가운데 작은 에메랄드가 박혀 있다.

그 순간 누군가 팔을 뻗어 내 허리를 감는다. 내 몸이 위로 당겨지고 있다. 나는 어쩔 수 없이 소녀들에게서 멀어져 수면 위로 끌려간다.

다른 보트가 몇 미터 떨어진 곳에 떠 있다. 보트 안에 플린 형사가 타고 있다. 테오가 내 옆에서 헤엄치고 있다. 테오는 여전히 내 허리를 팔로 감고 있다. 미드나이트 호수의 물이 테오의 뺨에 출렁거린다.

"괜찮아?" 테오가 묻는다.

나는 호수에 가라앉은 비비언, 내털리, 앨리슨을 생각한다.

그들은 오랜 세월 물속에 누워 내가 찾아내주길 간절히 기다렸을 것이다.

테오가 괜찮은지 다시 물었을 때 나는 고개를 끄덕이며 울음을 터뜨린다.

44

나는 플린 형사가 운전하는 경찰차 조수석에 앉아 백미러를 통해 멀어져가는 병원 건물을 바라본다. 내 몸은 온통 멍들고, 골절되고, 찢어진 상처투성이다. 쳇이 휘두른 노에 맞았을 때 뇌진탕, 동굴로 떨어질 때 발목 골절, 피로 누적, 기력 탈진, 탈수 증세 등이 복합적으로 나타나는 바람에 병원에 이틀 동안 입원해 치료를 받아야 했다. 캠프로 무사히 돌아온 층층나무 오두막 아이들도 나와 함께 병원에 입원해 치료를 받았다. 나는 미란다와 같은 병실을 사용했는데, 우리는 그동안 밀린 이야기를 나누며 쉴 새 없이 깔깔거렸고, 잘생긴 남자 간호사를 두고 즐거운 수다를 떨었다. 바로 옆 병실에 입원한 사샤와 크리스틸이 종종 놀러와 이야기에 동참했다. 미란다의 할머니는 가톨릭 신자답게 사랑하는 손녀를 위해 기도하고 나서 미란다를 숨이 막히도록 힘껏 끌어안더니 병실을 빙글빙글 돌며 춤을 추었다. 내 병문안을 온 리베카는 심심할 때 보라며 안셀 애덤스의 사진집을 선물했고, 케이시는 아이들을 해친 사람으로 나를 의심했던 걸 사과했다. 마크는 연예 잡지를 잔뜩 가져왔고, 도서관 사서 빌리와 다시 사귄다는 소식을 전해주었다. 플로리다에 사는 내 부모님도 나를 보기 위해 날아와 감동을 선사했다.

병원에서 이틀간 치료받은 나는 오늘 오후에 맨해튼으로 돌아간다. 마크가 나와 동행하기로 했다. 플린 형사는 아직 마무리해야 할 일이 남아 있다는 사실을 나에게 넌지시 일깨워준다.

"일기장을 보니 비비언이 당신처럼 〈피스풀 밸리〉 정신병원과 관련해 찰스 커틀러와 뷰캐넌 해리스의 행적을 조사했더군요. 비비언은 집요한 조사를 통해 결국 〈피스풀 밸리〉 정신병원이 있던 장소를 찾아냈고, 앨리슨과 내털리가 증인으로 동행했다가 호수에서 익사한 것으로 보입니다. 당신도 보았듯이 호수에 수몰된 정신병원 내부가 미로처럼 복잡해 길을 잃고 익사했을 가능성이 큽니다. 폐허가 된 병원 건물 안을 조사하고 다니다가 미처 수면 위로 올라오지 못한 것이죠."

내가 추정했던 내용과 대부분 일치하지만 모든 의문이 해소되었다고 보기에는 아직 석연치 않은 부분이 많다. 비비언이 언니 캐서린처럼 익사로 생을 마감했다는 사실이 아이러니했다.

"쳇이 그들을 살해했을 가능성은 없나요?" 나는 이미 가능성 제로라는 걸 알면서도 플린 형사에게 묻는다.

"그 당시 쳇은 겨우 열 살이었어요. 호수 바닥에 아직 수거하지 못한 유골이 많이 남아 있을 것으로 추정됩니다. 유골을 전부 찾아내려면 제법 많은 시간이 소요될 겁니다. 유골을 모두 수거해 과학수사대에 넘겨 사인을 분석해보면 정확한 결과를 알 수 있겠죠."

내가 호수에 들어갔을 때 본대로라면 유골의 주인은 비비언, 내털리, 앨리슨이었다. 목걸이의 로켓만으로도 알 수 있다. 이제 그들을 생각하기만 해도 가슴에 슬픔이 차오른다.

"쳇은 충충나무 오두막 여학생들을 해칠 생각이 결코 없었다고 진술했습니다." 플린 형사가 말한다. "치밀한 사전 계획 없이 충동적으로 아이들을 공격하고 지하 저장고에 가두었고, 본인도 그 결과를 예측하지 못한 것으로 보입니다. 그냥 엉겁결에 일을 저지르긴 했지만 어떻게 마무리해야 할지 몰랐던 겁니다."

"쳇은 지금 어디에 있죠?"

"경찰서 유치장에 있습니다. 쳇은 대부분 혐의를 인정하고 있고, 형이 확정되면 정신병원으로 옮겨 정신과 치료를 받아야 할 것으로 보입니다."

나 역시 쳇처럼 복수를 열망한 적이 있다. 그러나 나는 실행으로 옮기지 않고 극복해냈다.

"내가 사과해야 할 일이 있어요." 플린 형사가 말한다. "한때 당신의 진술을 믿지 않고 줄곧 의심했던 걸 이해해주길 바랍니다."

"형사님은 주어진 책임을 다했을 뿐입니다. 사과할 필요 없어요."

"당신의 진술을 좀 더 진지하고 현명하게 경청했어야 하는데 지금 생각해보면 많이 아쉬운 게 사실입니다. 명백한 나의 실수였고, 늦었지만 용서를 구합니다."

"형사님의 진심 어린 사과를 받아들일게요."

우리는 나이팅게일 캠프의 출입문에 도착한다. 플린 형사가 나를 보면서 말한다. "캠프에 다시 돌아오니 긴장도 되고, 여러모로 감회가 새롭겠네요."

"저도 그럴 거라 생각했는데 의외로 담담하네요."

나이팅게일 캠프가 눈에 들어오자 만감이 교차한다. 슬픔과 후회, 사랑과 혐오로 점철되었던 문제가 해결되었다고 생각하니 뿌듯한 안도감이 들기도 한다. 이제 진실이 밝혀진 이상 나는 좀 더 편안하고 자유로운 마음가짐으로 미래를 그려볼 수 있게 되었다.

플린 형사는 나이팅게일 캠프 한가운데로 차를 몰아간다. 캠프는 내가 층층나무 오두막에서 아이들이 사라진 사실을 발견하고 공황 상태에 빠져들었던 아침처럼 고요 속에 잠겨 있다. 캠프에 왔던 학생들, 지도교사들, 강사들은 모두 집으로 돌아갔다. 나이팅게일 캠프는 예정보다 빨리 문을 닫게 되었다. 앞으로 다시 캠프 문을 열 기회는 주어지지 않을 것이다. 슬픈 일이지만 어쩔 수 없다는 걸 안다. 캠프와 관련한 비극이 너무 많았다. 프래니는 앞으로 법적으로 대응해야 할 일이 많이 남아 있다.

로티가 별장 밖으로 나와 기다리고 있다가 나를 반갑게 맞아주는 한편 발목에 붕대를 감고 차에서 내리는 나를 부축해준다. 그런 다음 로티는 내 손을 힘주어 쥐었다가 천천히 놓아준다. 나에게 나쁜 감정이 전혀 없다는 걸 보여주는 행위다.

플린 형사가 경적을 울리더니 손을 흔들어 보이고 나서 차를 돌려 캠프를 빠져나간다. 로티는 나를 별장으로 데려간다. 그 어디에도 민디의 모습이 보이지 않는다. 병원에 찾아왔던 케이시가 전하길 민디는 가족 농장이 있는 펜실베이니아로 돌아갔다고 했다. 민디의 선택을 축복해주고 싶다. 어느 모로 보나 이제 쳇과 인생을 함께하긴 힘들게 되었으니까.

마지막 거짓말

나는 로티와 테라스로 간다. 프래니가 테라스의 애디론댁 의자에 앉아 있다. 프래니는 나를 따뜻하게 맞아주면서 우리 두 사람이 이 캠프에서 공통으로 겪은 불상사들이 많지만 이제 용기를 내 다시 시작해야한다는 뜻으로 활짝 웃어 보인다. 이제 우리 사이에는 아무런 허물도 남아 있지 않다. 이제 우리는 과거의 슬픔과 고통에서 벗어나야 한다.

"너를 다시 보게 되어 정말 좋아." 프래니는 애디론댁 의자 옆에 놓아 둔 내 여행 가방과 미술용품을 손으로 가리킨다.

"로티에게 부탁해 네 물건을 전부 챙겨두었어. 비비언의 일기장은 플린 형사가 가져갔고, 비비언이 별장에서 가져간 사진이 한 장 있는데, 그건 로티에게 돌려줘야 마땅하다고 생각했어."

"저도 같은 생각이에요."

"마지막으로 층층나무 오두막을 둘러보지 않고 가도 되겠니?" 프래니가 묻는다. "혹시 뭘 빠뜨렸을 수도 있잖아."

"아뇨." 내가 말한다. "그냥 갈래요."

층층나무 오두막을 둘러보고 싶지는 않다. 서글픈 기억이 너무 많이 깃들어 있는 곳이다. 이제 진실이 밝혀졌지만 나는 지난날의 아픈 기억을 마주할 마음의 준비가 되어 있지 않다. 트렁크에 새겨진 이름들을 보거나 나무 바닥의 세 번째 널빤지가 삐걱거리는 소리를 들을 경우 나는 어쩌면 그 자리에서 무너져내릴 수도 있다.

프래니는 다 이해한다는 듯 고개를 끄덕인다. "네가 병원에 있는 동안 찾아보지 못해서 미안해. 상황이 심각해 잠시도 별장을 비울 수 없었단다."

"저도 다 아니까 미안해하실 필요 없어요." 나는 진심으로 말한다.

"쳇이 저지른 짓은 용서받을 수 없을 거야. 그 녀석이 너에게 가한 폭력에 대해 이제라도 내가 사과하고 싶어. 너뿐만 아니라 층층나무 오두막아이들 모두에게. 쳇이 무슨 뚱딴지같은 계획을 세우고 있는지 전혀 눈치채지 못한 내 잘못도 적지 않아. 제발 내 잘못을 용서해주길 바란다. 쳇의 엉뚱한 계획을 알았더라면 결코 너를 캠프에 초대하지 않았을 거야."

"저에게 얼마나 많은 친절을 베풀어주었는지 잘 알아요. 용서를 빌어야 할 사람은 오히려 저예요."

"난 이미 다 용서했어. 아주 오래전에."

"아직 저는 저 자신을 용서하지 않았어요."

"네가 얼마나 착한 사람인지 알아. 네가 용서를 구할 사람은 내가 아니라 다른 사람일 것 같구나."

프래니는 의자에서 일어날 수 있도록 나에게 손을 내밀어 도움을 청한다. 나는 부드럽게 프래니의 손을 잡고 의자에서 일어설 수 있도록 돕는다. 우리는 서로에게 몸을 기대고 테라스 난간을 잡고 선다. 아래쪽 저 멀리에 언제나 아름다운 미드나이트 호수가 보인다. 테오가 잔디밭에 앉아 호수를 바라보고 있다.

"테오와 아직 할 얘기가 남았으면 어서 가보든지." 프래니가 말한다.

***

나는 한동안 아무 말도 하지 않고 테오의 옆에 앉아 호수를 바라본다. 테오 역시 말없이 앉아 있다. 나는 그를 두 번이나 범인으로 몰았다. 용서받기 힘든 잘못이다. 나는 테오의 뺨에 난 흉터와 이마에 새롭게 첨가된 멍 자국을 살펴본다. 내가 플래시를 손에 쥐고 때려 생긴 멍 자국이다. 그가 나를 증오한다고 해도 할 말이 없다. 게다가 끔찍한 오해를 받고도 테오는 내가 호수에서 무사히 살아나올 수 있도록 최선을 다해 도왔다. 플린 형사는 테오가 날 구하기 위해 얼마나 신속하게 호수로 뛰어들었는지 알려주었다.

"그야말로 한 치의 망설임도 없이 호수로 뛰어들더군요."

나는 테오에게 평생 갚아도 부족할 빚을 졌다. 테오에게 수만 번이라도 용서를 빌고 싶지만 나는 그러는 대신 손을 내밀며 말한다. "안녕, 난 에마라고 해요."

테오가 마침내 고개를 돌려 나를 바라보다가 내 손을 잡고 흔들며 응답한다. "난 테오야. 만나서 반가워."

테오가 자세를 고쳐 앉더니 주머니에서 뭔가를 꺼내 내 손에 쥐어 준다. 손바닥에서 팔찌 체인과 세 마리의 새 무게가 느껴진다. 내 생의 절반도 넘는 기간에 내 동반자가 되어준 새들이다. 하지만 이제 작별 인사를 해야 할 차례다. 이제 진실을 알게 되었으니 더는 팔찌가 필요 없다.

"팔찌를 찾아줘서 고마워요. 하지만 이제 이 팔찌를 차기에는 내 나이가 너무 많은 것 같아요. 이 팔찌가 있어야 할 곳이 어디인지 알아요."

나는 팔찌를 허공으로 던진다. 세 마리 새가 드디어 하늘로 날아간다. 나는 팔찌가 떨어지기 전에 눈을 감는다. 팔찌가 눈앞에서 사라지는 모습을 보고 싶지 않다. 그 대신 팔찌가 미드나이트 호수에 첨벙 빠지는 소리를 들으며 테오의 손을 잡는다.

프래니는 9월 어느 날 후텁지근한 저녁에 세상을 떠난다. 미드나이트 호수가 보이는 별장이 아니라 해리스 빌딩의 펜트하우스 침실에서다. 테오와 로티가 곁을 지킨다. 프래니는 눈을 감기 직전 "난 준비됐어."라는 말을 남긴다.

일주일 뒤 당신은 인디언 서머가 기승을 부리는 월요일에 프래니의 장례식에 참석한다. 당신은 프래니가 그런 날씨를 좋아했으리라 생각한다. 장례식을 마치고 당신과 테오는 센트럴 파크로 산책을 떠난다. 당신은 나이팅게일 캠프에서 돌아온 후 테오를 처음 만난다. 당신과 테오는 돌아가는 상황을 고려해 당분간 거리를 두고 시간을 보내기로 합의한다.

이제 다시 만난 당신과 테오에게는 그동안 함께 나누고 싶었던 감정이 많이 쌓여 있다. 슬픔, 기쁨 그리고 불안. 당신은 앞으로 두 사람이 어떤 관계가 될지 전혀 알지 못한다. 센트럴 파크를 산책하던 중 테오가 한 말 때문에 더욱 헛갈린다. "나, 다음 주에 떠나."

당신은 갑자기 발길을 멈춘다. "어디로요?"

마지막 거짓말

"아프리카." 테오가 말한다. "〈국경 없는 의사회〉와 다시 계약했어. 기간은 일 년이야. 당분간 멀리 떠나있는 게 나에게 도움이 될 것 같아. 시간을 충분히 갖고 정리해야 할 문제들이 많아."

당신은 좋은 아이디어라고 생각한다. 테오의 마음이 편해지기를 바라니까.

"돌아오면 꼭 너랑 저녁을 함께 먹고 싶어." 테오가 말한다.

"데이트를 신청하는 거예요?"

"서로를 비난하는 습관이 있던 두 친구 사이의 저녁 식사가 될 수도 있겠지." 테오가 말한다. "하지만 데이트라면 더욱 좋을 것 같네."

그날 밤 당신은 다시 그림을 그리기 시작한다. 계절의 변화와 속절없이 흘러가는 세월을 생각하다가 갑자기 그림이 그리고 싶어진다. 당신은 침대에서 일어나 텅 빈 캔버스 앞에 서서 보이는 게 아니라 본 걸 그려야 한다고 생각한다.

가장 먼저 비비언, 그다음 내털리 그리고 앨리슨.

파란색과 녹색 그리고 갈색의 다양한 색조를 띤 물결 모양 무늬가 그들을 덮는다. 짙은 녹색, 코발트블루, 회청색과 노란색이 섞인 흰색. 수면을 향해 뻗은 물속의 나뭇가지들과 수초로 캔버스를 채운다. 꼭대기에 풍향계가 달린 어둡고 텅 빈 건물이 차가운 물속에 잠긴 상태로 누군가 발견해주기를 기다리고 있는 모습을 그린다.

그림을 완성한 다음 당신은 다른 그림을 그린다. 잃어버린 시간 속에서 깊은 호수에 수몰된 건물을 그린 대담한 그림들이다. 소녀들의 모습을 물감으로 덮을 때마다 그들을 묘지에 묻고 장례를 치르는 느낌이 든다. 당신은 몇 주 동안 쉬지 않고 그림을 그린다. 손목이 아플 정도로. 당신은 잠을 잘 때조차 색깔에 관한 꿈을 꾼다.

당신의 심리 상담사는 그림을 그리는 행위가 건강에 좋을 거라고 한다. 당신은 복잡한 감정을 정리하고 켜켜이 쌓인 슬픔을 처리하는 중이다.

1월이 될 때까지 당신은 스물한 점의 그림을 완성한다. 호수 안에 수몰된 건물 연작이다.

당신이 그린 그림들을 랜들에게 보여주자 몹시 황홀해한다. 랜들은 그림을 한 점씩 볼 때마다 크게 흥분해 숨을 몰아쉰다. 그는 트라우마를 극복해낸 당신에게 감탄한다.

랜들은 미드나이트 호수 사건과 관련한 내용을 홍보에 이용하기 위해 급히 새로운 전시회를 기획한다. 전시회는 3월에 열리게 된다. 당신의 전시회 관련 소식이 《뉴요커》에 소개된다. 당신 부모님도 전시회에 참석하기로 약속한다.

전시회가 열리는 날 당신은 네이션 플린 형사의 전화를 받는다. 그는 당신이 이미 알고 있는 사실을 전해준다.

"물속에서 발견된 유골은 내털리와 앨리슨의 유골로 밝혀졌어요."

"비비언은요?" 당신은 묻는다.

"비비언과 일치하는 유골은 전혀 발견되지 않았어요. 과학수사대에서 내털리와 앨리슨의 해골을 분석한 결과 후두부를 심하게 가격당해 깨진 흔적이 있다고 해요. 아마도 유골 근처에서 발견된 삽이 흉기로 사용되었을 가능성이 커 보입니다. 주변에서 쇠사슬과 벽돌도 발견되었는데 시체에 매달아 물에 빠뜨렸을 가능성이 농후해요."

플린 형사는 비비언의 일기장과 함께 묻혀 있던 비닐백 속 머리카락을 검사해 본 결과 가발을 만들 때 사용하는 폴리에스터 섬유였다는 사실도 알려준다. 바로 그 비닐백 안에 한때 가짜 신분증을 만들 때 흔히 사용했던 플라스틱판과 접착제 성분이 남아 있었다는 사실도 알려준다.

"그런 사실들이 시사하는 결론이 뭐죠?" 당신이 묻는다.

"당신이 생각하는 것과 일치합니다." 플린 형사가 말한다.

당신은 비비언이 층층나무 오두막의 문을 두드렸을 때 당신에게 했던 마지막 말을 생각한다.

"어서 문을 열어, 에마. 나를 안으로 들어가게 해줘."

나.

비비언은 분명 나라고 했다. 우리가 아니라.

그 말은 비비언이 혼자였다는 뜻이다.

당신은 속이 뒤집히는 것 같은 기분을 느낀다. 플린 형사와 전화로 나눈 얘기가 너무나 충격적이어서 당신은 밤에 열린 전시회 개막 행사에 참석하지 않는 걸 고려한다. 하지만 마크의 설득에 생각을 돌린다. 그는 반드시 행사에 참석해야 한다고 고집을 부리며 어서 준비를 서두르라고 재촉한다.

당신은 샤워를 마치고, 몸에 찰싹 달라붙는 파란색 드레스를 입고, 빨간 밑창이 붙은 검은색 하이힐을 신는다. 갤러리에 간 당신은 랜들이 이번에도 빈틈없이 만반의 준비를 해둔 걸 확인한다. 당신은 와인을 마시며 새우 카나페가 은제 쟁반에 실려 흘러 다니는 모습을 보며 크리스티 경매장에서 온 남자와 《타임스》에서 온 여자 그리고 당신이 화가로 성공하는 데 도움을 준 여자 배우와 대화를 나눈다. 사샤와 크리스털, 미란다도 보인다. 마크는 당신이 그린 가장 큰 6호 그림 앞에서 네 사람과 함께 사진을 찍는다. 6호 그림은 미드나이트 호수 그 자체로 보일 정도로 거대하다.

그날 당신이 밤늦게 손님들을 대접하고 있을 때 한 여자가 다가오더니 옆에 선다.

"정말 멋진 그림이네요." 여자는 그림을 보며 말한다. "정말 아름다우면서 묘해요. 그림을 그리신 분인가요?"

"네."

당신이 슬쩍 본 여자는 빨간 머리에 놀랄 정도로 날씬하고 태도가 위풍당당하다. 크게 신경 쓰지 않은 옷차림이지만 멋지게 잘 어울린다. 당신은 여자가 입은 검은 드레스, 검은 장갑, 챙 넓은 검은 모자에 버버리 트렌치코트를 본다. 여자의 직업이 모델일 수도 있다는 생각이 든다.

그 순간 당신은 여자의 앙증맞은 코와 잔혹해 보이는 미소를 알아보고 두 다리가 떨려온다.

"비비언?"

여자는 그림에서 눈을 떼지 않은 상태로 둘이서만 들을 수 있도록 속삭이듯 말한다.

"두 진실, 한 거짓 게임이야, 에마." 비비언이 말한다. "준비됐어?"

당신은 아니라고 말하고 싶다. 하지만 당신은 준비됐다고 말해야만 한다.

"첫 번째, 앨리슨과 내털리는 캐서린 언니가 죽던 날 밤에 함께 있었다." 그녀는 말한다. "그들은 그날 밤 캐서린 언니에게 얼음 위로 걸어가자고 말했다. 그들은 언니가 호수에 빠져 죽는 걸 지켜보았다. 하지만 그들은 누구에게도 그 사실을 말하지 않았다. 나는 캐서린 언니가 누군가에게 강요당하지 않고는 그렇게 위험한 행동을 할 리 없다는 걸 알고 있다. 그래서 나는 그들과 친해지고, 그들의 신뢰를 얻어내고, 그들을 신뢰하는 척했다. 그래서 나는 진실을 알아냈고, 7월 4일 밤에 알아낸 내용을 확인했다. 그들은 캐서린을 도우려고 애썼다고 거짓말했다. 나는 그들의 말이 거짓이라는 걸 알았다. 나는 사람들 앞에서 물에 빠져 죽는 척 연기한 적이 있었다.

내가 물속에서 허우적거리는 데도 오로지 테오만이 나를 도우려고 물에 뛰어들었다. 내털리와 앨리슨은 아무런 행동도 취하지 않았다. 그들은 캐서린 언니가 빠져 죽을 때 그냥 지켜본 것처럼 내가 죽어가고 있음에도 그냥 지켜보기만 했다."

당신은 오두막에 돌아왔을 때 세 사람이 싸우고 있던 날의 기억이 떠오른다. 당신은 이제야 그들이 진실을 털어놓고 있는 도중에 오두막에 들어섰다는 사실을 깨닫는다. 그리고 그날 이후 그들이 서로 친하게 지내는 겉모습과 달리 사이가 매우 좋지 않았다는 걸 느낀다.

"두 번째, 나는 이미 내털리와 앨리슨이 무슨 짓을 했는지 의심하고 있었기 때문에 일 년 동안 조사하고 계획을 세웠다. 나는 미드나이트 호수에 관한 역사를 알게 되었고, 수몰된 정신병원을 찾아냈다. 나는 수색하는 사람들이 헷갈리도록 숲에 스웨터를 떨어뜨렸고, 캠프 관리인과 관계를 맺고 공구 창고 열쇠를 훔쳤다. 그런 다음 앨리슨과 내털리를 아무도 모르는 호수의 비밀 장소로 데려갔다. 나는 그 아이들이 언니에게 저지른 잘못을 그대로 되갚아주었다."

이제 당신은 비비언의 일기를 잘못 이해했다는 걸 알게 된다. 비비언은 비인간적인 비리를 폭로하기 위해 〈피스풀 밸리〉 정신병원을 찾아다닌 것이 아니다. 비비언은 자신의 범죄를 감출 수 있는 최적의 장소를 물색하다가 정신병원 건물을 찾아낸 것이다.

당신은 공구 창고에서 훔쳐낸 삽을 생각한다. 호수 바닥에 가라앉아 있는 깨진 해골을 생각한다. 당신은 목걸이의 로켓을 생각한다. 그 목걸이는 이제 생각해보니 당신이 팔찌를 호수에 던져넣었듯이 더는 필요가 없어진 비비언이 호수에 던져넣은 것이다.

"세 번째, 비비언은 죽었다."

당신은 충격으로 입 속이 너무 말라 말을 할 수 있을지 확신이 들지 않는다. 그러나 당신은 간신히 목소리를 낸다. "세 번째."

"틀렸어." 그녀가 말한다. "비비언은 15년 전에 죽었어. 그녀를 평화롭게 쉬게 해줘, 에마."

그녀는 재빨리 갤러리를 떠난다. 그녀의 부츠가 바닥을 울리는 소리가 들린다. 당신은 그녀를 뒤따라간다. 두 다리가 휘청거린다. 길거리로 나간 당신은 멀어지는 자동차를 바라본다. 창문이 짙은 색이라 안이 잘 보이지 않는다. 길거리에 다른 사람은 아무도 없다. 당신과 당신의 두근거리는 심장뿐.

갤러리로 돌아온 당신은 마크와 랜들 그리고 다른 모두에게 중얼거리듯 작별 인사를 전한다. 당신은 몸이 좋지 않다고 말한다. 손도 대지 않았지만 와인 안주로 먹은 새우가 이상했던 것 같다고 둘러댄다.

집으로 돌아온 당신은 밤을 새우다시피 하며 새벽까지 그림을 그린다. 당신은 쓰레기차가 시끄러운 소리를 내며 지나가고, 길거리 반대편 건물 위로 해가 떠오를 때까지 그림을 그린다. 그리기를 멈췄을 때 당신은 완성된 그림 앞에 서 있다.

비비언의 초상화.

비비언이 과거에 어떤 모습이었는지 그린 게 아니라 현재 모습을 그린 그림이다. 비비언의 코, 뺨, 눈. 눈은 암청색으로 칠했다. 그림 속에서 비비언은 수줍어하는 듯한 미소를 입술에 드리우고 당신을 마주 본다.

비비언을 그림으로 그리는 건 마지막이다. 당신은 그 사실을 확실하게 알고 있다.

마지막 거짓말

몇 시간 후 우체국이 문을 열면 당신은 그 그림을 플린 형사에게 보낼 것이다. 당신은 비비언이 살아 있고, 마지막으로 맨해튼에서 목격되었다는 사실을 편지에 적어 함께 보낼 것이다. 당신은 비비언의 초상화를 언론에 공개하고 널리 사용하도록 해달라고 요청할 것이다.

당신은 비비언이 누구인지 어떻게 생겼는지 무슨 짓을 저질렀는지 폭로할 것이다.

당신은 비비언을 두꺼운 물감 아래 숨기지 않을 것이다.

당신은 비비언을 감추길 거부할 것이다.

거짓말의 시간은 지나갔으니까.

〈끝〉

옮긴이의 말

"시간은 우리에게 끊임없이 상처를 가하다가 죽음으로 막을 내리게 한다."

주인공 에마 데이비스가 삶에 대해 느끼는 감정을 표현한 말이다.

장소는 대자연을 느낄 수 있는 여름 캠핑장. 어린 소녀 에마 데이비스가 새벽에 잠에서 깨보니 함께 울고 웃으며 지내던 친구들이 연기처럼 사라져버린, 무서운 상황에서 이야기는 시작한다. 그냥 사라져버렸다고 해도 무섭겠지만 에마는 아무에게도 말하지 못할 몇 가지 비밀을 가슴에 안고 있다. 결국 거짓말로 시작한 이야기는 걷잡을 수 없는 인생의 변화를 가져오게 된다.

에마는 언니뻘인 친구들 세 사람이 사라지는데 일말의 책임이 있다고 자책하지만, 도저히 사람들에게 말할 수 없는 상황이라 가슴에 품고 괴롭게 살아가다가 정신질환을 앓게 된다. 사라진 사람들이 눈앞에 나타나고 말을 걸면서 정신병원에 입원해 치료를 받게 된 것이다. 나중에 그림 그리기를 통해 이를 극복하게 되고 화가로 활동하던 중에 과거의 괴로움을 근본적으로 치료하고자 15년 만에 다시 똑같은 장소에서 똑같은 방식으로 열리는 여름 캠프에 가게 된다. 그리고 15년 전 자신처럼 어린 학생들과 지내며 과거의 실종사건을 조사하던 중 친해진 아이들 세 명이 그때 사건을 재연이라도 하듯 사라진다.

에마는 15년 전 사라진 아이들의 뒤를 캐며 당시 정황을 파악하던 중에 100여 년 전에는 여자들이 말도 안 되는 이유(과음, 고집, 소설 읽기, 자위 등)로 정신병원에 갇히곤 했다는 얘기와 정신병원에 갇혀 있던 불쌍한 환자들이 캠핑장을 둘러싼 호수를 만드는 과정에서 억울하게 희생되었다는 이야기를 알아내곤 배후에 숨은 인물들을 찾아내려 애쓴다. 그러던 와중에 함께 지내던 어린 학생들 세 명이 과거처럼 어디론가 사라지고 에마는 아이들을 해친 범인으로 지목되어 다시 정신분열을 겪게 된다.

그런 상황에서 15년 전 첫사랑이자 과거 실종사건의 범인으로 의심되는 테오를 다시 만나고 이번에는 서로를 의심하는 지경에 이르게 된다. 결국 두 사람은 과거를 모두 잊고 15년 전 처음 만났던 모습으로 호숫가에서 다시 만나게 된다. 여러 차례의 반전을 거쳐 모든 상황이 마무리될 때 에마가 과거에 연연하지 않고 혼자 단단해진 모습으로 결연하게 인생을 헤쳐 나가는 모습이 가장 기억에 남는다. 이제 시간은 상처만 주면서 죽음을 향해 흐르는 것이 아니라 내가 결정하고 헤쳐 나가며 즐기는 대상이 된다.

줄거리는 15년 전과 현재가 거의 똑같은 방식으로 전개되며 이어진다. 작가가 인터뷰에서 밝힌 것처럼 플래시백 방식이 아니고서는 이야기를 끌어가기 힘들었을 것이다. 사건은 여러 차례 방향을 바꾸며 독자들의 머리를 쥐고 흔든다. 단순한 아이들의 실종사건에서 여자애들 사이에서의 기 싸움과 우정 그리고 사랑으로 흐르다가 정신병원 이야기가 등장하면서 묘한 분위기의 미스터리가 되었다가 마지막에는 개인의 복수심으로 인한 살인사건으로(그것도 과거와 현재가 전혀 다른 두 개의 사건) 이어진다. 마지막 반전의 반전에서 주인공 에마 데이비스가 자신의 삶의 주인으로서 내리는 결정은 누군가에게는 머리를 갸웃하도록 할 수도 있고 다른 사람들은 당연한 귀결이라고 말할 수도 있을 것 같다.

작가 라일리 세이거는 여러 이름을 갖고 있다. 라일리 세이거는 필명으로 본명은 토드 리터이다. 과거에 저널리스트이자 편집자, 그래픽 디자이너로 일했고 본명으로 3권의 소설을 썼고 또 다른 필명인 앨런 핀으로 1권의 소설을 발표한 뒤 다시 라일리 세이거라는 이름으로 최근까지 7권의 소설을 발표했다. 필명으로 작업한 이유는 이미 평론가의 평가를 받았고 판매량이 알려진 작가보다는 새로운 작가를 출판사에서 選好할 것 같아서였다고 한다. 남성인지 여성인지 모를 이름으로 발표한 작품에서 여성들의 이야기를 디테일하게 표현한 점이 눈에 띈다. 2017년 라일리 세이거라는 이름으로 발표한 첫 작품 《Final Girls》로

스티븐 킹의 극찬을 받았고, 2023년 《The Only One Left》까지 꾸준히 작품 활동을 이어오고 있다.

남명성